CHELSEA FINE

Trouble

Süchtig nach Dir

Buch

Für die Beerdigung ihres Vaters ist Kayla nach Hause zurückgekommen. Aber nicht, weil sie trauert. Sie hofft auf das Erbe des Mannes, der sie und ihre Mutter sitzenließ und mit dem sie seit Jahren keinen Kontakt hatte. Womit Kayla nicht rechnet: Sie muss eine Schnitzeljagd durch den ganzen Ort meistern, um an das Erbe zu kommen – und das nicht alleine. Denn der reiche Schönling Daren Ackwood wird im Testament ebenfalls erwähnt. Als wäre das nicht schon schlimm genug, müssen die beiden die ganze Zeit über mit Handschellen aneinandergekettet sein. Kayla weiß nicht, welchen Plan ihr Vater damit verfolgt. Aber sie merkt schnell, dass Daren nicht nur verdammt sexy ist, sondern auch zu allem bereit, um an das Erbe zu kommen …

Autorin

Chelsea Fine lebt mit ihrem Mann und ihren beiden Kindern in Phoenix, USA. Sie verbringt möglichst viel Zeit damit zu schreiben und zu malen, um möglichst wenig ungeliebte Hausarbeit erledigen zu müssen. Dafür liebt sie Superhelden, Kaffee und verrückte Socken.

Außerdem von Chelsea Fine bei Blanvalet lieferbar:

Broken – Gefährliche Liebe (0013)

Besuchen Sie uns auch auf www.facebook/blanvalet
und www.twitter.com/BlanvaletVerlag.

CHELSEA FINE

Trouble

Süchtig nach Dir

Roman

Aus dem Amerikanischen
von Babette Schröder

blanvalet

Die Originalausgabe erschien 2014 unter dem Titel »Perfect Kind of Trouble«
bei Grand Central Publishing, New York.

MIX
Papier aus verantwortungsvollen Quellen
FSC
www.fsc.org
FSC® C014496

Verlagsgruppe Random House FSC® N001967
Das für dieses Buch verwendete FSC®-zertifizierte Papier
Holmen Book Cream liefert Holmen Paper, Hallstavik, Schweden.

Erste Auflage

Dieses Werk wurde vermittelt durch die Literarische Agentur
Thomas Schlück GmbH, 30827 Garbsen
Umschlaggestaltung: © Johannes Wiebel | punchdesign,
unter Verwendung eines Motivs von dreamstime.com
Redaktion: Melike Karamustafa
Herstellung: sam
Satz: Uhl + Massopust, Aalen
Druck und Einband: GGP Media GmbH, Pößneck
Printed in Germany
ISBN: 978-3-7341-0014-7

www.blanvalet.de

Für meinen wundervollen Ehemann Brett,
dem ich auch für immer Handschellen anlegen würde.

1

Kayla

Auf der anderen Seite des Sargs steht eine Frau mittleren Alters in einem dunkelblauen Kleid und starrt mich wütend an.

Der Mann in der Holzkiste ist seit drei Tagen tot und diese Frau stempelt mich als seine schlampige Geliebte ab. So wie sie mich ansieht, hält sie mich wahrscheinlich zudem noch für eine ehemalige Stripperin mit einem Kokainproblem. Aber das hier ist nicht mein erstes Rodeo – und auch nicht meine erste Beerdigung – und tödliche Blicke, wie die der Nachtblauen-Nancy dort drüben, sind mir nicht neu … leider.

Da ich mich etwas befangen fühle, setze ich langsam meine schwarze Sonnenbrille auf, senke den Kopf und konzentriere mich auf den Sarg vor mir, während der Prediger oder Priester oder Geistliche oder wie auch immer sich der Schwafler mit Onlinezertifikat, der neben dem Sarg steht, schimpfen mag, über Frieden und Ewigkeit lamentiert.

Es ist ein hübscher Sarg aus glänzendem Kirschholz mit dekorativen Eisengriffen und abgerundeten Ecken. Ich sollte mehr um den verschiedenen Mann darin trauern, aber ich kann nur daran denken, dass dieser Sarg vermutlich mehr gekostet hat als jedes Auto, in dem ich in meinem Leben gesessen habe, und dass er dort drin wahrscheinlich in von ägyptischer Baumwolle gesäumtem Samt liegt.

Und jetzt bin ich auch noch wütend. Na toll!

Ich hatte mir geschworen, heute nicht wütend zu werden. Verbittert? Klar. Das ist unvermeidlich. Aber nicht wütend.

Ich hole tief Luft, hebe den Kopf und versuche, mich abzulenken. Hinter meiner dunklen Sonnenbrille lasse ich den Blick über den Friedhof schweifen. Es sind mehr Leute gekommen, als ich angenommen hatte, die meisten von ihnen sehen nett und anständig aus. Wie gut haben sie James Turner gekannt? Waren sie Freunde von ihm? Kollegen? Geliebte? Die Leute von hier tauchen vermutlich grundsätzlich bei jeder Beerdigung auf, egal, in welcher Beziehung sie zu dem Verstorbenen gestanden haben. So ist das in Kleinstädten, jeder interessiert sich für jeden – oder zumindest tun sie so.

»James war ein guter Mann«, sagt der Geistliche. »Er hat ein anständiges Leben geführt und ist nun an einem besseren Ort.«

In der Ferne donnert es und ich richte den Blick zu den schweren, grauen Wolken über uns. Der Meteorologe im Fernsehen hat gesagt, es würde heute Abend regnen. Man wird James beerdigen, seinen Sarg mit Erde bedecken und dann wird der Regen die Erde versiegeln. Was für ein schönes Ableben.

Zum Teufel mit ihm!

Eine Frau an der Seite des Geistlichen singt *Amazing Grace*, während die Träger den Sarg in das Grab hinabsenken. Von der anderen Seite des Wegs glotzt mich unverhohlen ein Jugendlicher an, sein Blick gleitet an meinem Körper hinauf und hinab, als würde ich hier nackt und nicht voll bekleidet stehen. Dabei trage ich ein knielanges, graues Kleid mit langen Ärmeln und Rollkragen, nicht weniger. Im *Juli*. Ich bin lächerlich hochgeschlossen gekleidet – nicht, dass das Nachtblaue-Nancy oder Glotz-Gary im Geringsten interessieren würde.

Als der Typ merkt, dass ich zu ihm hinübersehe, wendet er rasch den Blick ab und läuft knallrot an. Ich wende mich ebenfalls ab, spiele mit dem Armband an meinem Handgelenk und richte meine Aufmerksamkeit auf den hinteren Teil der Trauergäste.

Eine Gruppe Frauen tupft sich mit Taschentüchern die Augen. Neben ihnen steht still eine junge Familie mit gefalteten Händen. In der Nähe formt ein älteres Paar mit dem Mund die Worte *Amazing Grace*, derweil die Sängerin die dritte Strophe beginnt. Als ich mich weiter umsehe, bemerke ich, dass alle anderen ebenfalls singen. Natürlich kennen die Bewohner von Copper Springs die dritte Strophe von *Amazing Grace*.

Ich muss hier wirklich weg. Ich gehöre nicht in diese winzige Stadt. Ich habe nie hierhergehört. Noch eine letzte Verpflichtung morgen, dann bin ich wieder weg.

Im hinteren Teil der Menge steht ein junger Typ unter einer großen Eiche – ich neige den Kopf. Er kommt mir vage bekannt vor, aber ich kann ihn nicht einordnen.

Er ist durchschnittlich groß und hat dunkelbraune Haare, ein dunkelviolettes Button-down-Hemd bedeckt die breiten Schultern. Die langen Ärmel hat er bis zu den Ellbogen aufgerollt und er trägt dunkle Jeans, passend zu einer dunklen Sonnenbrille, die seine Augen verdeckt. Dunkel, dunkel, dunkel.

Er ist attraktiv. Gefährlich attraktiv. So attraktiv, dass er einem die Sinne vernebelt und einen fertigmacht, bevor man überhaupt merkt, dass man ihm verfallen ist. Ich weiß, dass ich ihn schon einmal gesehen habe, aber ich kann mich ums Verrecken nicht erinnern, wo. Was vermutlich auch gut so ist …

Die Sängerin beendet die vierte Strophe des deprimierenden Songs *Amazing Grace*, es folgt Stille, dann räuspert sich der Priester. Er blickt zu mir und ich deute ein Nicken an. Mit ein paar letzten Worten über den so wundervollen James Turner beendet er die Beerdigung und ich seufze vor Erleichterung verhalten auf.

Ende.

Die Menge löst sich auf, die meisten gehen direkt zu ihren Wagen, während ein paar der Trauergäste nacheinander an das Grab treten und eine Handvoll Erde oder eine Blume auf den glänzenden Kirschholzdeckel des Sargs werfen. Ich trete zur Seite, die Sonnenbrille fest auf der Nase, und beobachte die Trauernden. Nachtblaue-Nancy wirft mir erneut einen bösen Blick zu und ich wende mich ab. Wow. Sie muss mich wirklich für James Turners Flittchen halten.

Trotz der Kränkung ist mir klar, dass sie vermutlich nur trauert. Sie war die Erste, die heute zur Beerdigung erschienen ist, und sie hat mehrfach während der Trauerfeier geschluchzt, woraus ich schließe, dass sie und James sich ziemlich nahegestanden haben. Und wenn es ihr dabei hilft, sich an diesem traurigen Tag besser zu fühlen, soll sie mich ruhig verurteilen und hassen, so sehr sie will. Ich beobachte, wie sie den Friedhof zusammen mit einer kleinen Gruppe Trauernder verlässt. Ich werde sie ohnehin nie wiedersehen.

Der Kerl in dem violetten Hemd tritt ans Grab und wirft eine Handvoll roter Erde auf den Sarg. Das Rot hebt sich von der braunen Erde darunter ab und ich frage mich, was das zu bedeuten hat. Dann denke ich über den Kerl in Violett nach. Er scheint nicht mit jemandem gemeinsam hier zu sein, was nur deshalb seltsam ist, weil er so gut aussieht. Attraktive Männer treten normalerweise mit einer ebenso attraktiven Frau am Arm auf. Doch dieser Mann ist eindeutig allein hier.

Er geht mit langen Schritten zum Parkplatz und steigt in einen schwarzen Sportwagen. Schlagartig beende ich meine Spekulationen. Mich interessiert nicht länger, wer er ist, woher er James kannte oder warum er mir bekannt vorkommt. Verzogene, reiche Jungs sind das Letzte, was mich interessiert.

Als alle bis auf die Mitarbeiter des Beerdigungsinstituts gegangen sind, trete ich vorsichtig an das offene Grab. Die Absätze meiner schwarzen Pumps versinken langsam im weichen Rasen, während ich auf das Letzte hinunterstarre, was ich von James Turner jemals sehen werde. Ich versuche etwas Trauer aufzubringen, aber alles, was ich empfinde, ist noch mehr Wut.

Ich hole tief Luft, werfe ein zartes weißes Rosenblatt auf die braune und rote Erde und sage leise: »Ruhe in Frieden, Daddy.«

2

Daren

Manche Leute geben ihren Autos keinen Namen. Wahrscheinlich sogar die meisten Leute. Aber ein schwarzer Porsche hat etwas an sich, dass man ihn einfach … *Monique* nennen muss.

Ich klettere in meinen Sportwagen, schließe die Tür und betrachte durch die Windschutzscheibe die dunklen Wolken. Könnte sein, dass Monique morgen eine Wäsche braucht. Mein Blick wandert zurück zum Friedhof und meine Brust schnürt sich zusammen. Ich kann noch immer nicht glauben, dass Alter Mann Turner tot ist.

Als ich dreizehn war, lief es in meinem Leben nicht gerade rund. Turner bot mir damals an, für fünfzehn Dollar die Woche seinen Rasen zu mähen. Ein Jahr verging, dann fragte er mich, ob ich nicht auch seinen Garten versorgen könnte und gab mir eine Gehaltserhöhung. Kurz darauf kümmerte ich mich um sein gesamtes Anwesen. Das habe ich bis zum letzten Jahr getan. Dann forderte er mich auf, meine Energie auf einen »richtigen« Job zu konzentrieren.

Damals wusste ich nicht, dass er Krebs hatte. Teufel, bevor er gestorben ist, habe ich noch nicht einmal gewusst, dass er krank war. Wir haben uns nur für ein paar Monate aus den Augen verloren, doch offenbar hat Turner in dieser Zeit einen kurzen, intensiven Kampf gegen die Krankheit geführt und verloren.

Bis letzte Woche hatte ich keine Ahnung.

Mein Magen krampft sich zusammen, als ich an den Tag denke, an dem ich es erfahren habe – und an die Tage danach … Ich stoße heftig die Luft aus. Die letzte Woche gehörte sowieso nicht gerade zu meinen besten. Und jetzt befinde ich mich auf der Beerdigung des einzigen Mannes, den ich je als Vater betrachtet habe. Ich hatte noch nicht einmal die Chance, mich von ihm zu verabschieden.

Ich atme langsam und tief ein und lasse meine Knöchel knacken. Es sind nur ein paar Jahre gewesen, verdammt wenig.

Durch die Windschutzscheibe entdecke ich ein graues Kleid, das hüftschwingend und mit wehenden, blonden Haaren den Friedhof verlässt. Mit der schwarzen Sonnenbrille und in dem coolen Outfit hätte ich Kayla Turner fast nicht erkannt. Doch als ich sie jetzt noch einmal betrachte, bin ich mir sicher, dass sie es ist.

Früher hat sie ihren Vater immer einmal im Sommer besucht. Hin und wieder habe ich sie im Haus gesehen, wenn ich draußen den Rasen gemäht habe. Und es gibt Gesichter, die vergisst man einfach nicht.

Damals bestand sie nur aus Ellbogen, Knien und Sommersprossen. Doch verdammt, Kayla Turner ist erwachsen geworden und … umwerfend! Heute auf dem Friedhof hat es keinen einzigen Menschen gegeben, der sie nicht mit offenem Mund angestarrt hätte. Ich hatte schon befürchtet, der Typ in der ersten Reihe würde gleich an seiner eigenen Spucke ersticken, so wie er sie angeglotzt hat.

Ich bin überrascht, dass sie überhaupt aufgetaucht ist. Sie ist schon seit ein paar Jahren nicht mehr hier gewesen und ich habe gesehen, wie es Alter Mann Turner das Herz zerrissen hat. Er hat sie sehr vermisst, aber das hat sie auch nicht zurückgebracht.

Es ist nett von ihr, dass sie endlich wieder zu Besuch kommt. Zu schade, dass sie bis zur Beerdigung ihres Vaters gewartet hat, um ihn mit ihrer Anwesenheit zu beehren.

Mit zusammengebissenen Zähnen starte ich den Motor, setze zurück und verlasse den Parkplatz. Schnurrend entfernt sich Monique vom Friedhof und am liebsten möchte ich mit ihr schnurren. Herumzufahren lindert den Druck auf meiner Brust und ich habe das Gefühl, wieder frei atmen zu können. Ich öffne das Verdeck und sauge tief die frische Luft ein. Viel besser.

In der Ferne donnert es. Ich komme durch ein großes, bewachtes Wohnviertel, das einen bitteren Beigeschmack für mich hat. Westlake Estates. Hier habe ich gewohnt, als das Leben noch in Ordnung war.

Na ja, nicht wirklich in Ordnung. Aber einfacher.

Über die Ausfallstraße fahre ich zur Arbeit. Ich habe zwei Teilzeitjobs: einen im Handygeschäft von Copper Springs und einen als Lebensmittellieferant für das Willow Inn Bed & Breakfast vor der Stadt. Aber nur die Arbeit fürs Willow Inn macht mir wirklich Spaß.

Das Inn liegt fünfzig Meilen südlich von Copper Springs, im Niemandsland jenseits der Hauptstraße, doch wegen meiner großartigen Chefin fahre ich trotzdem jede Woche dorthin. Ellen gehört das kleine Hotel, das sie selbst betreibt, und in ihrer Freizeit ist sie nebenbei außerdem noch als Schutzengel tätig.

Als ich auf die Uhr blicke, merke ich, dass ich in einer Stunde dort sein muss. So lange werde ich mindestens bis dorthin brauchen. *Mist.* Und Monique hat nur noch wenig Sprit. *Doppelter Mist!*

Leise fluchend fahre ich an eine Tankstelle – ein heruntergekommener Laden, der geschlossen aussieht, bis auf ein blinkendes Neonschild, auf dem OF EN steht. Ich halte neben der schmutzigen Tanksäule und stelle den Motor aus.

Nachdem ich ausgestiegen bin, zähle ich stöhnend das Geld in meiner Tasche und stecke es wieder weg. Während ich Monique betanke, piept mein Telefon, ich blicke auf das Display und sehe, dass ich einen weiteren Anruf von Eddie verpasst habe.

Eddie Perkins ist Anwalt in Copper Springs und in letzter Zeit zusätzlich der Fluch meines Lebens. Letzte Woche hat er mir acht Nachrichten auf der Mailbox hinterlassen, von denen ich keine abgehört habe, weil ich mir sicher bin, dass sie allesamt etwas mit meinem Dad zu tun haben. Ihn zu ignorieren scheint allerdings nicht zu funktionieren.

Ich stelle mich ein Stück neben den Wagen und höre die neueste Nachricht ab.

»Hallo Daren, hier ist noch einmal Eddie. Ich bin mir nicht sicher, ob Sie meine bisherigen Nachrichten erhalten haben. Ich habe versucht, Sie wegen James Turner zu erreichen. Wie Sie sicher wissen, ist er verstorben. Die Testamentseröffnung ist morgen um 11:00 Uhr in meinem Büro und es war Mr. Turners ausdrücklicher Wunsch, dass Sie dabei sein sollen. Ich hoffe, wir sehen uns dort. Wenn nicht, rufen Sie mich dennoch an, damit wir die andere Sache besprechen können.«

Die Nachricht ist zu Ende und ich starre auf mein Telefon. Warum um alles in der Welt sollte Turner wollen, dass ich bei der Testamentseröffnung dabei bin?

Es sei denn …

Mir kommt ein unfassbar lächerlicher Gedanke.

Könnte es um die Baseballkarten gehen? Hat Turner sich an etwas erinnert, das schon so lange zurückliegt?

Ich muss lächeln.

Ja. Das könnte sein, denn genau so war er.

Als ich dreizehn war, hatte mein Dad mir zu Weihnachten einen Satz Baseball-Sammelbilder geschenkt. An das Weihnachten erinnere ich mich genau. Es war dasselbe, an dem unsere Haushälterin, Marcella, mir eine Ausgabe des Buchs *Holes* geschenkt hatte. Es handelt von einem Jungen, der zur Strafe für etwas, das er noch nicht einmal getan hat, scheinbar sinnlos Löcher in den Boden gräbt. Ich war besessen von dem Buch; ich habe es bestimmt zehnmal gelesen und jeden Tag davon gesprochen.

Meine Mutter und mein Vater haben meinen Interessen kaum je Beachtung geschenkt. Ich bezweifle, dass sie überhaupt wissen, dass ich überhaupt ein einziges Buch gelesen habe, geschweige denn ein spezielles immer und immer wieder. Doch Marcella wusste es. Sie interessierte sich immer für die Dinge, für die ich mich interessierte. »Du bist mein Lieblingsjunge, Mijo«, pflegte sie zu sagen.

Sie nannte mich immer Mijo.

Sohn.

An jenem Weihnachten packte sie das Buch in einen grünen Karton mit einem roten Band. Ich erinnere mich daran, weil es derselbe Karton war, in dem ich meine Baseball-Sammelkarten aufbewahrte.

Ich nahm den Karton mit zu Turner, um ihm meine neuen Karten zu zeigen und berichtete ihm stolz, dass ich den Wert jeder einzelnen Karte überprüft hätte und sie für mindestens hundert Dollar verkaufen könnte. Geld war mir damals wichtig. Geld war alles, was mir wichtig war. Das hatte mein Dad mir so beigebracht.

Später an jenem Tag, als ich den Rasen mähte, nahm Turner mir dann den Karton mit den Karten weg, weil ich seiner Meinung nach ›zu verwöhnt sei, um sie zu schätzen‹.

Natürlich hatte er recht, aber das war mir damals egal. Ich war wütend und überzeugt, dass er die Karten selbst verkaufen und das Geld für sich behalten würde. Doch weil ich genauso verwöhnt war, wie er behauptete, war ich nur so lange wütend, bis mein Vater mir ein paar Tage später neue Baseballkarten kaufte.

So funktionierte das in meiner Familie. Meine Eltern kauften mir, was immer und wann immer ich etwas haben wollte, solange ich sie ansonsten in Ruhe ließ. Ich war ihr einziges Kind und ich bin mir ziemlich sicher, dass ich ein Versehen war. Wenn meine Eltern mich geplant hätten, hätten sie sich sicher etwas mehr Mühe mit … na ja, mir gegeben. Aber ich war ein Unfall und somit lästig. Etwas Lästiges, das man mit neuem Spielzeug ruhigstellen konnte.

Als ich Turner ankündigte, dass mich der gestohlene Karton mit den Baseballkarten nicht mehr interessierte, lachte er und sagte: »Eines Tages wird er dich interessieren.« Dann versprach er, dass er mir die Karten eines Tages zurückgeben würde.

Ich starre auf mein Telefon und der Bildschirm mit der Mailboxnachricht blinkt mich an. Vielleicht ist das Turners Art, sein Versprechen einzulösen. Nach seinem Tod.

Erneut schnürt sich meine Brust fest zusammen und die Luft entweicht aus meiner Lunge. Ich kann nicht glauben, dass er tot ist. Wirklich tot.

Ein Klirren stört meine Gedanken, ich fahre herum und sehe einen Abschleppwagen, der Monique an einer Kette sichert und sie auf seine Ladefläche hebt. Erschrocken reiße ich die Augen auf.

»He!«, schreie ich dem übergewichtigen Fahrer mit dem geschwungenen Schnurrbart zu, der auf einem Zahnstocher kaut. »Was machen Sie da?«

Er würdigt mich kaum eines Blickes. »Ich nehme ihn mit. Rücklaufvereinbarung.«

»Rücklaufvereinbarung?« Panik erfasst mich. »Nein, nein. Das muss ein Fehler sein. Die Raten für den Wagen sind für ein Jahr bezahlt. Ich habe noch bis nächsten Monat Zeit.«

Er überreicht mir ein zerknittertes, fleckiges Papier mit fettigen Fingerabdrücken und einem nicht zu identifizierenden braunen Fleck. »Laut Bank nicht.«

Rasch überfliege ich das Dokument. »Mist.« Ich war mir sicher, dass ich mit den Zahlungen noch bis August Zeit hätte. Ich wische mir mit der Hand über den Mund und versuche, klar zu denken. »Hören Sie zu«, wende ich mich an den Fahrer und versuche, ruhig zu bleiben. »Wir können das klären. Was muss ich tun, um meinen unschuldigen Wagen zu befreien?«

Er wirkt gelangweilt. »Haben Sie vier Monatsraten dabei?«

»Äh, nein. Aber ich habe …« Ich krame den Inhalt meiner Taschen hervor. »Zweiundvierzig Dollar, eine kaputte Uhr und etwas rote Erde.«

Letztere rieselt durch meine Finger und ich denke an all die Wochenenden, die ich mich um Turners Anwesen gekümmert habe. Der Rasen war in gutem Zustand und die Pflanzen wuchsen üppig, doch Turners Lieblinge waren die Rosenbeete. Ganz besonders verrückt war er nach den weißen Rosen. So kümmerte ich mich um die dornigen Blumen wie um hilflose Babys und Turner sparte dafür nicht mit Lob. Jeden Samstag zog ich den Rechen durch den seltenen, roten Mutterboden um die wertvollen Rosen herum und sorgte dafür, dass die Büsche atmen und wachsen konnten. Ich habe mich unzählige Male an ihren Dornen gestochen, doch die Rosen verwelkten nie und darauf war ich stolz. Ich glaube, Alter Mann Turner ist ebenfalls stolz auf meine Arbeit gewesen.

Der Kerl vom Abschleppdienst zuckt mit den Schultern. »Kein Geld, kein Wagen. Tut mir leid.« Er betätigt einen

Hebel, sodass Monique nun etwas über dem Boden schwebt und ich schwöre, dass es sich anfühlt, als werde ein von mir geliebter Mensch entführt.

»Warten Sie. Warten Sie!« Ich hebe eine Hand. »Ich kann es besorgen. Ich meine das Geld. Ich brauche nur etwas Zeit.«

»Besprechen Sie das mit der Bank.«

Ich schüttele schnell den Kopf. »Nein, hören Sie. Ich kann nicht mit der Bank sprechen, die Bank hasst mich …«

»Tja, ich frage mich, warum wohl …« Er sieht mich nicht an.

»Aber ich kann das Geld besorgen!« Ich deute auf Monique. »Bitte setzen Sie mein Baby wieder ab. Lassen Sie uns ein Bier trinken und die ganze Sache besprechen.« Ich lächele ihn freundlich an. »Was meinen Sie?«

Er hustet. »Ihr hübschen Jungs seid alle gleich. Ihr seid es gewohnt, alles mit Daddys Geld zu bezahlen und wenn man euch euer Spielzeug wegnimmt, ballt ihr die Fäuste.« Er schüttelt den Kopf und steigt in den Abschleppwagen. »Bis dann.«

»Aber wie soll ich denn jetzt nach Hause kommen? «, rufe ich und werfe die Arme in die Luft.

Er startet den Motor und schiebt den Zahnstocher in den anderen Mundwinkel. »Das hätten Sie sich überlegen sollen, bevor Sie die Zahlungen eingestellt haben.« Dann fährt er mit der süßen Monique als seiner Gefangenen von der Tankstelle und ich sehe zu, wie das letzte Stück meines *anderen* Lebens langsam verschwindet.

Mistk…

»Sir?«

Ich fahre herum und sehe einen dürren Tankstellenwart, der sich an einem Tuch die Hände abwischt.

»Was?«, fahre ich ihn an, frustriert über alles, das in meinem Leben schiefgelaufen ist.

»Sie müssen noch bezahlen«, erklärt er.

Ich verziehe das Gesicht. »Wofür?«

Er deutet mit dem Kopf auf die Tanksäule. »Für das Benzin.«

»Das Ben…« Ich bemerke den herabhängenden Zapfhahn, von dem die arme Monique fortgerissen wurde, und würde am liebsten laut schreien. »Ach, kommen Sie, Mann! Mein Wagen wurde gekidnappt! Ich habe nicht darauf geachtet, wie viel *Benzin* ich getankt habe.«

Er zuckt mit den Schultern. »Egal. Benzin ist Benzin. Das macht siebenundachtzig Dollar.«

»Siebenund…« Ich beiße die Zähne zusammen. »Ich habe keine siebenundachtzig Dollar.«

Er kratzt sich am Hinterkopf. »Tja, ich darf Sie nicht gehen lassen, ohne dass Sie bezahlt haben.«

Ich reibe mir über das Gesicht und bemühe mich, die vielen Flüche, die mir auf der Zunge liegen, für mich zu behalten. Sehr ruhig und kontrolliert sage ich: »Gibt es einen Geschäftsführer, mit dem ich die Angelegenheit klären kann?«

Er deutet mit dem Kopf auf das kleine Tankstellengeschäft. »Meine Schwester.«

Durch die Scheibe sehe ich eine junge Frau mit lockigen, roten Haaren hinter der Kasse sitzen und muss lächeln.

»Perfekt«, sage ich.

Als ich zum Eingang gehe, fallen ein paar Regentropfen platschend auf den schmutzigen Betonboden neben meinen Schuhen. Ich blicke hinauf zu den dunklen Wolken, die schwer von dem bevorstehenden Unwetter sind, und runzele die Stirn. Ich will wirklich nicht im Regen nach Hause laufen.

Als ich den Laden betrete, schlagen ein paar schrille Glocken gegen die Tür, und die Schwester blickt von ihrem Kreuzworträtsel auf. Auf ihrem Namensschild steht WENDY. Das merke ich mir.

Sie mustert mich und sogleich wird ihre Miene weicher. »Ach, hallo«, sagt sie mit tiefer, aufreizender Stimme, die so klingt, als habe sie sie extra für Gespräche mit attraktiven Männern reserviert. »Kann ich helfen?«

Ich schenke ihr mein bestes Hilfloser-Junge-Grinsen und seufze dramatisch. »Das hoffe ich sehr, Wendy.«

Als ich ihren Namen nenne, hellt sich ihr Blick auf. Frauen mögen es, wenn man sie mit ihrem Namen anspricht. Sie schmelzen dahin. Es ist wie ein geheimes Passwort, mit dem man sofort ihr Vertrauen gewinnt.

Sie beugt sich mit einem verklärten Lächeln vor und mir ist klar, dass ich mich mit meinem Charme innerhalb weniger Sekunden von einer Siebenundachtzig-Dollar-Benzinrechnung befreit habe – und vielleicht sogar eine Mitfahrgelegenheit nach Hause gefunden habe.

»Ich auch«, erwidert sie vieldeutig.

Ich lächele.

Manchmal lohnt es sich eben doch, ich zu sein.

3

Kayla

Als ich mit einer Spinne im Gesicht aufgewacht bin, wusste ich gleich, dass das heute ein beschissener Tag werden würde. Mit einer Spinne!

Im *Gesicht*!

So etwas passiert, wenn man sich nur ein heruntergekommenes Motel mit dem aufbauenden Namen Quickie Stop leisten kann.

Doch die Spinne war nicht das Einzige, was den Tag so fulminant beginnen ließ. Da waren außerdem noch mysteriöse Haare auf dem Nachttisch, die ich zufällig berührt habe, als ich über den Siebzigerjahre-Pornoteppich gestolpert bin. Ein *langhaariger, zotteliger* Pornoteppich – ein anderer wäre wohl nicht eklig genug gewesen. Es folgten eiskalte Wassertropfen aus der schimmeligen Dusche, die sich als Heimat meiner freundlichen Gesichtsspinne herausstellte. Und zuletzt war da noch der erquickende Geruch von Katzenurin, der den ganzen Morgen durch die verrostete Deckenlüftung hereinwehte.

Ich bin also nicht wirklich gut gelaunt, als ich fertig angezogen und zum Aufbruch bereit bin. Aber ich habe schon Schlimmeres erlebt. Deutlich Schlimmeres. Dies mag ein heruntergekommenes Motelzimmer sein, aber verglichen mit der mit Kakerlaken verseuchten Bude, die ich in Chicago hinter mir gelassen habe, ist dies hier eine echte Luxusunterkunft.

Mein Blick fällt auf mein Spiegelbild im Badezimmerspiegel und ich runzele die Stirn. Ich bin für eine Testamentseröffnung passend gekleidet. Eine königsblaue Bluse mit einem Bleistiftrock und schwarzen Pumps. Aber das Oberteil ist zu eng, als dass ich mich darin wohlfühlen würde, es schmiegt sich um meine Brüste, als wollte ich sie mit Absicht zur Schau stellen. Der Ausschnitt ist zwar relativ züchtig, doch wenn ich mich nach vorn beuge, ist mein Dekolleté deutlich zu sehen.

Merke: Nicht nach vorn beugen!

Der Rock ist abgetragen und etwas zu kurz, um als seriös durchzugehen, aber er ist der einzige, den ich besitze, also muss er reichen. Die Schuhe sind ebenfalls abgestoßen und alt, aber von Weitem sehen sie anständig genug aus. Alles in allem also nicht gerade mein Lieblingsoutfit. Ich mag keine enge Kleidung, die meine Sanduhrfigur betont. Doch da die anderen Optionen Jeans, Schlafanzug oder das dicke graue Kleid von gestern, das ich in der Sommersonne durchgeschwitzt habe, sind, trage ich diese Kombination.

Ich hänge meine Tasche über die Schulter und nehme meine Autoschlüssel. Ich muss nur noch ein lächerliches Treffen mit Dads Anwalt überstehen – demselben Anwalt, der mich letzte Woche angerufen hat, um mir die schockierende Nachricht von seinem Tod zu übermitteln –, dann packe ich meine Sachen und fahre nach Hause. Obwohl *Zuhause* nicht wirklich viel bedeutet, wenn alles, was man besitzt, in einen kleinen, braunen Koffer passt.

Mein Blick fällt auf mein Gepäck auf dem Bett und mein Magen krampft sich zusammen. Ich habe keine Ahnung, was ich als Nächstes tun soll. Nicht nur hier in Copper Springs, sondern im Leben generell. Ich durchwühle meine Tasche, finde meine Brieftasche und zähle die Scheine.

Sechsunddreißig Dollar. *Mist!*

Ich schiebe eine Hand in meinen BH, in dem ich mein Geld für den Notfall aufbewahre.

Einundzwanzig Dollar.

Ich ziehe meinen rechten Schuh aus, hebe vorsichtig die schwarze Ledersohle an und pule ein paar wertvolle Scheine aus dem Versteck, in dem ich das Geld für den *absoluten* Notfall aufbewahre.

Achtzehn Dollar.

Alles zusammen bleiben mir also fünfundsiebzig Dollar.

Jeder andere Penny, den ich besessen habe, ist für die Reise hierher draufgegangen, und auch, wenn mein Leben davon abhinge – was es vielleicht tut, wenn sich die Dinge weiterhin so erquicklich entwickeln –, komme ich nicht an eine Kreditkarte. Ich bin pleite. Und arbeitslos. Und obdachlos.

Mein Magen verkrampft sich noch mehr.

Ich hatte einen Job in einem Restaurant in Chicago, aber als ich meinen Chef, Big Joe, gebeten habe, mir für die Beerdigung meines Vaters freizugeben, hat er sich geweigert. Also habe ich gekündigt – was nicht gerade glimpflich abgelaufen ist.

Meine Mutter, Gia, hatte sich ohne mein Wissen 20 000 Dollar von Big Joe geliehen, um alte Schulden zu begleichen. Ich wusste nichts davon, bis ich gehen wollte und Big Joe das Geld von mir zurückgefordert hat. Da meine Mutter ihm das Darlehen nicht mehr zurückzahlen kann, bestand er darauf, dass ich die Schulden bei ihm abarbeite. Das war eine Drohung, kein Angebot, und ich hatte eine Heidenangst.

Mein ganzes Leben befand sich in der Kakerlakenwohnung, also packte ich meine Sachen, löste meinen letzten Gehaltsscheck ein und fuhr nach Arizona. Und selbst wenn ich das Benzingeld hätte, um zurück nach Chicago zu fahren, könnte ich mir dort keine Wohnung mehr leisten und wäre gezwungen, für Big Joe zu arbeiten, bis die Schulden meiner

Mutter abbezahlt wären. Und wie ich Big Joe kenne, verlangt er sicher auch noch auf andere Weise Entschädigung, indem er mir auf den Hintern haut oder meine Brust betatscht.

Ich schaudere.

Ich bin am Ende, aber ich bin keine Prostituierte. Eher würde ich auf einer Parkbank schlafen, als mich für Geld betatschen zu lassen.

Oje, vielleicht muss ich wirklich auf einer Parkbank schlafen.

Ich schüttele den Kopf, um die pessimistischen Gedanken zu vertreiben. *Eines Tages, Kayla, eines Tages schaffst du es!* Gott! Das Leben verläuft wirklich kein bisschen so, wie ich es mir erhofft hatte.

Eigentlich sollte ich jetzt die Krankenschwesternschule besuchen und eine glänzende Zukunft vor mir haben. Stattdessen befinde ich mich auf der Flucht vor einem Schuldeneintreiber, gehe zu unerwarteten Beerdigungen und wache mit Spinnen im Gesicht auf.

Ich verstaue alle Notdollars wieder an den dafür vorgesehenen Stellen und verlasse das Motelzimmer. Es hat die ganze Nacht geregnet, aber das Unwetter ist schnell abgezogen und hat klare, frische Luft zurückgelassen. Sie hellt meine Laune etwas auf, als ich über den Parkplatz zu Moms Wagen gehe. Der jetzt mir gehört.

Er hat die Farbe von vertrocknetem Gras, seine Blütezeit liegt ein paar Jahrzehnte zurück, und er hat überall Beulen, aber ich beklage mich nicht. Er hat vier Räder und riecht nicht nach Urin. Für mich könnte es genauso gut eine Limousine sein.

Ich fahre durch die Straßen der Kleinstadt Copper Springs und ein Anflug von Nostalgie überkommt mich. Hier habe ich die besten Jahre meines Lebens verbracht; erst mit meiner Familie, als meine Eltern noch verheiratet waren, und dann, nachdem Mom und ich nach der Scheidung weggezogen waren, wenn ich im Sommer meinen Dad besucht habe.

Die niedlichen Ladenfronten und die gepflegten Straßen sehen noch genauso hübsch aus wie früher. Ich bin seit mehr als fünf Jahren nicht mehr hier gewesen. Eigentlich hatte ich vor, nie mehr zurückzukehren, aber es kam mir nicht richtig vor, der Beerdigung meines Vaters fernzubleiben. Und wenn ich ehrlich bin, brauchte ich einen Abschluss. Vor allem nach der Art, wie Mom gestorben ist …

Nicht daran denken. Nicht daran denken!

Ich schlucke, konzentriere mich auf die Straße und lenke meine Gedanken auf etwas anderes – *irgendetwas* anderes. Ich finde problemlos die Kanzlei des Anwalts und parke. Dann spreche ich mir im Geiste etwas Mut zu.

Ich weiß, dass mein Dad mir in seinem Testament nichts hinterlassen hat, was mich nicht weiter überrascht. Er hat mir nichts von seinem Geld gegeben, solange er lebte, warum sollte sich das mit seinem Tod ändern? Dennoch bin ich etwas enttäuscht.

Als Nachfahre der ursprünglichen Stadtgründer hat Dad einiges an Land in Copper Springs gehört – einschließlich eines Großteils des Marktplatzes, wodurch er relativ wohlhabend war. Das Wertvollste, was ihm gehörte, war Milly Manor, sein prächtiges Anwesen am Rand der Stadt. Da es ein historisches Gebäude ist, öffnete mein Vater es für Besichtigungen und ließ die Leute Fotos vom Haus machen. Er war stets mehr als glücklich, es mit den Bewohnern von Copper Springs zu teilen.

Als mich der Anwalt letzte Woche anrief und mir erklärte, dass mein Vater sein Anwesen und all seinen Besitz der Stadt gespendet habe, war ich daher nicht wirklich überrascht. Als er jedoch sagte, er brauche meine Unterschrift unter einigen Testamentspapieren von Dad, *da* war ich überrascht – und zwar unangenehm überrascht.

Meine Gefühle spielten völlig verrückt: Schock, Neugier, Bitterkeit, Gereiztheit waren nur einige der Phasen, die ich durchlitten habe. Es schien unnötig grausam von meinem Vater, mich fünf Jahre lang zu ignorieren und dann dreist darum zu bitten, nach Arizona zu kommen, um mit meiner Unterschrift abzusegnen, dass er seinen Reichtum anderen Leuten vermachte. Vor allem, da meine Mutter und ich in Armut gelebt haben und er uns in den letzten Jahren kaum ein Lächeln geschenkt hat, geschweige denn jemals eine milde Gabe.

Nichtsdestotrotz bin ich hier, also unterzeichne ich eben seine wertvollen Papiere. Klar, ich werde das mit Würde über die Bühne bringen. Oder zumindest ohne zu fluchen oder zu murren.

Ich stelle den Motor aus, starre auf die Tür des Anwalts und spiele mit meinen Schlüsseln. Dann klappe ich die Sonnenblende herunter und richte im Spiegel meine langen Haare. Schon jetzt fühle ich mich irgendwie deplatziert, dabei sitze ich noch in meinem eigenen Wagen. Vielleicht war das alles eine blöde Idee. Vielleicht hätte ich in Chicago bleiben und die Schulden auf mich nehmen sollen. Obwohl ich mich auch in Chicago deplatziert gefühlt habe, vor allem seit Mom tot ist.

Sofort schiebe ich den Gedanken fort, klappe die Sonnenblende nach oben und steige aus dem Wagen. Es gibt eine Zeit, um zu trauern, und diese Zeit ist vorüber. Ich straffe meine Schultern und schreite in die Anwaltskanzlei.

Als Erstes fällt mir auf, dass Mr. Perkins sehr wahrscheinlich der unorganisierteste Anwalt aller Zeiten ist. Überall stapeln sich Papiere und Akten, ohne dass darin irgendeine

Ordnung erkennbar wäre, und an die Wände sind wahllos Artikel und Bilder geheftet, als handele es sich hier um das Zimmer eines Siebtklässlers und nicht um einen Ort, an dem Recht ausgeübt würde.

Das Zweite, was ich bemerke, ist der Kerl, der auf dem schwarzen Kunstledersofa vor der anderen Wand sitzt. Violettes Hemd. Dunkle Jeans. Höllisch gut aussehend.

Ach, verdammt!

Gestern bei der Beerdigung kam er mir nur bekannt vor, jetzt, ohne Sonnenbrille, *erkenne* ich ihn.

»Daren Ackwood«, sage ich laut.

Er grinst mich an und ein Grübchen erscheint auf seiner Wange. »Kayla Turner.«

Manche Menschen sehen so gut aus, dass man sie einfach nur mit offenem Mund anstarren will. Menschen wie Daren.

Nein. Gutaussehend ist das falsche Wort.

Er ist *schön*.

Und das war er schon als Kind.

Seine dunkelbraunen Haare sind kurz geschnitten und so gestylt, als wäre er gerade aus dem Bett direkt in einen Katalog mit heißen Surfer-Typen gestiegen. Zu seiner Frisur passen die dichten Brauen über seinen schokoladenfarbenen Augen. Die Haut an seinem sehnigen Hals und an den muskulösen Unterarmen, die aus seinen aufgerollten Ärmeln hervorlugen, ist bis hin zu den langen kräftigen Fingern leicht gebräunt. Und sein Mund ist die reinste Versuchung – volle Lippen und weiße Zähne … Als er den Mundwinkel zu einem Lächeln verzieht, erscheint erneut das freche Grübchen auf seiner linken Wange. Er sieht aus, als würde er einem nur Ärger bringen.

Aufgrund seines verheerend guten Aussehens in Kombination mit dem lächerlichen Reichtum seiner Familie fühlte sich damals jedes Mädchen in Copper Springs wie ein Magnet von ihm angezogen – zumindest habe ich das gehört.

Ab meinem fünften Lebensjahr bin ich nur noch einmal im Jahr in der Stadt gewesen, sodass ich nicht viel Zeit hatte, Freundschaften zu knüpfen. Eigentlich hatte ich nur eine enge Freundin in der Stadt, Lana, die nach der Highschool weggezogen ist. Doch als ich dreizehn war und Daren angefangen hat, für meinen Dad im Garten zu arbeiten, war Lana außer sich. Ständig dachte sie sich neue Ausreden aus, um mit zu meinem Dad zu kommen und Daren anzuhimmeln. Es war lächerlich, wie verknallt sie in ihn war. Und sie war nicht die Einzige.

Bald wussten alle in der Stadt, dass Daren für meinen Dad arbeitete und jedes Mal, wenn ich ein Mädchen aus der Stadt kennenlernte, fragte es mich kichernd dasselbe: »Kennst du Daren Ackwood?«

Die Antwort lautete jedes Mal nein. Ich kannte Daren Ackwood nicht. Ich sah ihn manchmal durch das Küchenfenster und ich beobachtete ihn, wenn er im Garten arbeitete – vor allem, wenn er kein Hemd trug –, aber ich *kannte* Daren Ackwood nicht und er kannte mich nicht. Wir haben nie miteinander gesprochen. Offen gestanden bin ich überrascht, dass er überhaupt weiß, wie ich heiße.

Einen Augenblick starren wir uns bloß an, er sitzend mit leicht gespreizten Beinen und ich mit gelangweilter Miene auf meinem letzten Paar Pumps stehend.

»Schön, dich zu sehen.« Mit einem weiteren schmutzigen Lächeln im glattrasierten Gesicht mustert er mich.

Oh ja, er bedeutet Ärger! Die Art von Ärger, die ich mir überhaupt nicht leisten kann.

Ich habe mehr Geschichten über Darens Sexleben gehört, als ich zugeben mag. Die ganze Highschool-Zeit über hielt Lana mich über alles in Copper Springs auf dem Laufenden, einschließlich über Daren, den Frauenflüsterer – so nannte sie ihn.

Laut Lana und jedem anderen Mädchen auf der Highschool von Copper Springs war Daren eine Art Gott im Bett. Ich bezweifle, dass irgendetwas von dem, was sie mir erzählt hat, stimmte, aber die Geschichten verschafften Daren einen Ruf, der ihm vorauseilte.

Unabhängig von den Gerüchten kenne ich diese Art Typen. Sie lassen ihren Charme sprühen, verführen Frauen und hinterlassen jede Menge gebrochener Herzen auf ihrem Weg. Ich habe nicht vor, eines seiner zurückgelassenen Herzen zu werden – weder das von Daren noch von sonst jemandem. Also bewahre ich sorgsam eine neutrale Miene, als ich seine zerknitterte Kleidung mustere.

»Hübsche Aufmachung«, bemerke ich. »Hast du letzte Nacht vergessen, nach Hause zu gehen?« Ich hebe eine Braue, um meine Missbilligung zum Ausdruck zu bringen.

Sein schmutziges Lächeln wächst. »So ungefähr.«

Mistkerl!

»Oh, hallo! Sie müssen Kayla sein.« Ein älterer Herr mit dichten, weißen Brauen und schütterem Haar tritt mit freundlicher Miene aus einer Tür im hinteren Teil der Kanzlei. Seine kleine, runde Statur kämpft sich durch das Schlachtfeld aus Papieren zu mir. »Ich bin Eddie Perkins.« Er streckt mir die Hand entgegen.

Ich drücke sie fest. »Freut mich, Sie kennenzulernen, Mr. Perkins.«

»Ich bin auch sehr erfreut, Miss Turner«, sagt er. »Ich wünschte nur, es wäre unter anderen Umständen.« Seine fröhliche Miene verdunkelt sich. »Mein Beileid.«

Ja, ja. Mein Dad ist tot. Wir sind alle traurig.

Ich lächele höflich. »Danke.«

»Ich freue mich, dass Sie hier sind«, fährt er fort. »Ihr Vater hat nicht geglaubt, dass Sie kommen würden, wissen Sie, aber ich bin froh, dass er sich getäuscht hat.« Er lächelt warm, dann blickt er sich um. »Ach, wo ist nur meine Brille?« Er betastet seine Anzugjacke und dreht sich im Kreis, während er seine Hosentaschen durchsucht.

»Auf Ihrem Kopf, Eddie«, bemerkt Daren.

Eddie tastet auf seinem Kopf, bis er die Lesebrille findet, die er in seine spärlichen Haare gesteckt hat. »Ach! Da ist sie ja.« Er lächelt, als er die Brille herunterzieht und aufsetzt. »Ich vergesse ständig, wo ich sie gelassen habe. Also«, er klatscht in die Hände, »da nun alle hier sind, sollten wir gleich anfangen, oder?«

Ich blicke mich um und zögere. »Alle?«

Der Anwalt nimmt die Brille ab, die er soeben aufgesetzt hat. »Ja. Sie und Mr. Ackwood sind die einzigen Geladenen.« Er schiebt eine Hand in die Innentasche seines Jacketts, zieht sie leer wieder hervor und murmelt: »Na, wo habe ich denn jetzt wieder mein Taschentuch?«

Mit gerunzelter Stirn vergewissere ich mich: »Mein Dad hat um Darens Anwesenheit gebeten?«

»Ja. Ach, da ist es ja.« Der Anwalt zieht ein gelbes Taschentuch aus seiner hinteren Hosentasche und putzt damit seine Brille.

Ich blinzele ein paarmal. »Warum?«

Daren antwortet: »Dein Vater hatte noch ein paar Baseballkarten von mir.«

Ich starre ihn an. »Hä?«

»Sie sind *beide* hier, um einige Papiere zu unterzeichnen, Miss Turner.« Mr. Perkins steckt das Taschentuch in seine Jackentasche und setzt die Brille wieder auf. »Doch zunächst müssen wir den letzten Willen Ihres Vaters verlesen.« Er kratzt sich am Kopf. »Wo habe ich bloß das Testament hingetan?« Er lässt den Blick über seinen chaotischen Schreibtisch schweifen. »Gerade war es doch noch da.« Er schiebt ein paar Papiere hin und her, dann durchwühlt er einen hohen Aktenschrank.

»Neben dem Kaffeebecher«, sagt Daren.

»Ach, stimmt.« Eddie lächelt, als er die Unterlagen meines Vaters aus einer kleinen Teeküche in der Ecke hervorkramt.

Es gefällt mir, dass das Testament meines Vaters sorgfältig zwischen Keramikbechern und einer Dose Kaffeeweißer abgelegt war.

»Ich verstehe noch immer nicht«, bemerke ich.

Mr. Perkins wendet sich zu mir und zuckt mit den Schultern. »Vielleicht wurde Mr. Ackwood wegen der Baseball-Kartensammlung Ihres Vaters hergebeten.«

»Es ist eigentlich *meine* Sammlung«, korrigiert Daren. »Turner hat die Karten nur für mich aufbewahrt. So in etwa.«

Ich blicke erst Daren an, dann den Anwalt. »Ich dachte, mein Vater hätte niemandem etwas vermacht. Ich dachte, er hätte alles vor seinem Tod gestiftet.«

»Fast alles.« Mr. Perkins deutet auf das Sofa. »Bitte, nehmen Sie Platz.«

Ich blicke auf die einzige Sitzmöglichkeit und stöhne innerlich auf. Daren hat einen gebräunten Arm auf der Rückenlehne des Sofas abgelegt, der andere ruht lässig auf der Armlehne, sodass seine breite Brust zur Geltung kommt; das rechte Bein hat er lang ausgestreckt und den Knöchel des anderen Beins auf dem Knie abgestützt. Meine Güte. Kann er sich vielleicht *noch* breiter machen?

Seine braunen Augen funkeln amüsiert, als wüsste er, wie provokant seine Haltung wirkt, und würde nur auf meine Reaktion warten. Ich wende bewusst den Blick ab und lasse mich am anderen Ende des Sofas nieder, wobei ich meine Hüfte so dicht wie möglich an die gegenüberliegende Armlehne presse, um Daren ja nicht zu berühren. Er blickt mich mit dem Anflug eines Lächelns an. Ich ignoriere ihn, schlage die Beine übereinander und atme tief ein.

Daren riecht gut. Wirklich gut. Nach Orange oder Zitrone oder so etwas. Sauber und frisch.

Wie zum Teufel kann er so gut riechen, wenn er ungewaschen in den Klamotten von gestern erscheint?

Mr. Perkins lehnt sich mit seinem runden Körper gegen den überfüllten Schreibtisch und studiert stillschweigend das Testament, dann blickt er auf. »Es läuft auf Folgendes hinaus: Mr. Turner hat das Anwesen Milly Manor der Stadt Copper Springs gestiftet, ein paar persönliche Gegenstände hat er guten Freunden vermacht.«

Ich lege den Kopf schief. »Er hat Freunden persönliche Gegenstände hinterlassen?«

Er nickt. »Ein paar Dinge wollte er geliebten Menschen geben.« Mr. Perkins verweist auf die Dokumente. »Seine Bücher hat er der lokalen Bibliothek gespendet. Seine Golfausrüstung geht an Gus Ferguson – Sie kennen ihn vielleicht als Golfwagen-Gus. Und seine antiken Möbel und die Plattensammlung hat er Valerie Oswald vererbt.«

Ich beiße mir auf die Zunge, um nicht zu fluchen. Mein Vater hat alles bis auf eine Handvoll Sachen gespendet und natürlich hat er diese Dinge auch noch einem Kerl namens Golfwagen-Gus und irgendeiner Frau vermacht, von der ich noch nie etwas gehört habe. Typisch James Turner. Sogar nach seinem Tod kränkt er seine Tochter noch.

»Gus und Valerie wurden heute nicht zur Testamentseröffnung eingeladen, weil Mr. Turner seine Angelegenheiten mit ihnen bereits vor seinem Ableben geregelt hat.« Eddie schiebt mit einem dicken Finger seine Brille hoch und blickt uns an. »Was uns zu der noch offenen Angelegenheit mit Ihnen beiden führt.« Er blättert durch die Akte und sagt abwesend: »Wobei ich nicht glaube, dass es um Mr. Turners … Baseball-Kartensammlung geht.«

»Eigentlich gehört die Sammlung *mir*«, wiederholt Daren.

Mein Blick zuckt zu ihm. »Warum bist du überhaupt hier?«

»Äh … weil dein Vater und ich eine Vereinbarung bezüglich der Baseballkarten hatten. Habe ich das nicht gerade deutlich zum Ausdruck gebracht?«

»Oh, doch, das hast du. Überdeutlich«, antworte ich und spüre, wie sich mein Puls beschleunigt. »Ich verstehe nur nicht, warum mein Vater Leuten, die ich noch nicht einmal kenne, einen Haufen Mist hinterlässt.«

Daren setzt eine beleidigte Miene auf. »Du *kennst* mich.«

»Ach ja?«, entgegne ich sarkastisch. »Nein. Ich habe zwar einiges über dich gehört, aber ich kenne dich nicht. Also entschuldige, wenn ich nicht verstehe, weshalb *du* bei der Testamentseröffnung *meines Vaters* erscheinst.«

Sein attraktives Gesicht versteinert, an seinem Unterkiefer zuckt ein Muskel. »Ich habe mehr Zeit mit *deinem Vater* verbracht als du. Wenn hier jemand zu Unrecht anwesend ist, dann bist *du* das.«

Unsere Blicke treffen sich und wir mustern uns mit gegenseitiger Verachtung. Am liebsten würde ich über Darens Gegenwart bei dieser intimen und irgendwie äußerst erschütternden Testamentseröffnung heulen. Er weiß nichts über meinen Vater und mich. Rein *gar nichts.*

Mr. Perkins räuspert sich. Wir lösen die Blicke voneinander und wenden uns ihm erneut zu.

»James Turners letzter Wille war es, Ihnen beiden etwas zu hinterlassen. Etwas, das er mir anvertraut hat.« Er legt die Akte ab und kratzt sich erneut am Kopf, dann durchsucht er den chaotischen Raum. »Ich weiß, dass ich es hier irgendwo hatte …«

Ich habe keine Ahnung, wonach dieser schusselige Mann jetzt wieder sucht, aber nachdem ich zwei Minuten mit ihm verbracht habe, bin ich beeindruckt, dass er es heute überhaupt geschafft hat, das Haus *mit* Hosen zu verlassen.

Daren beugt sich vor, stützt sich mit den Ellbogen auf den Knien ab und sieht zu, wie Mr. Perkins durch den Raum stolpert. Ich beobachte, wie er die langen Finger verschränkt und lässig die Daumen aneinandertippt.

»Ah, ja. Da ist sie ja.« Der Anwalt hält eine DVD hoch, schiebt sie in einen großen Fernseher auf der anderen Seite des Raums und fährt fort: »James hat seinen letzten Willen vor ein paar Monaten selbst vorgetragen. Ich habe das Paket erst letzte Woche geöffnet. Darin hat er darum gebeten, dass Sie beide herkommen, um die Videonachricht gemeinsam anzusehen.«

Er drückt die Starttaste und mein Vater erscheint auf dem Bildschirm. Seine braunen Haare sind grauer, als ich sie in Erinnerung hatte, seine grünen Augen etwas wässeriger und er ist dünner als je zuvor, doch sein jugendliches Gesicht ist noch dasselbe. Er war in seinen Fünfzigern, als der Krebs ihn erwischt hat, aber er sah aus wie dreißig und wahrscheinlich hat er sich wie zwanzig benommen. Mom hat immer gesagt, dass sie das am meisten an ihm geliebt hat – sein kindliches Lächeln. Auch mir hat es an ihm am besten gefallen.

Mein Herz schnürt sich zusammen. Ich senke den Blick und konzentriere mich auf einen kleinen Riss im Sofa. Das ist lange her. Ich sehe wieder auf.

Dad trägt ein Tweedjackett mit Krawatte und hat seine Brille mit dem feinen Rand auf. Er sieht aus wie ein Collegeprofessor aus den Fünfzigern. Es fehlen nur Pfeife und Schnurrbart. Er hat tatsächlich Pfeife geraucht.

Er ist ein exzentrischer Mann gewesen, stets hat er herumgesponnen und seltsame Dinge getan. Aber er war gut zu Mom und mir, als ich noch klein war. Meine Eltern haben sich scheiden lassen, als ich sechs war, aber bevor sie sich getrennt haben, haben wir jeden Sonntag ein Picknick gemacht. Mein Dad hat sich kleine Schnitzeljagden für Mom und mich ausgedacht, wir mussten Dinge wie weiße Rosen und vierblättrige Kleeblätter suchen. Anschließend lagen wir bis zum Sonnenuntergang auf einer blauweiß karierten Decke im Gras und haben gegrilltes Hähnchen gegessen.

Das war, bevor meine Mom beschloss, lieber allein leben zu wollen und mich mit nach Chicago nahm. Und bevor mein Dad beschloss, dass er keine Familie mehr haben wollte.

Ich starre erneut auf den Riss in der Couch, bis ich höre, dass mein Vater sich räuspert. »Hallo, Kayla und Daren.« Ich blicke auf. »Wenn ihr das hier seht, werde ich vermutlich tot sein. Was traurig ist, weil ich wirklich gern noch leben würde.«

Ich finde es jetzt schon schrecklich.

»Nichtsdestotrotz, jetzt, wo ich tot bin, möchte ich euch einen Brief hinterlassen – euch *beiden*. Der einzige Haken ist, dass ihr beide Handschellen tragen müsst, während ihr nach ihm sucht.«

Ich blinzele, da ich mir nicht sicher bin, ob ich mich nicht verhört habe.

Er lächelt. »Es ist die einzige Möglichkeit sicherzustellen, dass ihr zusammenbleibt und miteinander kooperiert. Ihr seid beide Einzelkinder, die in ihrem Leben nicht gelernt haben, sich auf andere zu verlassen. Deshalb bin ich mir sicher, dass es euer erster Impuls sein wird, euch zu trennen und allein danach zu suchen. Ihr werdet also verstehen, weshalb ich die Handschellen für notwendig halte.«

Mir klappt vor Schreck die Kinnlade herunter.

Handschellen?

Handschellen? Was zum Teufel?

Er fährt fort: »Das hört sich sicherlich absurd an und ich habe keinen Zweifel, dass ihr beide die Vorstellung furchtbar findet, aber vielleicht werdet ihr mir eines Tages dankbar dafür sein.« Er zwinkert in die Kamera. »Viel Glück bei der Suche.«

Dann wird der Bildschirm schwarz.

Ist er… was um alles… warum sollte…?

Was zum Teufel?

Ich blicke zwischen dem Anwalt und dem Fernseher hin und her. Ich weiß noch nicht einmal, wo ich beginnen soll.

»Das war's?«, frage ich fassungslos. »Diese Fünf-Sekunden-Nachricht ist das ganze Video meines verstorbenen Vaters?«

Mr. Perkins nickt nervös.

Ich stoße ungläubig die Luft aus. Mein Vater hat die Gelegenheit, ein paar letzte Worte an mich zu richten und er entscheidet sich für: ›Trage Handschellen‹ und ›Viel Glück bei der Suche‹?

Wenn er nicht bereits tot wäre, würde ich ihn persönlich umbringen.

Daren spitzt die Lippen und runzelt die Stirn: »Ich verstehe das nicht.«

Mr. Perkins holt langsam Luft. »Sieht aus, als wollte Mr. Turner, dass Sie und Kayla mit Handschellen aneinandergebunden nach einem Brief suchen.«

Wie bei einem kaputten Nussknacker steht mir noch immer der Mund offen. Was zum Teufel passiert hier?

»Ja, das habe ich verstanden. Aber ›einen Brief suchen‹?« Daren wirkt skeptisch. »Was soll das heißen? Ist der Brief verloren gegangen?«

Ich lasse das Gesicht in die Hände sinken und versuche, das brennende Gefühl, das in meinen Augen aufsteigt, in den Griff zu bekommen. James Turner konnte kein normaler Vater sein, oh nein. Er konnte mir nicht einfach eine Nachricht hinterlassen, in der er mir sagt, dass er mich geliebt hat oder dass es ihm leidtäte, dass er die letzten Jahre so ein schlechter Vater gewesen ist. Wie immer muss er sich aufspielen und mir eine kryptische Videobotschaft hinterlassen.

Ich hebe den Kopf und blinzele ein paarmal. *Kayla, du wirst nicht weinen. Nein, du wirst nicht weinen!*

Mr. Perkins blickt erneut auf seine Papiere, dann liest er laut weiter: »Wenn Kayla und Daren zusammenarbeiten, während sie mit Handschellen aneinandergebunden sind, sollten sie in der Lage sein, ihre Aufgabe innerhalb eines Tages zu lösen.«

Mir fehlen die Worte. Ich möchte weinen und schreien und hysterisch lachen. Vielleicht sollte ich alles gleichzeitig machen. Hier auf diesem abgewetzten, schwarzen Sofa. Vor Gott und Mr. Perkins und Daren-Idiot-Ackwood.

»Es dauert einen Tag, diesen Brief zu finden?« Daren sieht genauso verwirrt aus, wie ich mich fühle. »Wo hat Turner ihn gelassen? In einem anderen Staat?«

Der *Brief*. Richtig. Denn *das* ist das verrückte Teil in diesem irren Puzzle.

»Aber wenn Sie es nicht schaffen zusammenzuarbeiten«, fährt Mr. Perkins fort, »wird Ihre Mission wohl länger dauern.«

»Mission?«, wiederholt Daren. »Was sind wir denn bitte? Agenten?«

»Damit ich das richtig verstehe.« Ich rutsche auf meinem Platz hin und her, presse die Lippen zusammen und versuche, die Wut in den Griff zu bekommen, die in mir hochkocht. »Das Einzige, was mein Vater mir mit seinem Testament hinterlassen hat – seinem einzigen Kind –, ist ein alberner Brief? Und die einzige Möglichkeit, an diesen albernen Brief heranzukommen, ist, mich mit Handschellen – mit *Handschellen* – an einen völlig Fremden zu ketten?«

»Was …?« Daren wendet sich zu mir und zieht eine Grimasse. »Ich bin kein *Fremder*. Und weißt du was? Viele Mädchen wären glücklich, wenn sie mit Handschellen an mich gekettet wären.« Er grinst mich verwegen an. »Ein paar sind es schon gewesen …«

Seine Miene flackert für einen Augenblick und lässt mich an seinem großspurigen Auftreten zweifeln – nicht an der Tatsache, dass Mädchen erotische Handschellenspiele mit ihm gespielt haben, nur an dem Selbstbewusstsein, mit dem er es verkündet. Ich starre ihn ungläubig an.

»Tja, es gibt viele *dumme* Mädchen.« Ich wende mich wieder an den Anwalt und flehe: »Bitte, sagen Sie, dass ich alles missverstanden habe und dass es sich hierbei um einen schrecklichen Albtraum handelt.«

»Albtraum?« Daren hebt eine Braue. »Das ist etwas dramatisch, findest du nicht?«

»Sie haben nichts falsch verstanden, Miss Turner.« Mr. Perkins zieht erneut das Taschentuch hervor und tupft sich die Lippen. »Ihr Vater möchte tatsächlich, dass Sie sich mit Handschellen an Daren ketten, während Sie nach einem Brief suchen, den er Ihnen hinterlassen hat.«

Ich lache finster und lehne mich auf dem Sofa zurück. Mein bereits gebrochenes Herz zerspringt in weitere Teile. Ich hätte nicht gedacht, dass das möglich ist. »Na, toll«, murmele ich.

Dass mein Vater meinen sechzehnten Geburtstag vergessen hat, war traurig. Dass er danach jedes Jahr meine Telefonanrufe abgewiesen hat, war verletzend. Aber dass er mir in seinem Testament nichts als ein albernes Versteckspiel hinterlassen hat und zwar nach etwas, bei dem es sich vermutlich um eine enttäuschende, handschriftliche Notiz auf seinem persönlichen Briefpapier handelt, das ist unverschämt.

Und ich dachte, die Gesichtsspinne wäre schlimm gewesen.

4

Daren

Alter Mann Turner war am Ende etwas verrückt. Eindeutig. Mir war schon klar, dass der Mann ein bisschen eigen gewesen ist – ich meine, na ja, immerhin hat er einem Kind die Baseball-Kartensammlung weggenommen –, aber ich habe ihn nie für verrückt gehalten. Bis jetzt.

Man sollte mich nicht falsch verstehen. Ich habe nichts dagegen, einen ganzen Tag mit Handschellen an eine scharfe Blondine gekettet zu sein. Das ist, als würde man mir Sex auf dem Tablett servieren. Aber den ganzen Tag in Handschellen mit Kayla Turner? Das wäre ziemlich nervig. Es ist mir egal, wie sexy sie in ihrem engen, kleinen Rock und mit ihren hohen Absätzen aussieht. Sie ist ihrem wunderbaren Vater eine schlechte Tochter gewesen und ich glaube kaum, dass ich in der Lage sein werde, meine Meinung so lange für mich zu behalten, bis wir dieses Büro verlassen, geschweige denn, bis wir diesen Brief gefunden haben. Vermutlich werde ich ihr die Meinung geigen und sie wird weinen und dann hängt ein heulendes Elend an meinem Arm. Nein, danke.

»Eddie, mein Freund.« Ich lächele und klatsche in die Hände. »Ich bin mir sicher, es gibt einen anderen Weg für uns aus all diesem Unsinn. Warum überspringen wir das mit den Handschellen nicht einfach und gehen gleich zu dem Teil mit dem Brief über? Ich bin mir sicher, Sie wissen, wo er ist. Sie müssen es uns nur sagen, dann machen wir uns gleich auf den Weg.«

Kayla nickt. »Genau. Denn wir werden uns ganz sicher nicht aneinanderketten.«

»Ja. Das wäre verrückt.« Ich lehne mich zurück, strecke erneut meine Beine aus und versuche, lässig zu wirken. »Solange kein Bett und keine Damenunterwäsche im Spiel sind, werde ich mich ganz bestimmt nicht freiwillig an eine streitsüchtige Blondine binden.«

Sie blitzt mich aus ihren blauen Augen an. »Ach, wirklich?«

Ich warte, dass ihre Wangen erröten, wie bei den meisten Mädchen, wenn ich in ihrer Gegenwart eine sexuelle Anspielung mache, aber sie starrt mich nur an, als wäre ich ein Vollidiot. Kein Erröten. Kein nervöses Blinzeln. Kein Auf-dem-Platz-herumrutschen.

Das war mein Versuch, eine Reaktion bei ihr zu provozieren, aber jetzt komme ich mir tatsächlich nur wie ein Vollidiot vor – *verdammter Mist!*

Eddie ringt die Hände. »Es tut mir leid, aber ich habe James mein Wort gegeben und er hat seinen Wunsch sehr deutlich formuliert. Entweder ihr legt die Handschellen an oder der Brief bleibt versteckt.«

»Tja, ich werde da nicht mitmachen«, erklärt Kayla, wendet den Blick von mir ab und verschränkt eingeschnappt die Arme.

Herrgott! Selbst, wenn sie sich darum bemühen würde, könnte sie kaum versnobter wirken.

»Wenn mein Vater mir etwas zu sagen hatte«, meldet sie sich wieder zu Wort, »hätte er es mir sagen können, als er noch am Leben war, anstatt es in irgendeinen vergeistigten Brief zu schreiben.«

Ich blicke auf mein Telefon. »Ja, und ich muss in einer Stunde in der Arbeit sein.«

»Ich verstehe.« Eddie nickt. »Mr. Turners Wille ist eindeutig unorthodox.« Er schüttelt seufzend den Kopf. »Nun, dann müssen Sie nur noch dieses Dokument unterzeichnen. Sie bestätigen damit, dass ich Sie beide über den Inhalt des Testaments informiert habe. Dann können wir alle unsere Wege gehen.«

Ich setze mich auf. »Was ist mit meinen Baseballkarten?«

Kayla verdreht die Augen.

Eddie überfliegt erneut die Seiten. »Ich fürchte, hier steht nichts von Baseballkarten.«

»Nichts?«, begehre ich auf. »Keine Karten? Kein grüner Karton?«

»Wow.« Kayla starrt mich an. »Ich habe noch nie gehört, dass ein erwachsener Mann wegen einer Kartensammlung derart herumjammert.«

»Es geht nicht um die Karten«, stoße ich hervor und werfe ihr einen finsteren Blick zu. Sie kann unmöglich verstehen, was es mir bedeuten würde, diesen Karton zurückzubekommen. Ich wende mich an Eddie. »Es muss sich um einen Fehler handeln. Turner hat mir versprochen, sie mir zurückzugeben.«

Er steckt das Taschentuch weg. »Es tut mir leid, Daren. In dem Testament werden keine Karten erwähnt. Zumindest kann ich hier nichts dergleichen finden.«

Als Eddie erneut die Papiere durchgeht, fluche ich leise vor mich hin.

»Tu nicht so überrascht«, meint Kayla. »Mein Vater hat sich nie für jemand anderen interessiert als für sich selbst.«

Ich unterdrücke mühsam meine aufwallende Wut und blicke sie finster an. »Dein Vater war ein guter Mensch. Einer der besten. Also komm mal wieder runter.«

Sie ignoriert mich und steht auf. »Wo muss ich unterschreiben, damit ich mich auf den Weg machen kann?«

Ich mache ein missbilligendes Geräusch. »Du hast es ja

wirklich eilig, von deinem geliebten, toten Vater wegzukommen.«

»Und du hast es offenbar eilig, ihm seine Baseball-Andenken wegzuschnappen«, giftet sie zurück.

»Es waren *meine* Karten«, sage ich. »Dein Vater hat sie mir übrigens gestohlen, als ich ein Kind war, aber deshalb spucke ich nicht auf sein Grab.«

Ihre Miene wirkt jetzt noch kühler. »Der Mann hat mich kaum zur Kenntnis genommen, als er noch gelebt hat, und jetzt überlässt er sein Haus und seine Möbel *irgendwelchen* Leuten, während er seine *Tochter* auf die Suche nach einem Brief schickt. Also, ja.« Sie strafft die Schultern. »Ich will hier weg und ich will nie mehr an James Turner denken müssen.«

In ihren Augen flackert kurz, aber unübersehbar, Schmerz auf, und ich lasse sie in Ruhe. Das scheint mir etwas heftiger als die üblichen Durchschnitts-Daddy-Angelegenheiten zu sein. Offenbar ist Kayla ziemlich wütend. Aber mehr als das wirkt sie vor allem … verletzt.

Nachdem Eddie eine Weile in seinem Durcheinander gewühlt hat, reicht er uns zwei Stifte, dann deutet er auf ein paar Linien in den Akten, auf denen wir unterschreiben sollen. Ich stehe auf und setze meine Unterschrift auf das Papier – ich bin enttäuscht.

Es ist komisch. Jahrelang habe ich nicht an den Karton mit den Karten gedacht, aber als sie mir gestern wieder eingefallen sind, keimte plötzlich Hoffnung in mir auf, dass ich sie wiederbekommen könnte. Und nicht etwa deshalb, weil ich durch den Verkauf dieser Karten ein besseres Leben hätte, sondern weil in diesem Karton Erinnerungen stecken. Gute Erinnerungen. Und ich könnte wirklich ein paar gute Erinnerungen gebrauchen.

Nachdem wir unterschrieben haben, schiebt Eddie die Papiere zusammen und seufzt. »Nun, ich danke Ihnen beiden für Ihre Zeit. Es tut mir leid, dass die Dinge sich nicht so entwickelt haben, wie Sie gehofft hatten.«

Kayla hebt ihr Kinn, sie ist eindeutig sauer, dass ihr Vater ihr keinen Riesenhaufen Geld hinterlassen hat. Geschieht ihr recht. Das Mädchen ist noch nicht einmal zu Besuch gekommen, als er im Sterben lag. Sie war zu sehr damit beschäftigt, mit ihrer geldgeilen Mutter in Chicago einen draufzumachen.

Ich habe die Geschichten gehört. Ich weiß alles über ihre Mutter, Gia, eine Sexbombe, die allein leben wollte. Deswegen hat sie sich von James Turner scheiden lassen und all sein Geld genommen. Wenn die Gerüchte stimmen, ist ein Großteil von Turners Einkommen für Unterhaltszahlungen an Gia draufgegangen, doch noch mehr hat er in einen Treuhandfonds eingezahlt, den er für Kayla angelegt hatte. Er hat seine Exfrau und seine Tochter mit Geld überschüttet, doch keine von ihnen hat auch nur einen Penny geopfert, um ihn auf dem Totenbett zu besuchen.

Ich nehme es ihm überhaupt nicht übel, dass er Kayla aus seinem Testament ausgeschlossen hat.

Als wir gehen, lächelt Eddie Kayla an. »Es war mir ein Vergnügen, Sie kennenzulernen, Miss Turner.« Er nickt mir zu. »Und schön, Sie zu sehen, Daren.«

Ich lächele angespannt. »Ist mir immer ein Vergnügen, Eddie.«

Oder auch nicht, füge ich in Gedanken hinzu.

Seine Miene wird sachlich. »Sie und ich müssen uns wirklich bald zusammensetzen, um über Ihren Vater …«

»Ich weiß.« Ich trete unruhig von einem Fuß auf den anderen. Kayla blickt mich an, aber ich wende mich schnell ab und sage zu Eddie: »Das machen wir.«

Er nickt, wirkt allerdings nicht überzeugt. Ich lasse ihn seit acht Monaten zappeln, seine Skepsis ist durchaus berechtigt.

Ich halte Kayla die Tür auf und warte. Sie mustert mich wachsam, als wäre ich ein Vampir, der sie in seine wilde Höhle der Blutlust einlädt, anstelle eines netten Kerls, der ihr die Tür aufhält. Vielleicht mag ich sie nicht besonders, aber ich habe schließlich Manieren. Ich hebe eine Braue und bedeute ihr, als Erste hindurchzugehen.

Sie schleicht zögernd an mir vorbei, achtet sorgsam darauf, nicht meine Reißzähne zu berühren und murmelt ein Dankeschön.

Ich folge ihr nach draußen, wo sich einen kurzen Moment unsere Blicke treffen. Ein Teil von mir wünscht sich, sie besser zu kennen oder zumindest netter zu finden. Dass Turner gestorben ist, fühlt sich für mich an, als hätte ich einen Vater verloren und es wäre nicht schlecht, diesen Verlust mit jemandem zu teilen. Doch es wirkt nicht so, als wolle Kayla irgendetwas mit irgendjemandem teilen. Mit traurigen, blauen Augen und bebenden Lippen mustert sie erneut mein Gesicht und für den Bruchteil einer Sekunde fällt mein Schutzwall. Doch genauso rasch wendet sie sich ab und tippelt auf ihren hohen Absätzen den Bürgersteig hinunter. Kein Abschiedsgruß. Kein höfliches »War nett, dich zu sehen«. Nichts.

Vermutlich hätte ich mich auch nicht verabschiedet, aber trotzdem. Warum muss sie eine solche Zicke sein?

Als sie die Ladenfront des Waschsalons erreicht, kommt ihr eine Frau mit einem Baby und einem Haufen Kleider im Arm entgegen. Kayla lächelt, hält ihr die Tür zum Waschsalon auf und beugt sich nach unten, um ein Hemd aufzuheben, das der Frau aus dem großen Haufen gerutscht ist. Und als das pausbäckige Baby auf dem Arm der Frau zu weinen beginnt, gurrt Kayla es an, woraufhin seine Tränen sofort versiegen.

Okay, das war vielleicht nicht zickig. Aber das heißt noch lange nicht, dass ich sie mögen muss.

Ihre blonden Haare fallen über ihren Rücken und streichen über ihr blaues Oberteil, die goldenen Strähnen glänzen beim Gehen in der Sonne. Sie hat einen anmutigen Gang, jeder Schritt wirkt leicht und in vollkommenem Einklang mit dem Schwung ihrer Hüften. Sie ist genau an den richtigen Stellen kurvig und perfekt proportioniert. Als sie ihr Gesicht zur Seite wendet und die Straße hinauf- und hinabsieht, betrachte ich ihr Profil. Die langen Wimpern, die geröteten Wangen und ihre vollen, rosafarbenen Lippen heben sich von der blassen Haut ab wie eine Kirsche von einem köstlichen Dessert.

Ich stoße einen leisen Pfiff aus. Ob es mir gefällt oder nicht, Kayla Turner ist die schärfste Fast-Zicke, der ich je begegnet bin.

Ich bin erst seit ein paar Stunden ohne Auto und schon macht es mich verrückt. Copper Springs ist keine Großstadt mit U-Bahnen und Taxis. Die Bushaltestelle am Rand der Stadt ist der einzige öffentliche Nahverkehr – es sei denn, man zählt Golfwagen-Gus hinzu. Er ist ein pensionierter Mechaniker, der die Leute manchmal in einem Golfwagen herumfährt, den er vor zwei Jahrzehnten bei *Der Preis ist heiß* gewonnen hat. Als ich von Eddies Kanzlei zu meinem Job im Handyladen und dann zum Krankenhaus gelaufen bin, um eine weitere Zahlung zu leisten, bin ich vollkommen fertig.

Ich vermisse Monique.

Ich hole mein restliches Geld hervor, zähle die Scheine und verziehe das Gesicht. Abzüglich der dreißig Dollar, die ich gerade für Connor Allens Krankenhausrechnungen ausgegeben habe, bleiben mir noch zwölf Dollar. Bei jeder Kreditkarte, die mir je gehört hat, ist entweder der Kreditrahmen ausgeschöpft oder sie ist gesperrt, und vor nächster Woche bekomme ich kein Gehalt.

Ich kenne meine Chefin im Willow Inn. Ellen würde mir das Geld vorschießen, wenn ich sie darum bitten würde. Sie würde dann aber auch todsicher versuchen, sich in mein Leben einzumischen und mich zu retten, was ich momentan nicht ertragen könnte. Die zwölf Dollar müssen bis nächsten Freitag reichen. Und dann fängt der beschissene Geld-Teufelskreis wieder von vorne an.

Letztes Jahr sind in meinem Leben zwei schreckliche Autounfälle passiert und das im Abstand von nur wenigen Monaten. Bei dem ersten Unfall wurde ein anständiger Mann namens Connor Allen verletzt und hinterließ eine saftige Krankenhausrechnung. Bei dem zweiten ist meine Highschool-Freundin Charity umgekommen und ich war so außer mir vor Schuldgefühlen, dass ich nicht mehr leben wollte.

Mein Magen brennt und gerät langsam in Aufruhr. Ich atme ein paarmal tief ein, um das Zittern in meinen Händen loszuwerden und einigermaßen sicher einen Fuß vor den anderen setzen zu können, bis ich Latecomers Bar & Grill erreiche. Ich gehe hinein.

Der Geruch von gebratenem Gemüse steigt mir in die Nase und das Brennen in meinem Magen verwandelt sich in ein heftiges Knurren.

Essen vermisse ich auch.

Ich bin ziemlich früh dran, die meisten Plätze sind noch leer. Es gibt einen Männertisch am Fenster, in einer Nische sitzt ein Paar und ein stämmiger Kerl lehnt an der Bar, ansonsten ist der Laden leer. So ist es mir am liebsten.

»He«, begrüßt mich Jake Sanders hinter der Bar und streicht sich die dunklen Haare aus den Augen, während er ein Tablett mit sauberen Gläsern absetzt.

Mit seinen vierzig Jahren steht Jake gut da. Er ist nicht nur der Geschäftsführer des Latecomers, sondern auch der Besitzer. Sein Onkel hat ihm den damals mehr schlecht als recht laufenden Laden nach seinem Tod hinterlassen. Jake hat daraufhin seine Kochkünste verfeinert und ein ziemlich gutes Restaurant aus dem Laden gemacht. Er hat das Familiengeschäft wieder auf Vordermann gebracht und zugleich das Nachtleben von Copper Springs belebt.

Die meisten Leute rechnen in einer Bar nicht mit gutem Essen, aber Jake ist ein kulinarisches Genie und jeder Teller, der aus der Küche des Latecomers kommt, lässt einem das Wasser im Mund zusammenlaufen. Er braut außerdem sein eigenes Bier, weshalb ich den Kerl ein bisschen hasse, einfach nur, weil er so verdammt talentiert ist. Ich beneide ihn allerdings nicht um die vielen Stunden, die er arbeitet. Jake lebt quasi hier.

Ich hebe das Kinn zum Gruß und lächele. »Wie läuft's?«

»Ach, weißt du«, er räumt die Gläser weg, »nur Bier und Geschäft und das Geschäft mit dem Bier.«

Ich grinse. »Du hast also noch immer kein Privatleben, was?«

Er grinst. »Dieser Laden *ist* mein Leben.« Er deutet auf das Ende der Bar. »Dein Platz ist frei.«

Ich nicke ihm dankend zu und begebe mich in die Richtung. Mit »dein Platz« meint Jake den Barhocker ganz rechts, wo es fast zu dunkel ist, um etwas zu sehen. Jake betrachtet ihn als meinen, seit mich die aufeinanderfolgenden Autounfälle letztes Jahr wie ein Steinschlag getroffen haben und ich in einer schweren Depression versunken bin. Damals fand ich, es wäre etwas lächerlich, einen Stammplatz in einer Bar zu haben, schließlich bin ich kein zweiundfünfzigjähriger Alkoholiker, aber jetzt … na ja, jetzt bin ich dankbar.

Ich gleite auf meinen Barhocker, stütze die Ellbogen auf dem Tresen ab und lasse das Gesicht in die Hände sinken. Dieser Tag, diese Woche – verdammt, dieses ganze letzte

Jahr – waren beschissen. Und es sieht nicht so aus, als würde es bald besser werden.

»Hallo, schöner Mann.«

Ich blicke auf und ein Paar dunkelblaue Augen strahlen mich an. Ich schenke dem dazugehörigen Mädchen ein warmes Lächeln. »Hallo, Amber.«

Sie hat die gewellten, roten Haare zu einem Pferdeschwanz zusammengebunden, sodass die vielen Ohrringe, die sie auf beiden Seiten trägt und das kleine Tattoo an ihrem Hals zu sehen sind.

Amber Keeton ist die letzte Person, die ich noch annähernd als meine Familie bezeichnen kann. Drei Monate lang, auf der Mittelschule, als meine Mom meinen Dad verlassen hat, um Ambers Dad zu heiraten – der zufällig ein beliebter Prediger in der Stadt war –, *waren* wir tatsächlich eine Familie. Es war eine kaputte, verquere Familie, aber immerhin eine Familie. Amber war da und das machte die Dinge erträglicher.

Gott, dieses ganze Chaos ist ein Albtraum gewesen. An einem Tag war ich noch ein reiches Kind aus gutem Hause mit zwei scheinbar glücklich verheirateten Eltern und am nächsten Tag zog meine Mom mit mir in Brad Keetons Haus und stellte mich meiner neuen »Schwester« vor. Meine Welt wurde auf den Kopf gestellt. Einfach so.

Wenn ein Geistlicher seine Frau wegen einer anderen Frau verlässt, ist das immer eine große Sache. Aber in einer Kleinstadt wie dieser ist es ein echter Skandal.

Mein Vater erlitt einen Nervenzusammenbruch und soff Jack Daniels wie andere Wasser in der Sahara. Jeden Abend saß er im Latecomers und trank bis zur Besinnungslosigkeit. Während Ambers Mom auf die echte Art einer verschmähten Predigerfrau in der ganzen Stadt über den Teufel in ihrem Ehemann klagte. Dann initiierte sie in dem verzweifelten Versuch, ihn von seinen Sünden zu heilen, eine Gebetskette – zweifellos wollte sie dadurch zugleich ihren verletzten Stolz retten.

Gebetsketten bedeuten Klatsch in Reinkultur. Gott, habe Erbarmen mit dem Geistlichen und seinem Flittchen – oder lass ihre Sünden zumindest eine Weile zu unserer Unterhaltung dienen.

Und das taten sie.

Da sie »in Sünde lebten«, waren Mom und Brad bald aus allen gesellschaftlichen Kreisen ausgeschlossen und Amber und ich konnten nirgends hingehen, ohne dass die Leute uns anstarrten oder flüsterten. Wir waren die Kinder eines ehebrecherischen Geistlichen, einer reichen Ehebrecherin, einer gottesfürchtigen Hausfrau und eines heftigen Säufers – und das ließ man uns niemals vergessen.

Mom und Brad heirateten kurz darauf, aber das machte die Dinge auch nicht besser. Im Gegenteil. Amber war ebenso schockiert und verstört über ihre Verbindung wie ich, sodass wir uns sofort zusammentaten, um unsere Eltern auseinanderzubringen. Genau wie in dem Film *Die Fünf-Minuten-Ehe* schmiedeten wir Pläne und gaben unser Bestes, ihr Leben so schrecklich wie möglich zu machen. Es stellte sich jedoch heraus, dass meine Mom und Brad ihre vierzehnjährigen Kinder gar nicht brauchten, um sich zu trennen.

Zwei Monate nach ihrer Hochzeit schlief Mom mit dem Kerl, der sich um den Pool kümmerte, und Reverend Keeton knutschte mit einer Tierärztin, die er über das Internet kennengelernt hatte. Kurz darauf trennten sie sich. Mom zog nach Boston, um, wie sie es ausdrückte, »sich selbst zu finden« – ohne mich, natürlich. Ich bat sie zu bleiben oder mich zumindest mitzunehmen, aber sie meinte, es sei nicht ihr »Schicksal«, Mutter zu sein – und Brad zog nach Kansas zu seiner Tierärztin. Das Flüstern und das Starren sind jedoch geblieben – bis heute.

Etwas Gutes ist jedoch auch geblieben: Amber. Die Missachtung der Stadt und das seltsame Verhalten unserer Eltern schweißten uns zusammen und wir wurden Freunde. Bis heute ist Amber eine der wenigen Personen in Copper Springs, die ich immer gerne sehe.

Sie deutet mit dem Kopf auf meine Kleidung. »Wie ich sehe, bist du noch nicht dazu gekommen, dich umzuziehen.«

Ich blicke auf mein zerknittertes Hemd.

Wendy, die Geschäftsführerin der Tankstelle, war mehr als bereit gewesen, mir die grausame Benzinrechnung zu erlassen und mich nach Hause zu fahren. Sie war vielmehr etwas zu *willig* gewesen.

Ich kenne den Unterschied zwischen einem leicht verrückten Blick in den Augen einer Frau und einem *irrsinnig* verrückten Blick. Als wir in ihren Wagen stiegen und sie ihre Fingernägel in meinen Bizeps grub, mir den Nacken leckte und mich aggressiv einlud, mit zu ihr zu kommen und ihr zahmes Frettchen kennenzulernen, befand sich Wendy eindeutig am Serienkiller-Ende des Spektrums.

Ich habe nichts gegen Frettchen. Ich habe allerdings etwas gegen Frettchen, die meine fleischlichen Überreste verspeisen, nachdem ich von einer Nackenleckenden Psychopathin in Stücke gehackt worden bin. Also habe ich äußerst höflich abgelehnt und ließ mich von ihr bei Ambers Haus absetzen, damit sie und ihr zahmes Frettchen nicht herausfinden konnten, wo ich wirklich wohne.

Wendy hatte ihre erschreckend scharfen Krallen von meinem Arm gelöst und mich widerwillig zu Amber gebracht. Dort habe ich mich aufs Sofa gehauen, nachdem ich meiner Exschwester berichtet hatte, dass Monique von dem gnadenlosen Abschleppwagen mitgenommen worden war. Und heute Morgen blieb keine Zeit, vor dem Termin in Eddies Kanzlei nach Hause zu laufen und mich umzuziehen.

»Noch nicht«, sage ich und blicke Amber an. »Meinst du, du kannst mich später nach Hause fahren?«

»Zu dir?« Sie stößt einen verzweifelten Seufzer aus. »Daren, du kannst nicht länger dort bleiben.«

»Ich kann und ich werde. Es ist ein wichtiger Bestandteil der Fassade, die ich aufrechterhalten muss, damit ich nicht als der Ausgestoßene der Stadt eingestuft werde.«

»Du bist lächerlich. Sie würden dich nicht anders behandeln, wenn sie es wüssten.«

»*Alle* würden mich anders behandeln«, widerspreche ich. Dann überlege ich. »Außer dir. Weil du der beste Mensch der Welt bist.« Ich lächele und hoffe, dass mein Kompliment sie vom Thema abbringt.

Sie fällt nicht darauf herein.

»Das gefällt mir nicht.« Ihr Mund ist ein angespannter Strich. »Warum ziehst du nicht einfach bei mir und meinen Mitbewohnerinnen ein?«

Ich schnaube. »Als einziger Mann in einem Haus voller Östrogen? Ich glaube kaum. Aber danke für das Angebot.«

Amber wohnt mit drei anderen Mädchen in einer Zwei-Zimmer-Wohnung auf der anderen Seite der Stadt. Und auch wenn es sich für einige Typen ideal anhören mag, mit vier Frauen zusammenzuwohnen, weiß ich um die Fakten: überall Schuhe, Schminke auf der gesamten Badezimmerablage, überall Tampons … ja. Ich glaube nicht, dass ich dazu bereit bin. Aber es ist nett, dass Amber es mir immer wieder anbietet.

»Deine Entscheidung.« Sie zuckt mit den Schultern. »Aber das Angebot steht.«

Ich nicke. »Das weiß ich zu schätzen.«

»Ich bringe dich nach Hause, nachdem wir geschlossen haben, wenn es dir nichts ausmacht, so lange zu warten.« Sie wischt über den Tresen.

»Natürlich nicht.« Ich grinse. »Ich helfe dir beim Schließen.«

»Abgemacht.« Sie nimmt ein eisgekühltes Glas aus dem Kühlschrank unter dem Tresen. »Und? Welchen Sprit nimmst du heute Abend?«

Mein Grinsen erstirbt. Das letzte Mal habe ich mich vor nicht allzu langer Zeit bei der Feier zum Vierten Juli am Copper Lake betrunken. Alter Mann Turner war gerade gestorben und ich hatte meine Traurigkeit hinuntergespült, bis ich gefährlich besoffen war. Und dann habe ich die *andere* Person, die ich immer sehr gerne sehe, zu Tode erschreckt – Sarah »Pixie« Marshall. Ich Idiot wollte betrunken mit ihr neben mir auf dem Beifahrersitz losfahren und sie ist fast zu Tode erschrocken.

Allein bei dem Gedanken an Sarahs angsterfüllten Blick krampft sich mein Magen zusammen. Das war ein neuer Tiefpunkt für mich. Pixie ist Charitys beste Freundin gewesen und hat mir immer sehr viel bedeutet. Ich würde sie nie absichtlich verletzen. Nicht in einer Million Jahren. Oh Mann, ich muss mich wirklich bei ihr entschuldigen.

Ich schüttele den Kopf. »Ich glaube, ich habe für eine Weile genug Alkohol intus. Ich nehme eine Limo.«

»Oh. Krass.« Amber schenkt Limonade in das eisgekühlte Glas und mustert mich. »Was ist los?«

Ich fahre mir durch die Haare. »Ich muss ein paar Dinge mit Sarah gerade rücken, das ist alles.«

»Sarah *Pixie* Sarah?«, fragt sie und stellt die Limonade vor mir ab. Ich nicke, und ihr Gesicht hellt sich auf. »Ach ... ich vermisse sie. Wie geht's ihr?«

Ich zucke mit den Schultern. »Sie hat den ganzen Sommer über mit Levi und mir im Willow Inn gearbeitet.«

Sie hebt eine Braue. »Haben die zwei doch noch gemerkt, dass sie zusammengehören?«

»Ich weiß es nicht. Aber Gott, ich hoffe es. Sie verdient es, ausnahmsweise einmal Glück zu haben.«

Sie nickt stumm und sieht mich aufmerksam an. »Ich kenne ein paar Leute, die das verdient hätten.«

Ich meide ihren Blick und konzentriere mich auf wichtigere Dinge. Solche wie Essen.

»Tja …« Ich schlucke, ich hasse diesen Teil meiner derzeitigen Situation. »Da ich sowieso bleibe, bis ihr schließt, könnte ich ja vielleicht wieder einmal etwas in der Küche helfen. Wenn Jake beim Abendansturm jemanden braucht …«

Sie runzelt die Stirn. »Ich kann dir ein Abendessen besorgen, Daren. Ich weiß, dass du gern kochst, aber du musst nicht immer herkommen und Aufgaben übernehmen, um dir ein Essen zu verdienen.«

»Ich komme nicht nur deshalb her«, widerspreche ich harsch, auch wenn das eine Lüge ist. Letzte Woche habe ich Jake fünfmal in der Küche vom Latecomers geholfen. »Ich bin nur gerade etwas knapp bei Kasse. Das ist alles.«

Wenn er es sich leisten könnte, würde Jake mich sofort einstellen. Da bin ich mir sicher. Aber das Latecomers hat genug Angestellte, die alle ihre Arbeit lieben und wahrscheinlich nicht vorhaben, in nächster Zeit zu kündigen. So lässt mich Jake hin und wieder mit ihm kochen und dafür bekomme ich ein kostenloses Essen.

In Ambers Augen blitzt Mitgefühl auf, allerdings nur für den Bruchteil einer Sekunde. Sie weiß, dass ich es hasse, bemitleidet zu werden.

»Jake kann immer ein Paar zusätzliche Hände in der Küche gebrauchen.« Sie zwinkert mir zu. »Vor allem, wenn diese Hände einem aufstrebenden Küchenchef gehören.«

»Genau.« Ich lächele und will aufstehen, doch sie legt ihre Hand auf meine und hält mich am Tresen fest.

»Nicht so schnell«, sagt sie. »Der Abendansturm beginnt

erst in ungefähr einer Stunde. Ich glaube, du solltest etwas essen, *bevor* du in die Küche gehst. Etwas sagt mir, dass du heute noch nicht viel in den Magen bekommen hast.«

Ich ziehe sanft meine Hand unter ihrer hervor. »Mir geht's gut.«

»Nein, das stimmt nicht. Du bist hungrig.«

»Nein, bin ich nicht.«

Sie schlägt fest mit dem Geschirrhandtuch nach mir. »Hör auf, so stolz zu sein und setz dich auf deinen Hintern.« Der entschlossene Ausdruck auf ihrem Gesicht duldet keine Widerrede.

Ich gehorche und lasse mich wieder auf meinen Barhocker fallen. Amber knallt mit der flachen Hand so heftig eine schwarze Barserviette vor mir auf den Tresen, dass der stämmige Kerl, der ein paar Stühle entfernt sitzt, herübersieht. Dann stellt sie vorsichtig das Limonadenglas auf der Serviette ab.

»Nun«, sagt sie freundlich und alle Härte ist aus ihrem Blick verschwunden. »Was darf ich Ihnen zum Abendessen bringen, Sir?«

Ich sehe sie an und unterdrücke ein Lächeln. Es verblüfft mich immer wieder, wie manche Frauen mit einem Augenblinzeln von stahlhart zu zuckersüß wechseln können.

»Überrasch mich«, sage ich.

Beschwingt dreht sie sich um und geht zur Kasse; kopfschüttelnd sehe ich zu, wie sie meine »Bestellung« eingibt.

Amber hat nach der Highschool angefangen, im Latecomers zu arbeiten, um fürs College zu sparen. Ihr Leben ist nach der Scheidung unserer Eltern nicht zerbrochen wie meins.

Nachdem meine Mom nach Boston abgehauen ist, war mein Dad ein hoffnungsloses Wrack, das sein Geld schneller verbrannt hat als ein Schnellfeuergeschoss, das durch eine Wolke schießt. Die Highschool war zu Ende und mir blieb keine andere Wahl als Tag und Nacht zu arbeiten, um die Rechnungen zu bezahlen. Ich hatte meinen Job bei Alter Mann Turner, doch obwohl er mich viel zu großzügig für meine Arbeit bezahlte, reichte das Geld nicht aus. Also fing ich an, im örtlichen Mobilfunkladen zu arbeiten, um mir noch etwas dazuzuverdienen und meine Telefonrechnung niedrig zu halten. Aber mit den enormen Rechnungen, die wir jeden Monat erhielten – die Hypotheken, die teuren Wagen, das Boot –, war ich schnell erledigt.

Amber hingegen besorgte sich einen anständigen Job und ein paar Mitbewohnerinnen, um die Miete niedrig zu halten. Jetzt zieht sie im Herbst nach Phoenix und fängt an der Arizona State University an zu studieren, während ich wahrscheinlich auf immer und ewig Mobiltelefone in Copper Springs verkaufen und für den Rest meines Lebens Connors Fünfzigtausend-Dollar-Arztrechnungen abbezahlen werde.

Ich lasse mein Gesicht in die Hände sinken. Ich bin mir nicht sicher, wie lange ich das noch durchhalte. Meine zwei Jobs reichen nicht, um mich bei meinen ganzen Verpflichtungen über Wasser zu halten, und ich weiß nicht, ob ich ohne Wagen überhaupt meine Jobs halten kann – vor allem den im Willow Inn, weil es so weit draußen liegt. Dabei ist das die Arbeit, die mir das meiste Geld einbringt und die ich am liebsten mag.

Ich bin wirklich am Arsch. Aber das ist ja nichts Neues.

5

Kayla

Mein Magen knurrt. Ich habe heute kaum etwas gegessen. Und gestern gab es auch nur einen Apfel und eine Tüte Chips. Abendessen ist ein Muss. Wenn ich heute Abend ein richtiges Essen bekomme, dann muss ich mich morgen vielleicht nicht ums Frühstück oder Mittagessen kümmern, wenn ich unterwegs bin.

Ich hasse es, allein zu fahren, vor allem nachts, deshalb fahre ich erst morgen zurück nach Chicago. Obwohl ich mir nicht sicher bin, was mich eigentlich dorthin treibt. Außer Big Joe und seinen Forderungen erwartet mich dort nichts.

Ich musste in den letzten Monaten so viele Schichten schieben, um meine Rechnungen bezahlen zu können, dass alle meine Freundschaften in Illinois zu Bekanntschaften verkommen sind. Ich bezweifle, dass überhaupt jemand weiß, wo ich bin. Oder auch nur, dass ich Chicago verlassen habe.

Wow. Das ist ein beunruhigender Gedanke.

Aber wahrscheinlich ist es besser so. Wenn Big Joe herausfindet, dass ich weg bin, schickt er wahrscheinlich seine Schläger, um mich zurück in den Laden zu zerren. Vielleicht ist es das Beste, wenn ich nicht nach Chicago zurückkehre.

In Illinois wartet nichts und niemand auf mich. Kein Zuhause. Keine Familie. Mir wird schwer ums Herz, als mir zum ersten Mal bewusst wird, dass ich genau genommen eine Waise bin.

Ich bin einundzwanzig und ich kann auf mich selbst aufpassen, aber man ist sehr einsam, wenn man nirgends auf der Welt irgendwelche Verwandten hat. In den letzten Jahren hat sich mein Vater nicht viel um mich gekümmert, aber *irgendwie* war er dennoch da. Irgendwie wusste ich, dass er existiert. Und tief in meinem Inneren, wo ich meiner Hoffnung freien Lauf lassen konnte, wusste ich, dass, wenn ich ihn gebraucht hätte – wenn ich wirklich absolut unbedingt meinen Daddy gebraucht hätte –, wäre er für mich dagewesen.

Ich hatte keinen Grund, das zu glauben, aber das kleine Mädchen in mir weigerte sich, etwas anderes zu denken. Auch, wenn ich ihn hasste, hatte ich mein Vertrauen in ihn nie ganz aufgegeben. Und vielleicht verletzt mich das am meisten. Mehr als die Zurückweisung. Mehr als das Verlassenwerden. Die tiefste Wunde hat die unerschütterliche Hoffnung, die ich in mir getragen habe, hinterlassen und sie hört nicht mehr auf zu bluten. Selbst jetzt nicht, nachdem er tot ist.

Ich schlucke den Kloß in meinem Hals hinunter und ziehe mich um.

Abgesehen von dem grauen Kleid von gestern, sind die königsblaue Bluse und der schwarze Bleistiftrock die einzigen »guten« Sachen, die ich besitze. Deshalb achte ich sorgsam darauf, dass ich beim Ausziehen nichts einreiße oder beschädige. Ich schlüpfe aus dem Rock, lege ihn aufs Bett, öffne behutsam die Knöpfe meiner Bluse, lasse sie über meine Schultern gleiten und falte alles ordentlich in meine Tasche.

Ich bemerke einen neuen Riss im Futter des Koffers und seufze. Erst meine Familie, dann meine Arbeit und meine Wohnung und jetzt mein Koffer?

Gibt es irgendetwas in meinem Leben, das nicht kaputtgeht?

Ich schüttele den Kopf und weise mich im Geiste zurecht,

nicht so dramatisch zu sein. Ich werde mich *nicht* wie ein weinerliches Baby aufführen. Klar, das Leben hat mir in letzter Zeit ein paar ziemliche Kracher vor die Füße geworfen, und ja, ich bin pleite und obdachlos, aber ich bin eine intelligente, erwachsene Frau, die das in den Griff bekommt. Mein Leben. Meine Zukunft. Mein Geld. Ich werde das regeln. Alles.

Ich wechsele den Rock gegen eine alte Jeans mit zerschlissenen Knien – weil ich sie schon so lange trage, nicht aus modischen Gründen – und mein Magen knurrt erneut.

Bevor ich *irgendetwas* regele, werde ich etwas essen, damit ich nicht auf dem widerlichen Motelteppich ohnmächtig zusammenbreche. Gott, bin ich hungrig. Alles, was ich heute gegessen habe, war ein Müsliriegel, bevor ich zur Testamentseröffnung in die Anwaltskanzlei gefahren bin.

Der Gedanke an den lächerlichen Wunsch meines Vaters weckt aufs Neue meine Wut. Erst spricht der Mann fünf Jahre lang nicht mit mir und als er es schließlich doch tut, will er, dass ich mich mit dem größten Playboy der Stadt auf eine absurde Briefsuche begebe? Was hat er sich dabei gedacht? Warum konnte er mir den Brief nicht einfach direkt geben, ohne irgendein Fesselspiel mit Daren Ackwood daran zu knüpfen? Und warum um alles in der Welt ist Daren Ackwood überhaupt ein Teil dieser Gleichung?

Er war der Gärtner meines Vaters, Himmelherrgott. Er ist ein egoistisches, reiches, verzogenes Kind und hat den Gärtnerjob damals wahrscheinlich nur angenommen, damit er sich die Kondome für alle seine Eroberungen leisten konnte. Und mein Vater meint, ihn in seinem Testament erwähnen zu müssen? Das ergibt keinen Sinn.

Wie dick waren Daren und mein Dad befreundet? Waren sie Saufkumpane? Waren sie Footballfreunde? Ich habe nie beobachtet, dass sie sich länger als zwei Minuten unterhalten haben – wie nah können sie sich da bitte gestanden haben?

Wutschnaubend zerre ich meine alte Jeans über den Hintern.

Vermutlich verdammt nah, wenn mein Dad uns beiden diesen dummen Brief hinterlassen hat. Aber was kann er uns schon in einem albernen Brief sagen?

Lieber Daren, liebe Kayla, ich behalte die Baseballkarten und bescheiße euch ein letztes Mal, hihi?

Die ganze Sache ist absurd.

Ich nehme ein graues T-Shirt aus meinem ramponierten Koffer, ziehe es über den Kopf, zerre meine Haare aus dem Ausschnitt und werfe sie energisch über den Rücken. Ich blicke in den Spiegel und entspanne mich ein bisschen.

Die enge Bluse und der Rock haben heute ihren Zweck erfüllt, aber in lockerer Kleidung fühle ich mich deutlich wohler. Oder relativ lockerer Kleidung. Meine Kurven sind auch in diesen Sachen noch zu erkennen, aber zumindest fühle ich mich nicht, als würde ich meine Brüste zur Schau stellen.

Ich nehme meine Tasche, verlasse das Motelzimmer und gehe in die Lobby – wenn man diese als solche bezeichnen kann. Sie sieht weniger wie die Rezeption eines Motels als wie die Theke eines Spirituosenladens aus.

Sie ist nicht größer als mein Zimmer. Vermutlich sind die Wände einmal weiß gewesen, jetzt aber sind sie schmutzig gelb, auf dem Boden liegt ein grauer, ziemlich fleckiger und mitgenommen aussehender grauer Laminat, der sich an manchen Stellen bereits löst. Die Rezeption ist passend zum Boden ebenfalls mit Laminat bezogen, das verkratzt und teilweise bekritzelt ist. An der Wand hinter dem Tresen befinden sich Regale voll mit Zigaretten, kleinen Schnapsflaschen und ein obszöner Vorrat an Kondomen.

Der Mann, der hinter dem Tresen sitzt, sieht aus, wie man es von einem Angestellten der Nachtschicht in einem heruntergekommenen Motel wie diesem erwartet: Mitte vierzig, übergewichtig, Schnurrbart, fleckiges Polohemd und mit einem Klumpen Kautabak unter der Oberlippe.

Als er mich sieht, hellt sich seine Miene auf; er verzieht die Mundwinkel zu einem Lächeln und zeigt seine gelben Zähne. Ich versuche, seinen prüfenden Blick auf meinem Körper zu ignorieren, während ich auf ihn zugehe – aber ehrlich mal, Kerle *sind* Schweine. Ich bin schließlich nicht wie eine Nutte gekleidet. Doch dieser Widerling kriecht mit seinem Blick zu den intimsten Stellen meines Körpers.

»Hallo«, sagt er fröhlich und richtet sich auf seinem Stuhl auf. Es ist vermutlich nicht seine Absicht, wie ein Fiesling zu wirken, aber als sein Grinsen wächst, muss ich unwillkürlich an alle möglichen Gruselfilme denken.

»Hallo«, sage ich höflich und registriere, dass auf seinem Namensschild OWEN steht. Nur für den Fall, dass die Polizei mich später nach Einzelheiten fragt …

»Wie kann ich Ihnen helfen?« Er glotzt mich an und spuckt in einen Plastikbecher. Widerlich!

»Gibt es hier in der Nähe einen Laden, in dem ich etwas zum Abendessen bekomme? Etwas … Günstiges?« Ich höre, wie jämmerlich ich mich anhöre und könnte mich ohrfeigen.

Ich sterbe nicht vor Hunger. Und es ist nicht so, als würde ich keinen Penny mehr besitzen. Ich will nur nicht zwanzig Prozent des wenigen Geldes, das mir bleibt, für ein mieses Sandwich und fettige Pommes vergeuden.

Der einzige Grund, weshalb ich überhaupt nach Essensmöglichkeiten frage, ist, dass das Quickie Stop sich gegenüber von dem Teil der Stadt befindet, in dem ich aufgewachsen bin. Deshalb kenne ich mich mit den Essenspreisen in der Gegend hier nicht aus und ich habe keine Lust, quer durch die Stadt zu fahren, nur um etwas zu essen.

Glücklich, behilflich sein zu können, beugt sich Glotz-Owen vor. »Die beste Wahl ist Latecomers Bar & Grill. Es ist nichts Schickes, aber da gibt es wirklich gutes Essen und jede Menge Alkohol.« Er hebt die Brauen, als hoffe er, ich würde mich heute Abend besaufen und ihn bitten, mich ins Bett zu bringen.

Wirklich. Schweine!

»Ich kann Ihnen den Weg beschreiben«, sagt er und greift nach einem Stift.

»Nein, danke. Ist schon okay. Ich kann das nachsehen.« Ich wedele mit meinem Telefon, damit er sieht, dass ich keine Hilfe brauche – und dass ich den Notruf wählen kann, wenn er zudringlich wird.

Ich mag vielleicht bettelarm sein, aber ich schaffe es *immer,* meine Telefonrechnung zu bezahlen.

Und außerdem weiß ich, wo das Latecomers ist. Ich bin noch nie dort gewesen, aber ich kenne die Gegend gut genug, um zu wissen, wie ich dorthin komme.

»Aber, äh …« Ich verlagere mein Gewicht und sammele Mut, um die nächste Frage zu stellen. »Haben Sie irgendwelche Sonderangebote für die Zimmer hier? So etwas wie: Bleiben Sie zwei Nächte und erhalten Sie die dritte zum halben Preis oder so etwas?« Meine Stimme zittert, wirklich, sie *zittert* beim letzten Wort. Oberjämmerlich.

Er scheint fasziniert. »Sie überlegen, länger zu bleiben?«

Ich bemühe mich um eine neutrale Miene. »Möglicherweise.«

Er misst mich erneut mit seinem Blick, während er wieder in seinen Becher spuckt. »Wir haben hier nichts dergleichen. Unter der Woche kostet das Zimmer fünfundfünfzig, am Wochenende fünfundsechzig. Aber«, er beugt sich vor und schenkt mir ein weiteres Gelbe-Zähne-Lächeln, »für Sie könnte ich vermutlich eine Ausnahme machen.« Sein Blick gleitet über meine Brust. *Schon wieder.*

»Schon in Ordnung.« Ich trete einen Schritt zurück.

»Ich möchte nicht, dass Sie gegen irgendwelche Regeln verstoßen.«

Männer, die einem einen Gefallen tun wollen, nur weil sie einen attraktiv finden, wollen einem eigentlich überhaupt keinen Gefallen tun. Sie bieten einem stillschweigend einen Vertrag mit etlichen Bedingungen an. Und ich lasse mich nicht auf Bedingungen ein.

Auf seinem Gesicht breitet sich Verzweiflung aus. »Es wäre überhaupt kein Problem.«

»Nein, wirklich. Vielen Dank.« Ich lächele angespannt. »Danke.« Ich wende mich ab und verlasse ohne ein weiteres Wort zielstrebig die Lobby.

Glotz-Owen und seine gierigen Blicke beunruhigen mich. Und die Tatsache, dass er weiß, wo ich schlafe, ist verdammt unheimlich. Ein Schauder läuft mein Rückgrat hinunter, während ich in meinen Wagen steige und mich einschließe, bevor ich aus der Parklücke zurücksetze. Ich kann es kaum erwarten, aus dieser Stadt fortzukommen.

Als ich das Latecomers erreiche, ist die Bar so voll, dass ich fünf Minuten auf dem Parkplatz herumfahren muss, bis ich eine Lücke finde.

Als ich eintrete, steigt mir der Duft köstlichen Essens in die Nase und mir läuft das Wasser im Mund zusammen. Beim Anblick der vielen Leute, die auf einen Tisch warten, schwindet meine Freude allerdings gleich wieder. So bald werde ich hier wahrscheinlich keinen Platz bekommen.

Vier Männer mittleren Alters an einem Tisch neben der Tür unterbrechen ihre Unterhaltung, als sie mich ansehen, allerdings nicht auf eine schmierige Weise. Vielmehr scheinen sie sich zu bemühen, *nicht* zu mir zu blicken, als sie auf ihren Stühlen hin- und herrutschen und einen Schluck aus ihren Gläsern nehmen. Aber es sind Männer und meine DNA ist dazu bestimmt, männliche Aufmerksamkeit zu erregen.

Ich wende mich der anderen Seite des Restaurants zu, wo zwei Frauen an einem Fenstertisch sitzen und mich anstarren. Ich lächele ihnen unsicher zu. Sie mustern mich und wenden sich angewidert ab. Als hätte ich meine Brüste und meinen Hintern irgendwie gezwungen, sich so zu wölben, wie sie es tun, und wäre nur in dieses Restaurant stolziert, um meine Schönheit zur Schau zu stellen. In einem *ausgebeulten* T-Shirt und einer *zerschlissenen* Jeans.

Bei Frauen habe ich keine Chance.

Wenn sie mich sehen, hassen sie mich entweder sofort, weil ich so aussehe, wie ich aussehe, oder sie hassen mich nicht, wollen mich aber auch nicht näher kennenlernen, weil sie mich aufgrund meines Aussehens für eine Schlampe halten.

Mein Blick gleitet umher, bis ich einen freien Platz am Ende der Bar entdecke. Meine Hoffnung wächst. Entschuldigungen murmelnd schiebe ich mich durch die Menge. Ein Typ, der bereits an der Bar sitzt, betrachtet mich mit lüsternen Blicken, als ich vorbeigehe. Ich wende mich ab und bahne mir rasch einen Weg zu dem freien Platz. Er befindet sich am dunklen Ende der Bar, was ich nicht toll finde, aber so kann ich zumindest für mich sein und errege keine weitere Aufmerksamkeit.

Neben dem freien Barhocker sitzt ein Paar; ein stämmiger Kerl mit diversen Tattoos und ein Mädchen mit rabenschwarzen Haaren und großen Kreolen in den Ohren. Sie lachen über ihrem Bier.

Als ich auf den freien Stuhl gleite, mustert mich das Mädchen und ich lächele. »Hallo.«

Sie wirft mir einen bösen Blick zu.

»Oh, tut mir leid.« Ich stehe schnell wieder auf. »Ist der besetzt?«

»Nein.« Sie grinst spöttisch und wendet sich wieder ihrem Begleiter zu.

Ich zögere, halb auf dem Barhocker sitzend, halb stehend. Ich bin verwirrt und etwas beleidigt. Warum sind Frauen so unfreundlich zu mir? Ich bin doch nicht hier, um ihr den Freund wegzuschnappen.

Ich atme langsam ein, setze mich erneut auf den Hocker und versuche, mich zu entspannen, während ich eine kleine Plastikspeisekarte studiere, die auf dem Tresen liegt. Ich möchte einfach nur etwas Warmes essen und den ganzen Tag vergessen. Und vielleicht noch einen Plan für mein Leben schmieden.

Letztes Jahr bin ich auf die Krankenschwesternschule gegangen. Ich kam gerade so über die Runden, aber ich hatte eine Zukunft. Und jetzt habe ich kein Geld, um zurück auf die Schule zu gehen, und wenn Big Joe mich findet, wird er wahrscheinlich die zwanzigtausend Dollar Schulden aus mir herausprügeln.

Ich starre auf die Speisekarte und versuche, die aufsteigende Panik unter Kontrolle zu bringen.

Eine hübsche Barfrau mit langen, roten Haaren und großen, blauen Augen kommt mit einem warmen Lächeln auf mich zu. »Wie geht's?«

»Gut.« Ich lächele, dankbar für die Ablenkung von meinen trüben Gedanken und erfreut, dass sie mich, anders als das Mädchen neben mir, nicht zu hassen scheint. »Und dir?«

»Viel zu tun.« Sie legt den Kopf schief. »Du kommst mir bekannt vor. Kennen wir uns?«

Sie kommt mir auch bekannt vor, aber das geht mir in dieser Stadt bei vielen Leuten so.

»Ich glaube nicht. Aber ich bin früher immer im Sommer in Copper Springs gewesen, um meinen Dad zu besuchen. Vielleicht haben wir uns da schon einmal gesehen? Ich bin Kayla.«

»Kayla Turner?« Sie schlägt sich die Hand vor den Mund. »Dein Daddy. Oh, es tut mir so leid.«

Mein Lächeln ist angespannt, aber ich zwinge mich, es zu halten. »Das ist sehr nett von dir. Danke.«

»Möchtest du etwas trinken?«, fragt sie und legt eine schwarze Serviette vor mir auf den Tresen. LATECOMERS steht in kupferfarbenen Lettern darauf. »Geht aufs Haus.«

Ich schüttele den Kopf. »Das ist nicht nötig.«

»Ich möchte aber. Ich bin übrigens Amber.« Sie lächelt.

Es fällt mir wieder etwas leichter zu lächeln. »Freut mich.«

Sie nimmt ein Glas mit Eiswürfeln. »Also, was nimmst du?«

Bevor ich antworten kann, höre ich: »Ja, Süße. Was nimmst du?«

Ich drehe mich zur anderen Seite und sehe, dass die dunkle Ecke der Bar nicht leer ist, wie ich zuerst gedacht hatte. Dort steht ein weiterer Barhocker und dort sitzen zwei dunkelbraune Augen und ein zerknittertes, violettes Hemd.

So viel zum Vergessen des heutigen Tages.

6

Daren

Das ist das Problem mit Kleinstädten. Man kann niemandem entkommen. Nie.

Ich weiß nicht, warum ich überrascht bin, Kayla zu sehen. Es gibt nur drei Läden, in denen man auf dieser Seite der Stadt abends essen kann, und das Latecomers ist der einzige, in dem es *anständiges* Essen gibt. Es ist nur logisch, dass Kayla hier landet. Aber dass sie direkt neben mir sitzt? Also wirklich.

Sie hat Rock und Bluse gegen ein Paar zerschlissene Jeans und ein graues T-Shirt getauscht, doch sie sieht noch immer scharf aus – selbst, wenn sie verärgert eine Braue hebt, so wie jetzt.

»Na, klar«, sagt sie und blickt mich wütend an.

Ich grinse. »Die Stadt ist klein.«

Amber blickt von einem zum anderen. »Ihr kennt euch?«

Ich antworte: »Ja.«

Sie: »Nein.«

»Im Ernst?« Ich starre Kayla an. Warum tut sie, als wären wir uns noch nie zuvor begegnet? Und warum ärgert es mich so? »Ich bin kein gefährlicher Fremder, Kayla. *Du. Kennst. Mich.*«

Sie blickt zu Amber. »Ich nehme einfach ein Bier, bitte.«

Amber wirft mir einen fragenden Blick zu, dann sagt sie langsam: »Sollst du haben.« Sie greift nach meinem leeren Teller.

Ich halte ihre Hand fest. »Ich räume das weg.«

Kayla blickt erst zu mir, dann sieht sie sich nach den anderen Gästen um und fragt Amber: »Räumen alle hier ihr Geschirr selbst ab?«

Sie lacht. »Nein. Nur Daren besteht darauf, seinen Teller selbst abzuräumen, weil er später in der Küche arbeitet.«

Bei dem Wort »arbeitet« blickt Kayla zu mir, dann wieder zurück zu Amber. »Ach so.« Sie errötet ein wenig. »Ich wollte nur nicht unhöflich sein und die Einzige, die ihr Geschirr nicht abräumt, wenn das hier so üblich ist.« Sie lacht etwas unsicher und sieht hinreißend aus. Fast.

Sie ist noch immer eine Zicke, weil sie das Geld vom alten Turner genommen und ihn aus ihrem Leben ausgeschlossen hat.

»Nein.« Amber lächelt. »Ich räume dein Geschirr ab. Mach dir keine Gedanken.«

Sie geht weg und überlässt Kayla und mich uns selbst. Wir sitzen am L-förmigen Ende der Bar, sodass ich schräg in ihr Gesicht blicke. Sie hat ein hübsches Gesicht – ein süßes Gesicht –, aber gleichzeitig wirkt es auch sehr sexy. Lange Wimpern und eine kleine Nase. Volle Lippen und hohe Wangenknochen.

Ich tippe mit den Fingern auf den Tresen zwischen uns. »Ich glaube, du und ich, wir müssen an unserem Beziehungsstatus arbeiten.«

Sie wendet sich zu mir und schafft es, zugleich belustigt und genervt auszusehen. »Wie bitte?«

»Wir sind keine Fremden«, erkläre ich. »Ich habe dein Zimmer gesehen, Kayla. Ich glaube, dadurch bin ich *zumindest* ein Bekannter von dir.«

»Wa…« Sie wirkt erschrocken. »Wann? Wann hast du mein Zimmer gesehen?«

Ich zucke mit den Schultern. »Irgendwann in der zehnten

Klasse, glaube ich. Dein Dad hatte dir eine neue Kommode gekauft und ich habe ihm geholfen, sie in dein Zimmer zu bringen.«

Sie macht große Augen. »*Was*?«

»Ich mochte übrigens die Welpenposter sehr gerne«, sage ich und füge in übertriebenem Ton an: »*Supersüß*.«

Sie errötet. »Ich hasse dich.«

»Dito. Der Punkt ist«, ich beuge mich vor, »wir sind uns nicht fremd. Aber da du darauf bestehst, das vor den Leuten zu behaupten …« Ich schenke ihr mein charmantestes Lächeln und strecke ihr die Hand entgegen. »Hallo. Ich bin Daren Ackwood – ein rundum netter Kerl und legendärer Liebhaber. Freut mich, dich kennenzulernen.«

Sie würdigt meine Hand keines Blickes. »Nein.«

Ich blinzele. »Nein?«

»Nein.«

Amber kehrt mit Kaylas Bier zurück. »Bitte«, sagt sie und setzt das Glas vorsichtig ab, damit es nicht überschwappt. Sie blickt auf meine ausgestreckte Hand, die noch immer zwischen Kayla und mir in der Luft schwebt, und hebt eine Braue.

»Kayla will mir nicht die Hand geben«, erkläre ich und ziehe meinen Arm zurück.

Kayla blickt zu Amber. »Er hat sich mir als ›legendärer Liebhaber‹ vorgestellt.«

Amber wirft mir einen Blick zu. »Das hast du nicht.«

Ich zucke unschuldig mit den Schultern. »Es sollte lustig sein.« Und es sollte funktionieren, verdammt. Es funktioniert *immer*.

Amber schüttelt seufzend den Kopf und sagt zu Kayla: »Nimm es Daren nicht übel. Er ist ziemlich eingebildet, aber er ist harmlos. Ich schwöre.«

Ich fasse es nicht.

»Verräterin.«

Amber zuckt mit den Schultern. »Du *bist* eingebildet.«

»Ja«, bestätige ich. »Aber das darfst du doch niemandem erzählen.«

»Ach, Süßer.« Sie lächelt. »Kayla wusste das sowieso schon. Wenn ihr mich jetzt entschuldigt, ich muss mich um ein paar durstige Gäste kümmern.« Mit einem Funkeln in den Augen wendet sie sich zum Gehen.

»Ich mag sie«, sagt Kayla etwas blasiert und sieht Amber hinterher.

»Ich auch. Normalerweise«, murmele ich.

Ein Kerl, der an der Bar sitzt, sieht zu Kayla herüber, dann stößt er seinen Kumpel an und deutet mit dem Kinn in ihre Richtung. Beide mustern sie anerkennend und einer von ihnen macht eine Bemerkung. Sie lachen und Kayla wendet ihr Gesicht in die andere Richtung.

Es ist eine kleine Bewegung, so unauffällig, dass es Zufall sein könnte, aber Kaylas gereizter Gesichtsausdruck verrät mir, dass ihr durchaus bewusst ist, dass die Typen sie anstarren. Ich blicke mich einen Augenblick um. Ziemlich viele Typen …

Ich lehne mich auf meinem Hocker zurück, verschränke die Arme und lenke ihre Aufmerksamkeit auf mich. »Warum bist du noch hier, Kayla? Ich dachte, du wärst schon lange weg.«

Sie trinkt einen Schluck von ihrem Bier. »Ich fahre nicht gerne nachts, deshalb bleibe ich bis morgen.«

»Wo übernachtest du?«

»Äh …« Sie spielt mit der Papierserviette und reißt winzige Fransen in den Rand. »Im Quickie Stop.«

Ich hebe ungläubig die Brauen. »Dem heruntergekommenen Laden am Freeway?«

Sie weicht meinem Blick aus. »Ja.«

»Das ist das allerletzte Motel in Four Counties. Warum

übernachtest du dort? Warum nicht außerhalb im Willow Inn oder bei Marthas Bed & Breakfast am Marktplatz?«

»Weil ich *sparen* muss.« Sie wirft mir einen kühlen Blick zu, als wäre das irgendwie meine Schuld.

Ich habe offenbar wirklich ein Talent, das Mädchen zu verärgern.

»Ach, wie nett, Sie beide hier zu treffen.« Eddie Perkins zwängt sich mit breitem Grinsen zwischen Kayla und das schwarzhaarige Mädchen neben ihr.

Ich sage es ja, hier kann man wirklich niemandem entkommen.

»Hallo, Mr. Perkins«, grüßt Kayla freundlich.

»Bitte nennen Sie mich Eddie.« Er lässt den Blick zwischen uns hin- und hergleiten. »Sind Sie zusammen hier?«

Wir sehen einander an.

»Auf gar keinen Fall …«

»Teufel, nein …«

Eddie lacht. »Na, dann.« Er beugt sich über die Bar. »Hallo, Amber.«

Sie sieht lächelnd auf. »Hallo, Eddie. Ihre Bestellung liegt hinten zur Abholung bereit. Ich hole sie gleich«, sagt sie und schenkt einem anderen Gast einen Martini ein.

»Danke.« Er wendet sich erneut uns zu. »Tut mir leid, dass die Dinge sich heute nicht so entwickelt haben, wie Sie beide es sich erhofft hatten.«

Wir nicken beide und zucken mit den Schultern.

»Danke, dass Sie sich um das Testament meines Vaters gekümmert haben«, sagt Kayla.

»Natürlich«, antwortet er. »Für James habe ich das gern getan. Ich bin nur froh, dass jetzt alles erledigt ist. Und es war mir ein Vergnügen, Sie kennenzulernen. James war sich nicht sicher, ob Sie kommen würden, nachdem, was mit Ihrer Mutter passiert ist und so.«

Ihr Blick zuckt zu ihm, hart und argwöhnisch. »Es war … Es schien mir richtig zu sein.«

Ich konzentriere mich auf meine Limonade, da ich mir bei ihrem Gespräch wie ein Eindringling vorkomme. Ich weiß nicht, was mit ihrer Mutter passiert ist, aber was auch immer es gewesen ist, es war nichts Angenehmes.

»Na ja, ich bin jedenfalls froh, dass Sie gekommen sind. Sie beide.« Eddie sieht zu mir und kratzt sich am Kinn. »Es ist ein interessantes Testament, nicht wahr?« Er schüttelt den Kopf. »James hatte immer einen sehr eigenen Sinn für Humor, aber dass Sie beide sich für Geld mit Handschellen aneinanderketten sollen? Nun, das ist etwas zu verrückt, selbst für ihn.«

Unsere Köpfe schnellen gleichzeitig zu ihm herum.

»Haben Sie Geld gesagt?« Ich fahre auf meinem Stuhl hoch und mein Herz hämmert, während Kayla ihn derart konzentriert anstarrt, als wäre niemand außer ihm im Raum. Sie umfasst den Rand des Bartresens und beugt sich vor.

»Nun … ja«, bestätigt Eddie. »Der Brief, den James geschrieben hat, erklärt, wie Sie das Geld finden, das er Ihnen beiden hinterlassen hat.« Er runzelt die Stirn. »Habe ich das vorhin vergessen zu erwähnen?«

»Ja!«, antworten wir wie aus einem Mund und zwar so laut, dass sich ein paar Köpfe an der Bar zu uns umdrehen.

»Ach, herrje. Ich hätte schwören können …« Eddie reibt sich über den Mund. »Was für ein dummer Fehler. Ich entschuldige mich. Aber so steht es im Testament. Wenn Sie einwilligen, sich mit Handschellen aneinanderzuketten, können Sie James' Brief finden und den Anweisungen folgen, um an das Geld zu kommen, das er Ihnen hinterlassen hat.«

Kaylas Augen weiten sich. »Im Ernst?«

»Im Ernst.« Eddie nickt.

»Oh Mann«, murmele ich.

Ich könnte vor lauter Aufregung schreien. Alter Mann

Turner hat Geld hinterlassen. *Mir*. Und alles, was ich tun muss, um es zu bekommen, ist, mich für ein paar Stunden an seine superscharfe Tochter zu ketten?

Zum Teufel, ja!

Fassungslos flüstert Kayla: »Das glaube ich nicht.«

»Es gibt natürlich ein paar Bedingungen«, fährt er fort. »Sie müssen mit den Handschellen zusammenbleiben, bis Sie das Geld gefunden haben, und Sie müssen sich das Geld teilen.«

»Klar. Ja. Natürlich.« Ich nicke ungeduldig. »Von wie viel Geld sprechen wir denn? Drei Nullen? Vier?« Ich senke die Stimme. »Sechs?«

Eddie schüttelt den Kopf. »Diese Information darf ich Ihnen nicht geben. James meinte, wenn Sie den Betrag erführen, würde das den Plan zunichtemachen, den er mit dieser Erbschaft verfolgt.«

Kayla blinzelt ein paarmal. »Das ergibt keinen Sinn.«

Eddie zuckt mit den Schultern. »Das liegt in der Natur von Testamenten. Sie müssen keinen Sinn ergeben.«

»Was ist mit den Papieren, die wir heute unterzeichnet haben?«, erkundige ich mich. »Haben wir den Brief dadurch verloren?«

»Denn das war, *bevor* wir erfahren haben, dass es sich bei dem Brief um mehr als nur einen Brief handelt«, führt Kayla aus.

Ich schiebe meinen Hocker um die Ecke der Bar, um dem Gespräch näher zu sein und setze mich direkt neben Kayla. Sie riecht nach Kokosnuss. Ich blicke auf ihren Nacken. Kokosnüsse sind köstlich.

Eddie winkt ab. »Sie haben vierundzwanzig Stunden Zeit, Ihre Meinung zu ändern. Wenn Sie beschließen, sich doch mit Handschellen aneinanderzubinden, können Sie morgen in meiner Kanzlei vorbeikommen und wir setzen neue

Papiere auf. Danke, Amber.« Er lächelt, als sie ihm eine braune Papiertüte mit seinem Essen reicht. »Wenn Sie mich jetzt entschuldigen«, sagt er. »Zuhause wartet ein Haufen Papierkram auf mich und diese Dokumente lesen sich nicht von allein.«

Als er sich zum Gehen wendet, beginnen die Rädchen in meinem Kopf zu arbeiten. Ich bin *nicht* scharf auf Kayla. Aber wenn ich aus der finanziellen Misere herauskomme, in der ich derzeit stecke, indem ich einen Tag mit Handschellen an sie gekettet bin, dann nehmt mich fest! Ich brauche das Geld.

Jetzt muss ich nur noch Kayla davon überzeugen, dass sie es ebenfalls braucht.

7

Kayla

Ich bin sprachlos. Ich brauche meine gesamte Energie, um nicht hinter Eddie herzurennen und ihn zu bitten, hier und jetzt ein neues Papier aufzusetzen. Mein Vater hat mir Geld hinterlassen.

Mein *Vater*.

Hat *mir* Geld hinterlassen.

Ich bin so schockiert und erleichtert, ich könnte schreien. Vielleicht sollte ich das. Nein, das wäre nicht cool. Ich werde nicht in einem Raum voller Leute schreien, die mich bereits aufgrund meiner Körbchengröße vorverurteilt haben.

Ich lasse den Blick zu dem Mädchen mit den pechschwarzen Haaren neben mir gleiten, die mir böse Blicke zuwirft, seit ich mich gesetzt habe – vor allem, seit Daren sich mit mir unterhält. Wahrscheinlich ist sie ein Opfer von Darens zweifellos langer Reihe gebrochener Herzen. Armes Ding. Ich habe irgendwie Mitleid mit ihr. Gebrochene Herzen sind das Schlimmste überhaupt.

Und da wir gerade von Daren sprechen – der sollte lieber mit im Boot sein, wenn es darum geht, sich an mich zu ketten, denn wir *werden* uns diesen Brief besorgen.

Eddie schiebt sich durch die Menge und verschwindet mit seinem Essen durch die Eingangstür. In dem Augenblick, in dem sich die Tür hinter ihm schließt, treffen sich Darens und mein Blick.

»Wir machen das«, sagen wir gleichzeitig. Gefolgt von einem verwirrten: »*Du* willst es machen?«

Ich nicke. »Ja.«

Er nickt ebenfalls, seine braunen Augen leuchten. »Ich auch.«

Ich zucke mit den Schultern. »Wir müssen ja nicht sehr lange aneinandergekettet bleiben.«

»Natürlich nicht«, bestätigt er. »Wir lassen uns von Eddie fesseln, nehmen den Brief und befreien uns selbst wieder, sobald wir wissen, wo das Geld ist.«

»Genau. Und dann hole ich das Geld.«

»Langsam.« Er hebt eine Hand. »Du meinst, *wir* holen das Geld.«

»Nein. Ich meine, *ich* hole das Geld«, widerspreche ich. »Warum sollten *wir* das Geld holen?«

»Äh, weil Turner mir die Hälfte davon hinterlassen hat?«

Ich schnaube verächtlich. »Ja, weil er nicht damit gerechnet hat, dass ich erscheine. Aber weißt du was?« Ich tue überrascht. »Ich *bin* erschienen.«

»Und wir sind von Eurer Anwesenheit geehrt, Eure Majestät.« Er lächelt bissig. »Aber das heißt nicht, dass du meine Hälfte der Erbschaft klauen kannst.«

»Klauen? Du bist doch schon reich«, stoße ich hervor. »Wozu brauchst *du* bitte das Geld?«

»Ich bin *reich*? Du bist doch diejenige, die die letzten zehn Jahre auf Daddys Kosten gelebt hat.«

»Wovon redest du da?« Ich verziehe verwirrt das Gesicht. »Ich bin pleite.«

»Na, klar.«

Meine Augen weiten sich. »Das stimmt.«

Er zuckt mit den Schultern und lässt die Eiswürfel in seinem Glas kreisen. »Tja, das ist schlecht, denn die Hälfte des Geldes gehört mir.«

Ich schürze die Lippen.

Gieriger, selbstsüchtiger, verzogener reicher Pinkel. Auf keinen Fall werde ich das Einzige, was mein Vater mir hinterlassen hat, mit jemandem teilen. *Auf keinen Fall.*

Ich hatte fünf Jahre meines Lebens nichts von ihm und so abwegig es klingt, die Tatsache, dass sich mein verrückter Vater eine seltsame Briefsuche für mich ausgedacht hat, gibt mir das Gefühl, geliebt zu werden – zumindest hat er an mich gedacht. Und ich habe keine Lust, die letzte Erinnerung meines Vaters an mich mit einem hübschen Mädchenschwarm zu teilen, der nichts mit meiner Familie zu tun hat.

Und außerdem, wenn ich auf die Schwesternschule gehen will, brauche ich Schulgeld. Viel Schulgeld. Das ist womöglich meine einzige Chance, etwas Besseres aus meinem Leben zu machen. Auf gar keinen Fall werde ich Daren Ackwood die Hälfte meiner Zukunft überlassen.

Nicht, dass er das wissen müsste.

»Gut«, ich seufze und tue, als würde ich nachgeben. Damit es auch glaubhaft wirkt, verdrehe ich zusätzlich die Augen. »Wir teilen das Geld.«

Er nickt. »Aber ganz bestimmt werden wir das.«

»Hallo, Daren«, gurrt eine weibliche Stimme hinter mir.

Ich drehe mich um und sehe eine blonde Barbiepuppe neben einem brünetten Victoria's-Secret-Model-Verschnitt stehen; beide tragen freizügige Tops und lächeln verführerisch.

»Hallo, Lizzy. Tanya.« Daren zeigt ihnen sein Grübchen. »Ihr zwei seht heute Abend bezaubernd aus.«

Sie kichern. Sie kichern tatsächlich. Erwachsene Frauen sollten nicht kichern.

Aber er hat recht. Sie sehen bezaubernd aus, inklusiver enger Shirts und allem. Sie sind äußerst attraktiv, und so wie sie Daren mustern, nehme ich an, dass sie ihn ziemlich gut kennen.

»Das ist meine Freundin, Kayla.« Er deutet auf mich. »Kayla, darf ich dir Lizzy und Tanya vorstellen?«

Ich nicke ihnen zu und deute ein Lächeln an. »Hallo.«

Sie mustern mich von oben bis unten. Dann setzen sie ein falsches Lächeln auf und machen fiese Bemerkungen.

»Die Schuhe gefallen mir«, sagt die Barbie. Ich glaube, das ist die, die Lizzy heißt. Sie deutet mit selbstzufriedener Miene mit dem Kopf auf meine alten Sneakers.

Die andere – Tanya – ergänzt: »Hübsches… Shirt.« Sie blickt auf meine Brust und betreibt ganz offenbar Mädchenmathe, um festzustellen, wer von uns den größeren Busen hat.

Es kostet mich meine gesamte Selbstbeherrschung, meine Schuhe nicht noch weiter unter den Barhocker zu schieben oder die Arme über der Brust zu verschränken. An meinen Schuhen ist nichts falsch. Sie sind alt und ein bisschen ausgefranst, aber es sind keine Clownsschuhe mit Neonflicken. Und mein Shirt ist völlig normal. Aber dennoch spüre ich tief in mir die Unsicherheit nagen und am liebsten würde ich mich dafür ohrfeigen.

Sie versuchen eindeutig, Daren mit ihrer falschen Freundlichkeit zu beeindrucken. Aber dem missbilligenden Ausdruck auf seinem Gesicht nach zu urteilen lässt er sich nichts vormachen.

Ich besitze nicht viel. Aber ich schäme mich nicht für das, was ich besitze. Diese zwei Tussis hacken auf ihre passivaggressive Art auf mir herum, weil sie sich von mir bedroht fühlen. Wenn ich es nicht gewohnt wäre, von Mädchen auf diese Weise behandelt zu werden, würde ich etwas Patziges erwidern. Doch stattdessen lächele ich so freundlich wie möglich und sage mir, dass sie auch nur Menschen mit Gefühlen sind.

Ich blicke hinunter auf meine abgetragenen Schuhe und sage: »Danke. Ich versuche, mich so oft wie möglich bequem zu kleiden.« Ich sehe sie an und beziehe mich auf die einzige Sache, die wir gemeinsam haben: Wir sind Frauen. »Hohe Absätze sehen zwar toll aus, aber sie sind wirklich gemein, stimmt's?« Ich lache affektiert.

Sie zögern. Sie haben eindeutig nicht damit gerechnet, dass ich so artig antworten würde. Lizzy zeigt ein echtes Lächeln.

»Total.« Sie blickt hinunter auf ihre teuren Pumps. »Absolut furchtbar.«

»Wem sagst du das«, stimmt Tanya zu und tippt mit ihrem schicken Schuh auf den Boden.

Für einen kurzen Moment sind wir keine Feinde.

Dann wendet Tanya ihre Aufmerksamkeit erneut Daren zu. »Na, Hübscher …« Er grinst. »Wir haben dich gestern Abend gesucht, konnten dich aber nirgends finden.«

Sein Lächeln flackert. »Ja. Na ja. Ich hatte einen langen Tag.«

Lizzy schiebt schmollend die Unterlippe vor. »Wir wollten dich aufheitern. Es muss so ein trauriger Tag für dich gewesen sein.«

Sein Blick zuckt zu mir und für den Bruchteil einer Sekunde sehe ich echten Schmerz in seinen Augen. Er räuspert sich. »Es war heftig, aber mir geht's gut.«

Tanya legt eine Hand auf sein Knie und ein seidiges Lächeln huscht über ihr Gesicht. »Kannst du denn heute Abend eine kleine Aufmunterung gebrauchen?«

Lizzy setzt ebenfalls ein sinnliches Lächeln auf und beugt sich vor.

Was sind die zwei? Ein Paketangebot – zwei zum Preis von einer?

Daren besitzt immerhin genug Anstand, etwas peinlich berührt zu wirken. »Eigentlich, Ladys, bin ich heute Abend schon versorgt. Aber ich weiß eure Aufmerksamkeit zu schätzen.«

Sie werfen mir einen geringschätzigen Blick zu. Bestimmt gehen sie davon aus, dass *ich* ihn an ihrer Stelle heute Abend aufheitern werde und schon hassen sie mich wieder.

Ich kann nicht gewinnen.

Nachdem sich die Mädchen verabschiedet haben und davongeschlendert sind, wendet sich Daren mir mit bedeutungsvollem Blick zu.

»Hast du bemerkt, wie ich dich eben vorgestellt habe? Als meine *Freundin*. Und es hat gar nicht wehgetan.« Ein Lächeln umspielt seine Lippen.

Ich trinke einen Schluck Bier und beobachte, wie Barbie und Victoria's Secret durch die Menge streifen. »Wenn das die Art von ›Freundinnen‹ ist, mit der du dich normalerweise umgibst, bin ich mir nicht sicher, ob ich dazugehören möchte.«

Er sieht mich entschuldigend an. »Ja. Tut mir leid, dass sie nicht cool waren. Sie sind sonst eigentlich nicht so. Ehrlich. Sie haben nur Probleme mit ihrem Selbstbewusstsein und sie sind neidisch. Und du bist …« Er mustert mich. »Na ja, du bist wahrscheinlich alles, das sie gern sein möchten.«

Ha, ha.

»Das bezweifle ich«, entgegne ich.

»Du bist schön, das meine ich damit«, bemerkt er beiläufig.

Die meisten Typen können einem Mädchen kein Kompliment machen, ohne dabei zu wirken, als würden sie sich unwohl fühlen. Nicht so Daren. Oh nein. Er bleibt cool wie ein Eisblock.

Er fügt hinzu: »Einige Frauen können nicht nett zu hübschen Frauen sein.«

Ich äffe Tanya nach und ziehe die Worte künstlich in die Länge: »Wem sagst du das.«

Als er einen Schluck aus seinem Glas trinkt, spiele ich erneut mit der Serviette und realisiere plötzlich, dass er direkt neben mir sitzt. Er stellt das Glas ab und mein Blick folgt seiner Bewegung. Seine Ärmel sind bis zu den Ellbogen aufgerollt und lassen seine gebräunten Unterarme und Hände frei. Er hat schöne Haut – makellose sogar –, schlanke, muskulöse Arme und lange Finger. Mein Blick gleitet hinauf zu seinem Gesicht und ich stelle fest, dass er zusieht, wie ich die Serviette in Stücke reiße. Unsere Blicke treffen sich und ich wende mich rasch ab.

Als ich Daren das erste Mal gesehen habe, war ich dreizehn und trank ein Glas Eistee in der Küche meines Vaters. Ich erinnere mich daran, weil ich mich an meinem Tee verschluckt habe, als ich ihn sah, und mir ein bisschen davon das Kinn hinunterlief. Er war genauso alt wie ich, aber mit seinen breiten Schultern und dem kräftigen Unterkiefer wirkte er älter. Als ich meinen Vater fragte, wer der Junge im Garten sei, erwiderte er: »Ein guter Junge, der etwas braucht, auf das er stolz sein kann.« Was auch immer das bedeutete. Dann sagte er mir, dass er Daren Ackwood heiße, und ich merkte mir den Namen sofort.

Ackwood.

Reiche Familie. Skandal wegen Ehebruchs.

Ich hatte den Klatsch in der Stadt gehört und empfand augenblicklich Mitleid mit dem Jungen, der den Rasenmäher schob. Wenn *ich* schon von dem Gerede über seine Familie wusste, wusste es ganz sicher jeder andere in der Stadt ebenfalls. Das musste schwer für ihn sein.

In den folgenden Monaten dachte ich nicht mehr viel an Daren Ackwood – erst als ich ihn im nächsten Sommer wiedersah. Wir waren beide vierzehn und Daren mähte im

Garten den Rasen – diesmal allerdings mit nacktem Oberkörper.

Wenn ich wieder Eistee getrunken hätte, hätte ich mich mit Sicherheit noch heftiger daran verschluckt. Er war attraktiver als im Jahr zuvor und auf seiner gebräunten Brust wölbten sich Muskeln. Diese Muskeln tanzten bei jeder Bewegung und glänzten von Schweiß und zum ersten Mal in meinem Leben wollte ich einen Jungen berühren. *Wirklich* einen Jungen berühren. Was ein ungewohntes Gefühl für mich war, weil ich sonst eher prüde veranlagt war.

Ich richte meinen Blick auf den Daren von heute neben mir und beiße mir auf die Lippe. Wenn der vierzehnjährige Daren ohne Hemd bereits verlockend aussah, wette ich, dass der einundzwanzigjährige Daren geradezu unwiderstehlich aussieht.

Pfui. Nein.

Nein, Kayla!

Jungs sind schlecht.

Ich bin nicht mehr so prüde wie vor all den Jahren, aber ich bin auch nicht frei und unbeschwert im Umgang mit Sexualität. Ich habe durch eine Reihe enttäuschender Beziehungen gelernt, dass Männer sich nur für meinen Körper und für ihre eigene Lust interessieren.

Deswegen beachte ich Typen nur noch selten, aber jetzt erlaube ich mir für einen Augenblick, von Daren Ackwood zu träumen. Genau wie damals, als ich noch ein Teenager war.

»Was denkst du, wie viel?«, fragt er.

Ich blinzele und löse den Blick von seiner Brust. »Was?«

Er zuckt mit den Schultern. »Was meinst du, wie viel dein Dad uns hinterlassen hat?«

Die Frage katapultiert mich mit einem Schlag zurück in meine neue, unfassbare Realität.

Mir gehen diverse Möglichkeiten durch den Kopf, aber ich

kann mich nicht festlegen. Mein Vater und ich haben seit kurz vor meinem sechzehnten Geburtstag nicht mehr miteinander gesprochen. Ich kenne ihn also nicht mehr gut genug, um sein Vermögen einschätzen zu können. Ich weiß, dass seine Familie von jeher reich war – reich genug, dass meine Mutter stöhnte und zickte, was er für ein Geizhals sei, als er aufgehört hat, ihr Unterhalt und Kindergeld zu schicken – aber über sein tatsächliches Vermögen kann ich nur spekulieren.

Es sei denn, das hier ist alles nur ein übler Scherz und mein verrückter Vater spielt mit meinen Hoffnungen und wedelt posthum mit dem Erbe vor meiner Nase herum wie einem alten Esel mit einer unerreichbaren Karotte.

Ich schüttele den Kopf. »Ich habe keine Ahnung. Ein paar tausend Dollar vielleicht?«

Daren stößt einen leisen Pfiff aus. »Das wäre nett.«

Ich blicke ihn und sein Designerhemd düster an. Ein paar tausend Dollar sind Taschengeld für einen Typen wie Daren. Für mich bedeutet es den Unterschied zwischen auf einer harten Parkbank schlafen und in ein weiches Bett krabbeln.

»Aber so wie ich meinen Vater kenne«, füge ich trocken hinzu, »könnten es auch nur zwanzig Dollar sein.«

»Vielleicht.« Er nickt und grinst. »Aber dann wären wir beide um zehn Dollar reicher.«

Damit hat er auch wieder recht.

»Dann ist es also abgemacht?« Ich werfe die Serviette zur Seite und blicke ihn an. »Wir lassen uns mit Handschellen aneinanderschließen, um etwas zu finden, was eine Zwanzig-Dollar-Note sein könnte, aber vielleicht auch nicht?«

Seine Augen blitzen amüsiert. »Ich bin dabei, wenn du bereit bist.«

»Oh, ich bin bereit.« Ich lächele lasziv. »Ganz sicher.«

Mit einem schiefen Grinsen hebt er sein Glas. »Auf die Handschellen.«

Ich proste ihm zu. »Auf die Handschellen.«

8

Daren

Nachdem ich meinen Teller abgeräumt habe, gehe ich zurück in die Küche. Als ich hereinkomme, steht Jake am Grill und gibt seinen Mitarbeitern Anweisungen.

»Daren«, ruft er. »Du übernimmst die Vorbereitungen.«

»Klar«, sage ich. »Danke, dass ich dir wieder einmal helfen darf.«

»Jederzeit.« Er ruft den anderen eine Anweisung zu und wendet Burgerfleisch auf dem Grill, dann wirft er mir einen neugierigen Blick zu. »Was ist mit dir?«

»Was meinst du?« Ich wasche mir die Hände.

Er zuckt mit den Schultern. »Du siehst so glücklich aus.«

Ich grinse schief. Teufel, ja, ich bin glücklich. Ich habe gerade herausgefunden, dass ich eine Erbschaft machen werde.

»Hat es was mit der Blondine da draußen zu tun?« Jake deutet mit dem Kopf in Richtung Restaurant. »Hast du ihretwegen so gute Laune?«

»Was? Nein.« Ich schrubbe mir die Finger. »Doch, in gewisser Weise, ja. Aber nicht so, wie du denkst.«

Er sieht mich schräg an. »Na klar ….«

Ich schnaube. »Komm schon, Jake. Hast du je erlebt, dass ich wegen eines Mädchens *glücklich* gewesen wäre?«

Er überlegt. »Guter Punkt.« Er wirft ein rohes Steak auf den Grill und nimmt ein fertiges herunter. »Was hast du dann?«

Ich zucke mit den Schultern. »Nichts.«

Noch nichts, füge ich still hinzu.

Nachdem ich mir die Hände gewaschen habe, gehe ich zum Schneidbrett und unterdrücke ein Lächeln.

Ich kann es noch immer nicht fassen. James Turner hat mir ein Erbe hinterlassen, der alte Hund.

Zwanzig Dollar wären nett. Aber wenn es mehr Geld wäre – wenn es *viel* mehr Geld wäre –, würde sich mein ganzes Leben ändern. All der Mist, mit dem ich in den letzten Jahren zu tun hatte, all der Stress könnten vorbei sein – oder zumindest ein Teil davon. Ich hätte wieder eine Wahl.

Ich hatte noch nie das Gefühl, eine Wahl zu haben. Nicht, was meine Zukunft angeht.

Die nächsten eineinhalb Stunden verbringe ich damit, Zutaten zu schneiden, während ich mit den anderen Küchenhilfen scherze.

Ich bin gern in der Küche vom Latecomers. Ich bin überhaupt gern in Küchen. Nichts ist so erfrischend wie das Treiben in einer Küche. Die Vorbereitungen, die Düfte, das Braten und Grillen. Es entspannt mich auf eine Weise, die ich nirgendwo anders finden kann.

Das erste Mal habe ich »gekocht«, als ich neun Jahre alt war. Marcella hat eine Spaghettisoße zubereitet und mich gebeten, die köchelnden Tomaten umzurühren. Während ich das tat, warf sie einige Oliven hinein und ich verzog das Gesicht. Ich hasste Oliven in der Spaghettisoße. Lachend fragte Marcella mich, was *ich* gern in die Spaghettisoße geben würde. Ich antwortete ihr, dass ich es nicht genau wüsste, weil ich nicht alle Zutaten kennen würde. Also hat sie etwas Basilikum hervorgeholt, Pilze, Zwiebeln und Gewürze und hat mich alles probieren lassen. Dann ließ sie mich meine eigene Spaghettisoße mit den Zutaten herstellen, die ich mochte. Ich schnitt Pilze und Zwiebeln klein und fügte Oregano hinzu. Dann rührte ich in der Soße und sog den intensiven Duft ein, bis sie fertig war. Wir setzten uns, um gemeinsam zu essen – nur wir zwei in der riesigen Küche meiner Eltern – und ich nahm den ersten Bissen.

Es war die fantastischste Spaghettisoße, die ich je gegessen hatte.

Ich fragte Marcella, warum sie so viel besser schmeckte, als die, die sie machte. Sie lachte und sagte: »Weil du sie dir selbst ausgedacht hast, Mijo. Essen schmeckt immer besser, wenn man selbst dafür gearbeitet hat.«

Von jenem Tag an war ich vom Kochen besessen. Marcella unterstützte mich, so gut sie konnte. Sie brachte mir bei, wie man Eischnee und Sahne schlägt, Zutaten abmisst und in Würfel schneidet und wie man Teig knetet. Ich bekam nie genug. Auch, nachdem wir uns Marcella nicht mehr leisten konnten und sie wegzog, um sich eine neue Stelle zu suchen, verbrachte ich endlose Stunden in der Küche.

Es war allerdings nicht mehr dasselbe. Ohne Marcella war die Küche kein warmer, glücklicher Ort mehr. Es gab niemanden, mit dem ich reden konnte. Niemand nannte mich mehr Mijo.

Nachdem Marcella gegangen war, blieb nichts, wie es war. Sie hatte mir die einzige Wärme in einem sonst kalten Haus gespendet. Als sie weg war, suchte ich Trost am Herd. So wurde das Kochen zu einem Zufluchtsort für mich – und ist es seither geblieben.

Ungefähr in der Mitte des abendlichen Ansturms merke ich, dass wir nicht mehr viel Dessert vorrätig haben und gehe nach draußen, um Nachschub aus dem Ersatzkühlschrank zu holen. Der Kühlschrank steht in einem umzäunten Hof neben dem Parkplatz. Jake will daraus einen Außensitzbereich machen, aber momentan ist es eher ein Lager.

Als ich den Kühlschrank erreiche, entdecke ich etwas auf der anderen Seite des kurzen Zauns. Kayla steht vor dem

Latecomers und hilft einer älteren Frau die steile Eingangstreppe hinunter. Sie hält die Hand der alten Dame und führt sie behutsam die Stufen hinunter zu einem wartenden Taxi. Kayla setzt die Frau in den Wagen, dann schließt sie die Tür hinter ihr und geht in Richtung des Parkplatzes.

Ich folge ihren schwingenden Hüften, bis sie nur noch ein kleines Stück von mir entfernt ist.

Ich öffne das Hoftor und lächele. »Eine Freundin von dir?«

Kayla fährt herum und fasst sich an die Brust. Als sie mich sieht, seufzt sie erleichtert auf. »Ach, du bist es.«

»Tut mir leid«, sage ich. »Ich wollte dich nicht erschrecken.«

Sie winkt ab. »Schon okay. Ich bin nur nervös. Äh … nein, ich kannte die Frau nicht, aber sie hatte Schwierigkeiten und es war niemand da, um ihr zu helfen.« In dem weichen, gelben Schein der Hoflampen glänzen ihre Haare golden und ihre großen, blauen Augen leuchten. Sie sieht wirklich phänomenal aus.

»Das war nett von dir«, stelle ich lächelnd fest. »Und wie war dein Essen?«

»Es war gut.« Sie nickt und ihre blauen Augen weiten sich. »Es war sogar *richtig* gut.«

Ich lache. »Du klingst überrascht.«

»Das bin ich auch. Ich kenne sonst keine Bars, in denen es Gourmet-Essen gibt. Es war wirklich fantastisch.«

Das Lob freut mich. Auch, wenn ich das Essen nicht zubereitet habe, bin ich dennoch stolz auf die Küche, aus der es stammt.

»Hier arbeitest du also?« Sie kommt näher und deutet auf die geschlossene Küchentür hinter mir.

Ich trete zur Seite, damit sie in den Hof kommen kann, dann blicke ich über meine Schulter zurück. »Ich helfe nur gelegentlich in der Küche aus«, erkläre ich. »Ich koche gern.

Deshalb lässt Jake, der Besitzer, mich manchmal einspringen.«

Sie legt den Kopf schräg. »Ich hätte dich nicht für den Koch-Typen gehalten.«

»Nicht?« Ich hebe eine Braue. »Was für ein Typ bin ich denn dann?«

»Na, offensichtlich der professionelle Liebhaber-Typ.«

Ich grinse. »Das auch.«

Der spöttische Ausdruck in ihren Augen, zusammen mit ihrem ungezwungenen Lächeln berührt etwas in mir. Das ist eine andere Kayla als die, die neben mir an der Bar gesessen hat. Jene Kayla war gestresst und bedrückt, diese Kayla ist hoffnungsvoll und glücklich.

Der einzige Grund, mit dem ich mir ihren veränderten Ton erklären kann, ist die Erbschaft. Stimmt die Aussicht, an Geld zu kommen, sie derart fröhlich? Stimmt es *mich* fröhlich?

Ich denke an Jakes Bemerkung von vorhin, dass ich glücklich wirken würde, und etwas beklommen stelle ich fest, dass mich die Aussicht auf eine Erbschaft tatsächlich glücklich macht. Geld würde einige meiner Probleme lösen und mir Sicherheit für die Zukunft geben – eine Zukunft, die mir guttun würde.

Ich bin mir nicht sicher, wie ich es finde, dass Geld so viel Einfluss auf meine Zufriedenheit hat. Ich klinge wie mein Dad. Schrecklich.

»Was ist das hier?«, fragt sie, mit dem Kopf auf den Hof um uns deutend.

Ich blicke auf die kleinen, blinkenden Lichter, die über dem Gelände hängen. »Zurzeit ist es nur ein Lagerplatz. Aber Jake will eine Terrasse daraus machen. Eine, die Leute für ihre privaten Partys mieten können, weißt du?«

»Es ist nett.« Sie läuft herum, betrachtet die Rosenbüsche,

die den Zaun säumen und das toskanisch anmutende Gemälde an der hinteren Mauer.

»Und wo willst du jetzt hin?« Ich trete neben sie vor die bemalte Mauer. »Zurück in deine bescheidene Hütte im Quickie Stop?«

Sie schnaubt. »Bescheiden. Allerdings. Aber, ja genau.«

Ich blicke auf den dunklen Parkplatz jenseits des Zauns und zu den noch dunkleren Straßen, die an den Stadtrand führen, und runzele die Stirn. »Fährst du selbst?«

Sie sieht mich an und hebt eine Braue. »Ja. Ich habe einen Führerschein und alles.«

Ich lächele Richtung Boden. »Okay, das ist schön.« Ich blicke erneut zu den dunklen Straßen. »Ich bin lediglich ein besorgter Bürger, der dafür sorgen möchte, dass du sicher nach Hause kommst. Das ist alles.«

Sie nickt. »Wie nett von dir, *Bürger*. Wäre es dir lieber, ich würde *mit* jemandem zurück zum Quickie Stop fahren?«

Die Vorstellung, dass Kayla mit jemandem – jemand anderem als mir – nach Hause gehen könnte, jagt einen Schauder über meinen Rücken, der mich an kratzende Fingernägel auf einer Tafel denken lässt. Ich weiß nicht, seit wann ich derartige Besitzansprüche auf dieses Mädchen anmelde ... aber Mann, mein Körper steht in Flammen.

Das kommt ziemlich überraschend. Und ist etwas nervig.

Ich bin nicht besitzergreifend, was Frauen angeht. Nie. Klar, ich mag Amber und Pixie, aber das ist etwas anderes. Ich mag sie, wie man Schwestern mag. Ich *beschütze* sie. Es ist mir ziemlich egal, mit wem sie oder irgendeine andere Frau dieser Stadt ins Bett gehen.

Aber Kayla?

Heftige Eifersucht durchströmt meinen Körper.

Wirklich ziemlich nervig und überraschend.

Ich straffe lässig die Schultern. »Nicht wirklich«, erwidere ich cool. »Ich war mir nur nicht sicher, ob dich jemand bringt oder nicht.«

»Ach.« Sie streicht sich mit einem Finger über die Lippen. »Und sonst hättest *du* mich mitgenommen?«

Ich betrachte ihre Fingerspitze, die über ihre volle, rosafarbene Unterlippe streicht, und mir stockt der Atem. Sie kann auf keinen Fall Worte wie *genommen* sagen und dabei ihren Mund berühren. Das ist nicht fair.

»*Vielleicht* hätte ich dich mitgenommen«, sage ich und fluche im Geiste, als ich an meine süße, prächtige Monique denke, »aber ich bin mir ziemlich sicher, dass du dich nicht von Fremden mitnehmen lässt. Und da wir das sind«, ich seufze dramatisch, »wäre es Zeitverschwendung gewesen, dich überhaupt erst zu fragen.«

Sie lächelt leicht, den Finger noch immer auf den Lippen. Ob sie sich wohl von mir küssen lassen würde? Vielleicht … ja …

Ich möchte Kayla küssen. Unbedingt. Aber die Vorstellung, sie zu küssen, sie überall zu berühren, macht mich auch ein wenig nervös. Und ich bin nie nervös, wenn es um Frauen geht.

Aaah, Verdammt!

Alles an diesem Mädchen ist überraschend.

»Du bist so besessen davon, dass wir keine Fremden sind«, stellt sie mit funkelnden Augen fest. »Das kann nicht gesund sein.«

Vermutlich sollte ich sie lieber nicht küssen. Wir müssen morgen eine Erbschaft antreten. Wir müssen einiges zusammen durchstehen. Sie zu küssen wäre eine schlechte Idee. Eine *sehr* schlechte Idee.

»Nein. Wahrscheinlich nicht.« Ich trete näher, sodass uns nur noch eine hauchzarte Schicht Luft voneinander trennt. »Aber ich kann es anscheinend nicht lassen.«

Sie weicht nicht aus. Sie löst nicht den Blick von meinem.

Ja, sie würde sich eindeutig von mir küssen lassen. Da bin ich mir sicher.

Mein Herz hämmert und ich habe Mühe, eine neutrale Miene zu bewahren.

»Sind wir das, Kayla?« Ich senke die Stimme und grinse schief. »Fremde?«

Sie lächelt ebenfalls schief und hebt ihr Kinn. Ihr Blick ist eisern und selbstsicher, er gibt nichts preis und plötzlich werde ich unsicher.

Ich beuge mich vor.

Sie reagiert nicht. Aber sie weicht auch nicht zurück.

Sie zu küssen ist eine schlechte Idee.

Sie öffnet ganz leicht den Mund. Zwischen ihren hübschen Lippen schimmert ein feuchter Streifen und es ist um meine Selbstbeherrschung geschehen.

9

Kayla

Als Darens Lippen meine berühren, zucke ich vor Überraschung zusammen. Ich habe mit ihm geflirtet – *schamlos* geflirtet –, aber nur, weil ich dachte, er würde nicht darauf eingehen.

Ich habe seine Dreistigkeit eindeutig unterschätzt.

Ich weiß noch nicht einmal, was mich geritten hat, ihn überhaupt zu reizen. Ich bin nicht so. Ich flirte nicht. Ich reize niemanden. Ich bin ruhig und zurückhaltend und ignoriere Männer normalerweise. Nicht, weil ich ein Snob bin, sondern weil Typen mich meistens nur nackt sehen wollen und ich habe keine Zeit – oder keine Geduld –, mich mit irgendwelchen Männern zu unterhalten, nur um sie loszuwerden.

Es passt also überhaupt nicht zu mir, wie ich mich Daren gegenüber heute Abend verhalten habe. Doch nun stehe ich hier mit ihm in diesem kleinen Hof und alles, woran ich denken kann, ist, wie *gut* sich sein Mund auf meinem anfühlt.

Er streicht mit den Fingern meine Arme hinauf, umfasst mein Gesicht, und als er sanft mit seinen Lippen über meine streicht, erschaudere ich. Ich schließe flatternd die Lider und ringe um Atem.

Als er mein Zögern spürt, rückt er ganz leicht von mir ab. Seine Lippen schweben direkt über meinem Mund, ich spüre die federleichte Berührung. Während er wartet, streicht er mit dem Daumen über mein Kinn.

Ich weiß, ich sollte zurückweichen und gehen. Aber das sanfte Streicheln seines Daumens, der sich nun über meine Wange zu meinem Ohr bewegt, sein heißer Atem, der über die zarte Haut unter meinem Kinn streicht …

Es fühlt sich gut an, erfüllend, es treibt warme Schauder durch meinen Körper und weckt tief in mir lustvolle Gefühle. Gefühle, die sich noch verstärken, als er mit seinem Daumen über meine Unterlippe streicht und sie sanft nach unten zieht, sodass meine Lippen leicht geöffnet sind.

»Sag mir, dass ich aufhören soll, und ich lasse dich in Ruhe«, flüstert er. Seine Worte gleiten zwischen meine Lippen und kitzeln meine erwartungsvolle Zunge.

Hin- und hergerissen zwischen meinem Verstand und der Lust, die in mir erwacht, lasse ich mich gegen ihn sinken und flüstere: »Hör nicht auf.«

Sofort presst er erneut seine Lippen auf meine, drängender als zuvor, und ich erwidere den Kuss gierig. Er umfasst mein Kinn, nicht grob, aber auch nicht zu sanft, und folgt mit der Zunge der Kontur meiner Lippen, die ich willig für ihn öffne. Als sie in meinen Mund gleitet und meine liebkost, stöhne ich leise auf.

Unsere Münder vereinen sich leidenschaftlich, wir küssen, saugen und lecken aneinander. Mein Atem geht flach und stoßweise, während Lust meinen Körper in Flammen versetzt. Er hebt mein Kinn, entblößt die zarte Haut an meinem Hals, lässt seinen Mund zu meiner Kehle gleiten und zupft mit den Lippen federleicht an meiner Haut.

Ich atme in die Nacht und blinzele in den schwachen Schein der Lichterkette über uns, ich drücke meinen Rücken durch und dränge meine Brust gegen seine. Meine harten Nippel streichen über seine festen Muskeln, während seine heißen Lippen über meinen Hals hinauf zu meinem Kinn und weiter zu meinem Ohr gleiten.

Ich wimmere leise und umfasse seine Schultern, während seine Hände über meinen Rücken zu meinen Hüften gleiten. Unsere Küsse werden leidenschaftlicher, unsere heißen Zungen gleiten umeinander und kosten gierig von Lippen, Zähnen und Haut, während ich meine Hüften stärker gegen seine dränge. Als ich seine feste Erektion an meinem Bauch spüre, werde ich feucht zwischen den Beinen.

Er nagt an meiner Unterlippe und ich kralle meine Finger mit einem weiteren leisen Stöhnen in sein Hemd. Er fasst meine Hüften und presst mich an sich; fiebrig reibe ich mich an seiner Härte und begehre ihn mit einer Intensität, die mir bisher fremd war. Er stöhnt und weicht zurück, um Luft zu holen. Beim Anblick seiner geschwollenen Lippen, die nass von unseren Küssen sind, und der Lust in seinen Augen weiten sich meine Pupillen.

Als ich sehe, dass Daren mich ebenso begehrt wie ich ihn, streiche ich mit der Zunge über meine ebenfalls geschwollenen Lippen – sein Blick folgt der Bewegung. Dann hebt er mich plötzlich hoch und drückt mich mit dem Rücken gegen die bemalte Mauer hinter uns. Als ich die Schenkel spreize und sie um seine Taille schlinge, erschaudere ich erneut, und als er sich daraufhin gegen meine bedürftigste Stelle drängt, kralle ich vor Lust meine Hände in sein Hemd.

Ich spüre, wie sich die Erregung und die Nässe zwischen meinen Beinen verstärkt; ich wimmere ein paarmal und kreise mit den Hüften, als er sich genau an der richtigen Stelle an mir reibt.

Ich lasse die Hände hinunter zu seiner Hose gleiten und streiche mit der Handfläche über die harte Wölbung. Er fühlt sich so lang, so groß und so fest an. Die schmerzhafte Spannung in meiner Mitte mischt sich mit immer neuem Verlangen und ich reibe mich noch fester an ihm.

Stöhnend packt er meinen Po, mit der anderen Hand umfasst er mein Kinn und erobert erneut meinen Mund. Er lässt seine Finger unter mein Shirt und über meinen nackten Bauch gleiten, dann legt er seine große Hand um meine Brust und streicht durch den BH mit dem Daumen über meinen schmerzhaft steifen Nippel.

Gott, fühlt sich das gut an. So habe ich noch nie für einen Mann empfunden – weil ich *ihn* wirklich *will*. Ich *will* Daren und seinen Mund. Ich *will* Daren und seine Hände. Ich *will* Daren und seinen …

Dann holt mich die Realität ein.

Was mache ich hier eigentlich? Ich knutsche mit Daren Ackwood an der Mauer einer Bar? Nein. So bin ich nicht. Ich bin zurückhaltend. Vorsichtig. Ich lasse mich nicht wie ein Teenager mitreißen und gebe jeder Laune nach, auch wenn diese Laune mir sagt, dass es mir gefällt, wie Darens Finger meinen BH nach unten ziehen, um meinen nackten Nippel zu streicheln. Das ist genau das Gegenteil von der Person, die ich eigentlich bin.

»Warte«, sage ich keuchend, während Darens weiche Lippen erneut über meinen Hals streichen.

Automatisch lege ich den Kopf in den Nacken und stöhne. Warum muss sich das so gut anfühlen?

Er rückt etwas von mir ab, ebenso atemlos wie ich selbst, und löst langsam seine Hand aus meinem BH. Mein Nippel protestiert, er möchte weiter massiert und gereizt werden, während meine Mitte weiterhin lustvoll pocht.

Er drückt mich mit seinen starken Armen gegen die Wand und blickt mich aus seinen dunkelbraunen Augen an. »Was ist? Alles okay?«

»Ja … alles okay.« Ich schlucke und schmecke ihn auf meiner Zunge. »Mir geht's gut. Ich muss nur … aufhören.«

Ich warte darauf, dass er mir widerspricht, wie die meisten

Typen es tun würden. Oder mir etwas Liebenswertes ins Ohr flüstert, damit ich es mir noch einmal überlege. Doch stattdessen nickt er und setzt mich sanft zurück auf die Füße.

»Ja. Tut mir leid«, sagt er. Seine Brust hebt und senkt sich schwer, während er sich mit der Hand über den Mund wischt. »Ich habe mich irgendwie hinreißen lassen.«

Ich blinzele, überrascht von seiner verständnisvollen Reaktion. »Nein, schon okay. Tut mir leid. Es ist … es ist nur …« Ich suche nach den richtigen Worten. »Ich … ich kann einfach nicht.«

Er winkt lächelnd ab. »Nein, ich verstehe schon. Alles in Ordnung.«

»Ja?« Ich blicke ihn unsicher an, noch immer außer Atem und zwischen den Schenkeln pulsierend. »Denn wir haben eingewilligt, uns morgen mit Handschellen aneinanderketten zu lassen und ich will nicht, dass etwas Komisches zwischen uns steht.«

Er hebt eine Braue. »Komischer als mit Handschellen aneinandergefesselt zu sein, während wir einen Brief suchen?«

Ich muss unwillkürlich lächeln.

»Das ist schon okay«, sagt er. Er muss die Unsicherheit in meinem Blick bemerkt haben, denn er fügt hinzu: »Wirklich. Das hier ist nie passiert.« Sein Lächeln flackert ein wenig, aber der freundliche Ausdruck in seinem Gesicht ist echt, was in mir die Frage aufkommen lässt, ob ich unseren Zungentango womöglich zu voreilig beendet habe.

Ich bin dankbar, dass er so cool reagiert, doch gleichzeitig bin ich etwas enttäuscht, dass er nicht mehr darum kämpft, mich in den Armen zu halten.

Gott, Kayla. Was ist heute Abend los mit dir? Du vögelst nicht mit Typen, die du kaum kennst, auf einem Parkplatz. Reiß dich zusammen!

»Okay.« Ich nicke. »Das hier ist nie passiert.«

Er geht ein paar Schritte zurück und holt tief Luft. »Willst du, dass ich dich zu deinem Auto begleite?«

»Nein«, antworte ich schnell und schüttele den Kopf. »Nein. Alles okay. Aber danke.«

Ich traue mir selbst nicht mehr über den Weg. Nichts in den letzten zehn Minuten war normal für mich. Wer weiß, was ich mache, wenn Daren mich zum Wagen bringt? Wahrscheinlich lade ich ihn in mein Motelzimmer ein, um mit mir eine Runde auf dem widerlichen Teppich zu vögeln. Oh Mann.

»Okay. Also …« Er nickt. Es ist etwas peinlich.

Ich hebe eine Schulter. »Dann sehen wir uns morgen?«

»Ja.« Er grinst. »In aller Frühe.«

Wir entfernen uns noch weiter voneinander und winken uns etwas ungelenk zu. Dann drehe ich mich um, schlüpfe aus dem Hoftor und gehe. Wenn es nicht so dunkel und gruselig auf dem Parkplatz wäre, würde ich den Kopf hängen lassen.

Stattdessen hebe ich das Kinn und bin äußerst wachsam, bis ich sicher in meinem Wagen sitze. Ich starte den Motor und ermahne mich, dass das hier nie passiert ist. Es ist nie passiert.

Nur, dass es absolut passiert *ist*.

Am nächsten Morgen schlüpfe ich wieder in meine königsblaue Bluse und den Bleistiftrock, dann fahre ich zu Mr. Perkins' Kanzlei.

An Schlafen war letzte Nacht nicht zu denken. Mein Kopf war zu sehr damit beschäftigt, über die Erbschaft meines Vaters nachzudenken und mich dafür zu schelten, dass ich mit Daren herumgeknutscht habe.

Ich weiß noch immer nicht, warum ich ihm so leicht verfallen bin. Klar, er ist attraktiv und charmant, aber das sind viele Typen und ich schlinge schließlich nicht jedem scharfen Mann, der mir begegnet, die Beine um die Taille und reibe meine Hüften an seinem muskulösen Körper.

Ein warmer Schauder durchströmt mich und erregt mich bis in die letzte Nervenfaser, als die Erinnerung an letzte Nacht in meinem Kopf Gestalt annimmt. Die ganze Sache war völlig verrückt.

Im einen Augenblick sprechen wir darüber, dass wir Fremde sind, und im nächsten küsst Daren mich und berührt mich wie ein Liebhaber. Wie ein verdammt verruchter Liebhaber …

Noch nie in meinem Leben bin ich so erregt gewesen – und dabei haben wir uns nur geküsst. Ich kann mir nur annähernd den Grad der Erregung vorstellen, wenn seine Hände mich an den wirklich ungehörigen Stellen berührt hätten. Vielleicht sind all die Geschichten wahr, die Lana mir über Daren erzählt hat. Vielleicht ist er wirklich eine Art Frauenflüsterer.

Aber das spielt keine Rolle. Es war richtig, dass ich aufgehört habe, bevor die Sache wirklich unanständig wurde. Ich hätte mich so gern gehen, mich von der Lust fortreißen lassen, aber als sich mein Verstand gemeldet und mich daran erinnert hat, dass ich mich jetzt nicht mit einem Kerl einlassen kann, wusste ich, dass ich auf ihn hören muss.

Ich habe mich die letzten Jahre nur um meine Mutter und wenig um mich selbst gekümmert und die letzten Monate habe ich nur versucht, über die Runden zu kommen. Das Letzte, was ich gebrauchen kann, ist eine weitere Komplikation.

Ich habe noch nicht alles in meinem Leben geklärt. Aber ich fange neu an. Es ist ein bettelarmer Neuanfang, bei dem ich ziellos durch die Wüste Arizonas wandere, aber es ist ein Anfang und einen Typen einzubeziehen würde mir nicht guttun.

Ich muss mein Leben in Ordnung bringen und meine Zukunft planen, bevor ich überhaupt daran *denken* kann, mich mit jemandem einzulassen. Und während bedeutungsloser Sex vielleicht für einige Leute eine Option ist – wahrscheinlich für Leute wie Daren –, ist das nicht mein Stil. Aber jetzt gerade wünschte ich mir, er wäre es. Es hat sich wirklich gut angefühlt, berührt zu werden.

Ich erreiche Mr. Perkins' Kanzlei, parke schnell ein und steige aus dem Wagen.

Die Erbschaft könnte sich wirklich nur auf zwanzig Dollar – oder weniger – belaufen. Es könnte völlige Zeitverschwendung sein, mich einen ganzen Nachmittag an Daren Ackwood zu ketten, ganz zu schweigen davon, dass es angesichts unserer romantischen Begegnung von gestern Abend schrecklich peinlich werden könnte, aber es ist einen Versuch wert. Denn wenn sich herausstellt, dass es sich um einen größeren Geldbetrag handelt, könnte sich alles für mich ändern.

Nicht nur, dass ich zurück auf die Schwesternschule gehen könnte, ich könnte mir auch eine anständige Wohnung leisten und mir in Ruhe einen neuen Job suchen – einen, bei dem der Chef nicht von mir verlangt, für die Schulden meiner Mutter umsonst zu arbeiten oder mich betatschen zu lassen.

Mein Leben kann wirklich nur besser werden …

Ich weiß, dass man sich mit Geld kein Glück kaufen kann. Aber es wäre nett, Big Joes drohendem Finger zu entkommen und in einer kakerlakenfreien Wohnung zu schlafen – und regelmäßig warme Mahlzeiten zu mir zu nehmen, wäre auch nicht schlecht.

Ich eile den Bürgersteig hinunter zu Mr. Perkins' Kanzlei und versuche, auf meinen hohen Schuhen nicht allzu unelegant herumzustaksen. Vielleicht war es keine so gute Idee, erneut den Rock und die Pumps anzuziehen. Aber ich wollte professionell und verantwortungsvoll wirken und das graue Kleid ist zu warm und die einzigen Schuhe, die ich sonst noch besitze, sind die abgetragenen Sneakers von gestern Abend. Ich kann mir nicht vorstellen, dass ein Bleistiftrock mit schmutzigen Sneakers wirklich ausdrückt: *Man kann mir das Geld meines verstorbenen Vaters ruhig unbesorgt anvertrauen.* Also habe ich mich für die Pumps entschieden.

Ich taumele, als mein Absatz in einem Riss im Asphalt hängen bleibt und fluche leise vor mich hin.

Hohe Absätze sind wirklich furchtbar.

Vor mir sehe ich Daren um die Ecke biegen und auf die Kanzlei zueilen, die jetzt nicht mehr weit entfernt ist. Da ich sehe, dass er auch erst jetzt kommt, entspanne ich mich ein wenig. Als wir aufeinander zugehen, füllt sich mein Bauch mit Schmetterlingen. Ich weiß nicht, wovor ich mehr Angst habe – vor der Erbschaft oder davor, Daren zu begegnen.

Gleichzeitig erreichen wir Eddies Tür.

»Guten Morgen.« Er lächelt breit.

»Morgen«, antworte ich, ebenfalls mit einem fröhlichen Lächeln.

Unsere Lächeln sind übertrieben, als wollten wir uns beweisen, wie okay die Sache für uns ist, die gestern Abend eigentlich gar nicht passiert ist. Unsere begehrlichen Blicke kreuzen sich für eine Sekunde und die Atmosphäre ist sofort voller Spannung.

Daren ist der Erste, der sie bricht: »Und? Bist du bereit?«

»Ja«, antworte ich.

Die Spannung kehrt zurück, doch diesmal mischt sie sich mit Nervosität. Wir wollen uns mit Handschellen aneinanderbinden. Für Geld. Am Morgen, nachdem wir vor einer Bar trocken gevögelt haben. Es ist einfach nur seltsam und unangenehm. Was mich zu der Frage führt: Warum macht Daren bei diesem Zirkus mit?

Ich weiß, warum *ich* mich diesem Wahnsinn aussetze, aber ich bin mir nicht sicher, warum Daren eingewilligt hat – vor allem, ohne zu wissen, wie viel Geld auf dem Spiel steht. Macht er wegen der Spannung mit? Ist ihm einfach nur langweilig?

Was auch immer seine Gründe sind, ich bin dankbar, dass er eingewilligt hat, nach dem Brief zu suchen.

Wir betreten die Kanzlei und Eddie blickt von seinem überfüllten Schreibtisch auf; die Brille sitzt auf seinem glänzenden Schädel. Heute trägt er ein gelbes Hemd mit einer karierten Fliege, die zu seinen karierten Hosen passt. Erstaunlicherweise steht ihm das Outfit sogar.

»Sie sind wieder da«, stellt er strahlend fest und steht auf, um uns zu begrüßen. »Ich nehme an, das bedeutet, Sie sind zu einer Entscheidung gekommen?«

»Ja«, bestätige ich.

Daren nickt. »Ja.«

»Hervorragend.« Eddie klatscht in die Hände. »Wie haben Sie sich entschieden?«

Daren und ich tauschen einen schüchternen Blick. Mein Magen schlägt Purzelbäume, ich habe Angst, dass Daren seine Meinung ändert, doch dann nickt er mir zu und ich erwidere die Bewegung.

Wir wenden uns Eddie zu, halten ihm unsere Handgelenke hin und sagen gleichzeitig: »Legen Sie uns die Handschellen an.«

10

Daren

Wenn ich davon träume, mit Handschellen an eine scharfe Blondine gekettet zu sein, spielen glatzköpfige Anwälte und Testamente normalerweise keine Rolle dabei. Doch als ich neben Kayla in Eddies vollgestopftem Büro stehe, wird mir klar, dass ich vielleicht zu bescheiden geträumt habe. Denn anders als meine Fantasien endet das hier womöglich damit, dass ich ein paar Dollar in der Tasche habe – vorausgesetzt, ich schaffe es, den ganzen Tag an Kayla gekettet zu bleiben, ohne sie zu berühren.

Ich hätte sie gestern Abend nicht küssen sollen. Ich bereue es nicht – nicht im Geringsten –, aber trotzdem, ich hätte es nicht tun sollen. In dem Augenblick, in dem sie sich von mir gelöst hat, wusste ich, dass es ein Fehler gewesen ist. Denn es hat mir etwas *ausgemacht*.

Es hat mir etwas ausgemacht, dass sie ihre Meinung geändert hat und nicht länger meine Hände auf ihrem Körper spüren wollte. Es hat mir etwas ausgemacht, dass sie mich höflich zurückgewiesen hat. Ich habe es persönlich genommen und ich nehme Dinge, die mit Frauen zu tun haben, sonst *nie* persönlich.

Mein erster Impuls war, es *besser* zu machen, Herrgott. Es besser zu machen und ihre Anerkennung zu erhalten; ihre Zuneigung zu gewinnen.

Ich habe einmal beschlossen, mich nicht um die Anerkennung einer einzelnen Frau zu bemühen. Von Frauen im Allgemeinen – na klar. Ich möchte, dass mich die Frauen mögen, dass sie meine Gesellschaft schätzen – und daran arbeite ich. Aber ich kämpfe nicht um die Anerkennung irgendeines Mädchens im Speziellen. Niemals.

Ich habe auf die harte Weise gelernt, dass es zwecklos ist, sich darum zu bemühen oder es sich auch nur zu wünschen – am Ende werde ich doch nur verletzt.

Ich hoffe wirklich, dass meine Reaktion auf Kaylas Rückzug gestern Abend nur eine vorübergehende Schwäche war, nichts weiter.

Als ich mit ihr in Eddies Büro stehe und sie ansehe, muss ich unwillkürlich daran denken, wie sie sich in meinen Armen angefühlt hat, ganz geschmeidig und bedürftig. Gott, sie war scharf. Als sie gestöhnt und sich an mich gedrängt hat, war sie richtig heiß auf mich – wie ein hungriger Wolf auf ein Stück Fleisch.

Es gibt einen Unterschied zwischen dem Wimmern einer Frau, die sich einfach nur amüsiert und dem Geräusch einer Frau, die sich mit jeder Faser ihres Körpers nach Lust sehnt. Und Kayla Turner sehnt sich nach Befriedigung. Bedingungsloser …

Aber ganz offensichtlich nicht durch mich. Wahrscheinlich meint sie, sie sei zu gut für mich. Und das ist sie tatsächlich. Aber die Wahrheit schmerzt.

Eddie blickt hinunter auf unsere ausgestreckten Handgelenke und lacht. »Nun, das freut mich zu hören.« Er bedeutet uns, die Hände herunterzunehmen. »Sie können sich aber erst einmal entspannen. Zunächst müssen Sie noch ein paar Papiere unterschreiben.« Er setzt seine Brille auf, geht um seinen Schreibtisch herum und wühlt in seinen Unterlagen. »Na, wo habe ich denn nun wieder die Dokumente von gestern?«

Ich entdecke den Papierstapel hinter seinem Schreibtisch. »Auf dem Aktenschrank.«

Eddie geht hinüber zum Schrank und nimmt die Akte. »Aha.«

Als er sie schweigend durchliest, gleitet mein Blick zu Kayla. Sie hat die blonden Haare im Nacken zu einem eleganten Knoten zusammengebunden, ein paar Strähnen umrahmen ihr Gesicht. Während sie Eddie beobachtet, beißt sie sich nervös auf die Lippe und erneut spüre ich einen Stich, als ich daran denke, dass sie mich zurückgewiesen hat.

Oh, sie ist gut. Spielt die Rolle der vernachlässigten Tochter für Eddie, genau wie gestern für mich. Ich kann noch immer nicht glauben, dass sie die gesamte Erbschaft für sich selbst behalten wollte. »Ich bin pleite«, hat sie mit weit aufgerissenen, großen, blauen Augen gesagt. Ja, klar. Wahrscheinlich bedeutet pleite, dass sie es sich nicht leisten kann, den Sommer in Europa zu verbringen oder sich eine neue Jacht zu kaufen. Ihr Treuhandfonds scheint zur Neige zu gehen.

Tja, zu dumm. Es ist mir egal, wie attraktiv Kayla ist – oder wie gut sie küssen kann. Sie wird auf keinen Fall die Hälfte der Erbschaft behalten, die Turner mir hinterlassen hat. Sie hat sich noch nicht einmal bemüht, ein Teil seines Lebens zu sein, als er noch lebte, verdammt. Warum zum Teufel sollte sie jetzt von seinem Reichtum profitieren?

Nach dem, was ich gehört habe, leben sie und ihre Mutter von Turners Geld auf ziemlich großem Fuß, sodass Kayla die Erbschaft vermutlich für so etwas Albernes wie einen Jetski oder ein Pony verprassen will. Ich hingegen *brauche* das Geld. Wenn wir es finden, werde ich deshalb alles bis auf den letzten Penny für mich behalten.

Ich blicke zu ihr und versuche, meinen Entschluss zu festigen. Ich verdiene das Geld. Wirklich!

»Es gibt ein paar Voraussetzungen, die erfüllt werden müssen, damit Sie Mr. Turners Testament antreten können«, erklärt Eddie, nachdem er die Seite überflogen hat. »Die wichtigste ist, dass ich die Handschellen erst aufschließen darf, wenn Sie die Erbschaft gefunden haben.« Er räuspert sich und liest: »Es bestehen Abmachungen mit einigen Bürgern, die Kayla und Daren bei ihrer Suche helfen werden. Wenn irgendeiner dieser Helfer Kayla und Daren ohne Handschellen erwischt, haben sie den Auftrag, es sofort Eddie zu melden.«

»Ernsthaft?«, fragt Kayla.

»Ernsthaft«, bestätigt er.

»Stadtspione.« Ich schürze die Lippen. »Fantastisch.«

»Wenn Daren und Kayla ohne Handschellen erwischt werden und es Eddie gemeldet wird, verlieren sie die Erbschaft und das Geld wird den Wohltätigkeitsorganisationen auf Seite sieben dieses Dokuments gestiftet.« Eddie überfliegt den Rest der Seite, dann schiebt er die Brille auf seiner Nase nach oben und mustert uns. »Sind Sie sich sicher, dass Sie das wollen?«

Ich blicke zu Kayla. Sie sollte sich lieber sicher sein. Ich versuche, ihr eins meiner Killerlächeln zu schenken – die Art Lächeln, die sagt, *du kannst mir all deine Hoffnungen und deine Träume und deinen Körper anvertrauen* –, aber ich bin zu verunsichert, um es zustande zu bringen. Teils, weil ich noch immer nicht über die Tatsache hinweg bin, dass sie mir gestern *nicht* ihren Körper anvertraut hat, aber vor allem weil die Aussicht, das Geld am Ende des Tages in der Tasche zu haben, einfach zu wichtig ist. Meine Zukunft oder, besser gesagt, meine nicht vorhandene Zukunft, hängt von Kaylas Kooperation ab.

Zum Glück hat ihre geldgeile Mutter sie zur Gier erzogen. So signalisiert sie Eddie ihre Zustimmung durch ein Kopfnicken, ohne mich noch einmal anzublicken.

»Absolut«, sagt sie ganz und gar überzeugt.

»Nun, gut.« Eddie kramt in den Papieren auf seinem Schreibtisch und tritt mit einem großen, gepolsterten Umschlag in der Hand zu uns. Er öffnet ihn und zieht ein Paar Handschellen heraus. Nicht die plüschig-bequemen, die man im Schlafzimmer benutzt, sondern echte Polizeihandschellen aus Stahl. Ich weiß nicht, was ich erwartet habe, aber ganz sicher nicht das.

Kaylas Augen weiten sich. »Die sehen echt aus.«

Eddie nickt. »Das sind sie.«

Sie schüttelt den Kopf. »Natürlich konnte mein Vater keine bequemen Handschellen aussuchen. Er musste die nehmen, in denen Schwerverbrecher ins Gefängnis gebracht werden.«

Eddie rümpft die Nase. »Die wirken etwas unbequem, oder?«

Ich seufze. »Na ja, zumindest müssen wir sie nicht sehr lange tragen.«

Kayla nickt. »Ja, Gott sei Dank nur ein paar Stunden.« Sie sieht mich an und fügt hinzu: »Höchstens.«

»Stimmt.« Ich nicke, obwohl ich mir nicht vorstellen kann, dass wir überhaupt eine Stunde brauchen werden.

Eddie reicht uns jeweils einen Stift. »Sie müssen beide nur hier unterschreiben.« Er deutet auf ein Papier, das genauso aussieht wie das, das wir gestern unterzeichnet haben. »Diesmal bestätigen Sie, dass Sie mit den Bedingungen des Testaments einverstanden sind und das Angebot annehmen.«

Nacheinander setzen wir unsere Namen unter das Dokument. Einen Augenblick habe ich das Gefühl, ich würde mit der Unterschrift mein Leben aufgeben, doch meine Nervosität ist nur von kurzer Dauer, als ich an die unzähligen Rechnungen denke, die im County-Krankenhaus auf mich warten – und an meine Zukunft. Rasch unterschreibe ich.

Kayla setzt eine gekonnt künstlerische Unterschrift neben

meine, wodurch mein Gekritzel aussieht, als hätte ein verrücktes Kleinkind versehentlich einen Kuli in die Finger bekommen. Ich beobachte, wie sie mit einem schwungvollen R ihren Nachnamen vollendet. Handschriften sollten nicht so hübsch sein …

»Alles klar.« Eddie legt die Stifte weg und blickt uns an. »Sind Sie bereit?«

Ich reiche ihm mein linkes Handgelenk, während Kayla ihm ihr rechtes hinhält. Schweigend sehen wir zu, wie Eddie die Handschellen über unsere Hände streift und sie mit ein paar Klicks verschließt. Er achtet sorgsam darauf, genügend Platz zu lassen, damit wir die Gelenke bewegen können, aber die Handschellen sitzen dennoch ziemlich stramm.

»Wow, die Dinger sind schwer.« Kayla hebt und senkt ein paarmal unsere aneinandergeketteten Hände und ich passe mich ihrer Bewegung an.

Sie sind wirklich erstaunlich schwer.

Ich drehe die Stahlfessel um mein Handgelenk. »Und unbequem.«

Kayla murmelt: »Ich schätze, Handschellen sollen nicht bequem sein.«

Wir lassen die Hände sinken. Die Rückseite meiner Hand streift die von Kayla und ihre weiche Haut wärmt augenblicklich meine.

Wir blicken einander an und zucken zurück, als hätten wir uns bei der Berührung verbrannt. Ich unterdrücke ein Lächeln. Wenn es sie so aufbringt, mich nur für den Bruchteil einer Sekunde zu berühren, möchte ich mir nicht vorstellen, wie sie sich fühlt, nachdem sie eine Stunde an mich gefesselt war – oder länger. Womöglich zerre ich nachher ein blondes Nervenbündel zurück in Eddies Kanzlei.

Eddie tritt einen Schritt zurück und betrachtet uns mit gehobener Braue. »Sie sehen wie richtige Kriminelle aus.«

»Na, vielen Dank.«

»Und was nun?«, fragt Kayla.

»Nun«, antwortet Eddie, »gebe ich Ihnen eine Wegbeschreibung, die Sie zu dem Brief führen wird.«

Er reicht ihr einen kleinen, weißen Umschlag. Kayla greift mit ihrer gefesselten Hand danach, wodurch sie meine unsanft mit nach oben reißt.

»Langsam«, sage ich, als die Handschellen gegen mein Handgelenk schlagen.

Sie kraust entschuldigend die Nase. »Tut mir leid.« Dann bewegt sie vorsichtig die an mich gebundene Hand und zieht ein Stück Papier aus dem weißen Umschlag. Sie liest laut vor: »Der blaue Koffer im Flurschrank«, dann blickt sie zu Eddie. »Was soll das heißen?«

Er zuckt mit den Schultern. »Ich überreiche nur die Papiere.«

»Der Koffer im Flurschrank?« Ich runzele die Stirn. »Das ist keine Wegbeschreibung. Das ist ein Hinweis. Meint er den Flurschrank in seinem Haus?«

»Ach! Der mit den ganzen Schirmen?« Kayla blickt erwartungsvoll zu Eddie.

Er zuckt erneut mit den Schultern. »Ich wünschte, ich könnte Ihnen helfen, aber ehrlich, ich habe keine Ahnung.«

»Ist schon okay«, entgegnet Kayla. »Ich bin mir sicher, dass er den Flurschrank in Milly Manor meint.«

»Ja. Und ich weiß genau, dass Turner einen blauen Koffer besessen hat«, ergänze ich. »Er stand etliche Jahre lang in der Garage.«

Kayla starrt mich an. »Was hast du in der Garage meines Vaters herumzuschnüffeln?«

»Ich habe nicht herumgeschnüffelt.« Ich hebe das Kinn. »Ich habe seinen alten Kram zusammengerückt, um den Rasenmäher dort unterstellen zu können, nachdem ich immer samstags im Garten gearbeitet habe, weißt du das nicht mehr?«

»Ach, ja.« Sie wendet sich wieder an Eddie. »Was sollen wir dann tun? Einfach den Brief nehmen, dann das Geld holen und wieder in Ihr Büro kommen, damit Sie uns von diesen Dingern befreien?« Sie rüttelt an den Handschellen.

»Ja.« Eddie hält ein Bund mit kleinen Schlüsseln hoch. »Ich bin bis fünf Uhr hier.«

»Ach, wir sind lange vorher zurück«, sage ich.

»Ganz bestimmt«, bestätigt Kayla und eilig verlassen wir die Kanzlei.

Erst als wir im hellen Tageslicht auf dem Bürgersteig stehen, wird uns die Absurdität der Situation bewusst.

Jeder, der an uns vorbeigeht oder auf der anderen Straßenseite im Café sitzt oder aus einem der Schaufenster nach draußen sieht, starrt auf das Paar, das mit Handschellen aneinandergebunden vor der Anwaltskanzlei steht.

Wir sehen wirklich aus wie Kriminelle. Und mit Kayla in ihrem engen Rock und den High Heels sehen wir wie *sexy* Kriminelle aus, was nur noch mehr Blicke auf uns zieht.

Als ich sie näher betrachte, merke ich, dass sie genau dieselben Sachen und dieselben Schuhe wie gestern trägt. Ihre Bluse ist an einer Stelle ausgebessert und die Pumps sind abgetragen.

Hä? Das ist nicht gerade die Designerkleidung, die ich bei einer verwöhnten Prinzessin erwartet habe, schon gar nicht zwei Tage hintereinander. Das passt nicht zu meiner Vorstellung eines Treuhandfonds-Töchterchens.

»Alle starren uns an«, murmelt Kayla und eine leichte Röte überzieht ihre Wangen. Sie wendet sich von den Voyeuren zu mir und tritt dabei so dicht vor mich, dass sich unsere Oberkörper beinahe berühren.

Ich blicke zu ihr hinunter und lege den Kopf schief. Hmm.

Das ist nicht die Reaktion einer eingebildeten Schönheitskönigin. Ganz und gar nicht. Ihr bescheidenes Verhalten ist beinahe liebenswert. Und ziemlich verwirrend.

»Ja«, bestätige ich langsam. »Na ja, du trägst Handschellen und High Heels. Du siehst echt verrucht aus.«

Mit offenem Mund blickt sie mich an. »Ich? Was ist mit *dir*?«

»Glaub mir.« Ich beobachte eine Gruppe Bauarbeiter, die in ihrer Arbeit innehalten und Kaylas Hintern betrachten. »Niemand achtet auf mich.« Drei Frauen, die im Café gegenüber sitzen, entdecken mich und fangen sofort an zu flüstern. Einige Skandale verjähren nie. »Okay. Vielleicht achten ein paar Leute auch auf mich.«

Sie sieht die Kerle von der Baustelle und macht ein genervtes Geräusch, dann tritt sie noch dichter an mich heran. Der Geruch von Kokosnuss steigt mir in die Nase und plötzlich sehe ich vor meinem inneren Auge, wie ich sie am ganzen Körper mit Kokosnussöl einreibe. Ich versuche, das Bild zu verdrängen, doch als sie noch ein Stück näher kommt und ihre Schulter und Hüfte an mich drückt, sehe ich es wieder deutlich vor mir.

Ihr weicher Körper neben mir erregt mich – doch als ich sehe, wie sie sich nervös auf die Lippe beißt und finster zu den Bauarbeitern blickt, kehren meine Gedanken in die Gegenwart zurück.

Sie fühlt sich eindeutig unwohl mit diesen gaffenden Männern und die Unsicherheit in ihrem Blick berührt mich auf eine Weise, die mir bisher völlig fremd war.

»Gütiger Himmel!«, höre ich eine Stimme hinter uns.

Ein älteres Paar geht an uns vorbei und wirkt schockiert, als sie das glänzende Metall an unseren Gelenken entdecken. Der Frau bleibt der Mund offen stehen.

Ich lächele ihnen beruhigend zu und erkläre: »Wir sind

keine Verbrecher.« Ich schüttele den Kopf. »Wir haben uns absichtlich mit Handschellen aneinandergebunden.« Sie wirken noch schockierter. »Nicht aus perversen Gründen«, füge ich rasch hinzu. »Sondern für Geld.«

Kayla murmelt: »Bitte, halt einfach den Mund.«

Das Paar eilt kopfschüttelnd an uns vorbei und den Bürgersteig hinunter. Ich wende mich an Kayla: »Kann man das glauben? Sie haben noch nicht einmal *versucht*, ihre Missbilligung zu verbergen.«

»Na, ich frage mich, warum …« Sie sieht mich finster an. »Lass uns einfach gehen, damit uns nicht länger die ganze Stadt anstarrt.« Sie blickt sich um. »Wo ist dein protziges Auto?«

»Mein Auto ist nicht protzig.«

Sie hebt eine Braue.

»Okay. Mein Auto ist ein bisschen protzig«, gebe ich zu. »Aber es ist ein guter Wagen.« Ich denke an die arme, abgeschleppte Monique. »Ein süßes Auto. Ein wunderschönes, loyales, liebenswertes Fahrzeug, das es verdient, nett behandelt zu werden.«

Sie verzieht das Gesicht. »Du verhältst dich ziemlich komisch in Bezug auf dein Auto.«

»Ich weiß.« Ich nicke und seufze. »Ich habe ein Problem damit loszulassen.«

»Klar«, sagt sie. »Also, wo ist es?«

»Mein Auto? Äh …« Gute Frage. »Mein Auto ist weg. Weit, *weit* weg.« Armes Ding. »Es würde sehr lange dauern, dorthin zu laufen.« Wo auch immer es ist. »Nehmen wir deinen Wagen«, schlage ich grinsend vor.

Sie zögert und eine Sekunde glaube ich, sie würde widersprechen, doch dann nickt sie und kramt in ihrer Tasche.

Sie holt ihre Schlüssel hervor und führt mich am Handgelenk den Bürgersteig hinunter zum nächsten Parkplatz.

Wie einen angeleinten Hund zieht sie mich hinter sich her zu einem kleinen, grünen Wagen, der völlig verbeult und verrostet ist.

Nicht das Auto, das ich Kayla Turner zugeordnet hätte.

Ich habe einen Cadillac erwartet. Oder zumindest etwas mit hübschen Felgen und getönten Scheiben. Nichts an Kaylas Erscheinung oder Besitz oder Verhalten ergibt noch irgendeinen Sinn.

»Verurteile es nicht«, sagt sie, als sie die Türen aufschließt.

»Ich habe es nicht verurteilt.«

»Du bist schlimmer als das Paar gerade. Ich spüre deine Missachtung«, sagt sie bitter. »Nicht jeder kann es sich leisten, in einem Porsche herumzudüsen.«

»Glaub mir«, erwidere ich. »Das weiß ich.«

Und zwar nur zu gut.

Sie geht zur Fahrerseite, während ich mich zur Beifahrerseite wende. Als sich die Ketten der Handschellen zwischen uns spannen, stöhnen wir auf.

Sie stößt einen verzweifelten Seufzer aus. »Okay. Stellen wir uns nicht so dumm an. Warum steigst du nicht auf der Fahrerseite ein und kletterst hinüber. Dann steige ich hinter dir ein und fahre.«

Ich gehe auf die Fahrerseite, ducke mich in den Wagen und krieche ungeschickt über die Mittelkonsole, wobei meine Ellbogen und Knie gegen das Armaturenbrett stoßen.

»Au.«

»Pass auf.«

»Ich komme nicht …«

»Au. Hör auf, an meinem Handgelenk zu reißen.«

»Hör *du* auf, an *meinem* Handgelenk zu reißen.«

In ihrem Wagen herrscht Chaos. Bücher. Socken. Flaschen mit Haarshampoo. Überall Kram. Ich bahne mir vorsichtig einen Weg durch das Minenfeld, bis ich die andere Seite erreiche. Dann falte ich meinen Körper wie ein Akkordeon zusammen und schaffe es schließlich, mich in den Beifahrersitz zu zwängen.

Kayla steigt hinter mir ein und bemerkt: »Sehr elegant.«

Ich beiße die Zähne zusammen. »Ich bin über 1,80 groß und dein Wagen hat die Größe eines Marshmallows. Die Tatsache, dass ich überhaupt hineinpasse, ist ein Wunder, geschweige denn, dass ich den Hindernislauf gemeistert habe, den du auf der Mittelkonsole errichtet hast. Was ist das? Eine Wasserflasche?« Ich halte eine riesige Plastikthermoskanne hoch. »Die hat die Größe eines Waschbeckens.« Ich deute auf die zahlreichen anderen Gegenstände, die sie in die Becherhalter der Konsole gestopft und auf den Sitzen verteilt hat. Sonnenbrillen. Eine Krankenschwesterntracht. Ein Paar Sandalen. Ein Namensschild. »Was ist hier los?«, frage ich. »Bist du als verdeckte Ermittlerin unterwegs? Leidest du an einer multiplen Persönlichkeit?«

Sie zeigt mit dem Finger auf mich. »Lass meinen Müll in Ruhe. Ich bin achtzehnhundert Meilen quer durchs Land gefahren und hatte nicht vor, Beifahrer mitzunehmen. Wenn du ein Problem mit dem Inhalt meines Marshmallow-Autos hast, können wir gern in deinen protzigen, kleinen Porsche krabbeln.« Sie hebt eine Braue. »Was ist jetzt, Cowboy?«

»Cowboy?« Ich weiche zurück. »Das ergibt keinen Sinn. Ich habe schließlich weder Yee-haw geschrien, noch mir an den Hut getippt.«

Sie macht Anstalten, aus dem Wagen zu steigen. »Wir nehmen den protzigen Porsche.«

»Okay, okay.« Ich hebe beschwichtigend die Hände und reiße ihr Handgelenk mit hoch. »Es tut mir leid. Dein chaotisches Auto ist absolut okay. Ich bin zufällig ein großer Fan von …« Ich blicke mich in dem Durcheinander um, »… Müsliriegelpackungen und Paketklebeband.« Ihre Augen werden schmal und ich schenke ihr ein breites Grinsen. »Nur ein Scherz. Würdest du jetzt bitte losfahren?« Sie rührt sich nicht, deshalb hebe ich unsere Handschellen und sage fröhlich: »Je schneller wir die Erbschaft finden, desto eher bist du mich los.«

Sie startet den Wagen.

Ich halte mein Handgelenk neben das Lenkrad, während Kayla beide Hände benutzt, um rückwärts aus der Parklücke zu setzen. Sie legt den Schalthebel um und fährt auf die Hauptstraße, dann legt sie ihr gefesseltes Handgelenk auf die Mittelkonsole und lenkt mit einer Hand. Ich lege meine Hand neben ihre und wir schweigen. Ihre Hand wirkt klein und zart neben meiner.

»Also …« Ich verspüre das Bedürfnis, etwas Konversation zu betreiben, um die Spannung zu lösen, Kayla ist eindeutig gereizt. »Es war eine schöne Beerdigung.«

Sie atmet ein. »Ich glaube schon.«

»Ich war irgendwie überrascht, dich dort zu sehen.«

Sie hält den Blick auf die Straße gerichtet. »Warum? Er war mein Vater.«

Ich zucke mit den Schultern. »Ja, aber du hast es nicht für nötig gehalten, ihn zu besuchen, als er krank war, soweit ich weiß. Also dachte ich, du würdest es auch nicht für nötig halten, zur Beerdigung zu kommen.«

Sie wirft mir einen langen Blick zu und in der Tiefe ihrer blauen Augen blitzen Verletzung und Schmerz auf. »Ich habe es nicht für nötig gehalten, weil mein Vater es nicht für nötig gehalten hat, mir zu sagen, dass er krank ist.« Genauso schnell, wie das Gefühl aufgeblitzt ist, verwandelt es sich in Bitterkeit und sie starrt zurück auf die Straße.

Ich runzele die Stirn. »Wirklich?«

»Wirklich«, antwortet sie scharf. Ein Augenblick vergeht. »Mein eigener Vater hat es nicht für nötig gehalten, mich wissen zu lassen, dass er sterben wird. Und was die Beerdigung angeht … bin ich gekommen, weil ich einen Abschluss brauchte.« Ihre Stimme zittert etwas, sie räuspert sich. »Ich war überrascht, dich bei der Beerdigung allein zu sehen. Nach den Geschichten, die ich von früher kenne, dachte ich, dass Daren Ackwood stets mit einer Herde von Doppel-D-Groupies unterwegs ist.«

Ich grinse über ihren überheblichen Tonfall. »Bist du eifersüchtig, weil du nie zu meiner Herde gehört hast?«

Sie lächelt zuckersüß. »Mir tun die hirnlosen Hühner leid.«

Ich lächele. »Na, klar.« Mein Lächeln verblasst. »Aber wegen der Beerdigung – mir war nicht nach Gesellschaft. Also keine Hühner.«

Sie blickt zu mir herüber, aber ich wende mich ab und starre aus dem Fenster – meine Brust schnürt sich zusammen. Turner und ich sind uns erst nähergekommen, nachdem Kayla ausgezogen war. Deshalb kann sie nicht verstehen, wie wichtig er für mich war. Nicht, dass ich versuchen wollte, es ihr zu erklären. Ich bezweifle, dass irgendeine Erklärung der Beziehung gerecht werden würde.

Ich wüsste nicht, wo ich anfangen sollte. Seine Bedeutung für mein Leben ist langsam gewachsen, es ist schwierig, den genauen Moment zu benennen, ab dem er mich entscheidend geprägt hat. Meine erste Erinnerung an Mr. Turner stammt aus meinem elften Lebensjahr. Mein Dad und er spielten Golf und ich lief hinter ihnen her. Turner schlug den Ball versehentlich in einen Busch und bat mich, ihn zu holen, weil, und ich zitiere, er ein »alter Mann« sei. Ich ärgerte ihn damit und sprach ihn für den Rest des Tages mit Alter Mann Turner an. Der Spitzname ist irgendwie hängen geblieben, auch als ich älter wurde, nannte ich ihn so, obwohl er immer sehr jugendlich und energiegeladen gewesen ist. Ich glaube, er mochte den Spitznamen, weil er ihm das Gefühl gab, etwas Besonderes zu sein. Und das war er auch.

Er war wie ein Vater für mich – ein guter Vater, weshalb ich es Kayla so übelnehme, dass sie sich von ihm abgewandt hat.

»Darf ich dich etwas fragen?« Ich kratze mich am Kinn. »Was ist zwischen dir und deinem Vater vorgefallen? Warum hast du nicht mehr mit ihm gesprochen?«

Sie runzelt eine Braue. »Ich habe nicht aufgehört, mit ihm zu sprechen. Er hat aufgehört, an meinem Leben teilzuhaben.«

Ich halte die Stille zwischen uns aus und warte.

Marcella hat mir einmal erklärt, dass die besten Orte, mit jemandem zu reden, ein Auto oder die Dunkelheit sind. Da man dort nicht gezwungen sei, dem anderen in die Augen zu blicken, fühlten sich die Menschen sicherer und seien offener.

»Er wollte zu meinem sechzehnten Geburtstag zu mir nach Chicago kommen«, fährt Kayla mit ihrer Geschichte fort. »Ich war aufgeregt und konnte es nicht erwarten, ihn zu sehen. Doch er kam nicht«, erzählt sie schlicht. »Er hat weder angerufen noch geschrieben, um mir zu sagen, dass er nicht kommt. Er ist einfach nicht erschienen. Da stand ich dann also in meinem gelben Geburtstagskleid an der Tür und habe gewartet; dabei war er hier in Arizona und hat sich einen Dreck für mich interessiert. Ich habe tagelang geweint.«

Ich öffne den Mund, um etwas zu erwidern, doch mir fällt nichts ein. Es ist schwer zu glauben, dass James Turner den sechzehnten Geburtstag seiner einzigen Tochter verpasst hat. Vor allem, da er an meinen gedacht und mir ein Geschenk gemacht hat – und zwar nicht irgendein Geschenk; es war eine alte Taschenuhr, die seinem Großvater gehört hatte. Ein Familienerbstück.

»Sie bedeutet mir viel«, hatte Turner gesagt, als er sie mir überreichte, »pass gut auf sie auf.«

Sie sah teuer aus, mit einer bronzenen Kette und einem Mittelstück aus Türkis, die Oberfläche war mit der Zeit glatt und glänzend gerieben geworden.

Ich schüttelte den Kopf. »Das kann ich nicht annehmen. So ein Geschenk habe ich nicht verdient. Und außerdem gehört es Ihrer Familie.«

Er sah mir in die Augen und wartete, bis er meine ganze Aufmerksamkeit hatte. Dann lächelte er. »Geschenke verdient man sich nicht. Sie sind eine Möglichkeit für den Schenkenden, dir seine Wertschätzung zu zeigen. Und, Daren« – seine Augen strahlten – »du gehörst zu meiner Familie«.

Seine Worte hatten mehr Bedeutung als alles andere, was mir jemals jemand in meinem Leben gesagt hatte, aber ich war zu jung und zu dumm, um etwas anderes zu erwidern als »Danke«.

Ich nahm die Uhr, trug sie stets in meiner Tasche bei mir und zeigte sie bei jeder Gelegenheit meinen Freunden. Ich besaß eine Menge Dinge, die man mit Geld kaufen konnte, aber Turners Uhr war mir wichtiger als alles andere. Es war ein Geschenk von dem einzigen Mann, der sich wirklich für mein Leben interessierte, das machte es unendlich kostbar.

Doch nach den ersten Monaten auf der Highschool fiel sie mir herunter. Schockiert sah ich zu, wie die antike Uhr auf den Boden aufschlug. Es war die einzige wertvolle Sache, die man mir jemals anvertraut hatte, und ich habe nicht auf sie aufgepasst. Die Taschenuhr hat nie wieder funktioniert und ich habe mich unendlich geschämt.

Ich hatte etwas kaputtgemacht, das James Turner wichtig gewesen war.

Ich habe allerdings nie den Mut aufgebracht, ihm davon zu erzählen, ich fürchtete die Missbilligung, die ich ganz sicher in seinen Augen lesen würde. Doch ich habe die Uhr behalten, obwohl sie kaputt war, weil es das schönste Geburtstagsgeschenk war, das ich je bekommen hatte. Ich trage sie bis heute immer bei mir.

Ich blicke zu Kayla hinüber. Ich kann nicht glauben, dass derselbe Mann, der mir ein Familienerbstück anvertraut hat, seine Tochter an ihrem Geburtstag versetzt hat.

»Es muss sich um ein Missverständnis gehandelt haben«, sage ich. »Ich bin sicher, dein Dad wollte an deinem Geburtstag da sein.«

Sie spannt die Kiefer an. »Ach, ja? Dann kannst du mir vielleicht erklären, warum es nach meinem Geburtstag nur noch schlimmer wurde. Er hat nie angerufen oder auf meine Anrufe reagiert. Auf meine E-Mails hat er auch nicht geantwortet«, fährt sie fort. Sie spricht eigentlich nicht mehr zu mir, sondern beschimpft die Windschutzscheibe. »Herrgott, er hat sogar aufgehört, mir Geburtstagskarten zu schicken. Selbst diese kleine Geste war zu viel. Dann hat er Mom und mir kein Geld mehr überwiesen. Aber das Schlimmste war, dass er nicht mehr wollte, dass ich den Sommer bei ihm verbringe. Er wollte mich nicht um sich haben.« Ihre Stimme bricht. »Es war, als wollte er mich aus seinem Leben löschen. Und in gewisser Weise hat er das wohl auch getan.«

Ich sehe die Verletzung in ihren Augen und schüttele den Kopf. »Das klingt irgendwie nicht nach ihm.«

Die Traurigkeit in ihrer Stimme weicht eisiger Verachtung. »Tja, einem kleinen Jungen die Baseballkarten zu klauen auch nicht, aber na ja. Manchmal sind die Menschen einfach mies.«

Ich möchte den Schmerz in ihrer Stimme lindern und ihr versichern, dass ihr Vater nicht der Idiot war, für den sie ihn hält, aber ihr scharfer Ton hält mich davon ab. Sie will nicht getröstet werden. Sie will wütend sein. Also schweige ich.

Turner hat nie wirklich von Kayla gesprochen. Und bei den wenigen Gelegenheiten, bei denen ihr Name fiel, wirkte er traurig und wechselte rasch das Thema. Damals dachte ich, es läge daran, dass Kayla ein tyrannischer Teenager wäre. Doch nachdem ich jetzt sehe, wie verletzt Kayla ist, frage ich mich, ob vielleicht mehr dahintersteckt.

Aber wie konnte ein guter Mensch wie Turner mich als Familie bezeichnen und seine eigene Tochter so vernachlässigen? Das ergibt keinen Sinn.

Den Rest der Fahrt schweigen Kayla und ich. Als wir schließlich die Auffahrt von Milly Manor erreichen, richte ich mich auf und blicke aus dem Fenster. Fast ein Jahr bin ich nicht mehr hier gewesen, aber es sieht noch alles genauso aus. Dieselben Risse im Beton der Auffahrt. Dieselben Bäume.

Kayla drosselt die Geschwindigkeit und parkt vor dem großen Anwesen.

Beim Anblick des beeindruckenden Hauses aus weiß eingefasstem Backstein verstehe ich, warum die Stadt Copper Springs so stolz darauf ist. Das Haus ist von üppigem Efeu bewachsen, das sich bis zum Giebeldach hinauf und um den Backsteinschornstein rankt. Im Vorgarten erstreckt sich ein leuchtend grüner Rasen bis zu den weißen Stufen der umlaufenden Holzveranda. Die Steinplatten vor dem Haus sind ungepflegt und mit Unkraut überwuchert, ein eindeutiges Zeichen dafür, dass Turner niemand Neues eingestellt hat, nachdem ich mich nicht mehr um seinen Garten gekümmert habe. Doch selbst mit all den kreuz und quer wachsenden Pflanzen ist es ein hübscher Ort. Und da das Haus nicht weit entfernt vom Stadtzentrum liegt, wird es sicherlich ein großartiges Museum abgeben – oder was auch immer Copper Springs daraus machen wird.

»Trautes Heim, Glück allein«, murmelt Kayla trocken.

Ich starre sie wütend an. »Mann, bist du verbittert.«

Mit harter Miene blickt sie auf das Lenkrad, wirkt jedoch gleich darauf weich wie Schnee. »Eigentlich nicht«, sagt sie leise. Dann sieht sie mich mit aufrichtigem Blick an. »Tut mir leid. Die ganze Sache ist einfach schwer für mich.«

»Klar. Nein. Verstehe schon.« Ich nicke. Als ich erneut den Schmerz in ihren Augen sehe, fällt heute schon zum zweiten Mal meine Schutzmauer.

Warum zum Teufel berührt mich dieses Mädchen so? Im einen Moment bin ich sauer auf sie, weil sie ihren Vater hasst, und im nächsten möchte ich sie trösten und sie mit Keksen füttern und alles. In ihrer Gegenwart werde ich eindeutig zum Spinner.

Sie stellt den Motor ab und wir steigen auf dieselbe Weise aus dem Wagen, wie wir eingestiegen sind, nur umgekehrt. Beim Anblick ihres wackelnden Hinterns, als sie versucht, mit einem erwachsenen Mann am Handgelenk aus dem Wagen zu steigen, muss ich unwillkürlich grinsen. Sie besitzt wirklich einen perfekten Po. Und die Art, wie er sich vor mir hin- und herbewegt, ist zum Niederknien.

Sie erwischt mich dabei, dass ich sie anstarre und wirft mir einen wütenden Blick zu. »Du Perverser!«

»Du versperrst mir die Sicht.« Ich grinse. »Was soll ich tun? Die Augen schließen?«

»Ja«, faucht sie.

»Klar.«

Schnaubend dreht sie sich um und zerrt uns die Verandastufen hinauf. An der Eingangstür bleibt sie stehen. Ihr Blick zuckt wütend vom Türgriff zum Briefschlitz und weiter zur Topfpflanze neben der Fußmatte, dann setzt sie rasch wieder ihre undurchdringliche Maske auf.

»Hast du einen Schlüssel?«, frage ich.

»Mist. Nein.« Sie schlägt sich die Hand vor die Stirn. »Daran habe ich überhaupt nicht gedacht. Ich hätte Eddie danach fragen sollen.« Sie flucht. »Jetzt müssen wir den ganzen Weg wieder zurückfahren.«

»Nein, müssen wir nicht.« Ich gehe die Stufen wieder hinunter und ziehe sie Richtung Seiteneingang. Sie tappt hinter mir her und versucht, mit meinen langen Schritten mitzuhalten, dabei lösen sich weitere blonde Strähnen aus ihrem Knoten und fallen ihr ins Gesicht.

Mit finsterem Blick verjagt sie ein Insekt. »Wohin gehen wir?«

Ich führe sie zur rückwärtigen Gartenmauer, wo Dutzende weißer Rosen wachsen. »Hierher.«

Die rote Erde am Fuß der Pflanzen klebt an meinen Schuhen und ich lächele. Als ich angefangen habe, mich um die Rosenbüsche zu kümmern, habe ich den seltenen, roten Mutterboden gehasst, weil er sich überall festsetzte. An meiner Kleidung, meinen Schuhen, meiner Haut. Aber Turner bestand jedes Jahr von Neuem darauf, dass wir ihn benutzten. Ich atme durch die Nase ein. Verdammt, ich werde ihn vermissen.

Ich gehe in die Hocke – zwinge Kayla, sich etwas mit mir nach unten zu beugen – und hebe einen kleinen Stein vom Boden auf, mit dem ich in der roten Erde grabe.

Kaylas Hand hängt neben meiner, während sie mich anstarrt, als sei ich nicht ganz dicht. »Warum gräbst du in der Erde?«

»Weil …« Triumphierend ziehe ich einen glänzenden Silberschlüssel heraus und grinse, »ich weiß, wo der Ersatzschlüssel ist.«

11

Kayla

Daren weiß, wo der Ersatzschlüssel liegt? Also wirklich!

»Woher wusstest du das?«, frage ich, als wir aufstehen.

Er wischt sich die Erde von den Händen und zuckt mit den Schultern. »Dein Dad hat es mir gesagt.«

Ich will die Arme verschränken und stelle fest, dass ich das mit unseren gefesselten Handgelenken nicht kann, stattdessen stemme ich meine freie Hand in die Hüfte. »Er hat dir einfach so *gesagt*, wo er den Schlüssel zu seinem millionendollarschweren Anwesen vergraben hat?«

»Eigentlich hat er mich gebeten, ein gutes Versteck für ihn zu suchen. Genau genommen habe ich *ihm* gesagt, wo er vergraben ist.« Er legt den Kopf schief und lächelt. »Warum siehst du so wütend aus?«

»Ich bin nicht wütend.« Ich lasse die Hand von meiner Hüfte gleiten und schlucke meine Eifersucht hinunter. »Es fällt mir nur schwer zu glauben, dass er dir so sehr vertraut hat.«

Seine Lippen bilden eine schmale Linie. »Weil du ihn nicht so gut gekannt hast, wie du dachtest.«

»Ganz offensichtlich.«

Er schüttelt den Kopf und murmelt: »Egal.« Dann zieht er uns über das Grundstück zurück zur Eingangstür. »Bringen wir es zu Ende.«

Ich stolpere hinter ihm die Verandatreppe hinauf – *ver-*

dammt, diese hohen Absätze! – und warte neben ihm, während er den Schlüssel ins Schloss steckt; dann schwingt die Tür auf.

Als wir eintreten, scheint die Sonne durch die Tür herein und beleuchtet den durch die Luft tanzenden Staub.

Das Haus riecht noch genau so, wie ich es in Erinnerung habe. Nach Vanillepfeifentabak und Kirschen. Es ist ein Geruch, den ich nur mit meinem Vater verbinde, und aus irgendeinem Grund schnürt sich mir beim Einatmen die Brust zusammen und meine Augen brennen. Ich schließe die Augen, um die Tränen unter Kontrolle zu bekommen.

Ich stelle mir vor, wie mein Vater zurückgelehnt in seinem Ledersessel im Arbeitszimmer sitzt und an seiner altmodischen Sherlock-Holmes-Pfeife pafft, während er in einem seiner Lieblingsbücher liest. Dünne, weiße Rauchschwaden steigen von seiner Pfeife auf und schweben in der Luft, bis sie sich unter der hohen Decke auflösen. Als ich sieben war, habe ich gekichert, als er versucht hat, einen perfekten Rauchring für mich zu blasen. Da er nur hin und wieder Pfeife rauchte, war er unglaublich schlecht darin, aber er versuchte es dennoch. Ich habe in dem Ledersessel auf seinem Schoß gesessen, der Duft von Vanilletabak kitzelte mich in der Nase und schließlich haben wir beide gelacht.

»So.« Darens Stimme unterbricht meine Erinnerungen und ich öffne die Augen. »Wo ist dieser Kofferschrank?«

Ich schüttele die nostalgischen Gedanken ab und straffe die Schultern. »Hier drüben.« Ich führe ihn durch das Wohnzimmer und den Flur zu einer schmalen Tür auf der linken Seite. Dann öffne ich den Schrank.

Darin hängen diverse Trenchcoats unter einer Hutablage, zudem sind drei Regenschirme gegen die Wand gelehnt. Und hinten, zwischen den Mänteln auf dem Boden, steht ein blauer Koffer.

»Jackpot!«, sagt Daren lächelnd.

Ich werfe ihm einen verächtlichen Blick zu. »Jackpot?«

Sein Lächeln wird breiter. »Ach, komm schon.« Er verdreht die Augen. »Tu nicht so, als wäre es peinlich, Jackpot zu sagen. Du wolltest bestimmt etwas ähnlich Passendes rufen – zum Beispiel Heureka oder Jabadabadu.« Bei jedem übertrieben freudigen Ausruf reckt er die Faust in die Luft.

Ich versuche, genervt auszusehen, muss jedoch ein wenig lächeln, als er mit einem besonders übertriebenen Ausdruck hinzufügt: »Bingo!« So ein Quatschkopf.

»Ich wusste es.« Er deutet auf mein Lächeln. »Du magst mich.« Er zeigt seine Grübchen und nickt. »Du findest mich unerträglich, aber du magst mich trotzdem. Willst du mich noch mal küssen?« Er beugt sich vor und wackelt mit den Brauen.

»Oh mein Gott. Du bist albern.« Ich höre auf zu lächeln, spüre jedoch, wie sich unwillkürlich ein warmes Gefühl auf meinen Wangen und in meinem Körper ausbreitet. Denn ein kleiner Teil von mir möchte ihn tatsächlich noch einmal küssen. Dass ich einen Typen küssen möchte, ist ein vollkommen ungewohntes Gefühl für mich. Ich sehne mich danach, ihn zu berühren. Und ich bin mir nicht sicher, ob mir das gefällt. Es gibt mir das Gefühl, die Kontrolle zu verlieren, als könne ich mir selbst nicht mehr trauen.

Mein Blick gleitet zu seinem Mund, wo sich seine Lippen, die sich gestern Abend so warm und weich auf meinen angefühlt haben, zu einem weiteren verspielten Lächeln verziehen und ganz kurz setzt mein Herz aus.

Und vielleicht kann ich mir ja tatsächlich nicht mehr trauen.

»Können wir das einfach hinter uns bringen?«, frage ich.

»Was, den Kuss? Oder den Sex?« Er blickt sich um. »Der Boden ist etwas schmutzig, aber wenn du darauf bestehst …« Er greift nach seinem Hosenknopf.

»Bäh. Ich rede nicht mehr mit dir.« Ich knie mich auf den Boden.

Sein Lächeln wird breiter. »Ach, und jetzt willst du mir einen blasen? Kannst du dich mal entscheiden?«

»Sei still.« Unsanft reiße ich sein Handgelenk nach unten, sodass er sich neben mich knien muss, wo wir uns in Reichweite des Koffers befinden. »Ich bin wegen des Koffers hier unten, du Idiot.«

Er spitzt die Lippen. »Du bläst mir also keinen?«

»Nein.« Ich kann nicht umhin, auf seine Jeans zu blicken und daran zu denken, wie groß er sich gestern angefühlt hat.

»Das ist schade. Wäre nett gewesen …« Er wackelt erneut mit den Brauen. »Vielleicht später?«

Ich schnaube verächtlich. »Ach, leck mich.«

Sein Lächeln kehrt zurück. »Jetzt redest du Klartext.«

»Du bist so ein Idiot.« Ich beuge mich in den Kleiderschrank und greife nach dem Koffer.

»Warte, ich hole ihn.« Er hört auf, mich zu nerven und fasst nach dem Koffer. Als er die Arme ausstreckt, wölbt sich sein Bizeps und ich lasse den Blick über seine Schultern und sein Profil gleiten.

Er ist wie ein Model gebaut. Schlank und muskulös, mit einem ausdrucksstarken Kinn und langen Wimpern. Sein Mund ist groß und männlich, aber seine Lippen sind weich und er riecht gut. Wieder nach Zitrusfrüchten.

Er zieht den Koffer aus dem Schrank und legt ihn neben unsere Knie. Es ist ein altes Gepäckstück mit einer harten Schale und einem dicken Plastikgriff. Er kippt den Koffer und lässt die Verschlüsse aufschnappen. Zunächst klemmt der Deckel ein bisschen, aber nachdem er etwas nachgeholfen hat, kann Daren ihn mit seinen langen Fingern öffnen.

Im Inneren befinden sich drei versiegelte Umschläge. Auf

einem steht Darens Name, auf einem meiner und auf dem dritten steht FÜR EUCH BEIDE.

Daren und ich nehmen die Umschläge mit unseren jeweiligen Namen heraus und öffnen sie. In jedem steckt ein Brief von meinem Vater.

Schweigend lesen wir den jeweils für uns bestimmten Brief.

Meine liebe Kayla,

wenn du das hier liest, bist du sehr wahrscheinlich mit Handschellen an Daren Ackwood gefesselt. Egal, was du denkst oder annimmst, Daren ist eine gute Seele. Wenn dem nicht so wäre, hätte ich dich nicht gebeten, dich an ihn zu ketten. Was mich zu dem Punkt bringt, weshalb du überhaupt hier bist. Mein Tod.

Ich liebe dich mehr, als du dir vorstellen kannst und mehr als ich je ausdrücken könnte. Die letzten Jahre, in denen ich von dir getrennt war, waren die reinste Qual für mich. Es gibt so viel, das ich dir gerne persönlich erklärt hätte. So viel, das ich gerne wiedergutmachen würde. Mir ist klar, dass meine offensichtliche Abwesenheit in deinem Leben dich misstrauisch mir und meiner Liebe zu dir gegenüber gemacht hat, aber bitte wisse, dass es nicht so ist, wie es scheint. Meine Liebe für dich ist und wird immer da sein. Die letzten fünf Jahre ohne dich bedeuteten puren Schmerz für mich und ich hoffe, dass du mich als den Vater aus den Jahren davor in Erinnerung behalten wirst, nicht als denjenigen, der nicht mehr bei dir gewesen ist.

Da ich mich vor meinem Tod nicht mehr von dir verabschieden konnte, habe ich meine Gedanken in diesem Brief festgehalten. Aber mehr als alles andere will ich, dass du weißt, dass du immer das Beste in meinem Leben gewesen bist – immer. Du hast mich immer wieder überrascht und ich bin stolz auf das, was du bereits bist und auf das, was noch aus dir werden wird.

Ich ermuntere dich, diesen Brief mit Daren zu teilen. Er ist mir einer der liebsten Menschen und ich vertraue ihm über alle Maßen. Ich hoffe, dass es dir eines Tages ebenso gehen wird.

Ich liebe dich.
Dad

Ich blinzele. Dann noch einmal. Der Brief ergibt keinen Sinn. Die letzten Jahre haben puren Schmerz für *ihn* bedeutet? Ha. Und Daren ist eine gute Seele, der er über alle Maßen vertraut? Zweimal ha.

Unter keinen Umständen werde ich Daren diesen Brief zeigen. Das Letzte, was dieser Typ braucht, ist noch mehr Luft, um sich aufzublasen.

Unten rechts auf der Seite steht in schwarzen Buchstaben das Wort *durch* und darunter die Zahl *14*. Nichts weiter. Ich drehe das Papier um, aber die Rückseite ist leer. Durch 14? Seltsam.

Ich falte den Brief zusammen, stecke ihn rasch in meine Tasche und blicke zu Daren. Er starrt auf seinen eigenen Brief und sieht verwirrt aus.

Ich deute mit dem Kopf auf das Blatt Papier. »Was schreibt er?«

Er blinzelt mich an, dann schiebt er den Brief schnell in seine Tasche. »Nichts. Lass uns sehen, was in dem letzten Umschlag ist.« Er holt ihn aus dem Koffer, öffnet ihn und zieht einen weiteren Bogen hervor.

Als wir uns gleichzeitig vorbeugen, um zu lesen, was darauf steht, berühren sich unsere Schultern. Seine Körperwärme umfängt mich, verführt mich mit ihrem Zitrusduft und lenkt mich vorübergehend ab.

Nein!

Ich schüttele mich.

Ich *mag ihn nicht* – oder seine irre riechende Seife oder sein Shampoo oder woher auch immer dieser intensive Duft stammt.

Ich reiße mich zusammen und konzentriere mich auf die Worte, die dort in der Handschrift meines Vaters stehen.

Daren und Kayla,

ihr habt euch darauf eingelassen, euch mit Handschellen aneinanderbinden zu lassen! Ich kann euch gar nicht sagen, wie sehr ich mich darüber freue. Mir ist klar, dass Handschellen unbequem und ziemlich abscheulich sind, aber ich wollte, dass ihr diese Erbschaft ernst nehmt. Und was noch wichtiger ist: Ich wollte, dass ihr als Team zusammenarbeitet. Denn das Leben besteht daraus, gut mit anderen zusammenzuarbeiten, um gemeinsam Ziele zu erreichen. Das ist die erste Lektion. Das Geld, das ich euch hinterlassen habe, findet sich woanders. Benutzt den beiliegenden Schlüssel, um #23 am Bahnhof zu öffnen.

Als Daren den Umschlag schüttelt, fällt ein seltsam geformter, goldener Schlüssel in seine Hand. Er ist groß und schwer und hat einen eckigen Griff und einen breiten Bart. So einen habe ich noch nie gesehen.

Lächelnd hält Daren ihn hoch. »Na, nun wissen wir, wo das Geld ist.«

»Sieht so aus.« Ich atme tief ein, beim Anblick des Schlüssels schwindelt mir vor Aufregung. Das hier passiert wirklich. Mein Leben wird sich tatsächlich ändern.

»Alles okay?« Daren legt den Kopf schief.

»Ja.« Ich lächele schwach. »Mir geht's gut. Ich bin nur aufgeregt, das ist alles.«

»Worauf warten wir noch? Holen wir uns das Erbe!« Er steckt den Schlüssel in die Tasche und steht auf.

Ich folge ihm, doch als ich mich aufrichten will, schwanke ich auf meinen Absätzen, verliere das Gleichgewicht und falle zurück. Mit der Kette an meinem Handgelenk reiße ich Daren mit mir nach unten, doch während er irgendwie elegant auf die Knie gleitet, lande ich mit angewinkelten Beinen mitten auf dem Hintern, sodass mein Rock bis zur blassen Haut an meinen Schenkeln nach oben rutscht.

Daren unterdrückt ein Lachen und schlägt mich mit meinen eigenen Worten von vorhin: »Sehr elegant.«

»He«, fauche ich. »Es ist ziemlich schwierig, vom Boden aufzustehen, wenn man Handschellen, hohe Absätze und einen engen Rock trägt.«

Er steht auf. »Oh, das bezweifle ich nicht. Deshalb habe ich mich heute auch für meine flachen Schuhe entschieden«, spottet er. »Die bringen meine Waden nicht so toll zur Geltung, aber sie sind ziemlich bequem und passen zu *allem.*«

»Ich hasse dich.«

»Nein, das tust du nicht.« Sein Blick gleitet über meine nackten Schenkel und sein amüsiertes Lächeln weicht Anerkennung.

Ich zerre den engen Stoff von meinem Rock so weit wie möglich nach unten und er räuspert sich, löst den Blick und sieht mir in die Augen.

»Hier.« Er lächelt wieder normal. »Gib mir deine Hand.« Er greift nach meiner linken Hand und verschränkt zugleich seine Finger mit denen meiner gefesselten rechten. Dann zieht er mich nach oben.

Es ist eine praktische Geste, die mir jedoch unglaublich intim vorkommt. Seine Finger fühlen sich stark und warm an.

Ich schaffe es zu stehen, ohne ihn anzublinzeln oder umzufallen. »Danke.«

Nachdem wir wieder auf den Füßen sind, lösen wir rasch die Hände voneinander. Als er seine Finger aus meinen gleiten lässt und seine Haut über meine reibt, zieht sich tief in meinem Bauch etwas zusammen. Mein Blick wandert zu den kräftigen Muskeln an seinem Unterarm und zu seinem Bizeps, über seine starke Brust und den durchtrainierten Bauch zu den Hüften, wo er sich den Staub von den Jeans klopft. Für eine kurze Sekunde frage ich mich, wie diese Hüften ohne Jeans aussehen. Sofort ohrfeige ich mich innerlich dafür.

Das ist *Daren Ackwood*, Himmelherrgott. Mister Schläft-mit-der-ganzen-Stadt. Ich werde mich *nicht* von seinem guten Aussehen und seinen sexy Hüften verführen lassen.

Ich mustere ihn erneut und stutze. Dieser verdammte Daren und sein Kuss versetzen meinen gesamten Körper in Aufruhr und bewirken ein ungewolltes Ziehen in meinem Bauch. Ich muss wirklich sofort von diesen Fingern und diesen Hüften wegkommen.

»Beeilen wir uns und bringen es zu Ende.« Ich ziehe ihn mit mir zurück zur Haustür.

»Ja, Ma'am. Aber erst …« Er bleibt stehen und die Handschellen halten mich abrupt auf, »suche ich meine Baseballkarten.«

»Was?«

»Du hast mich schon verstanden.« Er geht an mir vorbei den Flur hinunter und zerrt mich hinter sich her.

»Auf keinen Fall«, widerspreche ich, während ich gegen meinen Willen hinter ihm herstolpere. »Wir haben keine Zeit, Kartendetektive zu spielen.«

Er blickt sich zu mir um. »Klar haben wir die.«

»Was ist das mit dir und diesen Baseballkarten? Man könnte meinen, du wärst zwölf, so wie du an diesen Dingern hängst.«

Er wirft mir über die Schulter einen weiteren Blick zu und grinst: »Ich habe Probleme loszulassen, weißt du noch?«

Ich verdrehe die Augen.

»Nein, ernsthaft. Sie waren ein Weihnachtsgeschenk. Ich habe sie bekommen, als ich dreizehn war. Ziemlich wertvolle Sammlerkarten.« Er führt uns zurück ins Wohnzimmer, wo er den Eckschrank öffnet und die Regale durchsieht. »Ich konnte mich kaum über sie freuen, da hat dein Dad sie mir schon geklaut.«

Ich nicke. »Aha. Und warum genau hat er sie dir *geklaut*?« Ich male Anführungszeichen um das letzte Wort in die Luft und Daren blickt düster auf meine Finger.

»Er *hat* sie mir *geklaut*, weil er meinte, ich wäre zu verwöhnt, um sie zu schätzen zu wissen.«

Ich schnaube. »Das warst du vermutlich auch.«

»Das stimmt.« Er nickt. »Damals.«

Ich hebe eine Braue. »Du gibst zu, dass du verwöhnt warst?«

»Oh ja. Ich war total verwöhnt.« Er zuckt mit den Schultern. »Als ich ein Junge war, haben meine Eltern mir alles gekauft, was ich haben wollte, solange ich sie nur in Ruhe ließ. Ich hatte alles Geld und alle Freiheit der Welt. Und ich habe das für selbstverständlich gehalten.«

Er blickt wieder in den Schrank. »Ich dachte, Geld zu haben, wäre das Wichtigste im Leben. Durch Geld hatte ich Videospiele, war beliebt, hatte Freunde und … Mädchen. Aber als ich älter wurde, ist mein Leben heftig durcheinandergeraten und mir wurde klar, dass es etwas ganz anderes ist, so reich zu sein, wie es mein Vater war, und äh … wie es dein Vater war.« Er wendet sich wieder zu mir um. »Dein Vater war respektvoll und demütig – gegenüber dem Leben, gegenüber Geld und gegenüber anderen *Menschen*. Das ist mein Vater nie gewesen. Und als ich jung war, war ich wie mein Vater. Selbstsüchtig. Undankbar …« Er sieht wieder in den Schrank und setzt seine Suche fort. »Ich war ein verwöhntes Balg und dein Vater wusste das.«

Ich beobachte ihn einen Moment und überlege, was er damit gemeint hat, dass sein Leben heftig durcheinandergeraten sei. Ich weiß, dass seine Mutter mit Brad Keeton durchgebrannt ist und dass sein Vater danach angefangen hat zu trinken. Die Art, wie er gesagt hat, »als ich älter wurde«, gibt mir jedoch das Gefühl, dass noch mehr dahintersteckt.

»Klingt, als hättest du eine Lektion in Wertschätzung verdient.«

Er lächelt mich schief an. »Ich war vielleicht ein verwöhntes Balg, aber das ist noch keine Entschuldigung für einen erwachsenen Mann, einem Kind die Baseballkarten zu klauen. Und ehrlich gesagt glaube ich, dass Turner sich die Lektion in Dankbarkeit lieber für dich hätte aufheben sollen.«

Ich bin empört. »Wie bitte?« Seine Beleidigung kränkt mich, aber der beiläufige Ton, mit dem er es gesagt hat, verletzt mich noch mehr. »Ich bin nicht verwöhnt. Ich bin das genaue *Gegenteil* von verwöhnt.«

»Na klar.« Er geht weiter zum Hi-Fi-Schrank und zieht mich mit sich, während er jeden Winkel untersucht. »Hat dein Vater nicht einen Treuhandfonds für dich eingerichtet?«

»Was? *Nein*.« Ich blinzele. »Nein. Wie kommst du darauf?«

Er hebt eine Schulter. »Das habe ich gehört.«

Ich starre ihn wütend an. »Von wem?«

»Das ist eine kleine Stadt. Von allen.«

»Also, ich weiß nicht, was die Leute dir erzählt haben, aber ich besitze keinen Treuhandfonds und habe auch nie einen besessen. Das ist absurd.«

Er mustert mich skeptisch, dann geht er zum Sofa. »Vielleicht habe ich mich getäuscht.«

Ich muss ihm überallhin folgen, dabei würde ich am liebsten aus dem Zimmer stürmen. *Diese verdammten Handschellen!*

»Allerdings. Du täuschst dich. Du weißt nichts über mich«, behaupte ich, als er in die Hocke geht, um unter dem Sofa nachzusehen. »Und ich bezweifle ernsthaft, dass mein Vater deine Baseballkarten unter dem Sofa versteckt hat.« Aufgebracht blicke ich zu ihm hinunter.

Als er nichts unter der Couch findet, runzelt er die Stirn. »Wo könnte er sie hingetan haben?«

Ich presse die Lippen zusammen. »Wahrscheinlich hat er einen geheimen Tresor für all das Spielzeug und die Süßigkeiten, die er kleinen Kindern geklaut hat.«

»Mach dich nur lustig, aber wenn er *dir* etwas geklaut hätte, als du dreizehn warst, wärst du genauso außer dir wie …« Er richtet sich auf und verstummt; da er hockt und ich stehe, befindet sich der untere, nackte Teil meiner Schenkel direkt vor seinen Augen. Er stößt die Luft aus und sein warmer Atem streicht über die Innenseiten meiner Schenkel und hinauf unter meinen Rock. Auf einmal vergesse ich seine Beleidigung und meine Wut und mir schwindelt vor Verlangen.

Er blickt mich unter seinen langen dunklen Wimpern hervor an und mein gesamter Körper errötet. Meine Kehle ist trocken. Meine Nippel werden fest. Ich will schlucken, doch mein Gehirn scheint nicht zu funktionieren, als ich hinunter in seine riesigen, dunklen Pupillen starre und er mich mit seinem Blick durchbohrt.

Er setzt sich zurück auf die Fersen und mein gefesseltes

Handgelenk schwingt synchron mit seinem zurück. Ich beobachte, wie sich sein Adamsapfel auf und ab bewegt, als er heftig schluckt, seine Lider schwer werden und sein Blick zu meinen Beinen zurückkehrt. Ich überlege, was ich tun oder sagen könnte, irgendetwas, das mich von der Tatsache ablenkt, dass dort ein sinnlicher, wunderschöner Mund direkt vor meinen Schenkeln atmet. Und nicht irgendein Mund. *Darens* Mund.

Mir fällt nichts ein.

Nichts als heiße Erregung und überaus unanständige Gedanken.

Schließlich räuspert Daren sich, lehnt sich zurück und löst mich aus meiner Erstarrung. Als er langsam aufsteht, kann ich endlich schlucken.

Er schluckt ebenfalls. »Kannst du mir bitte einfach helfen, meine Baseballkarten zu finden?«

Baseballkarten … Baseballkarten … Ach ja, richtig. Darum ging es.

»Warum vergessen wir deine Suche nicht einfach, fahren zum Bahnhof und holen stattdessen das Geld?«, schlage ich mit heiserer Stimme vor. »Dann kannst du dir alle Baseballkarten der Welt kaufen.«

Er steht auf und wischt sich den Staub von den Händen. »Auf keinen Fall. Diese Karten sind unersetzlich. Sie … sie sind mir wichtig. Bitte?« Er sieht mich mit flehendem Blick an. »Tust du mir den Gefallen und hilfst mir suchen?«

Ich weiß nicht, warum er so besessen von etwas ist, ohne das er jahrelang ausgekommen ist, aber ich habe keine Lust, weiter mit ihm zu diskutieren. Und ehrlich gesagt, wenn er mich weiter mit diesem Hundeblick ansieht, weiß ich nicht, was ich noch alles zu seinem Gefallen tun werde.

»Gut«, gebe ich nach.

Oh Mann. Was *ist* das, was dieser Kerl mit mir macht?

»Toll.« Er lächelt. »Die Baseballkarten sind in einem grünen Karton von ungefähr«, er beschreibt mit den Händen ein Viereck, »dieser Größe, der mit einem roten Band umwickelt ist.«

Ich nicke und wir beginnen mit der Suche. Es ist allerdings keine sehr effektive, denn schließlich sind wir mit Handschellen aneinandergebunden und können uns nicht trennen. Außerdem stellen wir uns verdammt ungeschickt an; als wir ein Zimmer weitergehen wollen, bewegen wir uns zunächst in entgegengesetzte Richtungen.

Besonders unelegant stellen wir uns in der Küche an. Als wir an den Schränken vorbeigehen, bleiben die Handschellen an einer Schublade hängen und bringen Daren aus dem Gleichgewicht. Er stößt gegen mich, ich stoße gegen den Tisch, der Tisch stößt gegen die Wand, von wo ein Bild herunterfällt, während ich gleichzeitig Richtung Boden stürze. Daren fasst mein Handgelenk und fängt mich auf, doch das Bild kracht auf die Fliesen und zerbricht in unzählige Scherben.

Wie gesagt, sehr elegant …

»Wow«, sage ich langsam. »Das war wie in einem Comic.« Ich klingele mit unseren Handschellen. »Wir sind nicht sehr geschickt mit diesen Dingern, was?«

»Überhaupt nicht.« Er lacht leise. »Alles in Ordnung?«

»Ja, alles klar.« Ich merke, dass er mich noch immer festhält, und plötzlich fühlen sich seine Fingerspitzen heiß auf meinen Hüften an.

Ich löse mich beiläufig aus seinem Griff und versuche, ihm nicht in die Augen zu sehen. Stattdessen blicke ich auf den Küchenboden. Unter den Glassplittern des Bilderrahmens liegt ein Foto begraben. Vorsichtig ziehe ich es hervor.

Es zeigt meine Eltern und mich auf einem unserer Familienpicknicks. Meine Mom ist ganz in Weiß gekleidet mit einem orangefarbenen Tuch in den Haaren und rosa Lippenstift; ich trage ein Kleid mit Punkten, dazu Mary Janes und halte eine weiße Rose in Händen.

Weiße Rosen ließ mein Dad uns bei unseren Familien-Schnitzeljagden häufig suchen, weil sie überall in Copper Springs wild wachsen. Mom pflückte sie, damit ich mich nicht an den Dornen stach. Dann brachten wir sie meinem Dad und er schnitt alle Dornen ab, bevor er sie mir zurückgab, damit ich sie aufbewahren konnte. Ich lächele in mich hinein. Ich mochte diese Schnitzeljagden. Sie begannen immer auf dieselbe Weise: mit einem ersten Hinweis, der auf ein kleines Stück Papier in einem Umschlag geschrieben stand, genau wie die in dem blauen Koffer …

Kurz setzt mein Herz aus.

Nein. Auf keinen Fall.

Mein Vater hat sich doch wohl nicht etwa eine Schnitzeljagd für unsere Geldsuche ausgedacht, oder doch?

Nein. Das wäre lächerlich.

Ich schüttele den Kopf, seufze erleichtert, blicke hinunter auf das Foto und streiche mit dem Finger über die fröhlichen Gesichter meiner Eltern. Ich habe dieses Bild unzählige Male gesehen, aber jetzt, da die glücklichen Menschen auf dem Foto nicht mehr da sind, bedeutet es mir so viel mehr. Ich wende mich zur Wand, wo der Rahmen ein dunkles Viereck hinterlassen hat. Ich bin überrascht, dass mein Dad das Bild über all die Jahre behalten hat.

Als meine Mom gegangen ist, hat sie meinem Vater das Herz gebrochen. Er hat sorgsam darauf geachtet, nie ein böses Wort über sie zu verlieren, wenn ich den Sommer über bei ihm war, aber es war nicht zu übersehen. Ich konnte den Schmerz in seinen Augen sehen, wann immer er von ihr sprach.

Meine Mutter war kein Engel. Sie war klug und liebenswert, aber sie war unglaublich selbstsüchtig. Sie sagte, mein

Vater sei zu gut für sie, deshalb habe sie ihn verlassen. Dass er sie wie eine Königin behandelt und sie das zu stark unter Druck gesetzt habe. Obwohl das vermutlich alles stimmte, glaube ich, dass sie ihn eigentlich verlassen hat, weil sie nicht mit einem netten Kerl in einer Kleinstadt festsitzen wollte. Sie suchte das Drama der Großstadt.

Und das hat sie bekommen.

»Punkte«, bemerkt Daren, als er sich über meine Schulter beugt und das Bild betrachtet. »Nett.«

Ich stecke das Foto eilig in meine Tasche. »Ich glaube nicht, dass deine Baseballkarten in der Küche sind. Suchen wir weiter.«

Die nächste Stunde verbringen wir damit, das Haus meines Vaters und all seine Sachen zu durchwühlen. Es ist ein seltsames Gefühl, zurück an dem Ort zu sein, an dem ich aufgewachsen bin. Es hat sich nicht viel verändert. Die Möbel stehen noch am selben Platz. Die Post stapelt sich an der Hintertür. Und an den Wänden hängen Bilder von meiner Mutter und mir. Als würden wir noch immer hier wohnen. Als hätte er uns nie aus seinem Leben verbannt.

Ich bin mir nicht sicher, ob es mir das Herz bricht oder mich wütend macht. So oder so steht es in absolutem Widerspruch zu seinem Verhalten in den letzten Jahren.

Nachdem wir alle Zimmer durchsucht haben, gehen Daren und ich hinunter ins Arbeitszimmer. Hier hat mein Vater gearbeitet und nachgedacht. Es war sein Lieblingsraum – und meiner auch.

Das Arbeitszimmer sieht noch genauso aus, wie ich es in Erinnerung habe. Überall an den Wänden reihen sich Bücher in den Regalen und der große Globus, den ich als Kind so gern gedreht habe, steht von einer Staubschicht bedeckt in der Ecke.

Und natürlich riecht es hier noch immer nach Vanillerauch.

Während ich die persönlichen Dinge meines Vaters durchgehe, versuche ich das Brennen in den Augen zu ignorieren. Ich kann es jedoch kaum ertragen: die Bilder. Die Vanille. Die glücklichen Erinnerungen, die in mir aufsteigen.

Daren öffnet die oberste Schublade von Dads altem Schreibtisch und erstarrt. Dann sieht er mich an. »Lügner haben kurze Beine.«

Ich runzele die Stirn. »Was?«

Er nimmt einen Stapel Papiere aus der Schublade und knallt ihn auf den Schreibtisch. Staub wirbelt von den Dokumenten auf, die wie Kontoauszüge aussehen.

Missbilligend schnalzt er mit der Zunge. »Kayla Turner, du kleine Schwindlerin.«

»Wovon redest du?«

Er deutet auf die oberste Seite, auf der in großen Lettern steht: KAYLA TURNER TREUHANDFONDS. Mir bleibt der Mund offen stehen.

»Was?« Ich flüstere fast, als ich ungläubig die ersten Seiten überfliege. Es sieht tatsächlich so aus, als würde ich einen Treuhandfonds besitzen. Oder, besser gesagt, als *hätte* ich ihn besessen.

Die Auszüge zeigen eine Reihe von Abhebungen im Laufe der letzten Jahre, einige größer, einige kleiner, die letzte vor zwei Jahren. Der Treuhandfonds steht jetzt bei null.

Daren stößt einen leisen Pfiff aus. »Wow. Das hast du ja ziemlich schnell auf den Kopf gehauen.«

Ich blinzele und starre völlig verwirrt auf die Kontoauszüge. »Ich habe nicht … ich kann nicht …«

»Wenn dich künftig jemand fragt«, er kratzt sich an der Wange, »ob du einen Treuhandfonds besitzt, lautet die korrekte Antwort ja. Auch wenn er leer geräumt ist. Schwindlerin.«

Ich blicke ihn an. »Das stimmt nicht.«

»Versteh mich nicht falsch. Du bist eine *attraktive* Schwindlerin.« Er grinst. »Aber nichtsdestotrotz eine Schwindlerin. Nicht, dass ich dir das übelnehme. Meine gesamte Identität basiert auf Schwind…«

»Nein. Du verstehst mich nicht. Ich habe diese Papiere nie zuvor in meinem Leben gesehen.« Ich halte die Unterlagen hoch. »Ich habe nie einen Treuhandfonds besessen. Verdammt, ich hatte ja kaum ein Bankkonto. Mein Dad muss ihn angelegt und selbst benutzt haben.«

Er schielt auf eine der Seiten in meiner Hand. »Warum wurden dann alle Abhebungen in Chicago getätigt?«

Ich folge mit dem Blick seinem Finger, der auf die Ortsangaben neben den Abhebungen deutet. Bei jeder einzelnen steht CHICAGO, ILLINOIS.

»Was? Das ergibt keinen Sinn.« Ich schüttele den Kopf.

Er mustert mich. »Du wusstet wirklich nichts von diesem Fonds?«

»Nein! Mein Vater hat ihn mir gegenüber nie erwähnt. Kein einziges Mal.«

Er runzelt die Stirn. »Wer hat dann die ganzen Abhebungen getätigt? Deine Mom?«

»Ich glaube…«

Das ist die einzige logische Antwort, doch obwohl ich hierstehe und auf den Beweis starre, kann ich es nicht glauben. Ich *will* es nicht glauben. Mein Dad hat einen Treuhandfonds für mich eingerichtet und meine Mutter wusste nicht nur davon, sondern hat ihn auch noch ausgeräumt?

Mir wird heiß. Nein. Es muss eine bessere Erklärung geben.

Ich raffe die Papiere zusammen, auch die, die noch in der Schublade liegen, und packe sie in eine leere Aktenmappe, die ich auf dem Schreibtisch finde.

»Ich sehe mir das alles später an«, sage ich mehr zu mir selbst als zu Daren und stecke die Mappe in meine Tasche.

Er mustert mich. »Bist du sicher?«

Ich nicke und hole tief Luft. »Kümmern wir uns wieder um deine Baseballkarten.«

Daren fährt sich durch die Haare. »Ich glaube nicht, dass sie hier sind. Wir haben so ziemlich überall nachgesehen.« Er schließt die leere Schreibtischschublade. »Lass uns zum Bahnhof fahren.«

Auf einmal möchte ich Milly Manor und all die beunruhigenden Fragen hinter mir lassen und stimme sofort zu. »Ja. Okay.«

Als wir gerade gehen wollen, klingelt Darens Telefon. Er zieht es aus der Hosentasche, blickt auf das Display und nimmt ab. »Hallo, Ellen.« Er lauscht. »Klar. Ich kann wahrscheinlich morgen ein paar Waren zum Hotel bringen. Was brauchst du?«

Während er seine Unterhaltung fortsetzt, blicke ich erneut zum Schreibtisch, um zu überprüfen, ob ich irgendwelche Papiere in Bezug auf den Treuhandfonds übersehen haben könnte. Dabei bleibe ich an einer gerahmten Fotografie am Rand des Schreibtischs hängen und nehme sie in die Hand.

Überall in Milly Manor stehen Bilder, aber im Arbeitszimmer gibt es nur eins. Es zeigt Dad und mich an einem See, als ich neun Jahre alt war.

Wir halten eine Angelrute und ich grinse breit. Wir haben an jenem Tag nicht wirklich geangelt, weil ich es gemein fand, den Fischen wehzutun. Dad hatte Verständnis für mein weiches Herz und so haben wir den ganzen Nachmittag über nur so getan, als würden wir angeln, während wir meine Lieblingsbrote aßen: Erdnussbutter und Marmelade mit Bananen belegt.

Auf dem Bild trage ich das herzförmige Medaillon, das

er mir im selben Jahr zum Geburtstag geschenkt hatte. Ich habe die Kette vor Jahren verloren, aber sie gehörte immer zu meinen Lieblingsstücken. Mein Dad schrieb mir stets Nachrichten auf winzige Papierschnipsel. Darauf standen Dinge wie *Ich hab dich lieb* oder *Hab einen schönen Tag* oder *Ich bin so gern dein Daddy* und ich bewahrte sie alle sicher in dem Medaillon auf.

In Chicago trug ich die Kette jeden Tag und wusste, dass die klitzekleinen Nachrichten von meinem Vater in dem Medaillon steckten. Es war, als hätte ich ihn in dem Herzen um meinen Hals immer bei mir, wohin ich auch ging.

Erneut beginnen meine Augen zu brennen. Er ist nicht immer ein schlechter Vater gewesen. Eigentlich war er der beste Vater überhaupt. Deshalb hat es vermutlich so wehgetan, als er mich nicht mehr sehen wollte. Und deshalb schmerzt es jetzt noch immer.

»Dein Dad scheint dich wirklich geliebt zu haben.« Darens Stimme lässt mich aufschrecken und ich blinzele die aufsteigenden Tränen in meinen Augen fort. Ich habe nicht gemerkt, dass er das Telefonat beendet hat. »Er hat alle Bilder von dir aufgehoben.« Er deutet mit dem Kopf auf das Foto in meinen Händen. »Da seht ihr zwei ziemlich glücklich aus.«

Wir sehen wirklich glücklich aus – wie eine echte Familie. Mir wird schwer ums Herz. Ich habe keine Familie mehr. Zuvor hatte ich *kaum* noch eine, aber jetzt …

»Das ist lange her.« Ich stelle das Bild zurück auf den Schreibtisch. »Gehen wir.« Wortlos führe ich Daren am Handgelenk aus dem Haus, in dem ich aufgewachsen bin.

12

Daren

Tja, das ist ganz anders gelaufen als erwartet – und das nicht nur, weil ich meinen Karton mit den Baseballkarten nicht wiederbekommen habe. Es war schwer, die Emotionen auf Kaylas Gesicht zu ertragen, als wir durch das Haus gegangen sind.

Sie gibt vor, wütend und verbittert wegen ihres Vaters zu sein, aber ihr Gesichtsausdruck hat etwas ganz anderes verraten. Sie ist ganz offensichtlich verletzt, aber sie wirkt auch traurig. Und einsam. Gefühle, die mir nur allzu vertraut sind.

Und die Tatsache, dass sie über ihren eigenen Treuhandfonds nicht Bescheid wusste, wirbelt meine Vorurteile gegenüber Kayla Turner noch mehr durcheinander. James hat nicht gelogen, als er sagte, er habe einen Treuhandfonds für seine Tochter eingerichtet. Doch Kayla hat genauso wenig gelogen, als sie behauptet hat, keinen zu besitzen. Was wahrscheinlich bedeutet, dass Gia die Schwindlerin in der Familie gewesen ist. Ach, du Schande!

Ich folge Kayla zum Wagen und wir klettern ungelenk hinein, bis wir schließlich auf unseren Plätzen sitzen.

Als sie sich anschnallt und losfährt, wehen die blonden Strähnen, die sich aus ihrem Knoten gelöst haben, aus ihrem Gesicht und die geröteten Wangen und ihre blauen Augen kommen zum Vorschein. Sie wirkt abwesend.

Auf den Lippen trägt sie Lipgloss, der ihren Mund von der

blassen Haut an ihrem Kinn und ihrem Hals abhebt. Sie kaut auf ihrer Unterlippe, die dadurch leicht geschwollen ist. Bei diesem Anblick kommt mir erneut das Bild ihrer Schenkel in den Sinn. Nachdem ich von meiner Suche unter dem Sofa aufgetaucht bin, befanden sie sich direkt vor meinen Augen.

Ich hatte mich gerade noch beherrschen können, nicht mit der Zunge über die weiche Haut an ihren Beinen nach oben zu streichen. Und so, wie sie mit schweren Lidern zu mir herabgeblickt hat, hätte sie es wahrscheinlich sogar zugelassen. Verdammt, wahrscheinlich hätte sie meinen Kopf gepackt und meine Zunge an die richtige Stelle geführt.

Ich werde steif, verändere meine Haltung und versuche, die Kontrolle über meinen Körper zurückzuerlangen.

Ich hätte sie gestern Abend nicht küssen dürfen. Wenn ich nicht meine Lippen auf ihre gepresst und gespürt hätte, wie ihre Zunge sich um meine geschlungen hat, hätte ich mich heute sicher besser im Griff. Aber ich konnte nicht anders. Etwas an Kayla hat mich angezogen wie das Lied einer Sirene, hat mich verzaubert und es mir unmöglich gemacht, ihr zu widerstehen. Und genauso wie die Opfer der Sirenen bin ich jetzt ganz bestimmt verhext. Nachdem ich einmal von Kayla gekostet habe, will ich nur noch mehr von ihr.

Alles wäre gut, wenn sie sich nicht mit solcher Sehnsucht dem Kuss hingegeben hätte. Wenn sie mir mit der typischen Fremde-küssen-sich-auf-dem-Parkplatz-Lust begegnet wäre – ein bisschen neugierig, ein bisschen gierig –, hätte ich mich mit einem Kuss zufriedengegeben.

Aber Kayla hat auf meinen Kuss mit der Leidenschaft einer lange verschollenen Geliebten reagiert. Voller Verzweiflung. Aus ihrer Kehle sind lustvolle Geräusche gedrungen. Sie hat meinen Kuss erwidert, als bräuchte sie mich. Noch nie zuvor habe ich das Gefühl gehabt, so von jemandem gebraucht zu werden.

Wir halten an einer Ampel und der Motor röhrt im Leerlauf. Die Ampel springt auf Grün und der Motor heult auf, bevor wir weiterfahren. Ich blicke durch die Windschutzscheibe auf die verrostete Motorhaube ihres kleinen, grünen Wagens und denke nach.

Noch ein überraschendes Teil im Kayla-Turner-Puzzle.

Geflickte Kleider, ein leerer Treuhandfonds, ein heruntergekommenes Fahrzeug.

Habe ich mich vielleicht in Kayla getäuscht? Hat sie die Wahrheit gesagt, als sie behauptet hat, sie sei pleite?

»Also«, sagt Kayla in die Stille. »Anstatt uns unser Erbe auf einem Bankkonto zu hinterlassen, hat mein Vater es in einem Gepäckfach am Bahnhof deponiert. Supersicher, Dad.«

Ich lache. »Ja, das ist wohl nicht gerade der sicherste Ort der Welt. Aber ich glaube, es ist irgendwie nachvollziehbar. Er mochte den Bahnhof wirklich gern.«

»Das stimmt«, meint sie nachdenklich und nickt. Auf ihren Lippen erscheint der Anflug eines Lächelns. »Er hat immer erzählt, dass der Bahnhof Copper Springs erst zum Leben erweckt hat. Er meinte«, sie senkt die Stimme, »bevor der Zug herfuhr, war diese Stadt nur ein Stück Land. Aber der Zug brachte die Menschen ...«

»Und die Menschen gaben ihm eine Seele«, vollende ich.

Sie nickt lächelnd und sieht mich neugierig an. »Was war das zwischen meinem Dad und dir? Standet ihr euch nahe?«

Ich atme tief ein und zucke mit den Schultern. »Mein Dad ist nicht besonders toll. Er ist ein erfolgreicher Geschäftsmann gewesen, aber nie ein guter Vater. Dein Dad hingegen war in Ordnung.« Ich sehe sie an. »Wusstest du, dass sie früher einmal gute Freunde gewesen sind, unsere Väter?«

Sie runzelt die Stirn und schüttelt den Kopf.

»Sie waren Golfpartner«, erzähle ich. »Ich habe manchmal für meinen Dad den Caddie gemacht. Nicht weil ich mich für das Spiel interessiert habe, sondern weil ich gern mit meinem Dad zusammen sein wollte. Es gab mir das Gefühl, wichtig für ihn zu sein. Turner – dein Dad – hat mich also als Kind auf dem Golfplatz kennengelernt. Meine Beziehung zu meinem Vater war gespannt und Turner hat das gesehen.

Dein Dad hat mir angeboten, mich um seinen Rasen zu kümmern, als ich jung war, und zuerst dachte ich, Himmel nein. Ich war ein reiches Kind. Ich hatte nie arbeiten müssen. Aber mein Dad hat mir ständig erzählt, dass Leute ohne Geld oder Macht nutzlos sind, und als Kind ohne Arbeit und ohne Macht gehörte ich für ihn zu diesen Leuten. Also dachte ich, wenn ich mein eigenes Geld verdiene, würde mein Dad mich vielleicht nicht mehr als nutzlos betrachten …«

»Was?«, ruft Kayla entsetzt und hält eine Hand hoch. »Nichts für ungut, aber dein Dad klingt wie ein Arschloch.«

Ich nicke. »Oh, das ist er. Glaub mir.«

Sie wedelt mit der Hand. »Bitte erzähl weiter.«

Ich schlucke. »Ich wollte nicht, dass mein Dad mich für nutzlos hält, also habe ich Turners Angebot angenommen und seinen Rasen gemäht. Im Laufe der Jahre verschlechterte sich aber meine Beziehung zu meinem Vater nur noch mehr. Er und meine Mom haben ein paar heftige Krisen durchgemacht …«

»Du meinst die Sache mit Reverend Keeton?«

Ich lege den Kopf schief. »Woher weißt du davon?«

Sie zuckt mit den Schultern. »Ich war früher gut mit Lana Morris befreundet, sie hat mir immer den neuesten Klatsch aus Copper Springs berichtet.«

»Wie nett von ihr, dich auf dem Laufenden zu halten«, bemerke ich trocken. »Aber genau. Meine Mom hat meinen Dad verlassen und Ambers Dad geheiratet. Daraufhin hat die Stadt unsere Familien mit Dreck beworfen. Es war die Hölle los und meine Mom und Brad ließen sich sehr schnell wieder scheiden.

Dann ist meine Mutter nach Boston gezogen und mein Dad hat gesoffen und ist völlig abgestürzt. Während meine eigenen Eltern also mit sich und ihrem ganzen verrückten Drama beschäftigt waren, ist dein Dad für mich da gewesen.« Ich lache leise. »Manchmal fand ich es nervig, weil er mir immer Ratschläge gegeben und versucht hat, mich bei der Stange zu halten. Aber meistens fühlte es sich einfach gut an, beachtet zu werden, weißt du?« Ich blicke hinaus auf die Straße. »Dann ist letztes Jahr jemand, der mir wirklich viel bedeutet hat – ein Mädchen, sie hieß Charity – bei einem Unfall gestorben. Eine Weile habe ich mir die Schuld an ihrem Tod gegeben. Ich war ziemlich selbstzerstörerisch drauf und wollte nicht mehr leben. Ich war fertig. Aber zwei Menschen haben mich zurückgeholt; haben mich glauben gemacht, dass in mir etwas Besonderes steckt. Einer von ihnen war meine Chefin, Ellen.« Ich zögere. »Und der andere dein Dad.«

Charitys Tod hat mich neben anderen unglücklichen Ereignissen im letzten Jahr wirklich umgehauen. Turner hat mir das angesehen; dass ich mich ganz offensichtlich verachtet habe. Deshalb hat er mir mehr Arbeit gegeben. Er wollte, dass ich in seinem Garten mehr Pflanzen setze und mehr Bäume beschneide. Und während ich mit all dem beschäftigt war, war er immer bei mir, hat neues Gemüse ausgesät und neben mir die Hecken beschnitten. An den meisten Tagen arbeiteten wir still vor uns hin. Doch hin und wieder hat Turner sich nach meinem Leben erkundigt und bemerkt, wie gut ich alles meistere. Ich fing an, mich nach diesen Momenten zu sehnen – nach den kurzen Gesprächen, in denen er mich lobte und ich mir nicht wie ein vollkommener Versager vorgekommen bin. Und dann ging es mir eines Tages besser. Ich war nicht völlig geheilt, aber es ging bergauf. Wegen Turner.

»Also ja.« Ich räuspere mich. »Er und ich haben uns ziemlich nahegestanden.«

Während ich beobachte, wie die Straße am Fenster vorbeifliegt, beginnt meine Brust, sich zuzuschnüren. Ich hätte im letzten Jahr mehr auf Turner achten sollen, anstatt mich in meinem eigenen Leid zu suhlen. Ich hätte ihm stärker zeigen sollen, wie wichtig er für mich war.

Kayla betrachtet mich schweigend und umklammert mit ihrer freien Hand fest das Lenkrad. Dann sagt sie leise und aufrichtig: »Na ja, ich bin froh, dass er für jemanden da war«, und richtet den Blick zurück auf die Straße.

Ich starre aus dem Fenster. Ich auch.

13

Kayla

»Bist du sicher, dass der Laden noch in Betrieb ist?« Ich halte schützend eine Hand über die Augen und schiele zu dem verrosteten Schild mit der Aufschrift BAHNHOF COPPER SPRINGS hinauf. An den Ecken des Schilds hängen Spinnweben und die Scheiben der Bahnhofshalle sind mit Staub bedeckt. »Er wirkt irgendwie verlassen.«

Daren atmet aus. »Er wurde vor ein paar Jahren geschlossen. Aber die Leute, die hier Schließfächer haben, benutzen sie manchmal noch. Ich glaube, dein Dad gehörte dazu.« Er sieht mich mit glänzenden Augen an. »Bist du bereit, unser Erbe in Empfang zu nehmen?«

Freude durchströmt mich, ich grinse zurück: »Ja, ich bin bereit.«

Ich bin bereit und ich bin aufgeregt, aber ich bin auch nervös und voller Adrenalin. Heute könnte für mich ein neues Leben beginnen. Daren atmet tief ein, als wäre er ebenfalls unruhig, und ich frage mich, ob dies auch für ihn einen neuen Anfang bedeuten könnte. Ich beobachte ihn einen Moment und stelle fest, dass ich nicht viel über ihn weiß. Nicht wirklich. Ich weiß von dem skandalösen Verhalten seiner Eltern und seinem Ruf als Frauenheld, aber ich weiß nicht wirklich etwas über ihn. Nichts, was wichtig wäre. Und ein Teil von mir wünscht sich, dass das anders wäre.

Quietschend öffnen sich die großen Doppeltüren am Eingang und wir treten in die Halle. Durch die schmutzigen Fenster dringt gedämpftes Licht herein und verleiht dem großen, staubigen Raum einen seltsamen, gelben Schein.

»Die Schließfächer sind hier drüben.« Daren geht nach rechts.

»Ich nehme an, du bist schon einmal hier gewesen?«

Er nickt. »Als ich klein war, hatten wir eine Haushälterin, Marcella, sie war wie eine zweite Mutter für mich. Bevor der Bahnhof geschlossen wurde, hat Marcella hier Verwandte abgeholt, die zu Besuch kamen, und manchmal hat sie mich mitgenommen. Ich mochte Marcellas Familie.« Er lächelt. »Sie waren alle laut und liebevoll und haben sich immer gefreut, einander zu sehen. Sie haben sich sogar gefreut, *mich* zu sehen, was mich total verwirrt hat. Marcella hat mich wie ihren eigenen Sohn behandelt und ihre Familie hat es genauso getan.«

»Hast du noch Kontakt zu ihr?«, frage ich.

Ein Schatten legt sich über sein Gesicht. »Nein. Sie ist vor ein paar Jahren gestorben.«

»Das tut mir leid«, sage ich leise.

Ich überschlage im Kopf, wie viele ihm nahestehende Menschen Daren bereits verloren hat. Meinen Vater. Das Charity-Mädchen. Und Marcella. Als ich sein Gesicht betrachte, habe ich Mitgefühl mit ihm. Er merkt, dass ich ihn beobachte, blickt jedoch stur geradeaus.

»Da sind wir«, erklärt er und nickt mit dem Kopf in Richtung einer Ecke der Halle.

Dort steht eine Reihe Schließfächer. Alle sind alt. Alle sehen aus, als wären sie ein Jahrzehnt lang nicht berührt worden. Und vermutlich stimmt das auch.

Unsere Schritte hallen dumpf wider, als wir in ihre Richtung gehen.

»Dreiundzwanzig …«, sagt Daren und geht die Nummern durch.

Mein Blick gleitet über die verrosteten Fächer. »Da.« Ich deute auf die linke Seite. Wir treten vor das Schließfach, ich hole den goldenen Schlüssel aus meiner Tasche und halte ihn hoch. Er wirkt zu groß, um in das kleine Schlüsselloch zu passen.

Daren runzelt die Stirn. »Seltsam.«

Ich versuche, den Schlüssel dennoch ins Schloss zu stecken, aber wie vermutet passt er nicht. »Haben wir die falsche Nummer?« Ich hole die Notiz aus meiner Tasche und lese sie erneut.

»Nein«, sagt Daren, der über meine Schulter hinweg mitliest. »Da steht dreiundzwanzig.«

Ich blicke mich um. »Gibt es noch andere Schließfächer im Bahnhof?«

»Vielleicht.« Er sieht sich suchend um. »Aber der Schlüssel scheint mir in kein Schließfachschloss zu passen.«

Ich untersuche den Schlüssel. »Du hast recht.« Ich blähe die Wangen und blicke nach oben. »Sehen wir uns um, ob es noch andere Schränke oder Lagerräume gibt.«

Unsere Handschellen klirren, als wir uns auf Entdeckungstour durch den Bahnhof begeben. Er ist völlig verlassen, aber nicht gruselig. Die hohen Decken sind von wunderschönen Holzschnitzereien eingefasst und an jeder Seite befinden sich deckenhohe Fenster. Auf dem Boden stehen lange Holzbänke und an einer Seite befindet sich eine Reihe Telefonzellen. Ich wette, als der Bahnhof noch in Betrieb war, ist er ein sehr lebendiger Ort gewesen. Ich kann mir vorstellen, wie Dutzende Menschen umherschwirrten, Zeitung lasen oder jemanden anriefen, während sie auf ihren Zug warteten.

»Ich bin noch nie mit dem Zug gefahren«, überlege ich laut, als wir an einem alten Fahrkartenschalter vorbeikommen.

»Ich auch nicht.« Daren blickt sich um. »Ich bin auch noch nie geflogen.«

»Noch nie?«

»Nein. Die weiteste Strecke, die ich mich je von Copper Springs entfernt habe, sind die fünfzig Meilen bis zum Willow Inn, wo ich arbeite.«

»Das kann nicht sein. Du bist doch im Urlaub oder so sicher schon einmal weiter weg gewesen.«

Er schüttelt den Kopf. »Meine Eltern sind ziemlich viel gereist, aber sie haben mich nie mitgenommen. ›Mit einem Kind im Schlepptau ist es kein richtiger Urlaub‹, pflegte meine Mom zu sagen.«

Ich starre ihn mit offenem Mund an. »Das ist ja furchtbar.«

Er zuckt mit den Schultern. »Sie ist nur ehrlich gewesen. Meine Mutter war nie erpicht darauf, Mutter zu sein – mein Dad auch nicht. Ehrlich gesagt hätte es mir wahrscheinlich ohnehin keinen Spaß gemacht, mit ihnen zu verreisen.« Er lächelt, aber in seinen Augen blitzt Schmerz auf.

Ich starre ihn halb verwirrt und halb traurig an. Seine Eltern hören sich grauenvoll an. Eigentlich klingt seine ganze Kindheit ziemlich deprimierend und einsam.

Er tut so cool und selbstbewusst, aber ein paarmal habe ich jetzt schon einen Riss in seiner Rüstung aus Arroganz und Lässigkeit entdeckt. Er ist großspurig, aber auch verletzt, charmant, aber einsam, er besitzt die Sicherheit eines reichen Mannes und die Verzweiflung eines armen Kindes. Ich werde nicht schlau aus ihm, aber eins ist sicher: Daren ist nicht so stark oder unangreifbar, wie er tut.

»Was ist?« Er lächelt mich schief an. »Du machst so ein komisches Gesicht.«

Ich schüttele den Kopf. »Ich bin nur überrascht, das ist alles. Ich habe mir vorgestellt, dass du jeden Sommer in einem Privatflugzeug mit anderen reichen Menschen um die Welt jettest.«

Sein Blick wird hart. »Ich habe es dir ja gesagt. Ich bin

nicht reich. Meine Familie ist sehr wohlhabend gewesen, aber wir – *ich* – habe kein Geld mehr.« Er wendet den Blick ab und wechselt das Thema. »Lass uns bei den Gepäckfächern nachsehen.«

Ich folge ihm schweigend. Wie kann er behaupten, nicht reich zu sein, wenn ich ihn vor zwei Tagen in einem Porsche gesehen habe und er jetzt Sachen trägt, die vermutlich mehr gekostet haben, als mein Wagen wert ist. Doch ich vertiefe das Thema nicht weiter, denn ich will mich nicht mit ihm streiten, kurz bevor wir das Erbe finden.

Es ist kein riesiger Bahnhof und so haben wir schnell alles einmal durchgesehen, allerdings ohne Erfolg.

»Nichts«, stellt Daren fest, nachdem wir zwei Runden durch das Gebäude gedreht haben. »Keine anderen Fächer oder Lagermöglichkeiten irgendeiner Art mit der Nummer dreiundzwanzig.«

Ich stecke mir eine widerspenstige Haarsträhne hinters Ohr. »Wir müssen etwas übersehen haben. Dies ist der einzige Bahnhof weit und breit. Lass uns draußen auf dem Bahnsteig nachsehen.«

Wir gehen durch den Wartebereich nach draußen, wo noch mehr Staub und Spinnweben in den Ecken hängen. Der Bahnsteig verfügt über keine Lagermöglichkeiten. Auf der anderen Seite der Gleise, die alt und rostig und mit Laub bedeckt sind, stehen diverse leere Kisten und eine Reihe verrosteter Waggons aus einer anderen Zeit.

Abgesehen davon findet sich hier draußen nichts von Interesse.

Ich lasse den Blick über das Gelände schweifen. »Vielleicht sollten wir zurück nach Milly Manor fahren und noch einmal den Koffer durchsehen. Vielleicht haben wir eine Anweisung oder eine Wegbeschreibung oder so etwas übersehen.« Ich beiße mir auf die Lippe. Oder vielleicht hat mein Vater uns gar kein Geld hinterlassen und das alles ist reine Zeitverschwendung.

»Kayla! Da.« Daren deutet vor uns und fixiert etwas hinter den leeren Kisten.

»Was?« Ich folge seinem Blick zu den alten Zügen. Fünf Güterwaggons stehen nebeneinander auf dem Gleis, der letzte ist rot und darauf stehen in riesigen, weißen Ziffern eine 2 und eine 3.

Er grinst mich breit an. »Heureka!«

»Nein.« Ich schüttele den Kopf. »Du glaubst doch nicht …«

»Doch, ich glaube schon.« Er nickt mit strahlenden Augen. »Ich glaube sogar *unbedingt*.«

Ich bin fassungslos. »Mein Dad hat Geld in einem alten *Zugwaggon* versteckt? Was hat er gemacht? Ein Bündel Noten in einen Beutel gesteckt und ihn auf einen Heuhaufen geworfen? Hat er noch nie von Tresoren gehört?«

Er lacht. »Mir ist egal, wo er es versteckt hat. Ich bin nur froh, dass wir es gefunden haben.«

Wir eilen die Bahnsteigstufen hinunter, überqueren die Gleise, laufen an den leeren Kisten vorbei und gehen zu dem roten Güterwaggon auf den alten Gleisen.

Die Tür des Waggons erinnert mich an ein Garagentor, das Schloss befindet sich unter einem breiten Hebel. Ich hole erneut den goldenen Schlüssel hervor und halte ihn zum Vergleich vor das Schloss.

»Perfekt«, stellt Daren fest.

Ich stecke den Schlüssel in das Schloss und nach ein paarmal Ruckeln springt das Schloss mit einem lauten *Klick* auf. Wir stehen nebeneinander, fassen den großen Hebel und ziehen mit aller Kraft das Tor zur Seite. Die Angeln ächzen und knarren, als es zur Seite rollt und einrastet. Wir spähen hinein und …

… sehen nichts.

Nun, nicht ganz. Aber zumindest kein Geld.

Der Güterwagen ist völlig leer – bis auf ein gefaltetes Stück Papier.

»Was zum …?« Daren seufzt.

Ich bin sprachlos.

»Was denkst du, was das ist?« Er deutet mit dem Kinn auf das Papier.

»Ein Scheck über eine Million Dollar?«, erwidere ich hoffnungsvoll.

Das Papier liegt ganz hinten im Waggon, sodass uns nichts anderes übrig bleibt, als hineinzuklettern, um es zu holen. Was nicht leicht wird, da meine Brust kaum bis an den Boden des Waggons reicht, und wir wegen der Handschellen nicht gleichzeitig hineinsteigen können.

Ich stelle mich auf die Zehenspitzen. »Wie gehen wir vor?«

Daren kratzt sich am Kinn. »Ich könnte dich zuerst hineinheben und dann hinterherspringen. Komm her.« Er dreht mich zu sich herum und ich trete zwischen seine Arme.

Die Sommersonne steht jetzt hoch am Himmel und brennt auf uns herab. Ich starre auf seine Brust, sein T-Shirt spannt sich eng über seine festen Muskeln und ein Schweißtropfen rinnt meinen Nacken hinunter.

Als er den Kopf dreht, treten die Muskeln an seinem Hals hervor. »Stütz dich auf meinen Handgelenken ab. Dann hebe ich dich hoch.« Er legt seine großen Hände um meine Taille.

Seine Daumen gleiten unter meine Bluse und berühren die nackte Haut darunter, sogleich erobert ein warmes Gefühl meinen Bauch.

Ich sehe zu ihm nach oben. »Hast du das mit Absicht gemacht?«

»Was?« Seine Miene ist neutral, aber seine Augen blitzen verräterisch.

»Egal«, sage ich und werfe ihm einen strengen Blick zu, während ich meine Hände um seine Handgelenke schließe.

Er streicht erneut mit den Daumen über meinen Bauch und ich halte die Luft an, als eine noch stärkere Lustwelle durch meinen Bauch und zwischen meine Beine strömt.

Ich sehe ihn scharf an und seine Augen funkeln amüsiert.

»Hör auf«, sage ich.

»Mit was?«

»Das weißt du genau.« Ich versuche, streng zu wirken.

»Ich habe absolut keine Ahnung, wovon du sprichst.« Ein schelmisches Grinsen erscheint auf seinem Gesicht und ich kann nicht verhindern, dass sich um meine Lippen ebenfalls ein Lächeln ausbreitet.

»Daren …«

Er blickt mir in die Augen und das Ziehen tief in meinem Bauch beginnt von Neuem. Dann sinkt sein Blick zu meinem Mund und ich öffne abwesend die Lippen.

Lust flammt in seinen Augen auf, als er sich vorbeugt und flüstert: »*Jetzt* willst du mich noch einmal küssen, stimmt's?« Seine Worte streichen wie weiche, warme Schmetterlinge über mein Ohr, ihre Flügel streifen meine empfindliche Haut und ein Schaudern durchrieselt mich.

Die Antwort lautet ja. Ich will ihn noch einmal küssen. Es war so gut, seine Lippen auf meinen zu fühlen. Ihn an meinem Körper zu spüren. Der ungezügelten Leidenschaft in mir nachzugeben.

Als ich nicht antworte, streicht er erneut mit den Daumen über die nackte Haut an meinem Bauch, doch diesmal schiebt er sie in meinen Rockbund und fährt über den Spitzenrand meines Slips.

Ich atme scharf ein und verstärke den Griff um seine Handgelenke, denn meine Nippel werden fest und in meiner Mitte sammelt sich die Lust. Ich reibe meine Schenkel aneinander und versuche, das Ziehen, das langsam zwischen meinen Beinen wächst, zu lindern, doch vergeblich. Ich zerfließe bereits vor Erregung.

Wie schafft es dieser attraktive Mann, der nach reinem Zitrusaroma duftet, mich mit einer schlichten Berührung zum Schmelzen zu bringen? Und wieso fällt es mir immer so schwer, mich von seinem sinnlichen Blick loszureißen?

Ich blinzele, löse mich von Darens hübschen, braunen Augen, flüstere: »Nein«, und rücke ein kleines Stück von ihm ab.

Seine Lider, die eben noch schwer vor Lust waren, öffnen sich und er betrachtet mein Gesicht und meinen Hals.

»Lügnerin«, sagt er lächelnd.

Ich erwidere sein Lächeln, dankbar, dass er nicht versucht, mich vom Gegenteil zu überzeugen. Ich hätte sicher nachgegeben. Denn Daren *berührt* mich.

Jeder andere Typ auf diesem Planeten ist für mich einfach nur das: ein Typ. Aber Daren hat mich in der Hand – und ich werde darin zu Wachs.

»Bereit?«, fragt er und geht damit wieder zur Tagesordnung über, während er ein kleines Stück von mir abrückt.

Mein Körper protestiert, Enttäuschung macht sich breit, aber ich reiße mich zusammen und versuche, gelassen zu wirken, nicke und stütze mich auf seine Handgelenke. »Bereit.«

Er beugt die Knie, hebt mich hoch und setzt mich auf dem Rand des Waggons ab. Dann tritt er so weit zurück, wie es die Handschellen zulassen, stößt sich ab und sitzt eine Sekunde später neben mir. Er steht vorsichtig auf und bietet mir eine Hand an, um mir ebenfalls auf die Füße zu helfen.

Ich wanke mit meinen hohen Absätzen auf dem unebenen Metallboden, aber Daren hält mich fest, bis ich allein stehen kann.

Guter Gott! Ich werde nie wieder hohe Schuhe tragen.

Wir gehen in den hinteren Teil des Waggons und holen das Stück Papier. Noch immer hoffe ich, dass es sich um einen Scheck handelt. Oder einen Sparbrief. Oder eine Geldanweisung. Daren hebt es rasch auf, entfaltet es und beide machen wir enttäuschte Gesichter. Wieder nur eine Nachricht.

Daren murmelt einen Fluch und ich stöhne auf.

»Warum kann ich keinen normalen Vater haben?«

Daren liest den Brief laut vor. »Meinen Glückwunsch, dass ihr diesen Hinweis gefunden habt. Lektion Nummer zwei: Tue alles mit Liebe. Wohin du auch gehst, wo auch immer du hinkommst, sei liebevoll und hinterlasse eine Spur der Freundlichkeit. Das Leben ist zu kurz, um seine Liebe für sich zu behalten. Sicher seid ihr jetzt frustriert und fragt euch, wo das Geld ist, aber keine Sorge! Das Geld ist real und wird bald euch gehören. Der nächste Ort, zu dem ihr gehen müsst, ist die Sache, die Kayla mehr als Sticker mochte, und auf die Daren sich jeden Februar gefreut hat. Fragt nach dem Turner-Schlüssel.«

»Noch ein Hinweis?« *Oh mein Gott!* Das ist wirklich eine von Dads komischen Schnitzeljagden. Ich kann nicht *fassen*, dass er meinte, eine Schnitzeljagd sei eine gut Art, mir sein Geld zu hinterlassen. Verflucht!

Ich werfe verzweifelt die Arme in die Luft und reiße dabei versehentlich Darens Handgelenk mit hoch, das krachend gegen die Wand des Waggons schlägt.

»Immer langsam«, stöhnt er. »Es gibt keinen Grund, gleich gewalttätig zu werden.«

»Das ist alles nur ein großes Spiel, begreifst du das nicht?«

Er blinzelt mich an. »Was?«

»Das!« Ich fuchtele wild um mich und donnere aus Versehen erneut seine Hand gegen die Waggonwand.

Er reibt sich die schmerzende Stelle und blickt mich düster an. »Okay. Erstens: Pass auf, wenn du mit deiner Hand herumfuchtelst. Zweitens: Was meinst du mit ›das ist alles nur ein großes Spiel‹?«

»Was wir hier machen!« Ich halte den Zettel hoch. »Mein Dad hat sich eine große Schnitzeljagd für uns ausgedacht, bevor er gestorben ist.«

»Eine Schnitzeljagd?« Er verzieht das Gesicht zu einer verdutzten Grimasse.

Ich nicke. »Als ich noch klein war, hat er mich ständig auf Schnitzeljagden geschickt. Und jetzt tut er es wieder und gibt mir Hinweise, wie ich das Erbe finde.«

Er nickt. »Cool.«

»Nein, nicht cool«, widerspreche ich und deute mit dem Finger auf ihn. »Ärgerlich.«

Er schnaubt. »Dann folgen wir halt ein paar Hinweisen, was soll's? Warum ist das so ärgerlich?«

Ich stoße einen Seufzer aus. »Weil Schnitzeljagden etwas waren, das mein Vater und ich gemacht haben, als er sich noch um mich gekümmert hat. Als er noch zu meinem Leben gehört hat. Dass er mich jetzt auf eine schickt, fühlt sich … falsch an. Als wäre ich eine Figur in seinem Spiel – einem Spiel, das er *jahrelang* nicht mehr mit mir spielen wollte, wenn du dich erinnerst. Und jetzt meint er, er könnte mich einfach mit Handschellen an irgendeinen Fremden ketten und mich auf eine sinnlose Suche schicken, nur weil es ihm gefällt. Versteh mich nicht falsch, ich bin überaus dankbar, dass er mir in seinem Testament Geld vermacht hat. Aber dadurch, dass er mein Erbe in eine Schnitzeljagd verpackt und mich zwingt mitzuspielen, zerstört er einige meiner schönsten Kindheitserinnerungen.« Ich wische mir mit dem Handrücken übers Gesicht und mein Herz schnürt sich zusammen. »Es tut einfach weh, das ist alles. Ich will nicht seine Marionette sein. Ich will seine Tochter sein.«

14

Daren

Kayla sieht wirklich verzweifelt aus. Aus ihren sonst rosigen Wangen ist die Farbe gewichen, ihre strahlenden Augen wirken trübe und ihre vollen Lippen sind … nun ja, sexy wie immer. Doch sie ist ganz offensichtlich unglücklich und ich weiß nicht, wie ich das ändern kann. Also versuche ich, sie abzulenken.

»Offen gestanden bin ich enttäuscht«, sage ich mit Nachdruck. »Zum letzten Mal, Kayla Turner, *wir sind keine Fremden.*« Ich stoße dramatisch die Luft aus. »Guter Gott, was muss ein Mann denn tun, um dein Freund zu werden? Ich dachte, ein Zungenkuss würde genügen, aber wir haben es wohl nicht richtig gemacht. Also, komm. Versuchen wir es noch einmal.« Ich seufze gespielt resigniert und winke sie zu mir. »Ich bin bereit, den ganzen Tag meine Zunge an deiner zu reiben, wenn das nötig ist. Teufel, ich küsse dich die ganze Nacht, wenn du mich dann von deiner Fremdenliste streichst.«

Sie schüttelt den Kopf und schnaubt verächtlich. »Du bist schamlos.«

Ich lege eine Hand auf meine Brust. »Ich ziehe es vor, mich selbst als Opportunisten zu bezeichnen.«

»Das auch.«

»Also, was sagst du?« Ich zeige mein Grübchen. »Sind wir Freunde?«

In ihren Augen blitzt ein amüsierter Ausdruck auf. »Warum ist es dir so wichtig, mit mir befreundet zu sein?«

Ich kratze mich an der Wange, ihre Frage beunruhigt mich mehr, als ich zugeben mag. »Keine Ahnung. Das sage ich dir später.«

Sie strafft die Schultern. »Okay. Während du darüber nachdenkst, versuche ich, den Hinweis zu entschlüsseln.« Sie nimmt mir den Zettel aus der Hand und studiert ihn konzentriert.

»Was soll »was Kayla mehr als Sticker mochte« heißen?« Ich blicke zu ihr.

Sie schüttelt den Kopf. »Ich weiß es nicht. Was ist mit deiner Sache? Etwas, auf das du dich im Februar gefreut hast? Was ist mit Valentinstag?«

Ich unterdrücke ein Lachen. »Ja, nein. Valentinstag mag ich von allen Feiertagen am wenigsten. Zu viel Druck.«

»Okay … gut, deine Einstellung zu kennen«, bemerkt sie und hebt die Brauen. »Dann hat dieser Hinweis ziemlich sicher nichts mit einem Liebesnest zu tun«, murmelt sie. »Eine Möglichkeit weniger. Bleiben noch eine Billion andere.«

»Gehen wir zurück zum Wagen und tüfteln auf der Fahrt weiter. Ich habe einen Mordshunger.«

»Ja. Ich auch.«

Ich stecke das Papier mit dem Hinweis in meine Tasche, wir treten an den Rand des Waggons und ich blicke hinunter. »Soll ich zuerst hinunterklettern oder willst du?«

Hinter dem Waggon geht der Boden in einen steilen Abhang über, aber das flache Stück davor ist nicht allzu schmal.

»Springen wir einfach«, schlägt Kayla vor.

»In Ordnung.«

Sie zieht ihre Schuhe aus und nimmt sie in die freie Hand, während ich meine gefesselte Hand um ihre schließe.

»Auf drei«, sage ich. »Eins … zwei …«

»Halt! Warte«, sagt sie. »Springen wir *auf* drei oder *nach* drei? Wenn wir zu unterschiedlichen Zeiten und in verschiedene Richtungen springen, könnten wir uns mit den Handschellen den Arm abreißen.«

Mädchen … so dramatisch.

»Ja, nein.« Ich schüttele den Kopf und presse die Lippen aufeinander. »Wir könnten uns ein Handgelenk verstauchen oder zwei, aber ich bin mir ziemlich sicher, dass unsere Arme nicht *abreißen*.«

»Trotzdem.« Sie hebt ihr Kinn. »Auf drei oder nach drei?«

»Nach drei«, sage ich.

Sie nickt.

»Eins … zwei … drei!« Ich festige den Griff um ihre Hand, und wir springen. Doch wir nehmen zu viel Schwung und springen zu weit. Wir verpassen das flache Stück und landen schwer auf der Erde am Rand des Abhangs. Prompt kullern wir durcheinander den steilen Abhang hinunter.

Unsere Körper fliegen in entgegengesetzte Richtungen, aber die Handschellen zwingen uns, wieder zueinanderzufinden, während wir übereinanderpurzeln und in einem Durcheinander aus verschlungenen Gliedern durch Kies und Staub schlittern, bis wir schließlich den Fuß des Hügels erreichen und im Staub liegen bleiben.

Kayla landet quer auf meiner Brust. Ihre langen Haare haben sich nun ganz gelöst und liegen über meinem Gesicht. Mein rechtes Knie klemmt zwischen ihren Beinen und ihr Rock ist so weit nach oben gerutscht, dass er jetzt kaum mehr ihren Hintern bedeckt. Unsere gefesselten Hände sind zwischen uns gefangen, wobei meine flache Hand sich gegen ihre üppige, weiche Brust drückt.

Es gibt schlimmere Arten, aus einem Zug zu fallen.

Kayla hebt den Kopf und blickt auf unsere Körper, dann löst sie ihre Brust von meiner Hand und hebt den Blick zu mir. In den blonden Haaren um ihr Gesicht hängen kleine

Steine und Zweige, auf ihren Wangen und ihrer Stirn klebt Erde und ihre Kleider sind voll Staub. Ihre blauen Augen heben sich von ihren geröteten Wangen und ihrem blassen Hals ab und an ihren glänzenden, rosa Lippen klebt ein trockenes Blatt. Sie versucht, wieder zu Atem zu kommen.

Ich muss lachen. »Du siehst echt scharf aus.«

Mit funkelnden Augen begutachtet sie meine zerrissenen Kleider, meine dreckige Haut und meine staubigen Haare. »Du auch.«

Wir setzen uns auf und starren den Hügel zu Waggon 23 hinauf.

Sie seufzt. »Zumindest können wir jetzt sagen, dass wir schon einmal in einem Zug gewesen sind.«

Ich lächele. »Absolut.«

15

Kayla

Ich bin hungrig. Ich trage Handschellen. Ich bin voller Erde und Staub.

Der heutige Tag verläuft nicht ganz so glatt – oder so schnell –, wie ich es mir vorgestellt hatte.

Während wir durch Copper Springs fahren, blicke ich zur Nachmittagssonne hinauf. Der Tag ist fast vorüber und wir stecken in einer Sackgasse. Die Schnitzeljagden meines Vaters haben nie so lange gedauert. Manchmal gab es jede Menge Hinweise und deshalb dauerte das Spiel etwas länger, aber nie einen ganzen Tag.

»Wo wollen wir essen?«, frage ich, als ich die Main Street hinunterfahre.

Daren zuckt mit den Schultern. »Irgendwo, wo es nicht schick ist.«

»Und günstig«, füge ich hinzu.

»Ja.« Er nickt. »Günstig wäre gut.«

Wir kommen an dem kleinen Park auf dem Marktplatz vorbei und sehen jede Menge Menschen, die sich um ein großes Riesenrad scharen. Aus Lautsprechern, die an den Laternenmasten des Parks angebracht sind, schallt fröhliche Musik und Straßenverkäufer und Darsteller bieten unter bunten Zelten und Baldachinen Krimskrams, Essen und ihr Showtalent an.

Auf einem großen Banner, das über den Marktplatz gespannt ist, steht: COPPER SPRINGS 32. JÄHRLICHER KONFETTI-KARNEVAL.

Ich muss lächeln. Den Konfetti-Karneval hatte ich fast vergessen. Einmal im Jahr nutzen die Geschäfte dieses fröhliche Fest als Ausrede, ihre neuesten Angebote zu präsentieren und ihr Geschäft zu bewerben. Sie veranstalten Spiele, organisieren Streichelzoos und Konzerte. Zudem gibt es viele Dinge umsonst. Wie beispielsweise Essen.

»Weißt du, was noch besser als günstiges Essen ist?«, frage ich und entdecke eine Parklücke am Ende der Straße.

»Was?«

Ich grinse ihn an. »Gratisessen.«

Er blickt zurück zum Fest, wo Verkäufer tütenweise kostenloses Popcorn verteilen, Brezeln und jede Menge Süßigkeiten, und zeigt sein Grübchen. »Hervorragende Idee.«

Zuerst steuern wir den Brezelwagen an, gefolgt von der Popcornmaschine. Daren verschlingt zwei Tüten, bevor ich überhaupt eine schaffe. Nachdem ich den Mund voll Brezeln habe und beide Hände voller Junkfood, sollte ich jedoch lieber still sein. Daren schiebt den zwei Popcorntüten eine Riesenbrezel hinterher, die er in drei Bissen verschlingt. Ich verharre mit einer Lakritzstange auf dem Weg zu meinem Mund und starre ihn an.

Sieht so aus, als wäre Daren genauso hungrig gewesen wie ich.

Als Nächstes stellen wir uns am Zuckerwattestand an. Darüber hängen zwei Konfettikanonen, die um Mitternacht abgeschossen werden, um das Ende des Konfetti-Karnevals zu verkünden. Das Konfetti sieht aus wie bunter Schnee, der mitten im Sommer auf die Stadt herabfällt – als ich noch kleiner war, mochte ich diesen Konfettischnee immer besonders gern.

Auf der anderen Seite des Parks fangen zwei Mädchen

mit weit ausgeschnittenen Dekolletés Darens Blick ein und lächeln ihn aufreizend an. Sie können nicht sehen, dass er an mich gekettet ist, weil der Wagen unsere Handgelenke verdeckt, aber ihren verführerischen Blicken nach zu urteilen, bezweifle ich, dass sie sich von einer Handschellen-Party zu viert abschrecken lassen würden.

Ich blicke zu Daren und beobachte, wie er ihnen zulächelt und kurz das Kinn zum Gruß hebt. Ihre Gesichter hellen sich auf und eine von ihnen leckt sich über die Lippen, während die andere mit den Brauen wackelt.

Wow!

Ich lege den Kopf schief. »Weitere Freundinnen von dir?«

Daren sieht mich an und das großspurige Lächeln weicht rasch einer neutralen Miene. »Es ist eine kleine Stadt. Jeder kennt jeden.«

Ich nicke. »Klar.«

Ich wette, nicht jeder *kennt* diese Mädchen so wie Daren Ackwood.

»Der Nächste!«, ruft der Zuckerwatteverkäufer lächelnd.

Als wir an den Wagen treten, erkenne ich ihn – Charles Abernathy ist ein alter Freund meines Vaters.

Er lächelt uns an. »Hallo, Daren. Wie schön, dich zu sehen.«

»Gleichfalls, Mr. Abernathy.« Daren nickt.

»Es ist eine Schande mit deinem Dad. Wie geht es ihm?«, erkundigt er sich in ernstem Ton. »Ist er noch oben im County …«

»Ich habe meinen Dad länger nicht gesprochen, deshalb weiß ich nicht, wie es ihm geht«, antwortet Daren. Die Schärfe in seinem Tonfall steht in starkem Gegensatz zu der großspurigen Lässigkeit, die er eben noch an den Tag gelegt hat. Er verhält sich wie gestern in der Anwaltskanzlei. Wenn das Gespräch auf seinen Dad kommt, wirkt er sofort angespannt und verschlossen.

Ich beobachte ihn und frage mich, was zwischen ihm und seinem Vater vorgefallen ist.

Daren lächelt wieder ungezwungen. »Wir nehmen zweimal Zuckerwatte, bitte.«

Mr. Abernathy nickt freundlich. Als er nach einem Papierhütchen greift, fällt sein Blick auf mich.

»Kayla Turner?« Sofort hellt sich seine Miene auf. »Bist du das?«

Ich lächele breit. »Hallo, Mr. Abernathy. Wie geht es Ihnen?«

»Oh, ganz wunderbar, jetzt, wo ich dich sehe. Wie lange ist das her – fünf Jahre? Und jetzt bist du erwachsen und genauso hübsch wie deine Mutter.« Er seufzt und schüttelt traurig den Kopf. »Das mit deinem Vater tut mir so leid. Er war ein toller Kerl, er wird mir sehr fehlen.«

Seine Worte wirken ehrlich, seine Stimme klingt traurig. Ich nicke und versuche, mich nicht aus der Fassung bringen zu lassen. Doch die Bitterkeit sickert wie aus einer nässenden Wunde ständig nach.

Mr. Abernathy dreht zwei Papiertüten durch die Zuckerwattemaschine, bis er zwei identische, luftige Bälle geformt hat.

Fröhlich überreicht er sie uns. »Macht's gut, ihr zwei.«

Wir ziehen mit zwei süßen Wolken aus rosa Zuckerwatte ab, finden einen schattigen Platz unter einer großen Eiche in der Mitte des Platzes und versuchen, beim Essen nicht die Aufmerksamkeit auf unsere Handschellen zu lenken.

»Das ist das beste Mittagessen, das ich je hatte«, sagt Daren und schiebt sich den letzten Rest Brezel in den Mund.

»Ich weiß«, brumme ich mit einem Mund voll Popcorn.

Zwei Frauen mittleren Alters kommen an uns vorbei und sehen verwirrt zu uns herüber. Ich betrachte unsere Erscheinung und versuche, uns mit ihren Augen zu sehen.

Wir stehen mit Schmutz im Gesicht, Süßigkeiten im und um den Mund und Handschellen an den Gelenken in der Ecke eines Parks herum.

Wir sehen aus wie zwei kriminelle Riesenbabys.

»Okay. Ich bin fertig.« Ich gebe Daren den Rest von meiner Zuckerwatte, denn mein Bauch fühlt sich bereits so an, als müsse er demnächst platzen. Genau genommen bestand mein nahrhaftes Mittagessen aus einem Haufen gesalzener Butter und einem Batzen farbigen Zuckers. Ich würde es meinem Herzen nicht verübeln, wenn es beschlösse, gleich den Dienst zu quittieren.

Daren nimmt mir den Rest der Zuckerwatte ab und deutet mit dem Kopf auf eine benachbarte Bank. »Willst du dich setzen?«

Wir setzen uns und sehen eine Zeit dabei zu, wie Mr Abernathy weiter Zuckerwatte verteilt, dann wende ich mich an Daren. »Was ist los mit deinem Dad?«

Er hebt eine Braue. »Was?«

Ich nehme ihm eine Lakritzstange aus der Hand und beiße ein Stück ab. »Dein Dad. Warum reagierst du so komisch, wenn jemand von ihm spricht?«

Er lächelt mich schief an. »Hat Lana dir nicht alles über Luke Ackwood erzählt?«

»Offensichtlich nicht.« Ich schlucke den Bissen hinunter.

Er kratzt sich die Wange. »Hat sie dir erzählt, dass mein Vater dazu neigt, wie ein Loch zu saufen?«

Ich zögere und habe ein schlechtes Gewissen, weil ich auf das Gerede über Darens Familie gehört habe. Bis jetzt habe ich nie weiter darüber nachgedacht, aber es ist eine hässliche Sache, auf Klatsch zu hören. »Könnte sein, dass sie so etwas erwähnt hat.«

»Sie ist eine zuverlässige Quelle.«

Ich schüttele den Kopf. »Du musst es mir nicht erzählen.

Ich hätte dich überhaupt nicht danach fragen sollen. Das war aufdringlich von mir. Tut mir leid.«

»Nein. Vielleicht tut es gut, jemandem die Wahrheit zu erzählen. Jeder in der Stadt weiß immer, was los ist, sodass ich selten Gelegenheit habe, meine Geschichte selbst zu erzählen.« Er wendet den Blick ab und obwohl er weiterhin lächelt, atmet er angespannt ein. »Mein Dad sitzt wegen Trunkenheit am Steuer im Gefängnis. Er hat sich betrunken, ist gefahren und hat letztes Jahr fast einen Typen namens Connor Allen getötet. Deshalb sitzt er seit acht Monaten ein.«

Mit der Lakritzstange in der Hand sitze ich wie versteinert da. »Hoppla.«

Er lacht. »Hoppla ist eine gute Antwort.«

»Das ist ja heftig, Daren. Das tut mir leid.«

Er zuckt mit den Schultern und blickt hinauf zum Riesenrad. »Niemand ist gestorben, es könnte schlimmer sein.«

»Ja, aber trotzdem.« Ich kaue auf einem weiteren Stück der Lakritzstange und starre auf die Menschen im Park. Ein Paar auf der anderen Seite des Wegs mustert Daren und tuschelt, was mich an die Damen im Café von heute Morgen erinnert. »Sehen dich die Leute deshalb manchmal an und flüstern?«

Er seufzt. »Deswegen und weil meine untreue Mutter vor sieben Jahren den guten Reverend in ihr sündiges Bett gelockt hat.«

Ich verziehe das Gesicht. »Die Leute tratschen noch immer darüber?«

»Du würdest dich wundern, wie dauerhaft sich mancher Klatsch hält. Was ist mit dir?« Er wendet sich zu mir. »Gestern Abend hat Eddie etwas erwähnt, was mit deiner Mutter passiert ist. Irgendwelche skandalösen Gerüchte?«

»Oh.« Mein Herz beginnt heftig zu schlagen, als ich überlege, was ich sagen soll. »Meine Mom, äh«, ich ändere meine Haltung. »Sie ist gestorben. Vor ein paar Monaten.«

Er öffnet den Mund. »Oh Gott. Das tut mir leid. Ich … Das wusste ich nicht.«

Ich schlucke. »Ist schon okay. Das wusste keiner. Sie war … lange krank.« Schnell füge ich hinzu: »Nicht krank wie mein Dad, sondern … es ging ihr nicht gut.«

Er atmet tief ein und schüttelt langsam den Kopf. »Wow. Du hast beide Eltern im Abstand von nur wenigen Monaten verloren.« Er lehnt sich zurück und hebt unsere aneinandergebundenen Hände hoch. Die Handschellen klirren. »Das lässt all das ziemlich lächerlich erscheinen.«

Ich überlege. »Nicht wirklich. Ob du es glaubst oder nicht, aber *das*«, ich klirre ebenfalls mit unseren Handschellen, »ist das Aufregendste, das ich seit Langem getan habe.«

Er lacht leise. »Dann brauchst du wohl ein neues Leben.«

»Gott, was du nicht sagst.« Ich lächele. »Das steht ganz oben auf meiner To-do-Liste, das kannst du mir glauben. Ich war die letzten Jahre so mit meiner Mutter beschäftigt, dass ich kaum Zeit für mich gehabt habe.« Ich denke wieder an die Bankauszüge von vorhin und Wut macht sich in mir breit. Diese Abhebungen in Chicago muss meine Mutter getätigt haben. Ich fluche leise und schüttele den Kopf. »Ich kann noch immer nicht glauben, dass sie von diesem Treuhandfonds wusste und mir nichts davon gesagt hat. Und dann hat sie ihn auch noch völlig leer geräumt?« Das wütende Gefühl wächst, als ich an das Geld denke. Ich weiß, was sie damit getan hat, und bei der Vorstellung wird mir übel. Vor allem, weil das Geld uns – *mir* – ein besseres Leben ermöglicht hätte.

Daren runzelt die Stirn. »Wahrscheinlich hat sie dir nichts davon gesagt, *weil* sie alles ausgegeben hat.«

»Zweifellos. Aber … Verdammt!« Ich stoße die Luft durch die Nase aus. »Jemandem Geld zu stehlen und für sich zu behalten? Wie mies ist es bloß, das der eigenen Tochter anzutun?«

»Ziemlich mies.« Er spannt die Kiefer an. »Du wusstest es wirklich nicht?«

Ich schüttele erneut den Kopf. »Wir waren bettelarm, Daren. Ich meine, wir hatten etwas Geld, als mein Dad uns noch Unterhalt und Kindergeld gezahlt hat, aber nachdem diese Zahlungen aufhörten, waren wir so gut wie bankrott. Während er hier im Geld geschwommen ist.«

Er mustert mich eine ganze Weile, dann wendet er den Blick ab. »Hmm.«

Ich starre ihn an. »Was?«

Er zuckt mit den Schultern. »Offensichtlich wusste dein Dad, dass deine Mom auf den Treuhandfonds zugreift, stimmt's? Daraus hat er vermutlich geschlossen, dass du und Gia gut leben. Was bedeutet …« Er beugt sich vor. »Er hat dich und deine Mom nicht absichtlich ohne Geld gelassen. Er dachte, er würde sich um seine Familie kümmern – oder zumindest um dich. Also solltest du, was das Geld angeht, vielleicht etwas nachsichtiger mit ihm sein.«

Ich will widersprechen, halte jedoch inne, als ich begreife, dass Daren recht hat. Mom hat regelmäßig große Beträge aus dem Fonds abgehoben. Dad hatte jeden Grund anzunehmen, wir wären finanziell abgesichert.

»Du hast recht«, sage ich mit schlechtem Gewissen. »Ich glaube, ich habe mich so daran gewöhnt, meinen Dad für alle Probleme in meinem Leben verantwortlich zu machen, dass ich ihm auch die Schuld an unserer finanziellen Misere gegeben habe. Wow.« Ich beiße mir auf die Lippe. »Ich bin ein verdorbenes Gör.«

»Nein. Deine *Mom* ist ein verdorbenes Gör.« Er schüttelt den Kopf.

Ich nicke langsam. »Ja.«

Einen Augenblick sitzen wir schweigend nebeneinander, während ich an meine Mom denke und wie viel Ärger mir ihr

Egoismus bereitet hat. Ich habe sie geliebt. Sehr. Aber sie hat es mir manches Mal ziemlich schwer gemacht. Und jetzt auch noch das? Ich wünschte, ich könnte sagen, es würde mich schockieren, dass sie mir Geld gestohlen hat, aber das tut es nicht. Es passt zu ihrem Verhalten in den letzten Jahren.

Ich blicke zu der Statue des Stadtgründers, Lewis Copper, hinauf, die nur ein kleines Stück von uns entfernt steht, und frage mich, ob er wohl eine irre Mutter gehabt hat – oder einen verrückten Vater. Wahrscheinlich nicht so verrückt wie meine Eltern.

Dann blicke ich auf unsere aneinandergebundenen Handgelenke hinunter. Es ist schön, neben Daren zu sitzen. Angenehm. Ich kann mich nicht erinnern, wann ich mich das letzte Mal so entspannt mit einem Typen gefühlt habe. Andererseits ist es eine Weile her, dass ich überhaupt mit einem Typen Kontakt hatte. Aber mit Daren fühlt es sich anders an. Er sieht besser aus, als gut für ihn ist, aber wahrscheinlich ist er kein schlechter Kerl. Ich würde sogar so weit gehen, zu behaupten, dass er zu den Guten gehört.

Er blickt zu mir herüber und lächelt mich an – ein Stück Zuckerwatte klebt an seiner Lippe. Er ist mit Handschellen auf einer öffentlichen Parkbank an mich gefesselt, während wir all diese ungesunden Dinge essen und scheint zufrieden zu sein. Ja, er gehört ganz sicher zu den Guten.

»Genau hier.« Ich streiche mit dem Finger über meine Lippe, um ihm zu zeigen, wo die Zuckerwatte an seinem Mund klebt.

»Bittest du mich etwa um einen Kuss? Schon wieder?« Er seufzt und beugt sich zu mir herüber. »Na, gut …«

Ich lache und schiebe ihn weg. »Nein, du arroganter Schnösel. Du hast Zuckerwatte an der Lippe.«

Er streckt die Zunge heraus und leckt den himmlischen Süßkram ab. Ich starre auf seine Lippen.

»Habe ich nicht alles erwischt?« Er leckt sich erneut die Lippen.

»Was? Nein. Doch. Es ist alles weg.« Ich wende den Blick ab und suche angestrengt nach etwas, das ich anstelle seiner Lippen anstarren kann. Oder seiner Zunge. Ich zwinge mich dazu, meinen Blick auf die Statue zu konzentrieren. »Was meinst du, warum man das tut?«

Er folgt meinem Blick. »Riesige Steindoubles von alten, weißen Männern aufstellen, die verlangt haben, dass man Dinge nach ihnen benennt? Keine Ahnung.«

Ich stecke mir etwas Popcorn in den Mund. »Ich wette, Lewis Copper war noch nicht einmal ein cooler Typ. Ich wette, er war ein missmutiger, alter Mann mit einem Alkoholproblem.«

»Und einer Frau, die ihn gehasst hat«, fügt er hinzu.

»Und einem empfindlichen Magen.«

»Und wirklich schlechtem Körpergeruch.«

Ich schüttele den Kopf. »Und dennoch hat man eine verdammte Statue von ihm aufgestellt.«

»Mit einer Gedenktafel.« Daren deutet mit dem Kinn zum Fuß der Statue.

Auf der Gedenktafel ist das Bild einer Dampfmaschine eingraviert, was mich an den Hinweis vom Bahnhof erinnert.

»Hol noch mal diesen Hinweis heraus«, sage ich. »Lass uns sehen, ob wir ihn besser lösen können, wenn wir auf Zucker und Kohlehydraten sind.«

Er holt den Zettel aus der Hosentasche und wir studieren ihn erneut.

»Erinnerst du dich wirklich nicht mehr, was du lieber mochtest als Sticker?«, fragt er.

»Ich erinnere mich noch nicht einmal, dass ich Sticker mochte«, antworte ich. »Als ich sechs war, hat mein Dad mir ein Stickerbuch gekauft, doch anstatt die Seiten mit Blumenstickern zu schmücken, habe ich eine Rolle Briefmarken aus seinem Büro geklaut, jede von ihnen angeleckt und sie auf die Seiten geklebt.« Ich lache, als ich an seinen wütenden Gesichtsausdruck denke, als er sah, was ich gemacht hatte. »Er war ziemlich sauer.«

Daren kratzt sich am Kinn. »Vielleicht ist das der Hinweis.« Er sieht mich an. »Briefmarken.«

Ich denke einen Augenblick nach. »Vielleicht … Aber was heißt das für deinen Teil des Hinweises? Gibt es besondere Februarbriefmarken, die du jedes Jahr freudig in der Post erwartet hast?«

Er schüttelt den Kopf. »Das Einzige, was ich je in der Post erwartet habe, war die Bademode-Ausgabe von *Sports Illustrated*.«

Ich verdrehe die Augen. »Natürlich.«

Er zögert. »Die *kam* jeden Februar heraus.«

»Wirklich?«, sage ich. »Meinst du, dass das der Hinweis ist? Eine Zeitschrift?«

Er zuckt mit den Schultern. »Ich kann mir nicht vorstellen, was es sonst sein soll. Und wenn der Hinweis Briefmarken und eine Zeitschrift sind, dann müssen wir …«

Meine Gedanken rasen. »… zu einem Zeitschriftengeschäft gehen.«

»Ein Zeitschr… In Copper Springs? Du bist nicht in der Großstadt, Blondie.« Er schüttelt den Kopf. »Vielleicht müssen wir zum Briefmarkenmuseum gehen oder so etwas.«

»Na klar«, spotte ich. »In dieser winzigen Stadt soll es ein *Briefmarkenmuseum* geben, aber keinen Zeitschriftenladen? Absurd.«

Er zwinkert mir zu. »Gott, bist du frech. Ich versuche hier, eine Verbindung zwischen Briefmarken und Zeitschriften herzustellen.«

Ich sammele all unseren Müll ein und werfe ihn in den

Papierkorb neben der Bank. »Na ja, beides kommt mit der Post.«

Wir reißen gleichzeitig die Köpfe herum, blicken uns an und sagen: »Die Post.«

»Wahrscheinlich hat Turner das Geld in einem Postfach für uns hinterlegt.«

»Ja!«

In einem Sekundenbruchteil schießen wir beide von der Bank auf und rennen in unterschiedliche Richtungen los – nur, um noch im selben Augenblick von den Handschellen zurückgerissen zu werden. Meine Brust prallt gegen seinen Brustkorb, sein Knie rammt meinen Oberschenkel.

»Also?« Ich rücke von ihm ab und hole tief Luft. »Wohin gehen wir?«

Er deutet hinter sich. »Die Post liegt in dieser Richtung.«

»Seit wann?« Ich verziehe das Gesicht.

Er hebt das Kinn. »Seit die alte abgebrannt und von der Main Street an den Langley Drive verlegt wurde.«

»Ach.« Ich richte meinen Rock, der erneut meine Schenkel hinaufgerutscht ist. Ich weiß nicht, warum ich mir überhaupt die Mühe mache.

Er blickt zur Sonne, die tief am Himmel steht. »Sie schließt bald. Wir müssen uns beeilen.«

Als wir rasch durch den Park zu meinem Wagen laufen, drehen sich alle Leute nach uns um und starren uns an.

Schert euch nicht um uns, Leute. Wir sind nur mit Metall zusammengebunden und befinden uns auf der Suche nach etwas, das eine Zwanzig-Dollar-Note sein könnte oder auch nicht. Wir sind nicht verrückt oder so.

Wir erreichen den Wagen und steigen schnell ein. Die Fahrt zur Post von Copper Springs dauert nicht so lange, wie wir brauchen, um unsere aneinandergeketteten Körper wieder aus dem Wagen herauszumanövrieren. Daren krabbelt mit der Anmut eines einbeinigen Huhns fluchend über die Konsole und stößt sich dabei Ellbogen und Knie am Armaturenbrett.

»Du bewegst dich wie ein Elefant im Porzellanladen«, stelle ich fest.

Er versucht, seine langen Beine nacheinander in den Raum vor dem Fahrersitz zu falten, stößt dabei jedoch gegen das Lenkrad und betätigt die Hupe.

»Ein ziemlich lauter Elefant.« Ich schüttele den Kopf.

Er klettert mit düsterer Miene aus dem Wagen. »Vielleicht würde ich nicht so viel Lärm machen, wenn ich mich nicht in ein Zwergenauto quetschen müsste.«

»Wenn du dich noch einmal über mein Auto beschwerst, finde ich deinen kostbaren Porsche und beschmiere ihn mit Lippenstift.«

»Ruhig, Tiger. Kein Grund, gewalttätig zu werden.«

Wir gehen zum Eingang der Post, bleiben jedoch stehen, als wir das Schild mit der Aufschrift GESCHLOSSEN an der Tür entdecken.

»Mist«, murmelt Daren.

»Wir sind zu spät?« Ich würde am liebsten schreien. Der Tag war völlig vergeudet. »Was nun?«

An seinem Kiefer zuckt ein Muskel, er schüttelt den Kopf. »Ich weiß es nicht. Morgen früh wiederkommen?«

»Und was sollen wir bis dahin machen?« Ich hebe unsere gefesselten Handgelenke. »Die ganze Nacht aneinandergekettet bleiben? Wohl kaum. Wir müssen Eddie finden.«

»Okay.« Daren holt sein Telefon heraus und ruft den Anwalt an. »Hallo, Eddie. Hier ist Daren … Ja, Kayla und ich konnten Turners Geld noch nicht finden … Oh, ja, es hat sehr viel Spaß gemacht, aber wir müssen in die Post und die hat schon geschlossen. Es sieht deshalb so aus, als müssten wir die Schnitzeljagd auf morgen verschieben. Hätten Sie etwas dagegen, wenn Kayla und ich eben bei Ihnen vorbeikommen, damit Sie uns die Handschellen aufschließen? Nur bis morgen natürlich. Wir legen die Dinger gleich als Erstes wieder an.«

Daren hört Eddie am anderen Ende der Leitung einen Moment zu. »Mh-mh … aha-aha … Verstehe … Klar, natürlich … Stimmt, aber … aha-aha … okay, dann …« Er lächelt, den Kopf Richtung Boden geneigt. »Vielen Dank. Ihnen auch einen schönen Abend.« Er legt auf und schürzt die Lippen.

»Und?«, dränge ich.

Daren wippt auf den Füßen. »Eddie meint, er kann uns die Handschellen nicht abnehmen, ehe wir das Geld gefunden haben. Keine Ausnahme.«

Ich bin fassungslos. »Das soll wohl ein Scherz sein? Weiß er nicht, dass mit Handschellen aneinandergebunden zu sein bedeutet, dass wir nicht von der Seite des anderen weichen können?«

»Doch. Da bin ich mir ziemlich sicher.«

»Was denkt er, wie wir heute Abend *schlafen* sollen?«

Daren hält unsere gefesselten Handgelenke hoch. »Nebeneinander?«

Ich kann es nicht fassen.

16

Daren

Wenn ich nicht so müde wäre, würde ich mich von dem schockierten Ausdruck auf Kaylas Gesicht beleidigt fühlen.

»Das kommt überhaupt nicht in Frage.« Sie schüttelt energisch den Kopf. »Auf keinen Fall. Wir knacken das Schloss an diesen Dingern. Sofort.« Sie reißt unsere Handgelenke in die Luft, sodass die Handschellen klirren.

Eine vierköpfige Familie, die an uns vorüberkommt, blickt verwirrt auf unsere vermeintlich kriminellen Fesseln.

Kayla lässt beiläufig unsere Handgelenke sinken und lächelt der Familie halbherzig zu. »Wir sind nicht gefährlich. Wirklich nicht.«

Die Eltern ziehen ihre Kinder an sich und eilen an uns vorbei, ohne sich noch einmal umzublicken.

Ich werfe Kayla einen Blick zu. »Die Leute halten uns nicht für gefährlich. Sie meinen, wir wären verrückt. Und das sind wir auch. Aber wenn wir das Schloss knacken wollen, sollten wir das wahrscheinlich nicht gerade vor der Post machen. Ich will nicht, dass uns jemand sieht und Eddie davon berichtet.«

Sie deutet mit dem Kopf auf den Wagen. »Setzen wir uns einfach vorn ins Auto und machen es dort.«

Ich zucke mit den Schultern. »Oder wir machen es einfach auf der Rückbank.«

Wir blicken einander an.

Wärme kriecht meinen Nacken hinauf und ihre Wangen färben sich leicht rosa, als wir einander gegenüberstehen und uns mit heißen Blicken mustern. Ich würde nichts lieber tun, als es mit Kayla *auf der Rückbank zu machen*. Aber sie hat deutlich gemacht, dass sie nicht vorhat, irgendetwas mit mir anzufangen, sei es auf der Rückbank ihres Wagens oder irgendwo anders, und das muss ich akzeptieren.

»Du weißt schon«, stelle ich richtig, »damit ich nicht wieder über die Mittelkonsole klettern muss.«

»Klar.« Sie nickt. »Natürlich.«

Auf dem Rückweg zum Auto kommen wir an drei Typen vorbei, die alle stehen bleiben und Kayla anglotzen. Sie verrenken sich den Hals nach ihr und werfen ihr lüsterne Blicke zu. Sie fassen sich an den Schritt und richten ihre Hose.

Meine Güte, es muss nervig sein, eine Frau zu sein.

Kayla schenkt den Männern keinerlei Aufmerksamkeit, aber in mir erwacht unwillkürlich der Wunsch, ihnen in ihre sabbernden Mäuler zu schlagen. Sie ist kein wandelndes Erotikfoto aus einer Illustrierten, das sie einfach so angaffen können. Sie ist ein Mensch.

Der starke Beschützerinstinkt, der in mir erwacht, ist neu für mich. Er ist nicht derselbe, wie wenn ich Amber oder Pixie beschützen will. Er ist intensiver. Aggressiver. Und er wurzelt so tief in mir, dass ich nicht ausmachen kann, wann er zum ersten Mal aufgetreten ist. Aber er ist sehr lebendig und tritt leidenschaftlich für Kaylas Verteidigung ein.

Ich lasse den Blick über ihr Gesicht gleiten, dann über ihren Körper zu unseren verbundenen Handgelenken und ich bin seltsam zufrieden, dass sie buchstäblich an mich gekettet ist. Verwirrend, ich weiß. Aber alles an diesem Mädchen verwirrt mich.

Kayla öffnet die Hintertür auf der Fahrerseite und bedeutet mir einzusteigen. Ich rutsche etwas ungelenk auf die andere Seite und stoße Becher und Schuhe sowie diverse andere

Gegenstände aus dem Weg. Sie folgt mir, gleitet elegant in den Wagen und schlägt die Beine übereinander, als würden wir zum Tee zusammensitzen und nicht das Schloss unserer Handschellen knacken wollen.

Die untergehende Sonne wärmt das Auto und der Lärm von draußen – die Vögel, die Fußgänger, der Verkehr – verstummt, als sie die Tür schließt. Das einzige Geräusch rührt jetzt von unserem unruhigen Atem.

Sie löst die Beine voneinander und schlägt sie in die andere Richtung übereinander. Ihr Rock rutscht nach oben und zeigt noch ein Stück mehr von ihrem Bein – ich atme scharf durch die Nase ein. Wenn ich ihre Schenkel heute noch ein einziges Mal sehen muss, werde ich womöglich explodieren.

Was seltsam ist, weil ich nie explodiere. Ich bin ein cooler Typ. Frauen bringen mich nicht aus der Fassung. Bis jetzt. Bis ich Kayla wiederbegegnet bin.

Verwirrt. Durcheinander. Totales Chaos.

»Also.« Sie stößt die Luft aus und hebt unsere verbundenen Hände. »Weißt du, wie man Schlösser knackt?«

»Nein. Aber Google wahrscheinlich.« Ich hole mein Telefon aus der Gesäßtasche. Dann gehe ich die Suchergebnisse durch.

Sie beugt sich über meine Schulter. »Nimm die WikiHow-Seite.«

Ich scrolle nach unten. »Nein. Ich nehme die Seite Wie-man's-macht.«

Sie schnalzt mit der Zunge. »Ich sage dir, WikiHow ist besser.«

Ich blicke sie skeptisch an. »Woher willst du das wissen? Trägst du häufiger Handschellen?«

Sofort stelle ich mir Kayla mit Handschellen in anderen, sinnlicheren Situationen vor und das Blut in meinem Körper sammelt sich in meinem Schritt. *Verdammt!*

Sie hebt das Kinn. »*Du* etwa?«

»Darauf antworte ich nicht.« Ich öffne Wie-man's-macht und studiere die Anweisungen. »Okay, wir brauchen eine Büroklammer oder etwas anderes, das klein, biegsam und stabil ist.«

Sie löst ihre Beine, hebt ihre Handtasche auf den Schoß und wühlt mit beiden Händen darin, womit sie meine gefesselte Hand zwingt, über ihrer Tasche zu hängen.

»Deine Tasche ist genauso chaotisch wie dein Auto«, stelle ich fest.

»Ich weiß. Und außerdem, *bitte schön*.«

»Wofür?«

»Für das.« Sie zieht eine Haarklammer hervor und hält sie in die Luft. »In einer weniger chaotischen Tasche findet man vielleicht keine Haarklammer.«

Ich nicke. »Gutes Argument.«

Ich richte unsere Handgelenke, damit ich besser sehen kann, lese die Anleitung durch und lege unsere Hände in meinen Schoß. Ihr Handgelenk gerät gefährlich nah an meine Erektion und ich muss die Lage unserer Hände leicht korrigieren, damit ihre zarten Finger nicht in die Nähe irgendwelcher Streichelzonen geraten. Ich frage mich unwillkürlich, ob sie es schon einmal einem Typen mit der Hand gemacht hat.

Und *hat* sie schon je zuvor Handschellen getragen? Vielleicht im Bett? Ich stelle mir vor, wie sie stöhnend in zerwühlten Laken liegt, die rosa Lippen leicht geöffnet. Die blonden Haare fallen über ihre geröteten Wangen und ihr Hals liegt frei, als sie den Rücken durchdrückt …

Oh Mann, so werde ich den Ständer natürlich nicht los.

Was zum *Teufel*? Ich bin doch kein Teenager mehr. Ich habe mich besser im Griff. Normalerweise. Dieses ganze Kayla-Turner-geht-mir-unter-die-Haut-Ding gefällt mir nicht. Es gefällt mir überhaupt nicht.

Ich blicke zu ihr. Sie ist auf ihr eigenes Telefon konzentriert, sucht auf WikiHow nach Techniken, um das Schloss zu knacken und ahnt nichts von meinem derzeitigen Erregungszustand. Ich verändere vorsichtig meine Haltung und denke an Omas und an Baseball, bis ich meinen Körper wieder unter Kontrolle habe.

Ich blicke erneut nach unten, stecke die Haarklammer in das Schloss meiner Handschelle und bewege die Spitze vorsichtig hin und her. Nichts. Ich probiere einen anderen Winkel aus.

»Ich glaube, du drehst sie falsch«, bemerkt Kayla und beugt sich erneut über meine Schulter. Der Geruch von Kokosnuss umweht mich und ich schürze die Lippen. »Lass mich das machen.«

Sie zieht unsere Handgelenke auf ihren Schoß und steckt die Haarklammer in das Schloss ihrer Fessel.

Ich schüttele den Kopf. »Das ist genau so, wie ich es eben gemacht habe. Und jetzt machst du die Klammer kaputt. Lass mich noch mal.«

Ich lege unsere Hände zurück in meinen Schoß und versuche es aggressiver als zuvor, entschlossen, uns von diesen Dingern zu befreien, bevor ich erneut hart werde.

»Das ist falsch«, sagt sie.

Ich stochere noch tiefer mit der Klammer im Schloss herum. »Nein, ist es nicht.«

»Du musst sie nach *oben* drehen, nicht zur Seite. Ich zeige es dir.« Sie greift nach der Haarklammer.

»Finger weg, Blondie.« Ich wehre ihre Hand ab und drehe die Klammer.

»Nicht so«, giftet sie. »Dreh sie in die *andere* Richtung.«

»Sch-sch!«

»Die *andere* Rich…«

Die Haarklammer bricht in zwei Teile, die Spitze bleibt

im Schloss stecken. Ich halte die abgebrochene Hälfte hoch, während wir auf das verstopfte Schlüsselloch starren.

»Na toll«, murmelt sie.

Ich verziehe die Lippen. »Ich nehme an, du hast nicht noch eine Klammer in deiner Wundertasche?«

»Nein.«

»Okay. Äh … Wir könnten ein Dietrich-Set kaufen.«

Nicht, dass ich das Geld dafür hätte. Meine Hände sind schweißnass und ich wische sie an meiner Jeans ab.

»Wo sollten wir so ein Set kaufen?«, fragt sie.

»Im Eisenwarenladen?« Ich überlege einen Moment. »Eigentlich bin ich mir nicht sicher. Das Geschäft hat eine ziemlich bescheidene Auswahl. Ich bezweifle, dass es Einbruchwerkzeug führt. Aber vielleicht der Drugstore?«

Sie lehnt sich auf dem Sitz zurück und seufzt. »Vielleicht sollten wir, anstatt nach einem Geschäft zu suchen, in dem wir Dietriche finden, lieber einen Bolzenschneider kaufen und die Handschellen aufbrechen.«

Ich hebe die Brauen. »Klar. Das würde überhaupt nicht verdächtig wirken. Hallo Eddie. Ich weiß, du hast gesagt, wir müssten die Handschellen die ganze Nacht tragen, aber kannst du dir das vorstellen? Die Kleinen sind doch tatsächlich einfach von selbst auseinandergebrochen? Nein. Ich werde nicht das Geld riskieren, weil dein Handgelenk ein Weichei ist.«

Sie reibt sich die Schläfen und atmet geräuschvoll aus. »Du hast recht. Das Geld ist es wert. Wir müssen irgendwie schlafen und dann in aller Frühe wieder herkommen.«

Ich nicke, nicht sicher, wo Kayla und ich heute Nacht schlafen werden. Ich würde ihr meine Wohnung vorschlagen, aber …

Ich schenke ihr mein schönstes Lächeln. »Dann auf zum Quickie Stop, was?«

Sie schnaubt. »Wenn du denkst, ich würde die Nacht mit dir in Handschellen in einem Porno-Motel verbringen, dann bist du noch verrückter als mein Schnitzeljagd-Dad.«

Ich zucke mit den Schultern. »Na, gut. Dann fahren wir zu mir. Du hast alles, was du brauchst, oder? Ich habe nämlich keine Lust, quer durch die Stadt zu fahren, nur um deinen Schlafanzug zu holen. Du kannst eins von meinen T-Shirts im Bett tragen. Oder gar nichts, wenn dir das lieber ist.« Ich zwinkere ihr zu. »Und ich bin sicher, du wirst wie ein Baby in meinem Bett schlafen. Frauen schwärmen, wie bequem es ist.« Ich lächele sie an und warte.

Bitte, lieber Gott, mach, dass sie die Vorstellung von meiner Sex-Matratze abschreckt oder so aufregt, dass sie nicht mit zu mir will. Auf keinen Fall – auf gar *keinen Fall* – soll Kayla sehen, wo ich wohne.

Sie mustert mich skeptisch, als wüsste sie, dass ich Mist erzähle, und schürzt nachdenklich die Lippen. Sie will nicht in einem Motelzimmer mit mir schlafen, aber sie will die Nacht auch nicht im Bett eines männlichen Flittchens verbringen. Entscheidungen, Entscheidungen …

Sie lässt die Schultern sinken, nur ein klitzekleines bisschen, und ich weiß, ich habe gewonnen.

»Gut«, stößt sie zwischen zusammengebissenen Zähnen hervor. »Wir übernachten in meinem Motelzimmer.« Sie öffnet die Hintertür und gleitet hinaus.

Ich folge ihr und stöhne, als wir auf den Vordersitz klettern. Diese ganze Krabbelei ist wirklich ziemlich lächerlich.

Sie startet den Motor und setzt vor der Post aus der Parklücke. Die Sonne ist inzwischen hinter dem Horizont verschwunden, der Himmel hat eine violette Färbung und ist von einer Handvoll Sternen gesprenkelt.

Wir fahren aus der Stadt und folgen dem Freeway, den ich auch nehme, wenn ich zum Willow Inn fahre.

Mist!

Ellen.

Ich muss sie unbedingt anrufen und ihr sagen, dass eine klitzekleine Möglichkeit besteht, dass ich morgen nicht zur Arbeit kommen kann.

Ich blicke hinunter auf die Handschellen.

Eine mittelgroße Möglichkeit.

Der Motor kommt auf Touren, als Kayla die Geschwindigkeit erhöht.

»Langsam«, sage ich. »Wir wollen doch nicht, dass dein Zwergenmobil den Geist aufgibt und einen langsamen, grausamen Tod auf freier Strecke erleidet.«

Sie blickt in den Rückspiegel, dann noch einmal, zum dritten Mal und wirkt jedes Mal beunruhigter.

»Was?« Ich blicke mich um. »Was ist los?«

Sie beißt sich auf die Lippe. »Siehst du den schwarzen Sedan drei Wagen hinter uns?«

»Äh … ja?«

Ihr Blick gleitet vom Rückspiegel zur Windschutzscheibe. »Glaubst du, er folgt uns?«

»Zum Quickie Stop? Eher unwahrscheinlich.«

»Nein, ich meine überhaupt. Ob er *mich* verfolgt.« Wenn da nicht das leise Beben in ihrer Stimme wäre, würde ich mich über die Idee lustig machen. Aber Kayla scheint ehrlich besorgt zu sein, also achte ich darauf, dass meine Körpersprache entspannt wirkt und meine Stimme ruhig klingt.

»Ich glaube nicht«, antworte ich. »Es gibt nicht so viele Straßen in dieser Stadt, der schwarze Wagen will wahrscheinlich nur in dieselbe Richtung wie wir. Und außerdem bezweifle ich, dass irgendjemand mit uns zusammen gesehen werden will, geschweige denn, dabei erwischt werden möchte, dass er uns folgt. Wir sind das verruchte Paar mit den Handschellen, erinnerst du dich?« Ich grinse sie an, aber ihr Blick huscht weiterhin immer wieder ängstlich zum Rückspiegel.

Okay, das ist nicht normal.

»Kayla?« Ich ziehe das Wort in die Länge.

Sie umklammert das Lenkrad noch stärker. »Ja?«

»Warum hast du solche Angst?«

Ich sehe, dass sie schluckt. »Okay, tja. Das klingt ziemlich verrückt und ich bin mir sicher, dass ich nur hysterisch bin und überreagiere, aber …« Sie kaut auf ihrer Lippe. »Meine Mom schuldet meinem Exchef zwanzigtausend Dollar. Und Big Joe wollte das Geld von mir haben, bevor ich Chicago verlassen habe. Ich sollte umsonst in seinem Diner arbeiten oder so etwas. Und als ich gekündigt habe, hat er mich bedroht und ich bin aus der Stadt geflohen.«

Ich mache große Augen. »Hättest du das nicht früher erwähnen können? Zum Beispiel, *bevor* wir eingewilligt haben, uns mit Handschellen aneinanderketten zu lassen und uns zu einem unglaublich ungelenken und langsamen Ziel gemacht haben?«

»Ich hätte nicht gedacht, dass Big Joe mir folgt!« Ihre Stimme klingt unnatürlich hoch.

»Hör zu. Es gibt keinen Grund, sich aufzuregen«, beruhige ich sie. »In dem schwarzen Wagen sitzt wahrscheinlich nur eine kleine, alte Dame auf dem Weg zum Supermarkt.« Ich atme langsam ein. »Niemand ist hinter dir her.«

Ich gebe mich gelassen, aber *oh mein Gott*! Irgendein Chicago-Diner-Schurke ist wegen zwanzig Riesen hinter Kayla her? *Verdammt!* Das ist wie in einem schlechten Film. Und ich sitze mit Handschellen mittendrin.

»Du hast recht.« Sie nickt und atmet betont gleichmäßig ein und aus. »Wahrscheinlich bin ich nur paranoid.«

Ich lächele sie zuversichtlich an. »Genau. Alles ist gut.« Ich tippe mit den Fingern auf die Mittelkonsole, dann runzele ich die Stirn. »Warte. Deine Mom ist gestorben, wie kann sie da jemandem Geld schulden?«

Sie zuckt mit den Schultern. »Sie muss es sich geliehen haben, bevor sie gestorben ist. Bis zu ihrem Tod wusste ich nichts von den Schulden.«

Ich höre auf, mit den Fingern zu trommeln. »Deine Mutter hat also das ganze Geld aus deinem Treuhandfonds abgehoben und sich zusätzlich noch zwanzigtausend Dollar von einem Restaurantgangster geliehen?«

»Ja«, bestätigt sie langsam, ihr Blick zuckt zur Seite.

Ich sehe aus dem Fenster. »Das ist eine Menge Geld. Hast du eine Idee, wohin es verschwunden ist?«

»Ich habe meine Theorien«, murmelt sie.

Mehr sagt sie nicht dazu und ich auch nicht.

Einige Minuten später verschwindet der schwarze Sedan und Kayla entspannt sich sichtlich. Die Ernsthaftigkeit, mit der sie die ganze Big-Joe-Schuldensache behandelt, alarmiert mich. Ich weiß nicht, mit wem wir es zu tun haben. Mit bewaffneten Ganoven? Straßengangstern mit Baseballschlägern? Mit einem Anwalt mit einem streng formulierten Brief? Es könnte wirklich alles sein.

Aber zum Glück muss Kayla sich der Geschichte nun nicht mehr allein stellen. Sie hat mich, ich bin an sie gebunden. Für einen flüchtigen Moment bin ich James Turner und seiner Handschellenidee lächerlicherweise dankbar.

Wir erreichen das Quickie Stop. Ich blicke zu dem alten Motel und stoße einen Pfiff aus.

Es ist wirklich ein heruntergekommener Laden. Es sieht aus wie der Drehort für einen billigen Pornostreifen. Ich blicke zu Kayla, während sie parkt und ihre Tasche vom Rücksitz nimmt.

Warum zum Teufel übernachtet sie in einem solchen Loch?

Vor allem, wenn vielleicht jemand wegen Geld hinter ihr her ist. Sie ist viel zu hübsch und zu süß, um auch nur einen Fuß auf dieses Gelände zu setzen, geschweige denn ihren hübschen Kopf auf eines der bestimmt widerlichen Kopfkissen zu betten.

Während sie ihre Tasche durchwühlt, runzele ich die Stirn. Ist sie wirklich so pleite wie sie behauptet? Ist sie so knapp bei Kasse, dass sie die Einfachheit dieses Ladens über die Sicherheit des Willow Inns oder von Marthas Bed & Breakfast stellt?

Die Vorstellung gefällt mir überhaupt nicht.

Nicht nur, weil ich es furchtbar finde, dass sie in diesem widerlichen Hotel schlafen muss, sondern weil ihre Armut meine Pläne durcheinanderbringt, das gesamte Erbe für mich zu behalten. Als ich sie noch für ein selbstsüchtiges Gör gehalten habe, das es sich leisten kann, mit einer Jacht um die Welt zu segeln, hatte ich kein Problem mit dem Gedanken, sie zu beklauen. Aber jetzt, wo ich weiß, dass sie *nicht* selbstsüchtig oder verwöhnt ist und ihre schwierige finanzielle Lage kenne, kommt es nicht mehr in Frage, ihr das Geld wegzunehmen. Vor allem nicht, nachdem ihre Mutter den Treuhandfonds leer geräumt hat.

Ich lasse den Blick über Kaylas zierliche Hände gleiten, die noch immer in ihrer Tasche wühlen, und meine Brust schnürt sich zusammen. Ich könnte dieses Mädchen unmöglich beklauen.

Sie zieht den Zimmerschlüssel, der ein richtiger Metallschlüssel an einer schäbigen, grünen Plastikkette ist, aus den Tiefen ihrer Handtasche und steigt aus dem Wagen.

Ich krabbele hinter ihr her und folge ihr zu dem Zimmer mit der Nummer drei. Das Motel hat nur sechzehn Türen. Zwei sehen kaputt und ungenutzt aus, die anderen sind verkratzt und mit fragwürdigen Flecken und Dellen übersät.

Vor jedem Zimmerfenster befinden sich schmutzige Metallgitter, die mit Spinnweben überzogen sind. Die kleinen Lampen, die über jeder Tür hängen, spenden ein trübes, orangefarbenes Licht, was dem Laden die Aura eines Horrorfilms verleiht.

Was zum Teufel?

Als Kayla den Schlüssel ins Schloss steckt und die Tür öffnet, kommen mir Bilder einer gruseligen Spielshow in den Kopf.

Was verbirgt sich hinter Zimmertür drei? Ein toter Kerl! Und was ist hinter Nummer zwei? Ein mörderischer Clown mit einem Schlachtermesser!

Kayla schaltet in dem winzigen Motelzimmer das Licht ein und ich ziehe unwillkürlich eine Grimasse.

Auf dem Boden liegt ein zotteliger, orangefarbener Teppich, der an ein paar Stellen kahl ist, an anderen kleben die Fransen aneinander. Die Matratze auf dem breiten Bett hängt durch und ist mit einer steifen Tagesdecke aus den Siebzigern bedeckt. Sie ist orangefarben mit braunen und grünen Streifen und hat diverse Brandlöcher. Der Geruch von abgestandenem Rauch und Urin hängt in der Luft und an den Wänden und der Decke – ja, der *Decke* – sichte ich mysteriöse Flecken, abgesehen von diversen Rissen und Dellen in der Trockenwand. Das kleine Bad im hinteren Bereich verfügt über eine Toilette, die von der Tür aus sauber aussieht, von innen aber vermutlich widerlich ist, sowie ein gelbliches Waschbecken unter einem alten, goldmarmorierten Spiegel.

Eine Kakerlake krabbelt über den Badezimmerboden, dann verschwindet sie in einem Loch hinter der Toilette.

»Nein. Hier bleiben wir nicht«, erkläre ich kopfschüttelnd, während Kayla versucht, weiter ins Zimmer zu treten.

Sie wendet mir den Kopf zu. »Warum nicht? Ist mein Hotelzimmer nicht gut genug für dich, Hübscher?«

»Dein *Motel*zimmer ist nicht einmal gut genug für die Kakerlake, die ich gerade über die Badezimmerfliesen habe tanzen sehen.«

»Tja, tut mir leid, ich kann mir nicht überall eine Fünf-Sterne-Unterkunft leisten wie deine Familie, aber so leben normale Menschen eben.«

Ich möchte sie korrigieren, was den Lebensstil meiner Familie angeht, aber das ist nicht nötig. »*So* leben keine normalen Menschen«, widerspreche ich mit einem Kopfnicken in Richtung des schäbigen Zimmers. »*So* leben zwielichtige Typen mit Drogenproblemen, die sich zum Sex anbieten.«

Sie hebt das Kinn. »Tja, zu dumm. Hier werden wir heute die Nacht verbringen. Es war die letzten zwei Nächte gut genug für mich und es wird heute Nacht gut genug für dich sein. Also, finde dich damit ab.« Sie schließt die Tür hinter uns und sichert die drei Schlösser.

Es ist kein gutes Zeichen, wenn ein Motel drei verdammte Schlösser an den Zimmertüren anbringt.

Ich öffne den Mund, um noch einmal zu protestieren, überlege es mir dann aber anders. Wenn ich ehrlich bin, ist unsere einzige andere Option nicht viel besser als das hier. Und wenn Kayla in einem Loch wie diesem schläft, bin ich wenigstens bei ihr, was mir ein etwas besseres Gefühl in Bezug auf heute Nacht gibt. Es macht mich allerdings wahnsinnig wütend, was die letzten beiden Nächte angeht.

Ich blicke mich um und bemerke, dass der einzige persönliche Gegenstand im Zimmer ein Koffer ist, der auf dem Bett liegt. In dem Koffer befinden sich ein paar Kleider und persönliche Gegenstände: ein gerahmtes Bild, ein paar Bücher, einige Papiere. Als Kayla sagte, sie sei aus Chicago geflohen, hatte ich angenommen, sie meinte vorübergehend. Aber warum sollte sie diese Dinge einpacken, wenn sie vorhätte, dorthin zurückzukehren?

17

Kayla

Nachdem wir uns, so gut es ging, den Dreck von der Haut und aus den Haaren gewaschen haben, wenden wir uns mit großen Augen dem Motelbett zu. Schlafen, während man mit Handschellen an eine andere Person gekettet ist – zumindest, wenn keine erotischen Absichten bestehen – ist einfach nur unbequem.

»Ich nehme dann wohl die linke Seite?« Wir stehen vor dem Bett und Daren deutet auf sein linkes Handgelenk, das in der Handschelle steckt.

Ich streiche eine Haarsträhne hinter mein Ohr und verfluche leise den ganzen, verdammten Tag. »Tja, das *könntest* du … aber ich bin eine Bauchschläferin.«

Er blinzelt. »Eine was?«

»Eine Bauchschläferin«, wiederhole ich. »Ich schlafe auf dem Bauch, nicht auf dem Rücken.«

»Ich fürchte, heute Nacht musst du auf dem Rücken schlafen.«

Fröhlich schlage ich vor: »Oder du schläfst auf dem Bauch.«

Er schüttelt den Kopf. »Das mache ich nicht.«

»Ach, aber du *könntest* es tun.« Ich lächele süß.

»Hmm.« Er reibt sich das Kinn. »Diese Probleme habe ich normalerweise nicht, wenn ich mit einem Mädchen schlafe. Normalerweise diskutieren wir nur darüber, wer zuerst *oben* liegen darf.«

»Oh Mann.«

Er zuckt mit den Schultern. »Ich meine ja nur. Das ist Neuland für mich.«

Ich wende mich zu ihm. »Du willst mir erzählen, dass dich noch nie ein Mädchen gebeten hat, auf einer bestimmten Seite vom Bett zu schlafen oder auf eine bestimmte Weise?«

»Nein.«

»Noch nicht einmal eine Freundin?«

»Äh. Diese Freundinnen-Sache ist nicht so mein Ding.«

»Noch ein Mann, der Angst vor Bindungen hat. Schockierend«, murmele ich. »Hör zu, ich bin ein Mädchen, das in einem schmuddeligen Motelzimmer mit Handschellen an einen Kerl gekettet ist. Kannst du bitte einfach so nett sein und auf der rechten Bettseite auf dem Bauch schlafen?«

Er stöhnt. »Na gut.«

»Danke.« Ich lächele. »Jetzt dreh dich um, damit ich meinen Schlafanzug anziehen kann.«

Laut seufzend dreht er sich um, während ich ein Paar Shorts aus meinem Koffer zerre und meine schmutzigen Pumps von den Füßen kicke. Morgen werde ich auf jeden Fall die Sneakers tragen.

Da wir aneinandergekettet sind, ist es unmöglich, mein Shirt auszuziehen, also streife ich nur den Rock ab und schlüpfe in die Shorts. Unsere Handschellen klirren bei jeder Bewegung, und als ich die Shorts über die Hüften ziehe, streift Daren mit seiner Handkante mein Bein. Heiße Lust durchströmt meine Schenkel und mein Unterleib zieht sich zusammen. Ich sehe, wie sich seine Lippen zu einem Lächeln verziehen.

»Versuch doch zur Abwechslung mal, nicht ganz so glücklich über all das zu wirken«, sage ich.

Sein Lächeln wird breiter. »Zu spät.«

Ich verdrehe die Augen und zupfe die Shorts zurecht. »Okay. Fertig. Du kannst dich jetzt umdrehen.«

Er dreht sich um und mustert mich. »Süß.« Dann beginnt er, seine Jeans aufzuknöpfen.

»Was machst du da?«

»Oh. Na ja, ich hatte keine Zeit, meinen Pyjama von zu Hause zu holen, deshalb schlafe ich heute Nacht in Unterwäsche.«

Bei der Vorstellung, dass Daren die ganze Nacht in Shorts neben mir liegt, zieht sich mein Unterleib noch stärker zusammen.

Ich halte seine Hände an seinem Hosenbund fest. »Äh … Nichts da!« Ich durchbohre ihn mit meinem Blick. »Die Hosen bleiben heute Nacht an.«

Eine leise Stimme in meinem Kopf protestiert, *Nein! Zieh ihm die Hosen aus. Zieh ihm alles aus,* und meine Kehle wird trocken. Warum bin ich so lustgesteuert in Darens Gegenwart?

Vielleicht hat es gar nichts mit ihm zu tun. Vielleicht muss ich nur wieder einmal mit jemandem Sex haben. Wann hatte ich überhaupt das letzte Mal Sex? Oder vielmehr, wann hatte ich das letzte Mal *guten* Sex?

Ich denke nach. Das ist ziemlich lange her, wenn es überhaupt mal vorgekommen ist …

Mein Blick fällt auf Darens Lippen und folgt ihrer Kontur. Ich wünschte, ich könnte seine Zunge sein und in seinem Mund spielen.

Sehr, *sehr* lange.

Hör auf, Kayla. Du wirst dich nicht wie eine läufige Hündin benehmen, während du an diesen arroganten – wenn auch erstaunlich gut aussehenden – Mann gekettet bist.

Daren sieht mich fassungslos an. »Aber ich hasse es, in Jeans zu schlafen.«

»Und ich hasse es, mich vor Fremden umzuziehen. Hier bekommt wohl niemand, was er will.«

»Herrgott.« Er reißt die Augen auf. »Wir. Sind. Keine. Fremden.«

»Ach …« Ich lächele spöttisch. »Es ist so süß, dass du unbedingt mein Freund sein willst.«

»Jetzt reicht's. Wir küssen uns noch einmal. Komm her.« Er streckt die Hand nach mir aus.

Ich weiche lächelnd aus. »Wohl kaum. Jetzt knöpf deine Hose wieder zu und lass uns ins Bett gehen.«

Er zeigt sein Grübchen. »Ich hätte nie gedacht, dass eine Frau das einmal so direkt zu mir sagen würde.«

»Gott. Du bist wirklich mächtig stolz auf dein Sexleben, stimmt's?« Ich schalte die Lampe aus und hülle uns in Dunkelheit – nur etwas orangefarbenes Licht fällt durch das Fenster herein.

»Ja, das bin ich.« Er klingt aufrichtig. »Ich bin eine Art Hengst im Bett.«

Er schlägt die widerliche Tagesdecke zurück, steigt ins Bett und rutscht auf die rechte Seite hinüber. Wenn er nicht so eingebildet wäre, würde ich mich bei ihm bedanken.

»Ja, ja. Du bist ein legendärer Liebhaber«, bemerke ich in gelangweiltem Ton, als ich hinter ihm herkrieche. »Das behauptet jeder Kerl von sich.«

Wir legen uns so weit von einander entfernt wie möglich ins Bett, beide auf den Bauch, die gefesselten Arme zwischen uns ausgestreckt.

»Ja«, sagt er. »Aber bei mir stimmt es.«

»Klar.«

»Das ist eines der wenigen Dinge, die ich gut kann.« Er zögert. »Das Einzige eigentlich.«

Er hört sich ein bisschen traurig an und das verwirrt mich. Die meisten Typen wirken stolz, wenn sie über ihre sexuellen Fähigkeiten sprechen. Doch Daren klingt irgendwie … wehmütig.

Ich starre mit finsterer Miene in die Dunkelheit. »Was ist das? Eine komische Selbstmitleidsparty?«, schnaube ich. »Wenn du auf Komplimente aus bist, bist du bei mir an der falschen Adresse. Ich weiß nichts über dein Sexleben und selbst, wenn ich etwas darüber wüsste, würde ich nicht dein Ego streicheln, während du mit Handschellen neben mir in der Dunkelheit liegst.«

In dem Augenblick, in dem ich die Worte ausspreche, spüre ich, dass sich die Atmosphäre verändert. Als hätte ich dadurch, dass ich unsere verfängliche Situation offen angesprochen habe, unsere Libido geweckt – nicht, dass meine je geschlafen hätte.

Ich spüre, wie sich die Matratze bewegt, als Daren seine Haltung verändert. »Ich habe dich nicht gebeten, mein Ego zu streicheln«, meint er. »Ich wollte nur erklären, warum ich stolz auf mein sexuelles Können bin. Manche Typen sind gut im Sport oder spielen Gitarre oder verdienen viel Geld… und ich bin eben gut im Sex.« Er sagt das, als sei es eine Tatsache und nicht, als wolle er angeben.

»Tja, schön für dich«, und nur, um ihn zu ärgern, füge ich hinzu: »Ich bin mir sicher, du bist eine solide Sechs im Bett.«

»Eine Se…« Er tut, als würde er nach Luft schnappen. »Das ist gemein.«

»Eine Sechs ist großzügig. Die meisten Typen sind eine Zwei.«

»Offenbar hast du mit den falschen Männern geschlafen.«

Was du nicht sagst…

Meine sexuelle Vergangenheit ist nicht gerade aufregend. Ich habe mit drei Typen geschlafen. Der erste war mein Freund auf der Highschool. Er war ein netter Kerl und der Sex mit ihm war nicht furchtbar, aber er war auch nicht toll. Ich bin mir ziemlich sicher, dass er nur deswegen mit mir zusammen war. Er schien sich sonst nicht besonders für mich zu interessieren. Aber damals wusste ich es eben nicht besser.

Der zweite Typ war ein Möchtegernmusiker, mit dem ich im Diner zusammengearbeitet habe. Er war fünf Jahre älter als ich, überall tätowiert und ordentlich im Bett. Aber das war auch alles, was er von mir wollte. Tagein, Tagaus nur Sex, Sex, Sex. Schließlich hatte ich genug davon, sein Orgasmus auf Abruf zu sein und machte Schluss mit ihm. Er hat geweint. Er hat tatsächlich Tränen vergossen! Aber am nächsten Abend ist er mit einer anderen Kellnerin nach Hause gegangen. Offenbar ist sein gebrochenes Herz schnell geheilt.

Der letzte Mann, mit dem ich geschlafen habe, war mein Exfreund, Jeremy. Er war ein Dummkopf, der mich gern wie ein Zirkuspferd durch die Stadt geführt hat. Er wollte ständig, dass ich mich zurechtmache, damit er mit mir ausgehen und mich vorführen konnte. Sex mit ihm bestand im Austausch von Küssen, wobei immer das Licht brennen musste, wodurch ich mich irgendwie benutzt fühlte. Nach drei Monaten Beziehung merkte ich, dass er nichts von mir wusste, außer wie ich aussah, und als ich ihm das sagte, schien ihn meine Sorge nicht weiter zu stören. Stattdessen schaltete er alle Lichter an und bat mich, mich nackt auszuziehen. Daraufhin habe ich Schluss gemacht.

Wenn es um Männer ging, schien ich bisher nur aus einem Hintern und zwei Brüsten zu bestehen. Nachdem ich Jeremy sitzengelassen hatte, beschloss ich, dass ich meinen Körper nicht mehr mit jemandem teilen würde, es sei denn, derjenige würde den Menschen in mir sehen. Das Ich, das hinter Lippen und Brüsten existiert.

So einen Typen muss ich allerdings erst noch finden.

»Wie geht es deinem Handgelenk?«, erkundigt sich Daren und wackelt leicht mit den Handschellen.

Ich drehe meine Hand um. »Ganz gut, glaube ich. Nur ein bisschen wund, aber nicht schlimm.«

»Meins auch«, sagt er. »Ich versuche morgen vorsichtiger zu sein, damit du am Ende keine blauen Flecken hast.«

»Danke.«

Er rutscht unruhig auf der Matratze hin und her. »Diese Dinger sind wirklich unbequem.«

»Ja. Ich verstehe absolut, warum Leute die gepolsterte Variante für Sexspiele benutzen.«

Er lacht. »Erzähl mal, Kayla. Hast du je die gepolsterten – oder irgendeine andere Art von Fessel – beim Sex benutzt? Ich wette, ja. Ich wette, du kennst dich mit erotischen Spielchen bestens aus.«

Ich verdrehe die Augen. »Nicht jeder ist so eine Schlampe wie du.«

»Autsch.« Das Bett quietscht, als er sich zu mir umdreht. »Warum hältst du mich für eine Schlampe? Weil ich Sex mit vielen Mädchen habe?«

»Nein. Ich halte dich für eine Schlampe, weil du nicht wählerisch dabei bist, mit wem du Sex hast.«

»Woher willst du das wissen?«

»Weil ich, als ich noch jünger war, gehört habe, dass du mit der halben Stadt geschlafen hast – und da waren wir gerade einmal auf der Highschool.«

»Wow. Deine Freundin Lana war aber ein ganz schönes Plappermaul.« Er klingt ein wenig beleidigt.

»Du gibst also zu, dass die Gerüchte wahr sind.«

»Zu meiner Ehrenrettung: Die Stadt ist ziemlich klein. Und entschuldige, wenn wir nicht alle allein damit zufrieden sind, wenn man uns angafft.«

Ich starre wütend vor mich hin, die Beleidigung verschlägt mir die Sprache. »Was soll das heißen?«

»Das heißt, dass du es dir erlauben kannst, wählerisch zu

sein«, erwidert er. »Du findest dich auch so jeden Tag gut. Du musst nur in die Öffentlichkeit treten und jeder Kerl im Umkreis von fünf Meilen schmachtet dich an, weil du so schön bist. Diese Art der Anerkennung bekomme ich nicht, indem ich einfach nur in der Gegend rumlaufe. Ich muss für mein Selbstwertgefühl arbeiten. Und zufällig habe ich in Sachen Sex einiges drauf. Also vergibt mir, wenn ich mich gern gut finden möchte.«

Mein Blut gerät in Wallung. Was er gerade beschrieben hat, ist genau das, wogegen ich jeden Tag ankämpfe, damit die Leute mein wirkliches Ich sehen. Es ist der Grund, weshalb Leute mir keine Chance geben und weshalb ich mich so sehr darum bemühe, ihre Meinung zu ändern. Und Daren hat gerade genau das gegen mich verwendet.

Ich schalte das Licht an und richte mich auf. »Erstens, mein gutes Aussehen gibt mir kein Selbstwertgefühl. Ich habe mehr zu bieten als nur meine Brüste oder meinen Hintern oder mein Gesicht. Aber die Leute *sehen* mich nicht – nicht mein wirkliches *Ich* –, weil sie zu sehr mit meinem Äußeren beschäftigt sind. Mein Herz und meine Seele bleiben unsichtbar. Ich bin ein Mensch, das vergessen die Leute. Sie vergessen, dass ich verletzlich bin und unsicher, genau wie jeder andere auch. Zweitens, dass du Sex hast, um dich selbst gut zu finden, ist völliger Quatsch. Es ist mir egal, wie gut du im Bett bist, Daren. Du bist wertvoll, einfach, weil du *du* bist. Das sind wir alle.«

Ich schalte das Licht aus und lasse mich zurück aufs Kopfkissen fallen. Ich habe mich wieder etwas beruhigt, aber mein Herz schlägt immer noch wie wild. Vielleicht war es gemein, das alles laut auszusprechen, aber ich habe den ganzen Tag beobachtet, wie er sich bemüht, seine lässige Selbstsicherheit und seine Playboy-Haltung aufrechtzuerhalten und die ganze Zeit dachte ich, dass er mich damit nur ärgern will.

Jetzt, wo ich weiß, dass seine künstliche Arroganz von seiner Unsicherheit herrührt und nichts damit zu tun hat, dass er mich um jeden Preis provozieren will, kann ich ihn nicht in dem Glauben lassen, dass er nur so viel wert ist. Das wäre genauso schlimm, als würde man mich glauben machen, meine Bedeutung rühre nur von meinem Aussehen her. Und niemand verdient es, sich so zu fühlen. Vor allem nicht Daren.

18

Darren

Ich starre an die Decke, während widersprüchliche Gefühle in mir kämpfen. Ich bin wütend, dass Kayla mich für eine Schlampe hält. Ich habe ein schlechtes Gewissen, weil ich angedeutet habe, ihr Selbstwertgefühl stünde in direktem Zusammenhang mit ihrem Aussehen. Aber mehr als alles andere bin ich fassungslos, dass sie mich als wertvoll bezeichnet hat, und das aus tiefster Überzeugung, obwohl sie wütend auf mich war.

Ich bin nur irgendein Typ, mit dem sie den ganzen Tag verbringen musste. Ich bin kein Verwandter oder ihr Freund – Teufel, ich kann das Mädchen ja noch nicht einmal dazu bringen, mich als einen *Bekannten* zu bezeichnen – und dennoch meint sie, ich sei wertvoll.

Ich setze mich auf und schalte das Licht wieder an. »Kayla.«

Sie wendet mir ihr Gesicht zu, ihre blauen Augen funkeln rebellisch. »Was?«

Ich presse die Lippen aufeinander. »Du bist wirklich ein guter Mensch.«

Der rebellische Ausdruck weicht einer verwirrten Miene. »Was?«

»Tut mir leid, dass ich dir das Gefühl gegeben habe, es ginge nur um dein Aussehen. Das denke ich nicht. Überhaupt nicht. Das war gemein von mir.« Ich zögere. »Ich meine, du *bist* extrem scharf«, ich grinse und ihr Ausdruck wird weicher, »aber das hat nichts damit zu tun, was du für ein Mensch bist. Und was du gesagt hast – darüber, etwas wert zu sein -, ist wahrscheinlich das Netteste, das je jemand zu mir gesagt hat. Also danke.« Ich schalte das Licht wieder aus und lege mich hin.

Ein Augenblick verstreicht.

»Tut mir leid, dass ich dich als Schlampe bezeichnet habe«, meldet sich Kayla.

Ich lache auf. »Muss es nicht. Ich bin eine Schlampe. Aber du täuschst dich, was meine Bindungsangst angeht.«

»Ach, wirklich?«

»Ja. Mädchen meinen *immer*, es hätte etwas mit Bindungsangst zu tun. Als wäre es falsch, wenn ein Typ nicht sofort die Beziehung schluckt, die ihr Frauen ihm als Instantpulver verabreicht. In Wahrheit ist der Grund, weshalb ich mich nicht an jemanden binden will –«, ich wackele mit den Handschellen, »bildlich gesprochen natürlich –, dass Frauen genauso schlimm sind wie Männer, wenn es um Beziehungen geht. Wenn nicht noch schlimmer.«

Ich höre fast, wie sie die Augen verdreht. »Oh, *bitte.*«

»Siehst du? Das meine ich.« Ich schüttele im Dunkeln den Kopf. »Du meinst, Mädchen würden nichts verkehrt machen; dass Männer große, böse Wölfe sind, die herumlaufen und Herzen brechen, wie es ihnen gefällt.« Ich schnaube verächtlich. »Frauen sind ganz genauso rücksichtslos. Sie verlassen Männer. Sie brechen Herzen. Sie benutzen Männer.« Ich stoße die Luft aus. »Deshalb glaube ich nicht mehr an diesen ganzen Mist. Ich habe einfach nur Spaß. Wenn ein Mädchen vorbeikommt und eine Beziehung mit mir will, winke ich ab. Ich schlafe nicht mit ihr und ich mache ihr nichts vor. Aber wenn sie nur auf Spaß aus ist oder einfach für ein paar Stunden das Gefühl haben will, begehrt zu werden – und auch *versteht*, dass ich keine Beziehung mit ihr anfangen will –, nun, dann schlafe ich mit ihr. Und beide haben wir hinterher ein besseres Selbstwertgefühl. Wenn mich das zur Schlampe macht, dann bin ich gern eine.«

Sie lacht. »Dann bietest du Sex quasi als Dienstleistung an?«

»Nein.« Ich lächele. »Na ja, vielleicht ein bisschen.«

»Oh mein Gott. Du bist unglaublich.«

»He, du wärst überrascht, wie viele Frauen dort draußen einfach nur berührt und begehrt werden wollen. Es ist eine Epidemie, wirklich.«

»Ganz bestimmt.« Ich höre das Lächeln in ihrer Stimme. »Nun, Schlampe oder nicht, ich finde es trotzdem traurig, dass Sex dir ein besseres Selbstwertgefühl gibt – oder was auch immer.«

Ich schnalze mit der Zunge. »Du findest es nur traurig, weil du noch nie das Vergnügen hattest, Daren, den legendären Liebhaber, persönlich zu erleben. Aber das können wir ändern, weißt du. Gleich jetzt.« Ich lasse meine Hüften auf der Matratze hüpfen, sodass die Sprungfedern quietschen, und raune: »Wir haben ein billiges Motel-Pornobett zur Verfügung und alles.«

»So geschmeichelt ich auch bin, dass du mir deinen Dienstleistungs-Penis anbietest, ich glaube, ich passe.«

Ich seufze dramatisch. »Deine Entscheidung. Aber wenn du deine Meinung änderst, ich bin die ganze Nacht hier.« Ich ziehe spielerisch an den Handschellen. »Direkt neben dir.«

»Gute Nacht, Daren«, erwidert sie und zieht ebenfalls kurz an den Handschellen.

Ich lächele zur Decke. »Gute Nacht.«

Hinter dem Postschalter hebt Jonah Maxwell eine seiner buschigen weißen Brauen und mustert unsere Handschellen. Heute Morgen hat es angefangen zu regnen, sodass wir nicht nur aneinandergekettet, sondern auch noch tropfnass sind.

»Seid ihr zwei auf der Flucht vor dem Gesetz?«, erkundigt sich der Postbeamte.

Eine berechtigte Frage.

»Äh, nein, Sir.« Ich schüttele den Kopf. »Wir sind vielmehr in einer Rechtsangelegenheit hier.«

»Wie zum Beispiel vor dem Gesetz zu flüchten?« Seine Braue klettert noch etwas höher.

Kayla tritt vor: »Eigentlich haben wir gehofft, dass Sie uns helfen können. Mein Vater ist kürzlich verstorben. Vielleicht haben Sie ihn gekannt, James Turner?«

Jonahs Gesicht hellt sich auf. »Sie sind James' Tochter? Wir haben James gemocht.« Der harte Ausdruck in seinem Gesicht weicht Mitgefühl. »Meine Frau und ich waren so traurig, als wir von seinem Tod erfahren haben. Er war ein guter Mann, Ihr Vater. Mein Beileid.«

Kaylas Miene wirkt jetzt etwas angespannter, aber sie klingt weiterhin freundlich. »Danke.« Sie räuspert sich. »Deshalb sind wir hier. Mein Vater hat mich in seinem Testament beauftragt, zum Postamt zu gehen und nach dem Turnerschlüssel zu fragen?« Sie schenkt ihm ein umwerfendes Lächeln.

Ob wohl jemals in der Geschichte der Welt, irgendjemand in der Lage war, einem solchen Lächeln etwas abzuschlagen? Wahrscheinlich nicht.

Jonah erwidert ihr Lächeln. »Nun, lassen Sie mich hier nachsehen.« Er tippt ein paarmal auf der Tastatur seines Computers herum und sagt dann: »James Turner. Postfach Nummer zwölf. Die Schlüssel dürfen nur James Turner persönlich ausgehändigt oder der gemeinsamen Obhut von Kayla Turner und Daren Ackwood überlassen werden.« Er blickt von seinem Computer zu uns. »Ich nehme an, deshalb sind Sie beide hier?«

Ich nicke und halte unsere Handschellen hoch. »Wir sind gemeinsam da.«

»Na dann.« Jonah verschwindet im hinteren Bereich und

kehrt kurz darauf mit einem Postschlüssel zurück. Er reicht ihn Kayla und sagt: »Hier, Liebes. Es ist nett, dass ich James' Tochter endlich einmal kennenlerne. Wir haben in all den Jahren so viele großartige Dinge über Sie gehört.«

Sie hält mit dem Schlüssel in der Hand inne. »Tatsächlich?«

»Oh ja.« Er lächelt. »Ihr Vater hat immer von seinem kleinen Mädchen gesprochen und uns Bilder gezeigt. Er war sehr stolz auf Sie und prahlte unentwegt damit, dass Sie die Krankenschwesternschule besuchen.«

Ich blicke überrascht zu Kayla und lege den Kopf schief. Sie ist mitfühlend, aber auch energisch. Nett und umsichtig. Ja, Krankenschwester passt eindeutig zu ihr.

»James hat immer gesagt, dass Sie einmal eine fantastische Krankenschwester werden würden«, führt Jonah fort. »Er meinte, Ihr Herz sei dazu bestimmt, anderen zu helfen.«

Sie schluckt und wirkt verblüfft. »Oh. Das ist … wow.« Ihr Gesichtsausdruck zeigt gemischte Gefühle. Halb neugierig, halb traurig. »Also, äh … danke. Für den Schlüssel.« Sie lächelt Jonah an und der Sturm in ihren Augen legt sich vorübergehend.

»Gern, Liebes.«

Sie wünscht ihm einen guten Tag, dann dreht sie sich um und zieht uns zu den Postfächern.

Zwei Männer, die in der Ecke stehen, recken augenblicklich die Köpfe, als sie Kayla entdecken. Obwohl sie an mich gekettet ist, glotzen sie schamlos, nicken anerkennend und machen eine Bemerkung über ihren Körper.

Nachdem Kayla gestern Abend erzählt hat, dass die Leute sie nicht »sehen« würden, hat sich mein Blick auf diese Männer, und generell auf alle Männer, die sie anstarren, verändert. Ich will sie noch immer beschützen, aber jetzt bin ich zusätzlich verärgert.

Ich will sie vor den oberflächlichen Blicken und den Bemerkungen der Glotzer schützen, weil sie es verdient, gesehen zu werden. Wie ein hübsches Gefäß, das mit kostbaren Edelsteinen gefüllt ist, wird sie mehr für ihre oberflächliche Schönheit als für ihren inneren Reichtum geschätzt. Jetzt verstehe ich das und ich komme mir wie ein oberflächlicher Idiot vor, wegen jedem Mädchen, das ich je nur nach ihrem Äußeren beurteilt habe.

Kayla ignoriert die Kerle in der Ecke und richtet den Blick geradeaus, während der Regen gegen die Fenster des Postamts peitscht und die Welt draußen verwischt.

Wir gehen schweigend die Fächer durch, bis wir Nummer zwölf finden, deuten auf das Schloss und grinsen. »Volltreffer!«

19

Kayla

Mit klopfendem Herzen stecke ich den Schlüssel in Postfach Nummer zwölf, drehe ihn um und öffne die kleine Metalltür. Dahinter liegt ein weiteres Stück Papier – wir stöhnen gleichzeitig auf.

Daren spitzt die Lippen. »Und die Schnitzeljagd geht weiter.«

»In der Tat«, murmele ich, ziehe die Nachricht heraus und schließe das Fach. Ich lese sie laut vor. »Lebenslektion Nummer drei: Geld ist in Bewegung. Es kommt und geht und manchmal muss man hart arbeiten, um es zu erhalten. Den nächsten Hinweis findet ihr an dem Ort, von dem aus man die ganze Welt sehen kann.«

Ich starre sprachlos auf den Zettel. Ich kann nicht fassen, dass er sich daran erinnert hat.

»Was?« Daren blickt mich mit zur Seite geneigtem Kopf an. »Weißt du, was er damit meint?«

In der Ferne donnert es, ich nicke. »Es ist der Wald beim Ridge Burn. Mein Dad und ich haben manchmal so getan, als würden wir dort draußen angeln und da war dieser Baum …« Die Erinnerung ist so intensiv, dass ich beinahe die Waldluft rieche. Ich schüttele mich. »Ich bin mir ziemlich sicher, dass wir zu diesem Baum gehen müssen.«

Wir verlassen das Postamt und eilen durch den Sommerregen zum Wagen. Bald ist mein Blick auf die Straße gerichtet, die aus der Stadt führt, mit den Gedanken bin ich jedoch ganz woanders – irgendwo vor sieben Jahren, als ich vierzehn war, und Josh Blackhill mir gerade das Herz gebrochen hatte.

Ich erinnere mich, wie mein Vater mich vorgeblich zum Angeln mitgenommen und mir erzählt hat, dass die Welt aus so viel mehr als nur aus Josh bestünde und dass mein gebrochenes Herz sich auf so viel mehr freuen könne. Er führte mich zu einem riesigen Baum am Fluss und wir kletterten gemeinsam hinauf.

Ich weiß noch, dass ich dachte, wie albern es für ein Teenagermädchen ist, mit ihrem Vater auf einen Baum zu klettern, aber in Wahrheit genoss ich es. Der Baum hatte wunderbare Kletteräste und der Stamm war fest und glatt, sodass wir höher hinaufklettern konnten, als ich es je zuvor getan hatte.

Als wir die Baumkrone erreicht hatten, ließen wir uns auf einem breiten Ast nieder und mein Dad deutete in die Ferne. Von wo wir saßen, konnten wir meilenweit über alle anderen Bäume hinwegsehen.

»Von hier oben kannst du die ganze Welt sehen«, sagte er. »Und wenn du die ganze Welt sehen kannst, erscheinen dir deine Sorgen nicht mehr so groß.«

Ich blickte lächelnd zu den Bergen im Osten und hinauf zu dem weiten, blauen Himmel und wusste nicht, ob ich je in meinem Leben etwas Schöneres gesehen hatte. Und während ich auf jenem Baum saß, vergaß ich Josh Blackhill und mein gebrochenes Herz. Weil mein Daddy recht hatte. Von dort oben konnte ich die ganze Welt sehen.

»… hätte mit einem Warnhinweis versehen sein müssen.« Darens Stimme lenkt meine Aufmerksamkeit zurück auf die Straße, während die Scheibenwischer gleichmäßig über die Windschutzscheibe gleiten.

»Was?«

»Ich habe eben gesagt, dass man das Testament deines Vaters mit einem Warnhinweis hätte versehen müssen. Wer weiß, wie lange diese Schnitzeljagd noch dauert?«

Ich nicke abwesend. »Ja. Wer weiß.«

»Und jetzt lässt er uns den ganzen Weg zum Ridge Burn fahren?« Er pfeift. »Was kann an einem alten Baum so bedeutsam sein?«

Ich blicke durch das graue Wetter zu den Bergen im Osten und atme langsam aus.

Vieles.

20

Daren

Der Ridge Burn.

Hier war ich immer im Sommer und habe mit meinen Highschool-Freunden Erobere-die-Fahne gespielt. Ich war nie wirklich gut in dem Spiel. Eigentlich war ich nie wirklich gut in irgendeinem Sport. Laufen und Fangen und Wettkämpfe waren nie wirklich meine Sache. Mädchen verführen, umgarnen und zum Schmelzen bringen hingegen? *Darin* hätte ich eine Goldmedaille gewinnen können.

Ich reibe mein Handgelenk, an dem die Haut etwas wund und leicht abgeschürft ist. »Dein Vater hätte wenigstens Handschellen aussuchen können, die nicht so furchtbar unbequem sind.«

»Ich glaube, die sind besser als diese mit dem Plüschpolster. Da würden die Leute nur denken, wir wären auf irgendein perverses Sexabenteuer aus«, entgegnet sie.

»Ach, richtig. Wie Kriminelle auf der Flucht auszusehen ist natürlich viel besser.«

Nach elf Meilen auf der Canary Road parken wir an einer matschigen Lichtung, von wo aus wir zu Fuß zum Ridge Burn weitermüssen.

»Wie weit ist es bis zu diesem magischen Baum?« Ich starre in den nassen Wald.

Der Regen hat nachgelassen und ist jetzt mehr ein Nieseln, sodass wir zumindest relativ klar sehen können.

»Nicht weit, vielleicht fünfhundert Yards.« Sie stellt den Motor ab.

»Na wunderbar.«

Wir steigen aus dem Wagen und ich strecke meine steifen Glieder. Kayla führt mich fünfzehn Minuten am Handgelenk durch den Wald, bis wir einen großen Baum am Fluss erreichen, der genauso aussieht wie jeder andere Baum, an dem wir vorbeigekommen sind.

»Woher weißt du, dass es dieser ist?« Ich blicke an dem dicken Stamm hinauf, der in die tiefhängenden, grauen Wolken ragt.

Sie seufzt leise. »Ich weiß es einfach.« Sie marschiert um den Stamm herum. »Such nach einem weiteren Hinweis.«

Ich lasse meinen Blick den Stamm hinauf- und hinabgleiten auf der Suche nach etwas, das ein Hinweis sein könnte. Mein Blick bleibt an einer kleinen, grünen Stange hängen, die aus dem matschigen Boden am Fuße des Baumes ragt und ich halte inne.

»Könnte es das hier sein?« Ich deute auf die Stange.

»Vielleicht.« Sie gräbt sie eilig aus, und sobald die Erde um die Stange entfernt ist, kommt eine Kiste zum Vorschein. Sie ist nicht größer als ein Schuhkarton, aber groß genug, um ein paar Bündel Hundert-Dollar-Scheine zu enthalten.

»Bingo!« Ich lächele.

Sie grinst mich an, dann öffnet sie die Kiste.

Noch ein Stück Papier.

Sie nimmt es heraus und liest: »Ich freue mich, dass du dich an diesen Baum erinnerst, Kayla. Er hat einen besonderen Platz in meinem Herzen, genau wie du. Lektion Nummer vier: Die Welt ist größer, als ihr denkt. Das Leben bietet mehr als das, was ihr seht und was ihr meint zu kennen. Und wenn ihr je an einen Punkt gelangt, an dem ihr denkt, ihr könntet das Leben in seiner Gänze erfassen, dann seid ihr ziemlich sicher an seinem Ende angelangt. Geht jetzt nach Hause, wo Gewinnen relativ ist.« Sie runzelt die Stirn. »Was soll das heißen?«

»Es heißt, dass dein Vater ein fantastisches Gedächtnis hat.« Ich lächele und schüttele den Kopf, fassungslos, dass Turner sich an ein Jahre zurückliegendes Gespräch erinnert hat. »Es heißt auch, dass wir eine lange Rückfahrt nach Copper Springs vor uns haben.«

»Was?«, sagt sie, während ich sie hinter mir her zum Wagen zerre. »Warum?«

»Weil ich mir ziemlich sicher bin, dass dein Dad will, dass wir nach Copper Field fahren.«

»Zum Baseballstadion?«

»Ja.«

Als wir zurück in die Richtung fahren, aus der wir gekommen sind, erinnere ich mich daran, wie ich dreizehn Jahre alt war und ein Baseball-Meisterschaftsspiel in Copper Field hatte.

Ich war nicht gut in Sport. Aber ich bin ein Junge und von Jungen in Kleinstädten erwartet man nicht nur, dass sie Sport treiben, sondern dass sie außerdem herausragend darin sind. So steckte mein Vater mich in einen Baseballverein und zwang mich, zehn Jahre dabeizubleiben. Zehn lange, unglückliche Jahre.

Das Meisterschaftsspiel kam und leider war ich mit Schlagen dran, nachdem wir zwei Outs gehabt hatten und es unentschieden stand. In einem Film wäre das der Moment gewesen, in dem ich endlich meinen ersten Home Run erzielt hätte, den entscheidenden Punkt geholt, wir das Spiel gewonnen und die Menge gejohlt hätte.

Ich befand mich aber in keinem Film – sondern in der bitteren Realität.

Ich schlug ins Aus, das andere Team war an der Reihe und erzielte mit dem ersten Schlag einen Home Run. Am Ende gab man mir die Schuld an unserer Niederlage. Mein Vater war schrecklich enttäuscht und meine Mitspieler beschimpften mich als lausigen Spieler – nur Marcella glaubte noch an mich.

Sie kam zu jedem meiner Spiele, ob bei Regen oder bei Sonne, und saß mit strahlendem Lächeln auf der Tribüne, als wolle sie, dass die ganze Welt erführe, wie stolz sie auf mich sei.

Das war mir das Liebste am Baseballspielen – Marcellas stolzes Lächeln auf der Tribüne. Sie fehlt mir wirklich.

Doch bei jenem Meisterschaftsspiel konnte selbst Marcellas Vertrauen in mich nichts ausrichten. Ich war davon überzeugt, dass ich ein wirklich schlechter Spieler wäre und dass ich immer ein Verlierer bleiben würde. Ich war kein guter Schüler, ich war kein guter Sportler und ich hatte auch keine anderen Begabungen – ich war einfach in nichts wirklich gut. Und vielleicht würde das immer so bleiben.

Doch Marcella war nicht der einzige Zuschauer, der mich an jenem Tag anfeuerte. Alter Mann Turner kam ebenfalls zu jedem meiner Baseballspiele. Normalerweise sprachen wir nicht miteinander, aber ich sah ihn immer auf der Tribüne sitzen, von wo aus er mir zujubelte.

Nach dem Spiel, als alle anderen schon in ihre Wagen gestiegen waren, wollte ich quer übers Feld zu meinem Fahrrad gehen, als Turners Stimme mich überraschte.

»Nicht dein bestes Spiel heute Abend«, sagte er.

Ich drehte mich zu ihm um. »Danke für den Hinweis.«

Er zuckte mit den Schultern. »Ein Baseballspiel zu gewinnen ist nicht alles.«

»Sagen Sie denen das.« Ich deutete mit dem Kopf auf meine wütenden Mannschaftskameraden und ihre Fans.

Er schüttelte den Kopf. »Das hast du falsch verstanden.« Er trat neben mich. »Gewinnen ist relativ. Ein Baseballspiel zu gewinnen ist nicht dasselbe, wie im Leben zu gewinnen. Und im Leben zu gewinnen, nun … das ist das einzige Spiel, auf das es ankommt.«

Ich hatte keine Ahnung, wovon er sprach, aber ich nickte. »Klar.«

Er klopfte mir auf den Rücken und ging davon. »Das Leben ist das einzige Spiel, das zählt, Daren«, rief er mir über die Schulter hinweg zu. »Merk dir das.« Dann verschwand er in seinem Wagen.

Ich verstand nicht, warum mein damaliger Chef, ein Mann, den ich kaum kannte, bei all meinen Spielen auftauchte, geschweige denn mich aufbaute, nachdem ich eines schrecklich vergeigt hatte, aber ich war nichtsdestotrotz dankbar. Es war nett, dass er sich so für mich interessierte und mir einen Rat gab – auch wenn mir dieser Rat seltsam und kryptisch vorkam.

Ein Baseballspiel zu gewinnen war die einzige Art zu gewinnen, die mich damals interessierte. Da mein Vater von meinen sportlichen Leistungen enttäuscht war, glaubte mein Teenager-Ego, wenn ich ein Baseballspiel gewinnen würde – oder zumindest nicht haushoch verlieren –, könnte ich seine Anerkennung gewinnen.

Erst Jahre später verstand ich, was Turner mit »im Leben gewinnen« gemeint hatte – und ab diesem Zeitpunkt versuchte ich, nach diesem Rat zu leben. Aber hier stehe ich, fast ein Jahrzehnt später, und hole immer noch Schwung für diesen Sieg.

Als wir Copper Field erreichen, verstärkt sich der Regen wieder. Wir steigen aus dem Wagen und klettern einen matschigen Hang zum Spielfeld hinauf. Während wir durch den dicken, nassen Matsch nach oben waten, machen unsere Schuhe schmatzende Geräusche.

Es ist ein Juniorliga-Feld, das aber dennoch mit Flutlicht, drei überdachten Tribünen und einer elektronischen Anzeigetafel ausgestattet ist.

Kayla blickt sich auf dem leeren Spielfeld um. »Warum ist das hier der Ort, an dem Gewinnen relativ ist?«

Ich zögere einen Moment. »Dein Dad hat gesehen, wie ich eins von meinen Baseballspielen verpatzt habe und hat mir erklärt, dass Gewinnen relativ ist. Ich glaube, er wollte mir Mut machen oder so.« Ich zucke mit den Schultern.

»Er ist zu deinen Baseballspielen gekommen?«, fragt Kayla überrascht. »Wow. Er muss dich wirklich gemocht haben.«

Ich nicke. »Ich glaube schon. Ich hätte mich mehr um ihn kümmern sollen, bevor er gestorben ist.« Ich sehe sie an. »Ich wusste auch nicht, dass er krank war. Ich glaube, er wollte nicht, dass irgendjemand es wusste.«

Sie atmet tief ein. »Du konntest dich also auch nicht von ihm verabschieden?«

Ich schüttele den Kopf. »Das war wahrscheinlich das Schlimmste an der Nachricht von seinem Tod, dass ich mich nicht richtig verabschieden konnte.«

Sie starrt auf den Boden und nickt nachdenklich, dann richtet sie ihre blauen Augen auf mich. »Tut mir leid, dass du ihn verloren hast.«

Ich schlucke. »Wir haben ihn beide verloren.«

Schmerz füllt den Raum zwischen uns, schwebt um uns und unsere gefesselten Arme und zieht über das feuchte Spielfeld hinweg. Doch als ich Kayla in die Augen blicke, lässt die Trauer nach und macht etwas anderem Raum. Etwas Ruhigem und Hoffnungsvollem. Etwas, das meine Lunge weitet und mir ein Ziehen im Bauch verursacht.

Plötzlich möchte ich Kayla in die Arme schließen. Ich

möchte sie küssen und berühren, aber anders als vorgestern im Latecomers. Jenes Verlangen war ungestüm und von Lust bestimmt. Dies hier ist eine Sehnsucht, die tief aus meinem Inneren kommt, genau wie der leidenschaftliche Beschützerinstinkt, den ich gestern gespürt habe, und das Bedürfnis, sie zu trösten, das mich jedes Mal überkommt, wenn Kayla ihre Deckung für einen Moment aufgibt.

Es ist beständig und stark, und als ich ihr in die Augen blicke, habe ich eine trockene Kehle.

»Ja«, sagt sie leise. »Wir haben ihn beide verloren.« Sie blinzelt ein paarmal, dann räuspert sie sich. »Wir sollten weitersuchen.«

Wir laufen das Spielfeld auf und ab. Erst überprüfen wir das Feld, dann die Bases. Es ist still, bis auf das Plätschern des Regens und das leichte Klirren unserer Handschellen.

Doch wir finden absolut nichts. Keine Nachricht. Keinen Schlüssel. Keine grünen Stäbe. Nichts.

Ich hole den Hinweis aus der Tasche und lese ihn erneut.

»Was?« Kayla beugt sich zu mir herüber.

Ich deute auf die Stelle, an der steht: *Geht nach Hause zu dem Ort, an dem Gewinnen relativ ist.* »Ich glaube, ›geht nach Hause‹ heißt, geht zur Home Plate.«

Wir gehen hinüber zur matschbedeckten Home Plate. Ich wische die nasse Erde mit dem Schuh ab und starre hinunter auf die Platte, auf der steht: GESTIFTET VON FAMILIE MYERS und rufe: »Heureka!«

Sie verzieht das Gesicht. »Du meinst, das ist ein Hinweis?«

»Was sollte sonst ›geht nach Hause‹ heißen?«

Ihr Blick hellt sich auf. »Gehört den Myers nicht die Bäckerei am Marktplatz? Vielleicht wissen sie etwas über Dads Testament.«

Ich zucke mit den Schultern. »Es ist einen Versuch wert.«

Ein Donner erschallt krachend über uns, gefolgt von einem

weiter entfernten Blitz. Es regnet jetzt wie aus Eimern und wir fangen an zu laufen. Mit den aneinandergeketteten Handgelenken ist es für uns beide schwierig, uns einigermaßen anmutig fortzubewegen, vor allem, wenn wir rennen. Irgendwie schaffen wir es trotzdem zurück an den Rand des Spielfeldes.

Als wir den matschigen Hügel zum Parkplatz hinuntersteigen, strecken wir beide den freien Arm aus, um das Gleichgewicht zu halten, aber die weiche Erde ist zu nass und zu glitschig, um irgendwo Halt zu finden. Ich rutsche und Kayla fasst meinen Arm, um mich aufzufangen. Ich bin jedoch zu schwer für sie, sie kann mich nicht halten und so fallen wir rücklings in den Matsch und rutschen den Hügel hinunter.

Ich stemme meine Füße in die Erde, aber vergeblich. Sie ist zu schlickig und wir sind zu schwer, als dass ich unseren Fall damit aufhalten könnte. Wir gleiten durch den Schlamm, Kayla noch immer meinen Arm umklammernd, bis wir den Fuß des Hügels erreichen und übereinanderrollen. Wir landen auf der Seite und liegen einander im Matsch gegenüber, während der Regen auf uns niederprasselt.

Kayla macht ein wütendes Gesicht. »Ich *hasse* diese Handschellen.«

Ich kann sie nur zu gut verstehen. »Ich auch.«

Vorsichtig stehen wir auf. Ich versuche, so viel Matsch wie möglich von meinen Kleidern und Armen zu entfernen, während Kayla ihn mit den Fingern aus ihren Haaren zupft. Der Regen wäscht den Schlamm ein bisschen ab, dennoch sind wir ziemlich schmutzig, als wir zurück in ihr kleines, grünes Auto steigen, und natürlich sind wir völlig durchnässt

Auf der Fahrt schweigen wir. Die Schnitzeljagd macht uns fertig. Das Schweigen hat deshalb mehr mit unserer Erschöpfung als mit irgendetwas anderem zu tun. Ich blicke hinunter auf unsere verbundenen Handgelenke und hole tief Luft.

Wenn wir das Erbe gefunden haben, sind Kayla und ich

nicht mehr durch die Handschellen oder irgendetwas anderes gezwungen, Zeit miteinander zu verbringen. Sie wird zurück nach Chicago fahren und ich werde sie vielleicht nie mehr wiedersehen.

Bei dem Gedanken, mich von Kayla zu verabschieden, wird mir mulmig. Es macht mir inzwischen richtig Spaß, mit ihr zusammen zu sein. Sie ist ganz anders, als ich zuerst dachte. Sie ist … erfrischend. Die Vorstellung, dass sie wieder fährt, dass ich sie nie mehr wiedersehen könnte, schnürt mir die Brust zusammen, ähnlich wie an dem Tag von Turners Beerdigung; ich huste, um das Gefühl zu vertreiben.

Die Fahrt hinaus zum Ridge Burn und nach Copper Field hat den ganzen Tag gedauert, sodass wir erst kurz vor Ladenschluss die Bäckerei erreichen. Als wir auf dem Bürgersteig stehen, geht bereits die Sonne unter – und wir haben noch immer kein Erbe gefunden.

Wir bleiben vor der Glastür der Bäckerei stehen und starren auf unser Spiegelbild. Kaylas blonde Haare sind nass und voll Matsch. Meine Kleider sind durchnässt und ebenfalls mit Dreck bedeckt. Selbst in unseren Gesichtern und an unseren Armen klebt, bis hinunter zu unseren verbundenen Handgelenken, verkrusteter Schlamm.

Ich öffne die Tür der Bäckerei. Während wir eintreten, versuchen wir, keine Matschspuren zu hinterlassen und streifen unsere Schuhe mehrmals auf der Fußmatte ab. Mrs. Myers fegt neben der Theke einige Krümel zusammen. Die grauen Haare hat sie zu einem Knoten zusammengesteckt, ihr runder Körper steckt in einer schokoladenbefleckten Schürze.

Sie sieht auf. »Daren? Ach herrje. Du siehst ja schlimm aus.« Ihr Blick fällt auf unsere Handschellen. »Was ist passiert?«

Ich hebe unsere Handgelenke. »Turner dachte, es wäre witzig, uns zusammenzubinden und uns auf eine Schnitzeljagd durch die Stadt zu schicken.«

Sie lacht herzlich. »Na klar. Dieser James. Er konnte wirklich witzig sein.« Sie tritt auf uns zu und stellt sich auf die Zehenspitzen, um mir einen Kuss auf die Wange zu geben. »Ich würde dich ja umarmen, aber ihr zwei seht aus, als hättet ihr euch in einem Sumpf geprügelt.« Sie wendet ihre Aufmerksamkeit Kayla zu und staunt. »Gütiger Himmel, ist das etwa die kleine Kayla Turner? So erwachsen?«

Kayla lächelt. »Hallo, Mrs. Myers.«

»Meine Güte, Kind. Ich habe dich nicht gesehen, seit du ein kleines Mädchen warst.« Sie schnalzt mit der Zunge. »Und jetzt sieh dich nur an. Durch und durch eine hübsche Frau, genau wie deine Mutter. Weißt du, dass ich Gia jeden Tag verköstigt habe, als sie mit dir schwanger war?«

»Wirklich?«, fragt Kayla.

»Ja. Blaubeertörtchen waren ihre Favoriten.« Mrs. Myers mustert uns noch einmal von oben bis unten und seufzt. »Ich bin froh, dass ihr hier seid. James hat mir gesagt, dass ihr kommen würdet, wisst ihr?«

Meine Brauen schießen nach oben. »Hat er das?«

Sie nickt. »Bevor er gestorben ist, hat er mich gebeten, einen Umschlag an mich zu nehmen. Er sagte, er habe sich für dich und Kayla etwas ganz Besonderes ausgedacht. Die Handschellen hat er allerdings nicht erwähnt.« Sie lächelt. »James ist immer sehr einfallsreich gewesen. Da kettet er euch zwei zusammen und schickt euch quer durch die ganze Stadt. Unglaublich.« Sie lacht. »Das hört sich nach einem großen Spaß an. Ihr müsst euch doch blendend amüsieren.«

Wir heben die Brauen und blicken an unseren dreckigen, nassen Kleidern hinunter.

Spaß. Klar.

Sie eilt hinter die Theke der Bäckerei und wirft Kayla einen Blick zu. »Kleinen Moment, ich bin gleich mit der

Nachricht von deinem Daddy zurück.« Sie verschwindet nach hinten.

Ich nehme mir einen Keks, der auf einem Tablett ausliegt und will ihn mir in den Mund stecken.

»Was machst du da?« Kayla schlägt mir auf die Hand und der Keks fliegt durch die Luft und gesellt sich zu den Krümeln auf dem Boden.

Ich blicke sie wütend an. »Ich habe versucht, einen Keks zu essen. Was machst *du* da?«

»Das ist stehlen.« Sie macht ein entsetztes Gesicht.

Ich gebe ein mürrisches Grunzen von mir. »Das sind doch nur Muster.«

Sie schüttelt den Kopf. »Ich fasse es nicht.«

»Ich habe einen Mordshunger«, verteidige ich mich. »Wir haben den ganzen Tag nichts gegessen. Bist du nicht hungrig?«

Wir haben heute keine Mittagspause gemacht, was okay für mich war, weil ich pleite bin, aber ich war überrascht, dass Kayla nicht vorgeschlagen hat, irgendwo zum Essen anzuhalten.

»Nein, mir geht's gut«, antwortet Kayla. Wie auf ein Stichwort fängt ihr Magen an zu knurren.

»Ha!« Ich deute auf ihren Bauch. »Lügnerin.«

Ich greife noch einmal nach dem Keksteller und sie schlägt mir erneut auf die Hand.

»Hör auf«, zischt sie.

Die Ladentür geht auf, und als ich mich umdrehe, sehe ich Valerie Oswald mit einem großen Karton die Bäckerei betreten.

»Nachtblaue-Nancy«, flüstert Kayla mir mit Blick auf die Frau zu.

Ich wende mich zu Kayla. »Nachtblaue – wer?«

»Die Frau.« Sie deutet mit dem Kinn in Valeries Richtung. »Die habe ich gestern bei der Beerdigung gesehen.«

Ich nicke. »Das ist Valerie Oswald. Sie betreut die Geschäfte deines Vaters am Marktplatz.«

»Ach.« Kayla nickt.

Valerie sieht zu uns herüber und kneift beim Anblick von Kayla die Augen zusammen. Dann bemerkt sie mich, dann die Handschellen und ihre Augen weiten sich. »Was um Himmels willen ...?«

Sie blickt Kayla finster an und ich frage mich, warum. Kayla kennt Valerie eindeutig nicht, dennoch scheint Valerie sie nicht zu mögen.

»Das ist eine lange Geschichte«, sage ich lächelnd. »James hat uns in seinem Testament dazu aufgefordert. Kennen Sie sich?« Ich deute auf Kayla. »Das ist James' Tochter, Kayla. Kayla, das ist Valerie.«

Kayla scheint sich noch immer unwohl zu fühlen, schafft es jedoch, freundlich zu lächeln. »Hallo. Freut mich, Sie kennenzulernen.«

»Sie sind James' Tochter?« Die Eiseskälte in Valeries Augen weicht augenblicklich einem herzlichen Ausdruck. Sie stellt den Karton ab und streckt ihre Hand aus. »Ach, wie nett, Sie kennenzulernen. Ihr Vater ist ein fantastischer Mann gewesen.«

Kayla schüttelt ihr die Hand. »Danke.«

»Gefunden!« Mrs. Myers kehrt zurück und wedelt mit einem Umschlag in der Hand. »Oh, hallo, Valerie.« Sie lächelt. »Was führt Sie so spät her?«

Valerie hebt den Karton auf und überreicht ihn Mrs. Myers mit einem Lächeln. »Ich wollte Ihnen nur den Schokoladenbrunnen zurückbringen. Danke, dass Sie ihn der Stadt für den Konfetti-Karneval überlassen haben. Er war ein Hit, wie immer.«

»Es gab einen Schokoladenbrunnen?«, zische ich leise. »Verdammt. Ich fasse nicht, dass wir den übersehen haben.«

»Ich auch nicht«, raunt Kayla. »Ich liebe Schokoladenbrunnen.«

»Aber sicher.« Mrs. Myers lächelt Valerie an. »Sie wissen ja, dass ich immer gern etwas zum Konfetti-Karneval beitrage.«

»Das wissen wir zu schätzen.« Valerie wendet sich zum Gehen. »Ich muss mich wieder auf den Weg machen. Danke noch mal.« Sie lächelt uns an. »Es war mir ein Vergnügen, Kayla.«

Sie verlässt die Bäckerei und Kayla beugt sich hinunter, um den Keks aufzuheben, den sie mir aus der Hand geschlagen hat. »Es tut mir leid wegen des Kekses«, sagt sie zu Mrs. Myers, als sie ihn in den Mülleimer wirft, der neben der Tür steht. »Daren dachte, es wäre ein Muster. Wir bezahlen ihn auch gern.«

Ich drehe mich zu ihr und forme mit dem Mund das Wort »Verräterin«.

Mrs. Myers winkt ab. »Unsinn, Liebes. Alles, was heute Abend nicht gegessen wird, muss ich ohnehin wegwerfen. Also, wenn ihr zwei ein paar von den Köstlichkeiten mitnehmen könntet, erspart ihr mir einen Weg zum Müllcontainer.« Sie deutet auf eine Auswahl köstlicher Backwaren hinter der Glasauslage.

»Oh, nein, nein«, protestiert Kayla. »Das können wir nicht annehmen.«

»Ach was, Kind.« Sie reicht Kayla den Umschlag, schlurft hinter die Theke und nimmt eine Papiertüte. Sie packt übrig gebliebene Kekse und Brownies hinein und mir läuft das Wasser im Mund zusammen. »Hier.« Sie drückt mir die Tüte voller Gebäck in die Hand und zwinkert Kayla zu. »Ich habe auch ein paar Blaubeertörtchen eingepackt, nur für den Fall, dass du denselben Geschmack hast wie deine Mutter.«

Kayla lächelt. »Oh, wow. Vielen Dank!«

Gleichzeitig greifen wir in die Tüte und holen uns jeweils

einen Keks heraus, den wir uns in den Mund stopfen. Nun, *ich* stopfe, Kayla nimmt winzige Bissen und kaut in Ruhe wie jemand, der Manieren hat.

»Sehr gerne. Für James und seine Familie würde ich alles tun.« Sie kneift die Augen verschmitzt zusammen. »Wusstest du, dass ich deine Eltern einander vorgestellt habe?«

Kaylas Augen funkeln, sie grinst: »Das wusste ich *nicht*.«

Mrs. Myers nickt. »Deine Mutter war eines Tages hier und hat alle meine Blaubeertörtchen aufgekauft, als James hereinkam. Ich habe ihn ihr vorgestellt und ein paar Monate später waren sie verheiratet.« Sie kichert und seufzt zufrieden. »Sie waren *das* Paar überhaupt.«

Kayla lächelt. »Ja. Das habe ich gehört.«

Sie schnalzt mit der Zunge. »James ist nie darüber hinweggekommen, dass deine Mutter ihn verlassen hat. Armer Kerl. Valerie Oswald hatte nie eine Chance. Wusstest du, dass sie in deinen Vater verliebt war?«

Kayla runzelt die Stirn. »Die Frau mit dem Schokoladenbrunnen war hinter meinem Dad her?«

»Oh ja. Sie wollte unbedingt James' Herz erobern. Aber er liebte dich und deine Mutter so sehr, da hatte keine andere Frau eine Chance.«

Kayla hebt eine Braue. »Nun, das erklärt, weshalb Valerie mich so abschätzend gemustert hat, als sie mich das erste Mal gesehen hat. Sie muss gedacht haben, ich wäre seine Freundin gewesen oder so etwas.«

Mrs. Myers lacht. »Valerie wollte James immer beschützen. Aber ich kann mir nicht vorstellen, dass irgendjemand, der dich kennenlernt, dich *nicht* sofort in sein Herz schließt.«

Kayla lacht. »Das ist nett von Ihnen – vor allem, da Sie mich eigentlich gar nicht kennen.«

Sie lächelt. »Ach, Liebes. Ich weiß alles über dich. James hat mir ununterbrochen von seinem kleinen Mädchen erzählt. Und dann kommst du hier auf einmal herein, ganz dreckig und mit Handschellen an meinen süßen Daren gekettet. Na, ich wusste gleich, als ich dich gesehen habe, dass du genauso wundervoll bist, wie James dich beschrieben hat.«

Ich beobachte, wie Kaylas harte Miene weich wird, sie ist gerührt. Ganz offensichtlich ist sie es nicht gewohnt, dass Leute sie so herzlich empfangen wie Mrs. Myers, die dafür bekannt ist.

Kayla blinzelt ein paarmal und ich schalte mich ein, damit sie nicht antworten oder ihre Rührung überspielen muss.

»Tja, wir sollten Sie jetzt Ihren Laden schließen lassen«, sage ich. »Herzlichen Dank für Ihre Großzügigkeit, Mrs. Myers.« Ich deute mit dem Kinn auf die Tüte in meiner Hand und lächele.

»Ich hoffe, die Blaubeertörtchen schmecken euch.« Sie löst den Blick von Kayla und lächelt mich breit an. »Und viel Glück bei eurer Schatzsuche.« Sie winkt zum Abschied, als wir, beladen mit mehr Zucker und Schokolade als in Willy Wonkas Fabrik je zu finden wäre, die Bäckerei verlassen.

Der Regen hat sich zurückgezogen und schwere Wolken und feuchte Luft zurückgelassen. Sobald wir wieder im Wagen sitzen, öffnet Kayla den neuen Hinweis und liest laut vor.

»Daren, ich hoffe, das Spiel des Lebens ist gut zu dir gewesen. Auch wenn du nicht das Gefühl hast, erfolgreich zu sein, denk daran, du bist noch bei den ersten Spielzügen. Lektion Nummer fünf: Das einzige Spiel, das wirklich zählt, ist das Spiel des Lebens. Ein paar verlorene Spielzüge bedeuten noch kein verlorenes Spiel. Ich bin sicher, dass ich euch inzwischen beide an den Rand der Verzweiflung getrieben habe und ihr wahrscheinlich gern die Handschellen loswerden würdet. Geht zur Lavendelranch am Ende der Canary Road, um euren letzten Hinweis zu suchen. Dann seid ihr fertig!«

Kaylas Gesicht hellt sich auf. »Der letzte Hinweis! Wir haben es fast geschafft!«

»Wunderbar.« Ich kaue auf einem Keks und blicke nachdenklich auf die untergehende Sonne. »Jetzt müssen wir nur noch auf ein verlassenes Lavendelfeld gehen. Mitten in der Wüste. Nachts. Ohne Taschenlampe.«

»Ja«, sagt sie und beißt sich auf die Lippe. »Nicht gerade ideal.«

»Vielleicht sollten wir bis morgen warten.«

Sie nickt. »Da hast du wahrscheinlich recht. Aber ich habe das Motelzimmer nicht mehr. Deshalb habe ich den Koffer im Wagen. Ich dachte, wir würden unsere Jagd heute beenden und ich könnte zurück nach Chicago fahren. Und so gern ich dich aushalten würde, ich habe kein Geld, um ein anderes Zimmer zu buchen. Also, lass uns heute bei dir übernachten.«

»Bei *mir*? Äh …«

»Was? Wohnst du mit acht Typen zusammen, die mit den Füßen essen und andauernd pupsen, oder was?«

»Nein. Nicht ganz.« Allerdings wäre ihre Version tausendmal besser als die Wahrheit. *Alles* wäre besser.

»Was dann?« Sie hebt herausfordernd das Kinn.

»Bei mir ist es nur ziemlich unordentlich und ich bin nicht wirklich auf Besuch eingestellt. Es würde dir nicht gefallen.«

Sie grinst spöttisch. »Warum löhnst *du* dann nicht für ein Hotelzimmer? Es wird Zeit, dass du und dein Designerhemd euch an diesem kleinen Abenteuer beteiligt. Ich habe bislang *alles* bezahlt. Wie das Zimmer gestern Nacht …«

»Du hättest auch für das Zimmer bezahlt, wenn wir das Erbe bereits gefunden hätten«, führe ich aus.

»Okay, und was ist mit meinem Wagen? Wer bezahlt all das Benzin, mit dem ich dich den ganzen Tag herumkutschiere? *Ich.«* Sie hält inne. »Wo zum Teufel ist überhaupt dein Porsche?«

»Äh … im Geschäft.«

Sie runzelt die Stirn. »Ich dachte, er würde *ganz weit weg* parken.«

Ich kratze mich am Kinn. »Das tut er auch.«

Sie sieht mich skeptisch an. »Er steht ganz weit weg in einem Geschäft?«

»Ja.« Ich nicke. »Ganz weit weg in einem Geschäft, in dem all die anderen Wagen stehen, die man zurückgeholt hat.« Ich zwinge mich zu lächeln.

Sie sieht mich ungläubig an. »Dein Wagen wurde zurückgeholt?«

»Ja«, bestätige ich und rutsche unruhig auf meinem Sitz hin und her. »Und es ist auch gar nicht mein Wagen. Genau genommen gehört er meinem Dad.«

Sie sieht verwirrt aus. »Warum?«

»Weil ich meinen eigenen Wagen verkaufen musste, um ein paar Rechnungen zu bezahlen. Und weil ich mit etwas zur Arbeit und wieder zurück kommen muss, fahre ich den Wagen meines Vaters.«

»Nein, das meine ich nicht.« Sie blinzelt ungeduldig. »Warum ist der Porsche *abgeholt* worden?«

»Ach.« Ich hole Luft. »Weil mir das Geld für die nächsten Raten fehlt. Mein Dad hat sie ein Jahr im Voraus bezahlt, bevor er ins Gefängnis gewandert ist. Nur deshalb konnte ich ihn überhaupt so lange fahren. Ich konnte ihn nicht verkaufen, weil das Darlehen meines Vaters seinen Wert übersteigt, aber ich konnte es mir auch nicht leisten, ihn zu behalten, weil die Zahlungen lächerlich hoch sind und ich kein Geld habe«, erkläre ich. »Also hat man den Porsche zurückgeholt.«

Sie sieht mich prüfend an. »Du hast also *gar kein* Geld?«

»Nein.« Ich schüttele den Kopf. »Das habe ich dir ja schon gesagt.«

»Ich dachte, du würdest übertreiben.« Sie seufzt. »Nun, ich

habe auch kein Geld. Also, wenn du nicht im Auto schlafen willst, müssen wir die Nacht bei dir verbringen.«

Einen Augenblick ziehe ich ernsthaft in Betracht, die Nacht über im Wagen zu bleiben.

»Gut«, gebe ich schließlich nach und schiebe meine Bedenken schweren Herzens beiseite. »Wir fahren zu mir. Aber nur fürs Protokoll«, ich stoße meinen Zeigefinger in die Luft, »ich habe dich gewarnt, dass es dir nicht gefallen wird.«

Sie grinst. »Ich bin sicher, es ist okay.«

Während wir aus der Parklücke setzen, schüttele ich den Kopf.

Berühmte letzte Worte.

21

Kayla

Seit wir die Bäckerei verlassen haben, verhält Daren sich irgendwie seltsam. Er rutscht unruhig auf seinem Sitz herum und presst ständig die Lippen aufeinander.

Das Lenkrad umklammernd folge ich seiner Wegbeschreibung, während der regnerische Tag in eine wolkige Nacht übergeht. Zum hundertsten Mal blicke ich in den Rückspiegel und beiße mir auf die Lippe. Der seltsame schwarze Wagen folgt uns, seit wir am Marktplatz losgefahren sind. Es muss überhaupt nichts bedeuten … Oder es könnte Big Joe sein.

»Was?«, fragt Daren, als er sieht, dass ich mir auf die Lippe beiße. »Was ist los?« Er dreht sich um und sieht nach hinten.

»Ich glaube, es folgt uns wieder jemand«, sage ich.

Er beobachtet einen Moment die Scheinwerfer in der Ferne. »Wahrscheinlich ist es nur jemand, der in dieselbe Richtung muss wie wir. Wenn es dieser Chef von dir *wäre* – wie hieß er noch?«

»Big Joe.«

»Wirklich? So nennt er sich? *Big Joe*? Was ist er, ein Gangster?«

Als ich nicht antworte, macht er große Augen.

»Verarschst du mich? Deine Mom hatte Schulden bei einem Gangster?« Daren fährt sich mit der freien Hand durch die Haare und murmelt: »Oh, Mist, Mist, Mist.«

»Ich bin mir nicht *sicher*, ob er ein Gangster ist«, beruhige ich ihn. »Ich weiß nur, dass er ein schlechter Mensch ist.«

Genau in dem Moment biegt der Wagen hinter uns ab und ist nicht länger zu sehen. Ich blicke im Rückspiegel auf die leere Straße und seufze erleichtert auf.

»Siehst du?« Daren lächelt mich an. »Niemand verfolgt dich.«

Ich nicke und muss lachen. »Wow. Jetzt komme ich mir albern vor. Ständig denke ich, wir werden verfolgt, was eindeutig nicht der Fall ist. Ich bin so schreckhaft. Tut mir leid.«

»Nein, nein, kein Problem. Ich hätte auch Angst, wenn ich denken würde, dass ein möglicher Gangster hinter mir her ist.« Er lächelt mir zu, was meine Angst lindert. »Aber du bist sicher.« Er sieht mir in die Augen. »Und außerdem hast du ja mich.« Er wedelt mit unseren Handschellen. »Ich beschütze dich. Mit meiner freien Hand, weißt du?«

Ich lache, und als er mir zuzwinkert, lässt meine Angst merklich nach. Ich finde es seltsam beruhigend, dass Daren körperlich an mich gebunden ist. Ich habe mich so daran gewöhnt, allein zu sein, dass ich ganz vergessen hatte, wie schön es ist, die Dinge mit jemandem zu teilen. Aufregung. Abenteuer. *Angst.* Jemanden bei sich zu haben macht alles leichter. Und es macht eindeutig die ganze Sache mit Big Joe weniger beängstigend.

»Oh Gott!« Ich lächele Daren zu. »Du bist mein Ritter in glänzenden … Stahlfesseln.«

Er neigt den Kopf. »Zu Ihren Diensten, Mylady.«

Mein Lächeln hält sich die nächsten Meilen, während wir über Fechtkämpfe mit Handschellen witzeln, und bald ist meine Angst ganz verschwunden. Das bewirkt Daren bei mir. Er lenkt mich von Dingen ab, die mich sonst belasten würden. Es ist irgendwie … süß. *Er* ist süß.

Wir fahren auf die vornehme Seite der Stadt, wo die Grundstücke mit großen Toren gesichert sind, und Daren dirigiert mich zu einer bewachten Wohnanlage namens Westlake Estates. Ich biege ab und halte vor dem Pförtnerhaus am Eingang der Wohnanlage. Zu dieser späten Stunde ist das Häuschen nicht besetzt und die Sicherheit ganz der Gnade einer Tastatur überlassen.

Ich lehne mich im Sitz zurück, damit Daren an die Tasten herankommen kann. »Willst du …«

»Fünf, sechs, vier, fünf«, sagt er stattdessen.

Ich starre ihn an. »Hast du mir gerade den Code zu der bewachten Wohnanlage verraten?«

»Das habe ich.«

Ich grinse. »Oh mein Gott. Jetzt muss ich dich wohl als Freund bezeichnen.«

Er schnaubt verächtlich. »Das wird aber auch Zeit.«

Lachend tippe ich die Ziffern ein. Aus der Kiste dringt ein Summen, dann öffnet sich langsam das hohe Tor.

Ich bewundere den mit einer Hügellandschaft und Wasser gestalteten Eingangsbereich und ich schwöre, ich höre fast die Engel singen, als wir hereinfahren. Das ist die teuerste Wohngegend, in der ich je gewesen bin.

»Folge einfach dieser Straße ganz durch bis zum Stopp-Schild«, sagt Daren. »Dann fährst du rechts, bis du am Ende der Sackgasse zu einer Auffahrt kommst.«

Ich tue, was er sagt, und er deutet nach vorn. »Da ist es, genau da.«

Ich öffne die Lippen. Natürlich wohnt er in einer Sackgasse auf einem Hügel – in einer Sackgasse, in der es keine anderen Häuser gibt. Er besitzt seine eigene verdammte Sackgasse! Ich werde auf jeden Fall Benzingeld von ihm verlangen. Ich fahre die steile Auffahrt zur Villa hinauf. Und *Villa* ist hier nicht übertrieben.

Er deutet zur Seite. »Fahr hinten herum und park neben dem Poolhaus.«

»Du hast ein Poolhaus?« Ich schüttele den Kopf. »Warum überrascht mich das nicht?«

Er seufzt angespannt. »Fahr einfach.«

Die Wege in der Anlage sind gut beleuchtet, alle paar Meter steht eine Straßenlaterne, aber die Villa und das Poolhaus liegen im Dunkeln. Nirgends brennt Licht, weder innen noch außen.

Ich beiße mir von innen in die Wange. »Wohnt hier noch jemand anderes?«

Er schüttelt den Kopf. »Meine Mom wohnt in Boston und mein Dad sitzt im Gefängnis. Es gibt also nur mich.«

»Du hast dieses Riesenhaus für dich ganz allein?«

»So ungefähr.« Er deutet auf einen nicht einsehbaren Bereich neben dem Poolhaus. »Fahr unter den Baum und park dort.«

Es kommt mir seltsam vor, in dem entlegensten Bereich des Grundstücks zu parken, aber ich stelle seine Logik nicht in Frage, sondern fahre vor und schalte den Motor aus. Sobald die Scheinwerfer ausgeschaltet sind, fällt nur noch das schwache Mondlicht ins Auto, das durch die Wolken dringt.

Noch immer voll mit getrocknetem Matsch auf Haut und Kleidern nehme ich die Tüte mit dem Gebäck, öffne die Tür und rutsche rüber, damit wir unsere Ausstiegs-Prozedur vollführen können. In der Dunkelheit scheint er noch mehr Schwierigkeiten mit dem kleinen Auto zu haben, er stöhnt und flucht, als er mit den Knien gegen das Armaturenbrett stößt und mit dem Kopf gegen das Dach knallt. Ich habe fast Mitleid mit ihm.

Ich blicke zu der dunklen Villa.

Aber nur *fast*.

Als wir beide aus dem Wagen heraus sind, hole ich meinen

Koffer aus dem Kofferraum, dann folge ich ihm zur Rückseite des Hauses. Anstatt zur Hintertür geht Daren jedoch zu einem Fenster *neben* der Tür. Er rüttelt am Rahmen und schiebt das Fenster nach oben. Mein Handgelenk schlackert neben seinem. Dann schwingt er sich auf den Rahmen, die gefesselte Hand zu mir hinabhängend.

»Was zum … Was machst du da?«, frage ich völlig verwirrt.

Er nimmt meinen Koffer und wirft ihn zusammen mit der Gebäcktüte ins Haus. »Ich habe keinen Schlüssel.«

»Warum hast du keinen Schlüssel für dein eigenes Haus?«

»Das ist eine lange Geschichte«, antwortet er, den Oberkörper halb durch das Fenster gelehnt.

»Das *ist* doch dein Haus, oder?« Er antwortet nicht und ich schnappe nach Luft. »Brechen wir etwa in das Haus von irgendeinem reichen Kerl ein?« Meine Stimme wird lauter. »Ich mache mich nicht zum Komplizen deiner kriminellen Machenschaften. Wir haben bereits Handschellen an! Wenn du dich erinnerst …«

Er reißt mich zu sich und hält mir mit einer Hand den Mund zu. Den Kopf an seine festen Brustmuskeln gelehnt, spüre ich seine Körperwärme. »Würdest du bitte leise sein?«

Ich schwanke und muss mich gegen sein Bein lehnen, um nicht umzufallen, wodurch ich mich noch dichter an ihn dränge. Als er mich im Mondlicht ansieht, kann ich nur daran denken, wie hübsch seine langen Wimpern aussehen, und dass mir der Zitrusduft an ihm langsam wirklich gefällt – auch wenn er in das Haus eines reichen Kerls einbricht.

»Ich versuche, keine Aufmerksamkeit zu erregen«, sagt er. »Wenn du schreist, ist das nicht gerade hilfreich.« Er schluckt und wendet den Blick ab. »Und das *ist* mein Haus. In gewisser Weise. Du kannst dich also beruhigen.« Als er die Hand von meinem Mund löst, streichen seine Finger leicht über meinen Hals.

Ich weiß nicht, ob die sanfte Berührung Zufall war oder nicht, aber das ist meinem gierigen Körper egal. Er will nur, dass er sie noch einmal wiederholt.

»Das ist *in gewisser Weise* dein Haus?«, frage ich verzweifelt und beunruhigt zugleich. »Was zum Teufel soll das heiß… Umpf!«

Er hebt mich mit einem Ruck hoch und zieht mich durch das Fenster; kopfüber falle ich ins Haus. Daren, der sich neben mir ebenfalls hat hineingleiten lassen, hält mich zwar fest, bevor ich auf den Boden stürzen kann, doch als ich mich in seinen Armen aufrichte, bin ich außer mir vor Wut.

»Bist du irre?« Ich starre ihn wütend an. Wir stehen uns gegenüber und meine Nippel streifen seine Brust.

»Nein. Ich habe es nur eilig, dein lautes Organ außer Hörweite der Nachbarn zu bringen.« Er schließt das Fenster hinter uns.

Ich blicke mich um und betrachte das Innere der Villa. Sie ist groß und dunkel und…

Völlig leer.

Ich drehe mich um und starre ihn an. »Du musst mir eine Menge erklären.«

22

Daren

Ich hebe beschwichtigend eine Hand. »Bevor du ausrastest, denk daran, dass du darauf bestanden hast, bei mir zu übernachten.«

Sie sieht sich kopfschüttelnd um. »Hat dich jemand ausgeraubt oder was?«

»Ich wünschte, es wäre so einfach.«

»Was ist dann passiert?«

»Du willst die ganze Geschichte hören?« Ich nicke. »Vor langer Zeit hat meine Mom meinen Dad verlassen und er wurde zum schweren Alkoholiker. Vor drei Jahren hat er seine Arbeit verloren und anstatt sich eine neue Stelle zu suchen, beschloss er, zu trinken und sein gesamtes Geld zu verspielen. Er hat es geschafft, all seine Ersparnisse zu vernichten, das Haus zu verlieren und dreimal wegen Alkohols am Steuer erwischt zu werden – und das alles innerhalb von neunzehn Monaten. Ich habe zwei Jobs und versuche, alle Gläubiger zu bedienen. Doch letztes Jahr hat er mit betrunkenem Kopf beinahe Connor getötet. Der arme Kerl musste zwei schwere Operationen über sich ergehen lassen, nur um überhaupt wieder laufen zu können, und die Krankenhausrechnungen haben sich getürmt. So geht jetzt das meiste Geld, das ich verdiene, für Connors Krankenhausbehandlungen drauf. Das Haus, in dem ich aufgewachsen bin, wird zwangsversteigert, und mein idiotischer Vater sitzt für zwei Jahre im Gefängnis.«

Kayla reibt sich den Nacken. »Und hier wohnst du?«

Ich atme tief ein. »Eigentlich wohnt hier niemand. Die Bank hat das Haus vor zwei Monaten beschlagnahmt und es in die Zwangsversteigerung gegeben. Aber da der Markt für große Häuser gerade nicht gut ist, wurde es noch nicht zum Verkauf angeboten, sondern steht leer. Und weil ich es mir nicht leisten kann, für beides aufzukommen – für mich *und* die Krankenhausrechnungen –, schlafe ich hier.«

Sie runzelt die Stirn. »Ich verstehe das nicht. Warum zahlst du die Krankenhausrechnungen für den Mann, den dein Vater umgefahren hat? Muss das nicht die Versicherung übernehmen?«

»Ja, aber weder mein Dad noch Connor hatten eine Versicherung. Aber Connor hat eine Familie und einen guten Job und eine Hypothek …« Ich schüttele den Kopf. »Ich fand es einfach nicht fair, einen anständigen Mann für das unverantwortliche Verhalten meines Vaters bezahlen zu lassen.«

Wut steigt in mir auf, als ich daran denke, wie mein Vater reagiert hat, als er herausfand, dass er Connor beinahe umgebracht hätte. Er war noch immer betrunken, als er von sich gab, »Tja, zu dumm. Connor wird einen Weg finden müssen, seinen verdammten Rechnungen selbst zu bezahlen.«

Ich wollte nichts mehr mit ihm zu tun haben.

Kayla blickt sich erneut um und lacht auf. »Na, zumindest ist es hier hübscher als im Quickie Stop.«

»Überall ist es hübscher als im Quickie Stop.«

Sie nickt. »Stimmt. Und? Wo schlafen wir?«

»Oben. Komm mit.« Ich nehme ihren Koffer und führe sie durch die dunkle Küche in das ebenfalls dunkle Wohnzimmer.

»Hat die Bank den Strom abgeschaltet?«, fragt sie, als wir am Fuß der Treppe anhalten.

»Nein. Aber ich versuche, nachts kein Licht einzuschalten. Ich will niemanden darauf aufmerksam machen, dass ein obdachloser Typ in einem verlassenen Haus wohnt.« Kaum habe ich die Worte ausgesprochen, bereue ich sie auch schon.

Ich habe Kayla gerade erzählt, dass ich obdachlos bin. *Obdachlos.*

Ich *brauche* Kaylas Anerkennung nicht, aber ich will auch nicht, dass sie mich verachtet. Und ihr zu sagen, dass ich obdachlos bin, ist da nicht gerade hilfreich.

Wem mache ich hier eigentlich etwas vor? Ich *möchte* ihre Anerkennung. Ich schüttele den Kopf. Die Geschichte meines Lebens. Ständig kämpfe ich um die Anerkennung einer Frau. Erst die meiner Mom. Dann die von Marcella. Und schließlich die von Charity.

Und alle habe ich verloren. Meine Mom wollte mich nicht und Marcella musste gehen. Und Charity… nun, Charity war meine erste Liebe und ich gebe mir die Schuld an den Umständen, die zu ihrem Tod geführt haben. Ich bin nicht gut im Halten von Frauen, so sehr ich mich auch darum bemühe. Deshalb ängstigt mich die Tatsache zu Tode, dass mir der Ausdruck in Kaylas Augen gerade alles andere als egal ist.

Ich lache nervös auf. »Gott, tut mir leid. Ich nehme es dir nicht übel, wenn du jetzt völlig ausrastest.«

Sie schüttelt langsam den Kopf. »Ich raste nicht aus.«

Ich mustere sie skeptisch. »Warum nicht?«

Sie legt den Kopf schief und sagt leise: »Weil ich auch obdachlos bin.«

23

Kayla

Die Lage hat sich seit gestern eindeutig verändert. Gestern noch war ich die verbitterte Tochter eines Verrückten, die mit Handschellen an den arroganten Sohn eines reichen Mannes gekettet war. Heute Abend bin ich die arme Tochter eines überaus beliebten Mannes, die mit Handschellen an den verzweifelten Sohn eines Alkoholikers gekettet ist.

»Du bist obdachlos?«, wiederholt Daren verblüfft.

Ich habe es zum ersten Mal laut ausgesprochen und ich dachte, es würde sich anders anfühlen. Beschämend vielleicht? Traurig? Doch stattdessen fühle ich mich gut. Vielleicht sogar ein bisschen mutig.

Es gibt mir irgendwie Kraft, meinen mittellosen Status mit Daren zu teilen. Ich bin nicht allein, also habe ich auch keine Angst.

Ich nicke. »Bevor ich Chicago verlassen habe, war mein Mietvertrag abgelaufen und ich konnte die Miete für den nächsten Monat nicht aufbringen. Also habe ich meine Wohnung aufgegeben und bin ohne Geld nach Copper Springs gekommen. Und ohne Plan. Das Einzige, das ich besitze, ist das alte Auto meiner Mom, das zum Glück abbezahlt ist.«

»Dann sind wir also beide obdachlos und pleite und keiner von uns hat einen Plan für die Zukunft?«, stellt er fest. »Oha.«

»Oha. Aber echt.«

»Ich glaube, wir haben mehr gemeinsam, als wir dachten«, sagt er.

»Und ich glaube, für uns beide hängt ziemlich viel von dieser Erbschaft ab.«

Er nickt. »Es ist das Einzige, auf das ich jetzt noch hoffen kann.«

Die Verzweiflung in seiner Stimme lässt mich plötzlich meinen Plan überdenken, das ganze Geld für mich behalten zu wollen. Es wäre mir leichtgefallen, irgendeinen verwöhnten Kerl zu betrügen, der sich mir als legendärer Liebhaber vorgestellt hat. Aber diesem Typen – *diesem* Typen, der keinen Penny besitzt, in einem leeren Haus schläft und die Arztrechnungen eines Fremden abbezahlt, weil es sich einfach so gehört –, dem kann ich kein Geld wegnehmen. Ehrlich gesagt, verdient er es mehr als ich.

»Tja.« Daren holt einen Keks aus der Bäckertüte, bricht ihn in zwei Hälften und reicht mir ein Stück. Dann hält er sein eigenes Stück hoch. »Darauf, dass wir keinen Plan haben.«

Ich halte meine Kekshälfte ebenfalls hoch. »Auf die Armut.«

»Und die Obdachlosigkeit.«

»Und Schnitzeljagden um Geld«, ergänze ich.

Wir tippen die Kekshälften aneinander und beißen jeder ein Stück ab. Unsere Blicke treffen sich und plötzlich bin ich mir überaus bewusst, dass wir uns allein in der Dunkelheit befinden – ein Lustschauder durchströmt mich.

Sein Blick gleitet zu meinem Mund und ich befeuchte abwesend meine Lippen. Es wäre doch nicht *völlig* verrückt, meinem Verlangen nachzugeben, oder? Schließlich bin ich erwachsen und nur, weil ich *normalerweise* nicht mit einem Typen zusammen sein will, heißt das nicht, dass ich *niemals* mit einem zusammen sein darf. Klar, wir tragen Handschellen und sind dreckig, aber nur, weil die Umstände nicht gerade ideal sind, heißt das nicht, dass unser Impuls falsch ist, stimmt's?

Stimmt's?

Mein Blick fällt auf seinen Mund und wir beugen uns zueinander. Als sich unsere Lippen ganz leicht berühren, streicht sein heißer Atem über mein Kinn. Ich möchte ihn noch einmal schmecken und mit meinen Händen durch seine Haare streichen. Ich will …

Plötzlich fällt ein Lichtstrahl ins Haus, geblendet springen wir vom Fenster zurück. Zuerst denke ich, es ist die Polizei, die herausgefunden hat, dass wir in die riesige Villa eingebrochen sind, die der Bank gehört, und uns arme Obdachlose jetzt ins Gefängnis sperrt.

Dann bemerke ich, dass es nur die Scheinwerfer eines vorbeifahrenden Wagens sind und ich seufze erleichtert auf. Wir blicken einander an und lachen nervös.

»Eins der Probleme, wenn man hier wohnt«, sagt Daren. »Man weiß nie, wann man erwischt wird.«

»Du bist ein richtiger Draufgänger.«

»Ich gebe mein Bestes.« Er lächelt, aber das Knistern zwischen uns ist Verlegenheit gewichen. Daren blickt hinunter auf unsere dreckigen Kleider. »Wir sollten uns wahrscheinlich waschen. Hier gibt es zwar keine Möbel, aber fließend warmes Wasser, das haben wir.«

»Oh Mann. Eine Dusche wäre wunderbar.« Ich lasse den Kopf kreisen. Nachdem ich die ganze Woche unter dem eiskalten Wasser und den Spinnen im Quickie Stop gelitten habe, erscheint mir die Aussicht auf eine warme und ungezieferfreie Dusche himmlisch.

»Komm mit.« Er nimmt meinen Koffer.

Wir steigen über die prächtige Treppe nach oben, laufen im zweiten Stock einen breiten Flur entlang und betreten schließlich ein großes Schlafzimmer auf der rechten Seite. Daren schaltet das Licht ein.

In der Ecke liegt eine große Matratze ohne Bettgestell

auf dem Boden und das Bettzeug darauf ist wahrscheinlich mehr wert als die monatliche Miete für meine alte Wohnung. Neben der Matratze befindet sich ein kleiner Tisch mit einem Stapel Büchern, einer halbleeren Schachtel Cracker und ein paar Papieren.

In den offenen Türen des Kleiderschranks hängt eine kleine Sammlung sehr teurer Kleidung und an der Seite befindet sich ein Badezimmer mit einer begehbaren Dusche und einer Extrabadewanne.

Daren lebt äußerst stilvoll – oder zumindest hat er das.

»Nettes Zimmer«, stelle ich fest. Dann starre ich verwirrt auf das einzige Fenster. Es befindet sich über dem Bett und ist mit Pappe abgedeckt.

Er folgt meinem Blick. »Damit niemand weiß, dass jemand hier ist, wenn ich Licht im Zimmer mache.«

»Verstehe.« Ich nicke und deute auf die Bücher auf dem Tisch. »Du liest?«

Er nickt. »Manchmal.«

»Ach …« Ich streiche mit dem Finger über die Buchrücken. »Was ist dein Lieblingsbuch?«

Er lächelt verlegen. »Die sind alle ziemlich gut. Aber mein absolutes Lieblingsbuch ist eigentlich ein Kinderbuch, es heißt *Holes*.«

»Wirklich? Warum ausgerechnet das?«

Er hebt eine Schulter. »Ich weiß nicht. Es handelt von einem Kind, dem eine Menge schlechter Dinge passieren, obwohl es nichts falsch gemacht hat. Ich glaube, ich identifiziere mich irgendwie mit ihm.«

Überrascht von seinem Geständnis betrachte ich ihn einen Moment, dann blicke ich mich um. »Hast du eine Ausgabe von *Holes* hier?«

Einen Augenblick wirkt er angespannt. »Äh … ich hatte eine, aber die habe ich nicht mehr.«

Ich möchte fragen, warum, aber der dunkle Schatten in seinen Augen lässt mich zögern. Als mein Blick auf eine mit Samt ausgeschlagene Schachtel auf einem kleinen Tisch fällt, stockt mir der Atem. Darin liegt eine ungeheuer aufwendig gearbeitete Diamantkette. Sie funkelt so hell, dass sie fast wie eine eigene Lichtquelle wirkt. »Was ist das?«

Daren folgt meinem Blick und hebt die funkelnde Kette hoch. »Die hat meiner Mutter gehört. Mein Dad hat sie ihr zum Hochzeitstag geschenkt, als ich klein war.«

»Sie ist wunderschön«, staune ich. »Ist sie echt?«

»Oh ja. Sie ist echt und einen Haufen Geld wert.« Er blickt auf die Diamanten. »In den letzten Jahren musste ich ziemlich viel Familienbesitz verkaufen oder verpfänden. Aber von der konnte ich mich nicht trennen.«

»Weil sie so wertvoll ist?« Ich nicke.

»Nicht nur deshalb.« Er schluckt. »Meine Eltern hatten keine enge Beziehung zu mir, weißt du, deshalb sind meine Erinnerungen an unser Familienleben nicht gerade sehr positiv. Aber an dem Tag, an dem mein Vater meiner Mutter diese Kette geschenkt hat, war sie außer sich vor Freude. Ich hatte sie noch nie so guter Laune gesehen. Sie ist fröhlich durchs Haus gehüpft. Mein Dad hat Musik aufgelegt und sie haben im Wohnzimmer getanzt, gelacht und mitgesungen. Ich war damals sieben und hatte sie noch nie so ausgelassen erlebt. Ich musste ihnen einfach zusehen. Meine Mom hat gesehen, dass ich sie heimlich beobachtet habe, und mich zu ihnen gewinkt. Ich lief in ihre Arme und wir haben zu dritt im Wohnzimmer getanzt wie eine glückliche Familie. Das ist die schönste Erinnerung, die ich an meine Eltern habe. Und das kam alles durch die Kette.« Er lacht und schüttelt den Kopf. »Ich weiß, das hört sich verrückt an, weil ich dieses Ding wahrscheinlich verkaufen und den Großteil von Connors Rechnungen bezahlen könnte. Aber ich weiß nicht …«

Er betrachtet die funkelnden Steine. »Ich kann mich nicht überwinden, meine einzige Erinnerung an diesen Tag zu Geld zu machen.«

Als ich ihn beobachte, spüre ich, wie ein Stück meines Herzens herausbricht und sich für immer in Darens Hände legt. Irgendwie hat er es geschafft, mich zu erobern, und jetzt ist es zu spät, mich zu befreien, selbst, wenn ich es wollte. Und ich will noch nicht einmal.

»Es gefällt mir, dass du sie behältst«, sage ich.

Er betrachtet mein Gesicht. »Und mir gefällt, dass es dir gefällt.«

Ein Augenblick verstreicht.

»Warum bleibst du hier?«, frage ich und wechsele das Thema, während ich den Blick durchs Zimmer gleiten lasse. »Warum ziehst du nicht zu einem deiner Freunde?«

Er zuckt mit den Schultern und legt die Halskette zurück in die Samtschachtel. »Weil, selbst wenn sie sagen würden, ich könnte umsonst bei ihnen wohnen, ich mich verpflichtet fühlen würde, Miete zu zahlen. Außerdem sind die meisten meiner Freunde Snobs, sodass ich mit ihnen nicht wirklich über meine, äh … Situation sprechen kann. Ich bezweifle sehr, dass sie verständnisvoll wären, wenn sie wüssten, wie pleite ich bin.«

»Dann sind es keine richtigen Freunde«, stelle ich fest und habe das Gefühl, ihn beschützen zu müssen. Er sollte sich nicht wegen seiner Situation verstecken müssen, um akzeptiert zu werden. »Was ist mit deinen zahlreichen weiblichen Freunden? Ich bin sicher, sie wären sehr verständnisvoll.«

Er schnauft. »Als ob ich so etwas Frauen erzählen würde.«

»Wie meinst du das?«

Er lächelt bitter. »Meine weiblichen Freunde glauben, ich würde noch immer auf großem Fuß leben, weil mein Vater mir irgendwelche Bankkonten überschrieben haben soll, bevor er ins Gefängnis gegangen ist. Diese Geschichte habe ich dem Porsche zu verdanken. Sie haben keine Ahnung, dass das gesamte Geld meiner Familie weg ist. Wenn sie es wüssten, würden sie mich vermutlich vergessen. Frauen sind so oberflächlich.«

Ich öffne den Mund, um zu protestieren, merke aber im selben Moment, dass er recht hat. »Äh. Ich glaube, andersherum ist es genauso. Wenn ich anders aussehen würde oder wenn ich überall im Gesicht Warzen hätte und mir den Kopf rasieren würde, würden die Männer sich wahrscheinlich auch nicht mehr nach mir umsehen«, sage ich. »Aber nicht alle Frauen sind oberflächlich.«

Er zuckt mit den Schultern. »Die meisten, die ich kenne, schon.«

Ich stemme eine Hand in die Seite; mein Bedürfnis, ihn zu beschützen, verwandelt sich in Wut. »Dann musst du dich eben mit anderen Frauen treffen.«

»Ich sage doch nicht, dass *du* oberflächlich bist.« Er beugt sich vor. »Ich sage nur, wenn die Frauen in dieser Stadt wüssten, dass Daren Ackwood arm und obdachlos ist, würden sie mir in der Bar nicht mehr zuwinken. So ist es halt.«

»Stattdessen belügst du sie also lieber?«

»Nein. Ich lasse sie nur das glauben, was sie wollen.«

»Weil sie dich sonst meiden würden.«

»Nicht wirklich meiden. Aber … nicht begehren. Frauen wollen keinen obdachlosen Kerl an ihrer Seite.«

Ich nicke traurig. »Und wenn man keinen Sex mehr von dir will, hast du nichts anderes zu bieten.«

»Genau – äh, Moment mal, was? Nein.« Sein blasiertes Lächeln erstirbt. »Das meinte ich nicht.«

»Doch. Herrgott. Weißt du eigentlich, was du da redest?« Ich sehe ihm in die Augen. »Du solltest diese Leute nicht belügen müssen. Und wenn du es tun musst, dann sind sie es nicht wert, dass du deine Zeit mit ihnen verschwendest. Es ist egal, wo du lebst, Daren. *Geld* ist egal.«

»Ich weiß«, zischt er. »Aber andere Leute nicht. Und diese Stadt – diese ganze Welt – ist voll mit *anderen Leuten.* Ist es so schlimm, dass ich will, dass sie mir in der Bar zuwinken?«

Ich starre ihn an und lasse mir seine Worte durch den Kopf gehen. »Ich habe dir nicht zugewinkt.«

»Was?«

»In der Bar neulich Abend.« Ich zucke mit den Schultern. »Ich habe dir nicht zugewinkt.«

»Stimmt. Du hast dich sogar geweigert, mir die Hand zu geben. Du warst voreingenommen, als wir uns das erste Mal bei Eddie in der Kanzlei begegnet sind. Du hast mich abgeschrieben. Du dachtest, ich wäre reich und arrogant.«

»Genau.« Ich zeige mit dem Finger auf ihn. »Ich mochte den Daren Ackwood nicht, der Geld hatte und schnelle Autos und eine Villa in den Bergen. Aber den richtigen, den bettelarmen Daren, der sich immer um den Garten meines Vaters gekümmert hat und die Arztrechnungen für irgendeinen armen Kerl bezahlt und die ganze Zeit lächelt, obwohl alles Mist ist – diesen Daren, den mag ich. Und ich hatte noch nicht einmal Sex mit ihm.« Ich weiche zurück und wünschte, ich könnte etwas Verstand in diesen lächerlich gutaussehenden und schrecklich unsicheren Typen prügeln. »Was ist jetzt mit deiner Theorie, von wegen Frauen würden dich nur wegen deines Geldes und wegen Sex mögen, hä?« Ich senke die Stimme. »Das wirft sie komplett über den Haufen.«

Er starrt mich schweigend an und in seinen Augen zeichnen sich die widersprüchlichsten Gefühle ab. Mein Herz hämmert, als ich seinem Blick begegne und es ist, als würde die Zeit im Raum stehen bleiben. Vielleicht war mein leidenschaftlicher Redeschwall doch etwas zu viel. Das passiert mir hin und wieder. Ich will den Leuten unbedingt Mut machen und überschreite dabei meine Grenzen.

Und seien wir mal ehrlich, ich habe diesem Typen gerade ziemlich deutlich gesagt, dass ich ihn mag. Was sich nach Drittklässlerin anhört und höllisch peinlich ist, aber das ist mir egal. Daren muss wissen, dass er sich täuscht, was sein Selbstwertgefühl angeht; dass er wichtig ist, egal, was er besitzt oder nicht besitzt. Und es hört sich ganz sicher nicht so an, als gäbe es jemand anderen in seinem Leben, der ihm das ab und zu sagt.

Er starrt mich weiter an, bis ich mich langsam unwohl fühle. Warum sagt er nichts? Ich merke, dass ich ihn nicht wirklich zu einer großen Erwiderung oder Antwort aufgefordert habe, aber trotzdem. Kann er nicht wenigstens nicken oder so?

Er macht einen Schritt nach vorn und steht nun ganz dicht vor mir. Die Kette zwischen unseren Handschellen klingelt leise, als ich das Kinn hebe und zu ihm hochblicke.

Er beugt sich ein Stück vor, sodass unsere Gesichter nur noch einen Hauch voneinander entfernt sind, und sieht mir tief in die Augen. »Ich sehe dich.«

Einen Augenblick bin ich zu perplex, um etwas zu sagen, und unglaublich gerührt von der Tatsache, dass er mir letzte Nacht zugehört hat, als ich über mein Aussehen gesprochen habe. Seine Worte sind mehr als nur eine Antwort, sie sind eine Geste und abgesehen davon, dass ich mich in seine Arme werfen möchte, weiß ich nicht so recht, was ich dazu sagen soll.

Schließlich nicke ich und räuspere mich. »Es tut mir leid, dass ich so voreingenommen dir gegenüber war. Ich hatte Vorurteile gegenüber deinem Reichtum und deinem Charakter – das war nicht fair. Es tut mir leid.«

»Ich war auch nicht besser«, gesteht er. »Ich dachte, du wärst eine verwöhnte Prinzessin, die all die Jahre von Daddys

Treuhandfonds gelebt hat. Das war blöd.« Er lässt ein wenig den Kopf hängen. »Tut mir leid. Ehrlich.«

Ich lächele. »Wir sind quitt.«

Er erwidert mein Lächeln und wiederholt: »Wir sind quitt.«

»Was die Dusche angeht …« Ich deute auf unsere dreckigen Sachen.

»Oh ja. Komm.« Er führt mich ins Bad und dreht die Dusche auf. Wasser strömt herab und Dampf steigt auf, während er unsere aneinandergebundenen Handgelenke hebt und die Stirn runzelt.

»Wir müssen vermutlich zusammen duschen, oder?«

Ich nicke. »Sieht so aus.«

»Hervorragend.« Er grinst mich frech an. »Gruppenduschen mag ich am liebsten.« Er macht Anstalten, sich die Hose auszuziehen, und ich hebe die Hand.

»Moment mal, ich werde nicht nackt mit dir duschen.«

»Warum nicht?« Er hört auf, sich die Hose aufzuknöpfen.

»Weil …«

Er lächelt. »Weil …?«

»Daren!«

»Na gut. Aber ich werde nicht in meinen dreckigen Jeans duschen. Diese Schätzchen ziehe ich aus.« Er reißt sich die Hosen herunter und unwillkürlich starre ich auf seinen Körper, möchte seine Beine hinaufstreichen und meine Zähne in seinem Hintern versenken.

Aber das mache ich nicht. Wahrscheinlich nicht.

Ich blicke hinunter auf meine eigenen, dreckigen Jeans und denke nach. Mit ihnen zu duschen wäre sinnlos. Ich ziehe sie schnell aus und merke, wie ich augenblicklich erröte. Ich wende den Blick von Daren ab und werfe die Jeans hinüber zu meinem Koffer. Ich bin ein kleines bisschen nervös, so halbnackt in seiner Gegenwart. Was albern ist.

Als ich schließlich aufsehe, betrachtet Daren intensiv mein

Gesicht und bemüht sich offenbar angestrengt, seinen Blick auch dort zu lassen.

»Was machst du?«, frage ich.

Er befeuchtet seine Lippen. »Ich versuche mit allen Mitteln, nicht deinen wunderbaren Körper zu betrachten.«

Ich lege den Kopf schief. »Warum?«

»Weil ich nicht will, dass du mich für ein mieses Schwein hältst, das dich nur angaffen will«, erklärt er. »Obwohl – kleine Randnotiz – ich dich gerne angaffen würde, ich möchte dabei nur nicht schweinisch wirken.«

Ich verdrehe die Augen. »Wenn wir schon zusammen duschen, kannst du mich auch ansehen.«

Er lässt den Blick sinken und seine Augen färben sich dunkel vor Lust, was wiederum mich erregt. Es gefällt mir, dass *ihm* gefällt, was er sieht – und so etwas ist mir noch nie passiert.

Wenn mich sonst ein Mann nackt oder halbnackt sieht, finde ich das nur peinlich und unangenehm. Wenn ich mich ausziehe, wird der Blick des Mannes normalerweise leer, er hört auf, mich als menschliches Wesen zu betrachten und behandelt mich wie seine persönliche Sex-Puppe.

Doch als Darens Blick über den Rand meines Slips und die Rundungen meiner Hüften gleitet, ist er alles andere als leer. Vielmehr sprechen aus ihm unzählige Gefühle. In der Tiefe lodert heißes Verlangen, aber auch Scheu, Glück, Nervosität und Hoffnung blitzen auf.

Er sieht mir erneut ins Gesicht, doch die Gefühle in seinen dunkelbraunen Augen erlöschen nicht, was in mir den Wunsch weckt, ihm noch mehr von meinem Körper zu zeigen.

»Hast du eine Schere?«, frage ich.

Er blinzelt, mit dieser Frage hat er nicht gerechnet. »Äh … vielleicht.« Er wühlt in ein paar Badezimmerschubladen und findet eine kleine Schere. »Reicht die?«

»Perfekt.« Ich nehme sie ihm aus der Hand und beginne, den Saum meiner königsblauen Bluse aufzutrennen.

»Was machst du da?«

»Da wir unsere Oberteile nicht ausziehen können und ich keine Lust habe, noch einen Tag dieselben Sachen zu tragen, trenne ich die Bluse einfach auf.« Ich durchtrenne die letzte Naht und die Bluse fällt als schmutziger, blauer Haufen auf den Boden – jetzt stehe ich nur noch in schwarzem BH und Slip da.

Daren wischt sich mit der Hand über den Mund. Dann streicht er sich über den Kopf. Dann wischt er sich erneut über den Mund.

»Und was machst du jetzt?«, frage ich.

Er beißt sich in die Faust. »Ich versuche, dir nicht zu sagen, wie schön du bist, weil ich nicht will, dass du denkst, ich würde nur deinen Körper sehen«, sagt er. »Aber das fällt mir wirklich schwer, weil ich in meinem ganzen Leben noch nie etwas so absolut Hinreißendes gesehen habe.«

Ich unterdrücke ein Lächeln, kann jedoch nicht verhindern, dass mir die Hitze in die Wangen schießt und sich über meinen Hals ausbreitet. Doch es ist mir nicht peinlich. Ich fühle mich geschmeichelt. »Hör auf, dich vor mir zu ängstigen. Du kannst mich ruhig ansehen, Daren. Ich werde es dir nicht übelnehmen. Ich verspreche es.«

»Oh, danke«, stößt er hervor und betrachtet mich mit schamlosem Blick.

Ich lächele und lasse die Schere schnappen – ich fühle mich seltsam kraftvoll unter seinen heißen Blicken. »Soll ich dein Hemd auftrennen?«

Schockiert blickt er an sich hinunter. »Aber ich mag dieses Hemd.«

»Du musst wirklich lernen loszulassen«, sage ich. »Was willst du machen, es in der Dusche tragen und dann im Bett und morgen den ganzen Tag?«

»Äh. Nein. Ganz bestimmt nicht.«

»Dann lass es mich auftrennen und dir nach der Dusche ein neues annähen.«

Verwirrt hebt er eine Braue.

»Ich nähe. Glaub mir. Jetzt komm schon. Schnipp, schnipp.« Ich trete zu ihm und er dreht sich zur Seite und hebt den Arm, damit ich die Naht auftrennen kann.

Mit jedem Schnitt, erscheint etwas mehr von seiner gebräunten Haut; seinen kräftigen Muskeln; den Rippen seines schlanken Brustkorbs; seiner starken Brust und den breiten Schultern.

Ich atme schwer und schüttele mich, als ich den letzten Faden seines schmutzigen Hemds auftrenne und es ganz von seinem Körper löse.

Dann stehen wir zwei im Bad, beide nur in Unterwäsche, während der Dampf des heißen Duschstrahls den Raum um uns füllt. Auf einmal bin ich nervös.

Ich will Daren, aber es fällt mir schwer, meiner Lust zu trauen; ich bin es nicht gewohnt, dass sie so stark und überwältigend ist. Stattdessen wende ich mich hastig ab, trete in die Dusche und ziehe Daren mit den Handschellen hinter mir her.

Das heiße Wasser fühlt sich wunderbar an, als es meine Haare durchnässt und über meine Schultern und meinen Rücken fließt. Wir duschen wortlos, stellen uns abwechselnd unter den Strahl und teilen uns die Seife, mit der wir den Dreck von unserer Haut waschen. Die Stille ist nicht unangenehm, aber ziemlich angespannt und voll unausgesprochenem Verlangen. Hin und wieder streift mein Blick über Darens Körper, gleitet über seine Muskeln und seine männliche Gestalt. Und wie damals, als ich vierzehn war, möchte ich ihn berühren.

Er hat seinen Blick besser unter Kontrolle als ich und

konzentriert sich vor allem auf mein Gesicht und auf die Duschwand. Dem neuen, leidenschaftlichen Teil meiner Seele gefällt das nicht, er wünscht sich, dass Daren mich so anstarrt wie vorhin. Mich begehrt. Mich *sieht.* Er blickt zwar alle paar Minuten auf meine Brüste oder meinen Slip, doch die Lust in seinen Augen ist zurückhaltend und beherrscht.

Das bewirkt, dass weitere Teile meines Herzens in seine Hände fließen.

Wir tauschen erneut die Plätze und unsere Blicke treffen sich. Unter dem fließenden Wasser kleben seine Wimpern aneinander und bilden winzige, schwarze Dreiecke über seinen braunen Augen. Aus dieser Nähe wirken sie sogar noch dunkler als sonst. Sie sind nicht nur braun, sie sind gelbbraun und golden mit einem grünen Ring um die Pupillen und kleinen, gelben Flecken innerhalb des Rings. Sie sind wunderschön und … tiefgründig.

Er lächelt mich verschmitzt an. »Du willst mich noch einmal küssen, was?«

JA, ICH WILL!

»Du gibst nicht auf.« Ich lächele. »Hör auf, mir an die Wäsche zu wollen.«

»Welche Wäsche?« Er blickt grinsend auf meinen Slip und ich bespritze ihn mit Wasser. »Ich sage dir was. Ich will gerade an gar keine Wäsche. Nicht in der Dusche.«

»Bist du kein Freund von Dusch-Sex?«

»Hör sich das einer an. Redet die ganze Zeit locker von Sex in ihrem nassen, schwarzen Höschen. Willst du mich umbringen? Und um deine Frage zu beantworten: Nein, ich bin nicht scharf auf Sex in der Dusche.«

»Interessant«, stelle ich fest und ziehe das Wort in die Länge.

Er zuckt mit den Schultern. »Versteh mich nicht falsch, es ist scharf, mit einem Mädchen zu duschen.« Er zwinkert mir übertrieben zu und ich bespritze ihn erneut. »Aber es ist nicht ideal. Man steht und normalerweise hat man nicht genügend Platz, um sich anständig zu bewegen. Und dann muss man das Mädchen feucht halten, trotz all der Nässe von der Dusche, aber auch warm, wenn sie gerade nicht unter dem heißen Wasserstrahl steht – das alles zusammen zu bewerkstelligen ist schwierig. Da sind eine Menge Faktoren zu beachten. Es ist praktisch, weil man hinterher gleich sauber ist, aber es nicht gerade mein Lieblingsort für Sex.«

»Verstehe«, sage ich. »Und was *ist* dein Lieblingsort, um Sex zu haben?«

»Ein Bett«, erklärt er schlicht.

Ich lache. »Ein Bett?«

»Ja. Was ist daran so lustig?«

Ich zucke mit den Schultern. »Ich weiß nicht. Vielleicht dachte ich nur, ein legendärer Liebhaber wie du würde einen ausgefalleneren Ort als ein Bett bevorzugen.«

»Auf keinen Fall. Ein Bett ist ideal. Es ist bequem, niemand zerkratzt sich die Knie oder stößt sich die Ellbogen, oder verrenkt sich den Rücken. Es ist warm, sodass sich die Frau entspannen kann, und ich muss nicht doppelt so hart arbeiten, um sie mit meinem Körper zu wärmen. Und es ist groß, sodass man viel Platz hat, um die Stellung zu wechseln und sich zu bewegen.«

Es klingt, als sei es ihm sehr wichtig, dass sich seine Sexpartnerinnen wohlfühlen und als sei er nicht nur auf seinen eigenen Vorteil bedacht.

Er streicht sich durch die nassen Haare und sieht mich an. »Wo hast du am liebsten Sex?«

»Wo ich …?« Die Frage trifft mich unvorbereitet und ich suche fieberhaft nach einer Antwort. »Na ja, das ist wahrscheinlich … Ich weiß nicht, vielleicht …«

Er wartet.

Ich blicke nachdenklich auf die Duschwand.

»Du hast keinen Lieblingsort, stimmt's?« Er lächelt, aber eher neugierig als belustigt.

»Natürlich. Ich muss nur nachdenken …«

Sein Lächeln verblasst. »Magst du keinen Sex?«

»Was? Natürlich, doch.« Ich wende den Blick ab und greife nach der Seife. »Jeder mag Sex.«

Zumindest *sollte* jeder Sex mögen.

Er schweigt einen Moment und mustert mein Gesicht und meinen Körper auf eine Weise, die eher klinisch als sinnlich wirkt.

»WAS?«, fahre ich ihn an.

Er entdeckt noch einen Streifen Matsch auf meinem Unterarm und wischt sanft mit seiner Hand darüber.

»Ich versuche nur herauszufinden, warum ein Mädchen wie du keinen Sex haben will. Tausch wieder den Platz mit mir.« Er legt seine Hände auf meine Schultern und wir wechseln die Plätze. Jetzt stehe ich unter dem warmen Strahl und er auf der deutlich kühleren Seite.

Ich schnaufe verärgert. »Nur, weil ich nicht gleich sagen kann, wo ich am liebsten Sex habe, heißt das nicht, dass ich keinen Spaß an Sex habe.« Ich zögere. »Und was meinst du eigentlich mit ›ein Mädchen wie ich‹?«

Er nimmt mir die Seife aus der Hand und streicht sie langsam über meinen Arm. »Ein Mädchen, das eindeutig ziemlich viel Leidenschaft besitzt und von ganzem Herzen liebt. Ein Mädchen, das eine Menge zu bieten hat, das aber nicht herausstellt. Ein Mädchen, das sich besser kennt als die meisten und sich selbst am meisten vertraut.« Er lässt die Seife zurück in meine Hand gleiten und streichelt weiter sanft meinen Arm, dann meine Schulter und verteilt den Seifenschaum auf meiner Haut. »Ein Mädchen, das sich um andere kümmert und in vielen Dingen einen Wert entdeckt, in denen andere keinen sehen.« Er blickt mir in die Augen und streichelt meine Haut, während der warme Strahl die Seife von meinem Arm und meinen Schultern wäscht. »Ein Mädchen wie du.«

Das Geräusch des Wassers füllt den Raum zwischen uns, während ich von der sanften Berührung seiner Hände ganz benommen werde. Ich möchte etwas sagen, in irgendeiner Weise antworten, aber wie vorhin in seinem Zimmer fehlen mir die Worte. Ich sehe und fühle nur Daren und seine dunkelbraunen, liebevollen Augen.

»Ich mag Sex«, erkläre ich lahm.

Er nickt und nimmt mir die Seife wieder aus den Händen, an denen die Haut langsam runzlig wird, weil wir schon so lange unter der Dusche stehen. »Weißt du, was ich denke? Ich glaube, es fällt dir schwer, Sex zu genießen, weil du so hübsch bist. Ich glaube, wenn du Sex hast, fühlst du dich von Männern benutzt – selbst von den guten –, weil sie dich nicht wirklich sehen.«

Ich sage nichts, während seine Worte in meinem Kopf nachhallen.

»Kayla«, sagt er leise und streicht über meine Arme und meinen Hals, dann legt er seine Hand an meine Wange. »Ich bin nicht wie die anderen Typen.« Das Wasser strömt weiter um uns herum. »Ich sehe dich. Dein wahres Ich.«

Er beugt sich vor und kurz denke ich, er würde mich küssen, doch stattdessen greift er hinter mich und stellt die Dusche ab. Der Strahl versiegt und im Bad kehrt Stille ein – bis auf das Tropfen der Dusche in meinem Rücken und das Klopfen meines Herzens.

24

Daren

Nach dem Duschen trocknen wir uns ab und während Kayla wegsieht, ziehe ich ein Paar Shorts zum Schlafen an. Sie streift winzige Gymnastikshorts über und steigt in ein trägerloses Shirt, dann schneidet sie sich den BH von den Schultern. Sie reibt sich Arme und Beine mit Kokosnusslotion ein und die Bewegung versetzt mich in Trance, bis sie meinen Blick bemerkt und ich woanders hinsehe.

Ich habe mich die ganze Zeit so verdammt darum bemüht, nicht auf ihren wunderschönen, perfekten Körper zu blicken – und das hat mich wirklich große Mühe gekostet. Aber ich weiß, dass sie ein Problem mit Typen hat, die zu sehr auf ihr Äußeres fixiert sind und ich möchte anders sein. Ich möchte, dass sie mir vertraut. Auch wenn das bedeutet, dass ich mich auf fast schmerzhafte Weise beherrschen muss.

Eine ganze Weile sagen wir nichts. Als ich Kayla vorhin in die Augen geblickt und all ihre Ängste und ihre Abwehr gesehen habe, die sie zwischen sich und nicht nur Sex, sondern Männern generell errichtet hat, wollte ich sie unbedingt in irgendeiner Form beruhigen.

Und ich wollte nicht, dass sie in mir nur einen weiteren Typen sieht, der mit ihr schlafen will. Ich wollte – ich *will* – mehr für sie sein. Und als ich ihr gesagt habe, dass ich anders sei als die Männer, die sie bislang getroffen hat, habe ich die Wahrheit gesagt. Ich kenne diese anderen Typen nicht, aber ich kenne mich. Und meine Gefühle für Kayla Turner sind so intensiv, wie ich es niemals für möglich gehalten habe.

Ich muss nur noch herausfinden, was ich mit ihnen anstelle.

»Wow. Ich kenne Prominente, die dich um deine Garderobe beneiden würden«, sagt sie und tritt vor meinen Kleiderschrank.

Ich folge ihr und nehme ein sauberes Hemd heraus. »Ja. Das ist lächerlich, aber abgesehen von der Kette meiner Mutter ist es das Einzige, was mir von meinem alten Leben geblieben ist.«

»Und du hast Probleme loszulassen.«

»Genau.«

Sie nimmt das Hemd und begutachtet den Rest meines Kleiderschranks. »Was ist mit den Hemden, die an der Seite hängen? Sind die für besondere Gelegenheiten oder so?«

»Äh, nein.« Ich lächele. »Die haben Risse.« Ich nehme den Ärmel von einem der Hemden und zeige ihr einen kleinen Riss. »Mir fehlt das Geld, sie alle zum Schneider zu bringen, aber ich kann mich nicht überwinden, sie wegzuwerfen, weil ich weiß, wie viel sie gekostet haben.«

Sie zuckt mit den Schultern. »Ich kann sie flicken, nachdem ich dir ein Hemd angenäht habe.«

»Echt?«

»Ja. Das kann ich gut. Ich habe immer ein kleines Nähset bei mir.« Sie deutet auf ihren Koffer an der Wand.

»Das ist fantastisch.«

Sie holt meine kaputten Sachen aus dem Kleiderschrank und setzt sich im Schneidersitz neben den Koffer. Ich lasse mich ihr gegenüber nieder. Sie kramt in ihrer Tasche, findet ihr Nähset und trennt vorsichtig den Saum an einem Ärmel des Hemdes auf, zieht es mir an und näht den Ärmel wieder zusammen. Ich beobachte, wie sich ihre Hände mit kleinen, geschickten Bewegungen bei jedem Stich über meinen Körper bewegen, bis sie fertig ist.

»Wow. Das sieht perfekt aus«, sage ich und bewundere die Naht. »Danke.«

»Gern.« Sie legt sich das erste meiner kaputten Hemden in den Schoß. »Weil meine Mutter und ich immer knapp bei Kasse waren, haben wir uns nur selten Kleider gekauft. Wenn ich mir etwas angeschafft habe, habe ich versucht, Stücke zu finden, die lange halten. Aber auch gute Kleidung hält nicht ewig.«

Vorsichtig fädelt sie einen neuen Faden in die Nadel ein und macht sich an das erste Hemd. »Deshalb habe ich mich daran gewöhnt, meine Sachen zu flicken, damit sie länger halten.«

»Geschickt.« Ich beobachte, wie sie arbeitet. »Du scheinst das ziemlich gut zu beherrschen.«

Sie zuckt mit den Schultern. »Es ist okay. Meine Mutter war allerdings besser. Sie hat mir alles beigebracht, was ich übers Nähen wissen musste, bevor sie gestorben ist.« Ihre Augen verdunkeln sich.

Leise frage ich: »Wie ist sie gestorben?«

Sie atmet tief ein. »Meine Mutter hatte schon lange ein Drogenproblem, aber ich habe es erst vor ein paar Jahren herausgefunden. Ich hätte es früher merken müssen. Irgendwie wusste ich es wohl auch. An dem Tag, als sie ihren Ehering verpfändet und dabei keinerlei Gefühle gezeigt hat, bin ich misstrauisch geworden, aber ich habe es abgetan, weil sie nun mal meine Mutter war. Und als ich herausgefunden habe, dass sie meine Mein-Kleines-Pony-Sammlung online verkauft und behauptet hat, dass sie gestohlen worden sei, war ich fertig, aber ich habe nichts gesagt, weil sie meine Mutter war, weißt du?« Sie schüttelt den Kopf. »Aber eine echte Mutter – eine *anständige* Mutter – wäre nicht so herzlos und falsch gewesen. Die Zeichen waren die ganze Zeit da, aber ich habe sie ignoriert – weil sie meine Mutter war.

Wir haben immer von Gehaltsscheck zu Gehaltsscheck gelebt, aber letztes Jahr hat sie mir gebeichtet, dass wir völlig pleite seien. Ich hatte gerade auf der Krankenschwesternschule angefangen, musste jedoch aufhören und mir einen Job suchen, um ihr mit den Rechnungen zu helfen. Ich habe Vollzeit bei Big Joes Diner geschuftet und jämmerlich verdient, während meine Mutter als Zimmermädchen im Hotel gearbeitet hat. Doch dann hat man sie dabei erwischt, wie sie Geld gestohlen hat und sie wurde gefeuert. Anschließend hat sie sich nicht mehr um eine neue Stelle gekümmert. Sie hat nur noch den ganzen Tag auf dem Sofa gelegen und Pillen geschluckt. Ein paarmal habe ich sie bewusstlos vorgefunden und musste den Notarzt anrufen, um ihr den Magen auspumpen zu lassen. Es war schrecklich. Aber schlimmer noch war das Gefühl, dass sie nicht mehr leben wollte.

Ich habe versucht, ihr zu helfen. Ich habe versucht, ihr die Tabletten wegzunehmen und mich um sie zu kümmern, aber sie hat immer einen Weg gefunden, an Drogen zu kommen. Bis vor ein paar Jahren hat sie noch ihre Freunde bestohlen oder Sachen verkauft, was dann abrupt aufgehört hat. Jetzt, nachdem ich von dem Treuhandfonds erfahren habe, verstehe ich auch, warum. Vor drei Jahren, als ich achtzehn geworden bin, ist der Treuhandfonds zugänglich geworden. Also hat sie sich dort bedient. Kein Wunder, dass sie sich ihre Sucht so lange leisten konnte. Ihre Abhängigkeit wurde immer schlimmer und hat ihre Persönlichkeit verändert, bis nichts mehr von der Frau übrig war, die mich aufgezogen hat. Sie war nur noch ein egoistisches, leeres Double ihrer selbst. Und so krank. Dann bin ich eines Tages nach Hause gekommen und sie …« Kayla hält mit der Nadel in der Luft inne und schluckt. »An dem Tag bin ich zu spät gekommen.«

Ich stoße die Luft aus und überlege, wie schrecklich es für Kayla gewesen sein muss, ihre Mutter auf diese Art zu verlieren. »Das tut mir so leid, Kayla.«

Sie hebt und senkt eine Schulter. »Ich habe es kommen sehen. Jeder, der sie kannte, hat es kommen sehen. Es war hart, vor allem weil ich auf der Krankenschwesternschule gewesen bin und dachte, wenn ich vielleicht strenger gewesen wäre oder die Zeichen früher erkannt hätte, hätte ich sie retten können. Aber schließlich habe ich mich mit ihrem Tod abgefunden und jetzt ist es okay für mich.«

Sie fährt mit dem Nähen fort und meine Kehle wird trocken. Ich kann mir nicht annähernd vorstellen, was für einen Horror sie durchgemacht hat.

»Willst du das gern werden? Krankenschwester?«

Sie lächelt auf das Hemd hinunter. »Ja. Ich möchte die Schule beenden, aber das kann ich mir im Moment nicht leisten. Was ist mit dir?« Sie steckt die Nadel in den Mund, während sie den Stoff in ihren Händen richtet.

»Ich habe auch kein Geld fürs College«, sage ich. »Ich hangele mich von Job zu Job. Gerade habe ich zwei.«

Sie nickt. »Stimmt. Was machst du noch mal?«

»Ich arbeite im Handyladen in der Stadt, damit ich mir mein Telefon leisten kann.«

»Schlau.«

»Und im Willow Inn, draußen bei der Lavendelranch, wo ich Waren aus der Stadt anliefere und abhole. Und manchmal als Aushilfe im Latecomers, wenn ich knapp bei Kasse bin und eine warme Mahlzeit möchte.«

Sie schüttelt den Kopf. »Wow. Ich hatte keine Ahnung, dass du so viel arbeitest.« Sie ist mit dem ersten Hemd fertig und nimmt sich das zweite vor.

Ich beobachte, wie sie die Nadel zwischen den Lippen hält und wünschte, ich wäre diese Nadel. Sie nimmt sie aus dem

Mund und flickt das nächste Hemd. Als ihr ein paar Strähnen ihres blonden Haars ins Gesicht fallen und über ihre rosa Wangen streichen, schiebt sie sie zurück. Sie kneift konzentriert die blauen Augen zusammen und zieht mit ihren zarten Fingern sorgfältig den Faden durch das Hemd.

Ich beobachte sie fasziniert.

»Und du?«, fragt sie und holt mich damit zurück in die Realität. »Wenn Geld keine Rolle spielen würde, was würdest du dann machen?«

»Ehrlich?« Ich zögere. »Ich würde auf die Kochschule gehen.«

Sie blickt auf. »Du kochst gern?«

»Ich liebe es«, antworte ich und deute auf einen Stapel Kochbücher auf dem Tisch auf der anderen Seite des Zimmers. »Ich habe dir doch von unserer Haushälterin erzählt. Marcella? Als ich klein war, hat sie mich in der Küche helfen lassen und mir alles Mögliche über Essen und Kochen beigebracht. Damit hat meine Liebe für alles Kulinarische begonnen.«

Kayla lächelt. »Es klingt, als hättest du Marcella sehr gemocht.«

Ich nicke. »Das stimmt. Sie war toll. Meine Mutter war nicht gut mit Worten oder darin, mir ihre Liebe zu zeigen, und ich glaube, Marcella hat versucht, das auszugleichen. Sie hat mir einmal erklärt, dass man wahre Liebe nicht planen oder gewinnen kann, sondern dass sie etwas ist, das einen trifft – wie ein Blitz – und einen für immer verändert.« Ich lächele in mich hinein. »Marcella hat mich für immer verändert, so viel ist sicher. Sie hatte immer Zeit für mich und war nie ungeduldig mit mir. Auch wenn ich ein Chaos in der Küche angerichtet habe, was häufig vorkam, wenn ich Rezepte ausprobiert habe, hat sie nur geseufzt und den Kopf geschüttelt und gesagt, ›Mijo, du hast Glück, dass ich dich liebe‹. Ich halte inne, weil Kaylas Gesicht immer fröhlicher aussieht. »Was?«

»Das ist einfach …« Sie grinst. »Das ist wirklich süß. Und es ist toll, dass du so leidenschaftlich gern kochst. Ich würde gerne einmal etwas essen, das du gekocht hast.«

Ein Glücksgefühl kribbelt in meinem Bauch und auf einmal möchte ich nichts lieber tun, als dieses Mädchen zu bekochen. »Okay.« Ich grinse. »Wenn wir morgen das Geld finden, kann ich uns zur Feier des Tages ein Essen zubereiten.«

Sie lächelt. »Das gefällt mir.« Als sie mit dem letzten Hemd fertig ist, legt sie ihr Nähzeug weg und gähnt.

»Ich glaube, wir sollten ins Bett gehen«, sagt sie. »Wir haben morgen eine lange Fahrt vor uns.« Ich blicke auf das rahmenlose Bett und Scham überkommt mich. »Tut mir leid, dass wir quasi auf dem Boden schlafen müssen.«

»Machst du Witze? Ich würde jederzeit lieber auf dem Boden einer Villa als in einem schmutzigen Motelbett schlafen.« Sie zwinkert mir zu. »Auch wenn deine Matratze wahrscheinlich ebenso viel Action gesehen hat wie die im Quickie Stop.«

Ich beobachte sie genau und frage mich, ob die Vorstellung, dass ich Sex mit vielen Frauen auf meiner Matratze – oder überhaupt ganz generell viel Sex hatte – ihr etwas ausmacht. Aber der amüsierte Ausdruck in ihren Augen wirkt ehrlich und nicht aufgesetzt.

Enttäuschung beschleicht mich und ich versuche, nicht darüber nachzudenken, warum.

»Ehrlich gesagt«, erkläre ich, als wir aufstehen und meine Hemden wieder aufhängen, »hat diese spezielle Matratze noch gar keine Action gesehen.«

»Quatsch.«

Ich schüttele den Kopf. »Ich schwöre bei Gott. Was ich

gestern über die Frauen gesagt habe, die meine Matratze bequem finden, *das* war Quatsch. Obwohl sie wirklich ziemlich bequem *ist*. Aber da ich meine Obdachlosigkeit nicht publik mache, bringe ich keine Frauen mit hierher. Die Matratze ist also noch jungfräulich.«

»Huh.« Sie blickt auf besagte Matratze. »Ich fühle mich geehrt.«

Ich lächele.

Wir legen uns auf den Bettersatz und ich schalte das Licht aus. Es ist so dunkel, dass ich noch nicht einmal meine eigene Hand vor Augen sehen kann, als wir versuchen, es uns bequem zu machen.

»Mist«, murmele ich. »Ich habe vergessen, dass du gern auf dem Bauch schläfst. Lass uns die Seiten tauschen.«

Ich fange genau in dem Moment an, über sie hinwegzukrabbeln, als sie sich auch aufsetzt – wir stoßen zusammen, wodurch Kayla auf die Matratze zurückfällt. Ich verliere das Gleichgewicht und falle direkt auf sie, sodass sich unsere Oberkörper und Hüften berühren.

Der Geruch von Kokosnuss umfängt mich süß und verführerisch. Als ich gegen ihren weichen, biegsamen Körper sinke, werde ich hart. Ich sollte von ihr heruntersteigen, aber unsere Körper scheinen so perfekt zueinanderzupassen, dass ich mich einfach nicht von ihr lösen kann.

Sie lässt langsam die Luft aus ihrer Lunge entweichen und ihr heißer Atem streicht in der Dunkelheit über meinen Hals. Vorsichtig stütze ich mich auf den Ellbogen ab und befehle mir innerlich, von ihr herunterzusteigen, aber bevor ich dazu komme, biegt sie ihren Rücken durch.

Es ist nur eine ganz leichte Bewegung, kaum wahrnehmbar, aber sie verrät mir alles darüber, was sie will. Langsam streiche ich mit den Fingerspitzen über ihren Bauch und spüre, wie sie scharf Luft holt und den Bauch einzieht, dann streiche ich weiter hinauf bis zu ihrem Gesicht und lege meine Hand an ihre Wange.

Ich bin nie zuvor mit einem Mädchen in völliger Dunkelheit zusammen gewesen und etwas daran erscheint mir seltsam intim. Ich kann sie nicht sehen. Ich kann sie nur fühlen, was es weniger persönlich machen müsste. Aber ich höre ihr Atmen und spüre ihren Herzschlag an meiner Brust, und alles daran weckt in mir den Wunsch, behutsam mit ihr zu sein.

Ich senke mein Gesicht, bis ich ihren warmen Atem auf meinen Lippen spüre. Sie hebt die Hüften und ich dränge mich noch stärker gegen sie und berühre ihre Lippen mit meinen.

Sie erwidert zärtlich meinen Kuss. Unsere Lippen berühren sich in der Dunkelheit. Ich löse mich von ihr, um Luft zu holen, überrascht, dass mein Herz so schnell schlägt, und höre, wie sie schwach protestiert. Ein leises Wimmern dringt aus ihrer Kehle und verrät mir, dass sie mehr will, und mehr als dieses winzige Zeichen der Einladung brauche ich nicht.

25

Kayla

Als Daren gierig den Mund auf meinen presst, öffne ich die Lippen. Ich stöhne, als seine Zunge in meinen Mund gleitet, schiebe meine freie Hand unter sein Hemd, kralle sie in seinen Rücken, ziehe ihn näher an mich heran und spreize die Beine. Endlich will ich der heftigen Leidenschaft nachgeben, die ich die letzten Tage versucht habe zu unterdrücken. Ich erwidere seinen Kuss und atme schwer, als sich unsere Zungen erneut treffen und liebkosen. Ich dränge mich gegen seine Hüften und spüre das erregende Gefühl seiner festen Erektion in meinem Schritt.

Mein Herz schlägt wie wild. Ich möchte ihn küssen und ihn fühlen und ihm gefallen – alles auf einmal. Als er mit der freien Hand über meinen Brustkorb streicht, während er die gefesselte neben meinem Kopf abstützt, stöhne ich an seinen Lippen. Ich streiche über seinen nackten Rücken und spüre, wie sich seine festen Muskeln anspannen, als er sich auf mir bewegt.

Ich zerre an seinem Hemd und er hilft mir, es ihm auszuziehen und zu unseren gefesselten Handgelenken hinunterzuschieben. Ich sehne mich danach, seine nackte Brust zu sehen, die nur einen Atemzug von mir entfernt ist, strecke blind die freie Hand aus, streiche über seine Schultern und hinunter zu seinem festen Bauch.

Ich liebe die Art, wie er an meinen Lippen atmet, warm

und lebendig und voller Verlangen. Er verschränkt die Finger seiner gefesselten Hand mit meinen und hält sie neben meinem Kopf.

Langsam streicht er mit der Zunge meinen Hals hinauf und neigt sanft meinen Kopf nach hinten, um mein Brustbein und mein Dekolleté zu küssen. Ich streiche mit der Hand durch seine Haare und halte seinen Kopf an meinem Hals fest, wo seine Zunge eine heiße Spur bis zu meinem Ohr hinterlässt.

Er löst sich von mir und streift mir das Shirt über den Kopf hinunter zu unseren Handschellen, wo es sich zu seinem Hemd gesellt. Die kühle Luft streicht über meine steifen Nippel und lässt sie noch fester werden, als Darens Hand über meine nackten Brüste gleitet und ein Feuer in mir entfacht.

Ich atme lustvoll auf, als er meine Brust leicht mit seiner großen Hand massiert und mit dem Daumen über meinen Nippel reibt. Er umfasst meine andere Brust, fester als die erste, und ich stöhne auf.

»Ich mag es, wenn du stöhnst.« Ich höre das Lächeln in seiner Stimme.

Ich biege meinen Rücken durch, sodass meine Brust erneut seine Hand füllt und sage: »Und ich mag es, wenn du mich zum Stöhnen bringst.«

Er reizt sanft meine linke Knospe, dann die rechte. Ich spüre, wie er den Mund zu meiner Brust senkt und eine heiße, nasse Spur zwischen meinen Brüsten hinterlässt, während er sie massiert und dann wieder sanft an den festen Knospen zupft.

Ich wimmere, als seine heiße nasse Zunge auf einmal meinen linken Nippel umfängt und ihn dann stöhnend in seinen Mund zieht. Mit jedem Saugen zieht sich meine Mitte stärker zusammen und pulsiert, ich werde nasser und spanne die Schenkel an.

Die Hand noch immer in seinen Haaren, halte ich seinen

Kopf an meiner Brust. Er lässt von ihr ab und als die kühle Luft die nasse Knospe umfängt, wird sie erneut fest.

Daren nimmt die andere in den Mund und ich stöhne noch etwas lauter und genieße die Dunkelheit, die mir die Freiheit gibt, ungehemmt zu genießen.

Es ist pechschwarz um uns herum. Nichts ist zu sehen. In der Dunkelheit gibt es nur Daren und mich. Ich spüre seinen warmen Körper auf meinem, seinen Herzschlag an meiner Brust, seinen stoßweisen Atem, der sich mit meinem verbindet.

In der Dunkelheit fühle ich mich schön, gerade weil es hier keine Rolle spielt, wie ich aussehe. Doch mein Wesen tritt deutlich zutage – in meinem leisen Keuchen und in hunderten widerstreitenden Gefühlen. Verzweiflung. Freude. Verlangen. Zuneigung.

Ich streiche über Darens Rücken bis zum Bund seiner Shorts, lasse die Hand nach unten und hineingleiten und spüre die Länge seiner Erektion. Ich umkreise mit den Fingerspitzen die weiche, nasse Spitze, dann nehme ich ihn sanft in die Hand. Er ist so fest und heiß, dass sich mein Unterleib vor Verlangen zusammenzieht. Ich ziehe die Hand zurück, fest entschlossen, ihn von seiner Shorts zu befreien, doch in dem Moment, in dem meine Hand frei ist, drängt er sich zwischen meine Schenkel. Erneut reibt er mit seinem festen Glied über meine empfindliche Mitte und ich winde mich, um die Reibung zu verstärken; ich sehne mich nach so viel mehr.

Leise wimmere ich: »Daren.«

»Ich weiß«, flüstert er an meinem Ohr. »Ich gebe dir alles, was du willst.«

Ein Schaudern überläuft meinen Körper, er streicht zart über die Gänsehaut an meinem Bauch und lässt die Hand hinunter zu meinen Shorts gleiten. Im Handumdrehen befreit er mich von ihnen, sodass ich nur noch im Slip daliege. Er umfasst mein Knie und streicht die Innenseite meines Schenkels hinauf.

Dann spreizt er meine Beine weit. Ich gebe seinem sanften Druck nach und biege instinktiv den Rücken durch, als die kühle Luft über meinen feuchten Slip streicht.

Daren lässt seine Finger an den Innenseiten meiner Schenkel hinauf- und hinabgleiten und ich atme genüsslich aus und lege den Kopf in den Nacken. Die federleichte Berührung löst ein heftiges Begehren in mir aus – sie ist sanft und vorsichtig und nur für mich.

Er kann weder mich noch meine Reaktion sehen. So weiß ich, dass er nur zu meinem Genuss, nicht zu seinem, mit den Fingern über meinen Bauch, die Unterseite meiner Brüste und meine Armbeuge streicht. Die Berührung zeigt mir, dass er bei mir ist, sie verbindet uns auf zärtliche Weise.

Er reibt mit dem Daumen über die nasse Stelle an meinem Slip und ich zucke zusammen. Beim zweiten Mal beben meine Schenkel und ich ringe um Atem.

Sanft saugt er an meinem Ohrläppchen, während sein Daumen durch den dünnen Stoff meines Slips meine Klitoris findet und sie umkreist.

Ich keuche und meine Schenkel zucken. »Ja – ja!«

Er lässt die Finger in meinen Slip gleiten, streichelt mich sanft zwischen den Beinen und ich wimmere. Ich bin bereits nass und erregt, doch als seine langen Finger durch meine feuchten Falten streichen, wächst meine Lust noch stärker.

Daren sucht mit seinen Lippen meine und fängt mein Stöhnen und Wimmern auf, während er mich immer intensiver liebkost.

Ich keuche und zittere. Ich spreize weiter die Schenkel und winde mich begierig unter ihm.

Mehr …

Er reizt mit dem Finger meine intimste Stelle und lässt ihn schließlich in mich hineingleiten. Meine festen, inneren Muskeln umschließen ihn voller Verlangen. Er schiebt einen weiteren Finger in mich hinein, zieht dann beide heraus, nur um sie erneut hineingleiten zu lassen, woraufhin noch mehr Nässe aus mir herausperlt. Dann zieht er beide Finger zurück, streift meinen Slip ganz nach unten und reizt mit Daumen und Zeigefinger meine Klitoris.

Ich schreie auf und spüre, wie sich meine Mitte zusammenzieht, als er immer wieder über meine empfindlichste Stelle streicht.

Mehr …

Erneut stößt er seine kräftigen Finger in mich hinein, während sein Daumen weiter meine Klitoris umspielt. Meine Muskeln ziehen sich zusammen, als ich dem Höhepunkt entgegenstrebe, meine Schenkel beben vor Ekstase und ich stoße einen Schrei aus. Daren beugt sich hinab, um mich zu küssen, während der Höhepunkt in Wellen über mich hinwegspült, ich biege mich seinen Lippen und seinen geschickten Fingern entgegen. Und dann …

… klingelt das Telefon.

26

Daren

Nein.

Es klingelt erneut.

Nein, nein, nein. Verdammt!

Vorsichtig ziehe ich meine Finger aus Kayla und lasse meine Hand zwischen ihren Beinen ruhen, während ihre Schenkel beben und ihre Erregung auf das Bett fließt. Ich küsse sie leidenschaftlich, inhaliere ihr leises Stöhnen und Wimmern und genieße jeden lustvollen Schrei. Diese Frau zu befriedigen ist purer Genuss.

Ich bewege mich auf ihr und wünsche mir, dass das Klingeln verstummt und mich ihrem weichen, nackten Körper überlässt, der sich in der Dunkelheit unter mir an mich schmiegt.

Doch es klingelt erneut und diesmal löst sich Kayla von meinen Lippen und stößt die Luft aus: »Musst… musst du da nicht rangehen?« Noch immer durchlaufen Wellen der Lust ihren Körper und sie seufzt lustvoll auf.

»Nein.« Ich spiele weiter mit meinen Fingern in ihrem Slip; sie ist nass und warm und bereit für mich. Und ich bin mehr als bereit für sie. Verdammt, bin ich hart.

Keine Chance.

Kayla scheint jetzt abgelenkt, und als das Telefon erneut klingelt, rückt sie von mir ab. »Solltest du nicht zumindest nachsehen, wer anruft?«, keucht sie.

Ich lasse den Kopf hängen. Nur ein einziger Mensch ruft mich um diese Uhrzeit an.

»Ja, wahrscheinlich«, erwidere ich atemlos. Mein Schwanz protestiert und schmerzt, als ich meine Hand aus ihrem Slip ziehe. »Ist das okay? Es tut mir leid.«

»Ja, natürlich.« Mit zitternden Beinen rutscht sie unter mir zur Seite. Ich verfluche alle Telefongötter des Landes, während ich mich von ihrem warmen, nackten Körper löse und nach dem Telefon greife. Ich sammele mich, aber es hilft nichts. Ich bin so hart, dass es schmerzt.

»Hallo?«, sage ich.

»Hallo, Daren. Tut mir leid, dass ich Sie um diese Uhrzeit störe, aber es ist wichtig.« Eddie Perkins. Wer sonst.

»Was?«, frage ich verärgert und verwirrt.

»Die Vernehmung Ihres Vaters zum Unfallhergang ist morgen und er weigert sich, sich schuldig zu bekennen.«

»Schrecklich.«

»Sie müssen ins Gericht kommen und ihn zur Vernunft bringen ...«

»Nein.« Ich schüttele den Kopf, auch wenn er es nicht sehen kann. »Auf keinen Fall. Ich rede nicht mehr mit ihm.«

»Sie sind der Einzige, auf den er hört, und wenn er sich nicht schuldig bekennt und es zur Anklage kommt, könnte er eine lange Gefängnisstrafe erhalten, Daren.«

»Das hat er verdient.«

Eddie seufzt. »Wir wissen beide, dass Sie das nicht so meinen. Kommen Sie? Bitte!«

Ich beiße die Zähne zusammen und finde es furchtbar, dass es mein Vater so weit hat kommen lassen. Ich fühle mich, als säße ich auf dem Grund einer tiefen, dunklen Schlucht. »Gut. Ich rede mit ihm.«

»Danke«, sagt er. »Das weiß ich wirklich zu schätzen. Dann sehe ich Sie morgen früh um acht Uhr.«

Ich lege auf und werfe das Telefon fluchend zurück auf den Nachttisch.

Neben mir in der Dunkelheit fragt Kayla leise: »Was ist passiert?«

»Nichts.« Ich schüttele den Kopf. »Ich muss nur morgen früh etwas für Eddie erledigen.«

»Oh.« Sie verändert ihre Haltung und ich spüre ein Ziehen an den Handschellen.

»Verdammt«, murmele ich und raufe mir die Haare. Ich hasse meinen Vater. Dann wende ich mich wieder zu Kayla und sage leise: »Tut mir leid.«

Ich kann in der Dunkelheit ihr Gesicht nicht richtig erkennen, aber die Leidenschaft, die noch vor Minuten den Raum erfüllt hat, ist verpufft, und ich bin mir sicher, dass ihr Verlangen mit ihr verschwunden ist.

»Kein Problem.« Sie klingt sanft.

Ich streiche mit den Fingern über ihren Arm und ihr Kinn und wünschte, ich könnte sehen, was sie jetzt fühlt. Sie legt ihre freie Hand auf meine und drückt sie an ihr Gesicht.

»Du wirkst aufgewühlt. Vielleicht sollten wir einfach ein bisschen schlafen«, sagt sie. »Wir müssen ohnehin früh aufstehen.«

Ich atme langsam ein, verzweifelt und wütend auf Eddie, dass er so spät anruft, und auf meinen idiotischen Vater, der mir mit seinem verantwortungslosen Verhalten jetzt auch noch mein Sexleben versaut. »Ja.« Ich nicke, obwohl Kayla es nicht sieht. »Vielleicht hast du recht.« Ich suche ihr Gesicht und küsse sie zärtlich auf die Lippen; ich will nicht, dass sie denkt, ich wäre in irgendeiner Weise sauer auf sie; sie erwidert meinen Kuss.

Es ist ein liebevoller Kuss. Keine Lust. Kein Begehren. Es ist ein Gute-Nacht-Kuss.

Ich rücke von ihr ab und sie verrenkt sich, um ihr Shirt

und ihre Shorts wieder überzuziehen. Die Matratze ruckelt, als sie das Shirt zurück über ihren Kopf zieht. Ich tue es ihr gleich. Dann legen wir uns wieder hin.

Ich spüre ihren warmen Körper neben mir, doch wir berühren uns nicht mehr.

Stille senkt sich über den Raum, während ich in die Dunkelheit starre und meinen Vater innerlich verfluche, weil er mein Leben ruiniert und mich um das Gefühl bringt, Kayla Turner in den Armen zu halten.

27

Kayla

Heute Morgen haben wir uns nebeneinander vor dem Badezimmerspiegel die Zähne geputzt. Während wir uns angezogen haben, haben wir einander den Rücken zugewendet. Und dann sind wir über die Treppe durch das große leere Haus nach unten gegangen und in mein Auto gestiegen.

Kein einziges Mal haben wir die gestrige Nacht erwähnt. Dabei ist *so viel* passiert.

Dass ich mich von der Lust des Augenblicks in Darens Bett habe mitreißen lassen, war bereits ein bahnbrechendes Ereignis. Aber ich habe ihm auch erzählt, wie meine Mutter gestorben ist – etwas, das ich bislang nur mit den Sanitätern und den Cops besprochen habe. Es ist seltsam, wie wohl ich mich mit Daren fühle. Seit ich es ihm gesagt habe, ist mir irgendwie leichter ums Herz. Als hätte ich mich von einer schweren Last befreit. Neben der Arbeit und der Sorge um Mom ist mir nicht viel Zeit geblieben, Freundschaften oder Beziehungen zu pflegen. So hatte ich eigentlich niemanden, mit dem ich sprechen konnte, als meine Eltern gestorben sind. Aber Daren macht es mir leicht.

Und es hilft, dass er meinen Dad kannte und ihn sehr mochte. Während wir unsere Frühstückskekse aufessen, blicke ich zu ihm und mir wird schwer ums Herz. Ich werde ihn vermissen, wenn das alles hier vorüber ist. Werde ich ihn je wiedersehen, wenn uns die Handschellen nicht länger aneinanderbinden? Wird er mich je wiedersehen wollen?

Ich versuche, in seinen Augen zu lesen, kann in ihrer Tiefe jedoch nichts Vertrautes entdecken. So ist er schon den ganzen Morgen über. Nachdenklich. Ängstlich. Auf Abstand. Ich weiß, dass wir Eddie und seinen Vater treffen, aber ich verstehe nicht, warum er deshalb so beunruhigt ist. Die attraktive Fröhlichkeit, die er sonst fast immer ausstrahlt, ist irgendwo hinter den Schatten seines Gesichts verschwunden, und ich wünschte, ich wüsste, wie ich sie wieder hervorlocken könnte.

»Wo fahren wir noch einmal hin?«, frage ich, als wir aus der Auffahrt rollen.

»Zum Gericht«, antwortet er. »Es liegt im Norden der Stadt. Nimm einfach die Hauptstraße bis zu der Kreuzung bei der Wilcox Farm.«

Während der Fahrt schweigen wir. Alle paar Minuten ertappe ich ihn dabei, wie er mich anstarrt. Manchmal lächelt er mich schüchtern an, manchmal wendet er rasch den Blick wieder ab.

Es war fantastisch, gestern Abend mit Daren zusammen zu sein. Die Art, wie er mich berührt hat und sich an mich geschmiegt hat. In seinen Armen bin ich mir nicht wie ein Stück Fleisch vorgekommen. Ich habe mich wie ich selbst gefühlt. Ich kam mir wichtig vor. Aber heute Morgen fühle ich mich hundert Meilen von ihm entfernt – trotz der Fesseln, mit denen ich an ihn gebunden bin.

Daren räuspert sich. »Was meinen Dad angeht . . .«, beginnt er. »Er ist äh … nicht gerade der netteste Mensch; reg dich also nicht über ihn auf oder raste aus, wenn wir dort sind, okay?«

Jetzt *bin* ich beunruhigt. »Warum sollte ich ausrasten?«

»Ich weiß nicht. Ich habe meinen Dad fast ein Jahr nicht mehr gesehen. Wir haben bereits schon länger nicht mehr miteinander gesprochen, als er inhaftiert wurde. Ich bin mir nicht sicher, wie er heute auf mich reagiert.«

Ich nicke. »Okay.«

Das ist ganz offensichtlich eine große Sache für Daren und der einzige Grund, weshalb ich einen Einblick in diesen äußerst privaten Bereich seines Lebens erhalte, sind diese dummen Handschellen. Ich empfinde Scham. Weil ich auf das Erbe aus bin, habe ich mich unwillkürlich in sein Leben gedrängt.

Aus dem Augenwinkel beobachte ich, wie er den Hals streckt und die Knöchel knacken lässt. Er wirkt nervös und in meinem kleinen Auto wird die Anspannung förmlich greifbar. Ich blicke auf unsere verbundenen Handgelenke. Wenn es kein Erbe gäbe, würde es mir gut gehen. Ich brauche keinen Batzen Geld, um mein Leben in Ordnung zu bringen. Ich bin klug und tüchtig. Will ich Daren wirklich zwingen, mir einen Teil seines Lebens zu offenbaren, wenn er sich so dagegen wehrt? Bin ich finanziell tatsächlich so am Ende?

Ich betrachte sein Profil und denke daran, dass er gern kocht und dass er hart arbeitet, um die Krankenhausrechnungen eines Fremden abzubezahlen. Abgesehen von seinem attraktiven Körper und seinem schönen Gesicht ist sein Herz das Erstaunlichste an ihm. Und ich benutze ihn, um an Geld zu kommen.

»Vielleicht sollten wir beim Eisenwarenladen halten und einen Bolzenschneider suchen, um diese Dinger aufzubrechen«, schlage ich vor und hebe unsere Handschellen. »Dann kannst du in Ruhe mit deinem Dad sprechen.«

Er wirkt überrascht. »Aber dann bekommen wir kein Geld.«

Ich zucke mit den Schultern. »Und wenn schon. Es ist schließlich nur Geld. Ich komme schon zurecht.«

Er starrt mich eine ganze Weile an, dann schüttelt er den Kopf. »Nein. Das kann ich nicht von dir erwarten. Und außerdem, das wird schon – die Sache mit meinem Dad.« Er schenkt mir ein schiefes Lächeln, das eher angespannt als aufrichtig wirkt. Eigentlich wirkt alles an ihm angespannt. Seine Schultern sind steif, er beißt die Zähne fest zusammen, sodass seine Kieferknochen deutlich hervortreten und sein Blick ist hart und distanziert. Kein Lächeln der Welt kann seinen inneren Aufruhr verbergen.

Er wirkt gestresst. Wütend. Unruhig. Ängstlich. Ständig wechseln die Gefühle in seinen Augen.

Mein Magen krampft sich ängstlich zusammen, nicht meinetwegen, sondern seinetwegen, als er aus dem Fenster starrt und murmelt: »Alles wird gut.« Ein sicheres Zeichen dafür, dass es alles andere als das werden wird.

28

Daren

Weiß jemand, wie schwierig es ist, Zutritt zu einem öffentlichen Gerichtsgebäude zu erhalten, wenn man mit Handschellen an einen anderen Menschen gekettet ist, und zwar nicht aus rechtlichen Gründen?

So gut wie verdammt *un*möglich.

Kayla und ich haben eine gute Stunde mit den Sicherheitsbeamten verbracht und ihre tausend Fragen beantwortet. Unsere Antworten wurden mitgeschnitten. Wir haben erklärt, warum wir die Handschellen tragen, und dass wir das freiwillig tun und nicht unter Zwang handeln.

Es waren acht Sicherheitsleute, zwei Polizeibeamte und ein Notar nötig, um uns Einlass zu gewähren, aber schließlich haben wir es doch noch in das Gebäude geschafft.

Und das ist noch nicht einmal der schwierigste Teil gewesen.

Als ich den Vorraum betrete und sehe, wie mein Dad mit dem Gerichtsdiener scherzt, beiße ich mir auf die Zunge. Vom ersten Tag an hat er nichts von alledem hier ernst genommen.

Ich blicke zu Kayla. Sie lächelt mir aufmunternd zu und ich wende schnell den Blick ab. Sie hat mir angeboten, die Handschellen aufzubrechen und auf das Erbe zu verzichten. Für *mich.* Auf ein Erbe, das ihr eine bessere Zukunft ermöglicht. Und sie hat dabei noch nicht einmal mit der Wimper gezuckt.

Keine Frau hat mir je angeboten, etwas so Wichtiges für mich zu opfern. Ich weiß nicht, was ich sagen soll. Oder was ich über Kayla denke oder was ich für sie empfinde. Also meide ich den Blickkontakt lieber, bis ich mir klar darüber bin.

»Daren, mein Junge!« Mein Dad winkt mir zu, obwohl seine Hände in Handschellen liegen, und lächelt. »Wie der Vater so der Sohn, was?«

Ich schürze die Lippen. »Ich bin nicht wie du.«

»Autsch.« Er setzt eine gespielt verletzte Miene auf. »Bist du immer noch sauer wegen Connor? Du musst seine Rechnungen nicht bezahlen, weißt du. Er kann vom Krankenhaus ein Darlehen bekommen oder das mit seiner Versicherungsgesellschaft regeln ...«

»Nein, Dad. Nein!« Ich hole tief Luft. »Schlicht und einfach: Nein. Irgendjemand muss für die medizinische Versorgung bezahlen, die er wegen deiner schrecklichen Entscheidung braucht. Und das sollte nicht *derselbe* Mann sein, der erst seit Kurzem wieder laufen kann.«

Ich denke an das erste Mal, als ich Connor nach seinem Unfall gesehen habe. Es war der Tag des ersten Gerichtstermins und der arme Kerl saß dort in einem Gipskorsett und mit einem Atemschlauch am Hals. Meinen Vater hat das alles kaltgelassen.

Er seufzt. »Dann musst du wohl den Märtyrer spielen. Mein Gott, ist das die kleine Kayla Turner?« Dads Augen hellen sich auf, als er Kayla mustert. »Meine Güte, Mädchen. Dich habe ich ja ewig nicht gesehen.«

»Hallo, Mr. Ackwood.« Sie lächelt höflich.

»Nenn mich Luke.« Er erwidert ihr Lächeln. »Warum zum Teufel bist du mit Handschellen an meinen Sohn gekettet?«

Sie beißt sich auf die Lippen. »Na ja, äh ...«

»Das geht dich nichts an«, schalte ich mich ein und setze mich auf einen der Metallstühle auf der anderen Seite des Tischs. Ich ziehe ebenfalls einen für Kayla heraus, sie setzt sich neben mich und schlägt die Beine übereinander.

Sie holt ihr Telefon und ein Paar Ohrstöpsel aus der Tasche und hält sie hoch. »Ich höre einfach ein bisschen …« Sie steckt sich die Kopfhörer in die Ohren und kurz darauf ertönt leise Musik aus ihrem Telefon. Ich stoße einen Seufzer der Erleichterung aus, dankbar, dass sie dieser Unterhaltung nicht folgt – wie auch immer sie verlaufen wird.

Ich blicke zu meinem Dad. »Eddie hat gesagt, du weigerst dich, dich schuldig zu bekennen.«

»So läuft das also?«, meint er und spuckt die Worte aus, als hätte ich ihn schwer beleidigt. »Du sprichst ewig nicht mit mir, und wenn du dann auftauchst, erscheinst du ohne weitere Erklärung in Handschellen an Kayla Turner gekettet und meinst, mir einen rechtlichen Rat geben zu können?« Er lacht laut auf. »Oh mein Junge. Du bist unbezahlbar.«

Eddie betritt den Raum, er wirkt atemlos und ein bisschen verschwitzt. »Tut mir leid. Ich hatte vergessen, in welchem Raum wir sind und habe mich verlaufen. Aber jetzt bin ich ja da!« Er lächelt.

Mein Vater sagt: »Eddie, warum ist mein Sohn mit Handschellen an Kayla Turner gekettet?«

Eddie blickt mit gerunzelter Stirn zu mir. »Sie haben das Geld wohl noch nicht gefunden, nehme ich an?«

Ich schüttele den Kopf. »Turners Brief hat sich als eine Art Schnitzeljagd entpuppt. Wir sind noch auf der Suche.«

Eddie macht eine besorgte Miene. »Ach du meine Güte.«

Dad sieht zu mir. »Was zum Teufel hat eine Schnitzeljagd mit den Handschellen zu tun?«

Ich beiße die Zähne zusammen. »Alter Mann Turner hat uns Geld hinterlassen, aber um daran zu kommen, müssen wir mit Handschellen herumlaufen, bis wir es gefunden haben.«

Dad lacht erneut. »Na, das ist doch mal was, oder? An ein hübsches Mädchen gekettet und auf der Suche nach einem Schatz.«

»Können wir bitte wieder über das Thema sprechen, wegen dem ich hier bin?« Mein Geduldsfaden ist inzwischen weniger als hauchdünn.

»Ja, ja.« Eddie zieht einen Stuhl hervor und setzt sich. »Das Problem ist Folgendes, Luke. Wenn Sie sich nicht schuldig bekennen und die Sache zur Verhandlung kommt, können Sie bis zu acht Jahre bekommen, wenn wir verlieren.«

»Dann sollten wir lieber nicht verlieren.« Mein Vater grinst unbekümmert.

Eddies Telefon klingelt, er blickt auf das Display, dann steht er auf. »Ich muss da rangehen. Bin gleich zurück.« Er entfernt sich vom Tisch und ich wende mich an meinen Vater.

»Das ist kein Spiel, Dad.« Ich blicke ihn ernst an.

Er beugt sich vor. »Meinst du, das weiß ich nicht? Aber ich will nicht in einen Gerichtssaal stürmen und mich schuldig bekennen, fast einen Mann getötet zu haben.«

»Aber du *hast* fast einen Mann getötet!«, widerspreche ich. »Du *bist* schuldig.«

»Genau deshalb möchte ich es zur Verhandlung kommen lassen.« Er grinst mich höhnisch an. »Warum willst du unbedingt, dass ich mich schuldig bekenne?«

Ich senke die Stimme und beuge mich vor. »Weil es das Richtige ist.«

Er mustert mich einen Augenblick, dann wendet er den Blick zu Kayla und schüttelt den Kopf. »Das Richtige zu tun bringt einen nicht immer ans Ziel. Mit deiner Mom habe ich das Richtige getan. Ich war ihr treu. Ich habe sie geliebt und war aufrichtig und all dieser Mist. Und was hat sie getan? Sie hat uns verdammt noch mal verlassen.«

»Dad.« Ich reibe mir über das Gesicht. »Hier geht es nicht um Mom – oder um irgendeine andere Frau.«

Er winkt ab. »Es geht immer um eine Frau. Und lass mich dir noch etwas sagen.« Er senkt die Stimme zu einem Flüstern. »Kayla Turner wird *auch* nicht mit dir zusammenbleiben.«

»Sie ist nicht mit mir *zusammen*, Dad. Wir sind nur zusammen, um das Geld zu suchen.«

»Sag, was du willst, aber ich kenne diesen Blick in den Augen eines Manns. Dieser Blick, der sagt, ›Ich will dieses Mädchen überzeugen‹. Der Blick, der sagt, ›Ich will das Richtige für dieses Mädchen tun‹. Aber am Ende des Tages ist es egal.«

Ich verdrehe die Augen und seufze.

»Weil du nicht gut genug für sie bist«, fährt er ruhig fort. »Und ich weiß, dass sie jetzt mit Handschellen an dich gebunden ist und dass du wahrscheinlich meinst, du hättest eine Chance, aber sie benutzt dich nur. Das ist die Wahrheit und die Wahrheit ist schmerzhaft.

Sieh sie dir an, Daren. Sie ist jung und schön und sie will jemanden, der mit beiden Beinen auf dem Boden steht und Geld hat. Und sobald sie diese Erbschaft hat und ihr keine Handschellen mehr tragt, wird sie sich genau so einen Mann suchen. Du hast keine Chance, Sohn. Alles gute Aussehen der Welt bringt ein Mädchen wie Kayla Turner nicht dazu, auf dich zu warten, bis du deinen Mist geregelt hast.« Er schürzt die Lippen und schüttelt den Kopf. »Sie wird dich verlassen. Frauen gehen immer. Teufel, deine eigene Mutter hat dich verlassen.« Er atmet ein. »Wenn du weißt, was gut für dich ist, dann vergisst du deine abgehobene Fantasie, in der Kayla und du bis in alle Ewigkeit glücklich zusammenlebt und kehrst in die Realität zurück.«

Ich mag meinen Vater nicht. Ich verachte ihn. Aber ich kann ihm in diesem Punkt nicht widersprechen. Er hat recht. Kayla verdient etwas Besseres als mich. Diese Welt mit Schnitzeljagden und Handschellen und im Dunkeln schlafen, ist von Anfang an eine vorübergehende Sache gewesen. *Ich* bin immer nur eine vorübergehende Sache gewesen.

Eddie kommt zurück in den Raum geeilt und legt sein Mobiltelefon zur Seite. »Tut mir leid.« Er nimmt wieder Platz. »Sind wir schon weitergekommen?«

Dad lehnt sich auf seinem Stuhl zurück. »Ich will mich noch immer nicht schuldig bekennen. Ich nutze lieber meine Chancen im Gerichtssaal …«

Während Eddie und er die Möglichkeiten für die Verhandlung diskutieren, lehne ich mich zurück und tue, als würde ich zuhören. Mein Blick gleitet jedoch zu Kayla, die durch die Musik auf ihrem Telefon scrollt und nichts von der eben stattgefundenen Unterhaltung ahnt. Ich betrachte ihr sanftes Gesicht und ihre schlanken Arme, und als ich an letzte Nacht denke, schnürt sich meine Brust zusammen.

Ich habe dieses sanfte Gesicht in meinen Händen gehalten, ihr süßer Körper lag unter meinem. Sie hat meine Küsse voller Leidenschaft erwidert – womit ich nicht gerechnet habe. Die Art, wie sie gestöhnt und geatmet hat, die Art, wie sie sich an mich gedrängt und ihren Körper an meinen geschmiegt hat – damit habe ich nicht gerechnet. Aber vielleicht hat sie sich wirklich nur von der Schnitzeljagd hinreißen lassen und die letzte Nacht war Teil des Spiels?

Ich sehe sie prüfend an. Tut sie nur so, um an ihr Erbe zu kommen? Zum Spaß? Eigentlich kann ich das nicht glauben, vor allem, nachdem sie heute Morgen im Auto bereit war, meinetwegen auf das Erbe zu verzichten. Aber vielleicht war auch das alles nur gespielt.

Ich wische mir verwirrt über den Mund. Deshalb lasse ich mich nicht auf Frauen ein. Sie schleichen sich in meinen Kopf und lassen mich an allem zweifeln. Dann schleichen sie sich in mein Herz und ängstigen mich zu Tode, weil sie mich jederzeit wieder verlassen könnten.

Was geschieht, wenn wir das Erbe gefunden haben? Wird Kayla abreisen? Mir wird schwer ums Herz.

Sie bewegt sich auf ihrem Stuhl und lächelt mir sanft zu. Ich lächele zurück, aber mein Lächeln wirkt gezwungen und fühlt sich falsch an.

»… denken Sie wenigstens darüber nach, worum wir Sie bitten, Luke«, sagt Eddie zu meinem Vater.

Ich konzentriere mich wieder auf die Unterhaltung.

Mein Dad seufzt. »Gut. Ich denke darüber nach, mich schuldig zu bekennen. Ich *denke nach.*«

»Hervorragend.« Eddie sieht mich an. »Ist das nicht eine gute Nachricht?«

Ich nicke. »Ja. Eine gute Nachricht.« Mit einem mulmigen Gefühl im Bauch starre ich auf den Tisch.

Vielleicht ist *das* eine gute Nachricht, aber dass Kayla Turner mich wahrscheinlich verlassen wird, ist definitiv keine.

Dad hat recht. Die Wahrheit ist schmerzhaft.

29
Kayla

Die Fahrt zur alten Lavendelranch verläuft in angespannter und unbehaglicher Stille. Seit wir das Gerichtsgebäude verlassen haben, hat Daren kein Wort gesagt, und ich bin mir nicht sicher, ob ich etwas sagen sollte.

Vorsichtig fange ich an: »Also, das schien ganz … okay gelaufen zu sein?«

»Nicht«, unterbricht er mich.

Ich blinzele, etwas beleidigt, sage jedoch nichts mehr.

Ich frage mich, ob er sich vielleicht wegen letzter Nacht so kühl verhält. Ich weiß, er ist ein Frauentyp, und ich weiß, dass er nicht viel von festen Bindungen hält. Vielleicht ist er aufgelöst, weil ihm heute Morgen beim Aufwachen klargeworden ist, dass er mir, buchstäblich, nicht entkommen kann. Und das alles mit seinem Dad heute Morgen hat ihn sicherlich nur noch mehr aufgewühlt.

»Hör zu«, versuche ich es erneut, in der Hoffnung, etwas von der Anspannung zu lösen, die ich auf der anderen Wagenseite spüre. »Was letzte Nacht passiert ist, hat nichts zu bedeuten.«

Er nickt, spannt die Kiefer an und hält den Blick auf die Straße gerichtet, dann wendet er sich langsam zu mir um und grinst höhnisch. »Oh, ich weiß.« Er schnaubt verächtlich und blickt erneut wütend aus dem Fenster. »Ich weiß.«

Ich starre ihn verwirrt an.

Was zum Teufel soll das heißen? Er *weiß*? Als würde er sich abgesehen vom Sex nicht für mich oder für uns interessieren. Gott. Ich habe nur versucht, ihm den Druck zu nehmen, aber diese Reaktion … wow.

Ich verkneife mir ein Fluchen. Vielleicht habe ich mich in Daren getäuscht. Vielleicht ist er doch wie jeder andere schweinische Typ, den ich kenne.

Ein paar Meilen später biegen wir zur alten Lavendelranch ab und ich parke direkt hinter dem Tor. Wir steigen aus dem Wagen und werden sofort von einem kleinen Tornado überfallen, der über das verlassene Anwesen fegt und trichterförmig Staub in die Luft wirbelt. Er zieht rasch über uns hinweg, aber meine Haut und meine Kleidung sind bereits mit einer dicken Staubschicht überzogen. Na, toll!

Ich wische mir durchs Gesicht und reibe mir die Augen. Daren tut es mir gleich. Als wir wieder etwas sehen können, entdecken wir sofort die Nachricht, die an einem Pfosten neben dem Schild der Ranch hängt.

Ich blicke erwartungsvoll zu Daren. »Was, kein Heureka oder Jabadabadu diesmal?«

»Aha!«, sagt er mit gespielter Begeisterung und in lahmem Ton.

»Egal.« Ich verkneife mir den düsteren Blick, mit dem ich ihn eigentlich gern strafen würde, nehme hastig die Nachricht vom Pfosten und lese sie laut vor: »Herzlichen Glückwunsch, dies ist euer letzter Hinweis! Euer Geld befindet sich an einem sicheren Ort durch die Trenches. Viel Glück!«

»Durch die Trenches … Gräben?«, wiederhole ich. »Was soll das heißen?«

Daren sieht sich um. »Vielleicht sind irgendwo um die Ranch herum Gräben ausgehoben worden?« Nachdem wir die Nachricht gelesen haben, wirkt er etwas gelöster und ich atme innerlich auf.

In der heißen Nachmittagssonne schwitzend, suchen wir das Gelände ab, finden jedoch nichts, das auch nur annähernd an einen Graben erinnert.

Ich beiße mir auf die Lippe. »Vielleicht gibt es Gräben in seinem Garten?«

Daren schüttelt den Kopf. »Ich habe den Garten praktisch selbst angelegt. Da gibt es definitiv keine Gräben.«

Wir überlegen noch etwas länger, kommen jedoch auf keine brauchbare Idee.

Daren stampft mit dem Fuß auf und flucht. »Mann, ist das nervig.« Er wirft die Arme in die Luft und zerrt meinen mit nach oben. »Warum konnte er uns nicht einfach sagen, wohin wir gehen sollen? Warum musste er es uns so verdammt schwer machen, mit diesen Handschellen und den albernen Hinweisen?«

»Ich weiß es nicht.« Ich zucke mit den Schultern. »Lass uns weiter überlegen. Vielleicht meinte er …«

»Nein.« Er schüttelt den Kopf. »Das ist absurd. Wir wissen noch nicht einmal, für wie viel Geld wir diese ganzen Hürden überwinden. Alles, was wir wissen, ist, dass dein Dad kein Pardon mit uns kennt.«

»Vielleicht, aber ich glaube wirklich …«

»Und dann auch noch die Handschellen! Wozu?«, schnauft er wütend. »Wie ist er bloß auf den Gedanken gekommen, dass das eine gute Idee sein könnte?« Er rüttelt aggressiv an den Fesseln.

Ich kneife die Augen zusammen. »Warum hast du so schlechte Laune?«

Er sieht mich finster an. »Habe ich nicht.«

»Dann hör auf rumzumeckern und hilf mir lieber dabei, diesen Hinweis zu entschlüsseln.«

Sein mürrisches Verhalten ergibt keinen Sinn. Wenn er lieber aus der Sache aussteigen will, hätte er mein Angebot von heute Morgen, die Handschellen aufzubrechen, annehmen können. Und wenn er Angst hat, ich könnte mich an ihn klammern, kann er sich entspannen, denn ich habe ihm erklärt, dass die letzte Nacht nichts zu bedeuten hatte. Ich mustere ihn einen Augenblick. Vielleicht geht es hier um etwas ganz anderes? Vielleicht hat ihn etwas aufgebracht, das zwischen ihm und seinem Dad passiert ist? Ich bin völlig verwirrt.

Fünfundvierzig Minuten und zwei weitere Mini-Staub-Tornados später haben wir noch immer keine Ahnung, was ›durch die Trenches‹ bedeutet. Und jetzt sind wir auch noch mit jeder Menge Staub bedeckt, der an unseren schweißbedeckten Gesichtern und Körpern klebt.

Ein weiterer Windstoß weht noch mehr Dreck in meine Haare und in meine Augen – ich wische ihn wütend fort. Daren schlägt nach dem staubigen Wind und begegnet zufällig meinem Blick; mit finsterer Miene wendet er sich sogleich ab und wischt sich über die Stirn.

Jetzt bin ich überzeugt davon, dass sein Verhalten mit gestern Nacht zu tun hat. Dieser Mistkerl kann mir noch nicht einmal in die Augen sehen.

»Vielleicht meinte er eine andere Art von Graben. Zum Beispiel so etwas wie einen Schützengraben«, schlägt Daren vor.

Ich schnaube. »Ja, ganz bestimmt. Wir sollen ein Schlachtfeld suchen und in den Schützengräben buddeln.«

Er reckt das Kinn vor. »Hast du eine bessere Idee? Denn seit zwanzig Minuten tust du nichts anderes, als dich zu beschweren. *Es ist heiß. Ich bin müde.*« Er blickt mich finster an. »Was ist *los* mit dir?«

»Was ist mit *dir* los?«, entgegne ich. »*Du* hast doch schon den ganzen Tag über schlechte Laune und hast kein Wort mehr mit mir gesprochen, seit wir von deinem Dad weggegangen sind.«

»Warum fängst du immer wieder von meinem persönlichen Kram an? Das geht dich nichts an. Kannst du mein Leben nicht für einen verdammten Moment vergessen?«

»Kein Problem«, fauche ich. »Betrachte *dich* als vergessen.«

»Habe ich schon«, giftet er zurück.

»Was soll das heißen?« Ich weiche zurück und versuche, seine Miene zu deuten. »Ist es wegen gestern Nacht?«

»Nein. Letzte Nacht hatte *nichts zu bedeuten* und nichts ist passiert«, stößt er voller Verachtung hervor. »Jedenfalls nichts von Bedeutung.«

Seine Worte treffen mich tief – tiefer, als ich zugeben möchte – und es scheint ihm noch nicht einmal leidzutun.

Ich bin fassungslos. »Wie gemein, so etwas zu sagen.«

»Gemeiner, als dass du mich benutzt, um an Daddys Geld zu kommen?«

»Was?« Ich schüttele ungläubig den Kopf. »Wenn *jemand* hier benutzt wird, dann ja wohl ich. Du benutzt *mich*, um an das Geld zu kommen – und mich nebenbei auch noch flachzulegen«, fauche ich.

Er sieht aus, als hätte ich ihn geohrfeigt. Und in gewisser Weise habe ich das wohl auch.

Seine Gesichtszüge entgleiten. »Ist das dein Ernst?«

Ich glaube nicht wirklich, dass er mich benutzt. Wenn überhaupt, dann glaube ich, dass er einfach nicht weiß, was er mit mir anfangen soll. Aber seine Worte schmerzen und ich bin zu verletzt, um mich um seine Gefühle zu kümmern.

Ich zucke mit den Schultern. »Na, das tust du doch, oder nicht? Du bist ein Opportunist, der versucht, an jeder Ecke Sex zu haben.«

Er beißt die Zähne zusammen und nickt wütend. »Ja. Klar. Du hast mich durchschaut. Ich habe herausgefunden, dass wir mit Handschellen aneinandergebunden werden und dachte, das ist eine großartige Gelegenheit, der frigiden, kleinen Kayla an die Wäsche zu gehen«. Er schnaubt verächtlich. »Ich bin nicht derjenige, der praktisch darum gebettelt hat.«

»*Wie* bitte?«

»Ach, komm schon. *Du* hast die Beine breit gemacht und mich praktisch angefleht, dich zu nehmen.«

Meine Kehle schnürt sich zusammen und ich spüre, wie mir die Hitze ins Gesicht schießt. Ich bin beschämt und wütend, aber vor allem verletzt. Mein Herz tut so schrecklich weh – als hätte er ein Schlachtermesser hineingestoßen und würde es gnadenlos hin- und herdrehen. Alles was ich will, ist, Daren genauso zu verletzen.

Ich starre ihn wütend an. »Bilde dir ja nichts ein.« Und weil ich ein schrecklicher Mensch bin, ergänze ich: »Ich hatte Mitleid mit dir, das ist alles. Du bist obdachlos, Herrgott noch mal. Du schläfst auf dem Boden und kannst dir noch nicht einmal etwas zu essen leisten. Du hast keine Zukunft und jede Frau, die die Wahrheit über dich erfährt, würde schreiend davonlaufen. Niemand will dich, deshalb hast du mir leidgetan. Es wäre ein reiner Mitleidsfick gewesen.«

Oh nein. Jetzt bin ich zu weit gegangen. Der verletzte Ausdruck auf seinem Gesicht raubt mir den Atem. Ich sehe genau, wie meine fiesen Worte an seinem Selbstbewusstsein zerren, es in Stücke reißen und ihn mit dem Gefühl zurücklassen, vollkommen wertlos zu sein – wofür er sich ohnehin schon hält.

Ich öffne den Mund, um mich zu entschuldigen, doch er kommt mir zuvor.

»Na, dann ist es ja gut, dass es nicht so weit gekommen ist.« Seine Miene ist versteinert. »Du wärst nur eine weitere Eroberung für mich gewesen. Noch eine Kerbe in meinem Gürtel. Aber so? Was soll's?« Er zuckt mit den Schultern. »Für dich ist mir meine Zeit zu schade. Außer ein paar Titten und einem Hintern hast du wirklich nichts zu bieten. Und das kann ich überall bekommen.«

Schmerz.

Purer, dunkler Schmerz.

Wir bohren einen scharfen Speer der Unsicherheit nach dem anderen in unsere bereits löchrigen Fassaden. Ich bin wütend und verletzt und kämpfe mit den Tränen. Ich möchte nur noch davonlaufen. *Diese verdammten Handschellen!*

Ich schlucke und versuche, die Tränen zurückzuhalten. »Weißt du was?«, sage ich ruhig. »Ich brauche das Geld nicht wirklich. Wir stecken fest und können den Hinweis ohnehin nicht entschlüsseln.« Ich sehe ihn an. »Ich habe genug.«

Er beißt die Zähne zusammen und sieht mich ebenfalls an. »Ich auch.«

Noch mehr Schmerz.

»Gut. Fahren wir.« Wir gehen zurück zum Wagen und steigen ein. Ich bin stolz, dass ich es schaffe, den Schlüssel ohne zu zittern ins Zündschloss zu stecken und umzudrehen.

Doch es passiert nichts.

Ich versuche es erneut. Der Wagen röhrt, springt jedoch nicht an. Wieder und wieder. Noch immer nichts.

Daren stöhnt verzweifelt auf. »Lass mich probieren.« Er nimmt die Schlüssel und versucht es selbst, doch der Wagen springt nicht an.

»Wahrscheinlich ist die Batterie leer«, sage ich.

»Mist«, murmelt Daren.

Eine ganze Weile sitzen wir schweigend da.

»Was jetzt?« Ich starre auf das Lenkrad.

Er reibt sich mit der freien Hand durchs Gesicht und stößt die Luft aus. »Ich weiß es nicht.«

»Wir sind im Nirwana ohne Essen und ohne Wasser.« Ich hole mein Telefon heraus. »Und ohne Netz.«

»Ich weiß.«

»Wir brauchen einen Plan, Daren.«

»Ich weiß! Ich weiß nicht, was wir tun soll… warte! Ja, doch. Steig aus!«

»Was? Warum?«

»Steig einfach aus dem verdammten Wagen«, fährt er mich an.

Ich ziehe eine Grimasse, steige jedoch aus.

»Das Willow Inn liegt ungefähr eine Meile von hier entfernt«, erklärt er. »Wenn wir durch den Wald wandern, können wir in einer halben Stunde dort sein und Angelo, einer meiner Kollegen, kann uns von diesen verdammten Dingern befreien. Dann können wir überlegen, was wir als Nächstes tun. Also, komm.« Er marschiert an mir vorbei und führt uns in den Wald. »Beeilen wir uns«, drängt er, ohne mich anzusehen. »Ich will diese verdammten Dinger so schnell wie möglich loswerden.«

»Ich auch.« Doch kaum haben die Worte meinen Mund verlassen, bricht ein kleines Stück aus meinem Herzen.

30

Daren

Noch nie habe ich mich so heftig mit einem Mädchen gestritten. Genau genommen hatte ich nie einen *Grund*, mich so heftig mit einem Mädchen zu streiten – wahrscheinlich, weil mir kein Mädchen je etwas bedeutet hat oder mir auf eine Art wichtig war, dass ich mich seinetwegen hätte verletzen lassen. Aber das hier tut höllisch weh.

Kaylas Bemerkung, ich wäre ein Mitleidsfick gewesen… Ich weiß, dass sie es nicht so gemeint hat. Ich habe an ihrer bebenden Lippe gesehen, dass sie mich nur niedermachen wollte, aber noch nie in meinem Leben haben mich Worte so verletzt. Außer vielleicht, als meine Mom weggegangen ist und mir gesagt hat, dass ihre Liebe für mich nicht groß genug sei, um in einem unglücklichen Leben zu verharren. Diese Zurückweisung war ziemlich schrecklich. Aber Kaylas kalte Worte bewirken eine ganz andere Art von Schmerz.

Ich weiß nicht, warum sie mir so viel bedeutet, aber es ist einfach so. Und jetzt läuft sie neben mir durch den Wald und will mich nur noch loswerden. Sie ist sogar bereit, dafür auf ihr Erbe zu verzichten.

So ist das mit mir. Ich vertreibe die kostbaren, wichtigen Frauen aus meinem Leben. Frauen sind bereit, großen Reichtum hinter sich zu lassen, nur um vor mir zu fliehen. Fast möchte ich laut lachen.

Ich bin absolut nicht erwünscht.

Wir laufen in angespanntem Schweigen, bis ich das Gasthaus in der Ferne sehe. Zuerst bin ich erleichtert. Doch dann sehe ich zwei Gestalten am Hintereingang stehen und unterdrücke ein Fluchen.

Levi und Ellen. *Mist!*

Natürlich stehen Ellen und Levi genau in dem Moment hinter dem Haus, wenn ich mit einem Mädchen daherkomme, das an mein Handgelenk gefesselt ist. Ich schwöre bei Gott, es ist, als versuchte ich, meinen zweifelhaften Ruf zu ruinieren. Oder besser gesagt, ihn intakt zu halten. Und jetzt fällt mir auch noch ein, dass ich vergessen habe, Ellen anzurufen, um ihr zu erklären, warum ich gestern nicht zur Arbeit erschienen bin. *Doppelter Mist!*

Sie sehen aus, als wären sie in ein angeregtes Gespräch vertieft. Sehr gut. Vielleicht können Kayla und ich unbemerkt an ihnen vorbeischleichen. Das wäre gut. Levi und ich sind momentan nicht gerade beste Freunde – oder waren es nie.

Das letzte Mal, als ich ihn gesehen habe, hat Levi mich auf Moniques Motorhaube gewürgt, weil ich versucht habe, betrunken Auto zu fahren – mit seiner Freundin Pixie als Geisel. Überflüssig zu sagen, dass Levi nicht zu meinen größten Fans gehört.

Im selben Moment entdeckt er mich. Ich hasse die Art, wie er mich anstarrt, und ich hasse die Art, wie Ellen jetzt Kayla anstarrt. Und ich hasse mich selbst, weil ich das alles verursacht habe.

»Daren?« Als wir näher kommen, tritt Ellen einen Schritt auf uns zu.

»Äh, hallo.« Ich lächele dümmlich und winke mit meiner gefesselten Hand, wodurch ich Kaylas Handgelenk mit nach oben reiße.

Kayla zieht den Arm zurück nach unten und zischt: »Benutz die andere Hand.«

»Was zum *Teufel*…?« Levi starrt mich schockiert an und deutet auf Kayla. »Hast du das arme Mädchen etwa *entführt*?«

»Was? Nein! Teufel. Nein. Meinst du, ich *will* mit Handschellen an sie gekettet sein?«

Kayla starrt mich wütend an. »Ach. Als wenn *ich* an *dich* gekettet sein wollte?« Sie verdreht die Augen. »Also echt…«

»Würde mir bitte mal jemand erklären, was hier los ist?« Ellen blickt sich verwirrt um. »Und wo ihr zwei herkommt? Und warum du gestern nicht zur Arbeit erschienen bist?«

Ich seufze. »Das ist eine lange Geschichte.«

»Es ist eine alberne Geschichte«, korrigiert mich Kayla spöttisch und meine Wut erwacht aufs Neue.

Ich starre sie finster an. »Kannst du nicht mal einen Augenblick den Mund halten?«

»Oh, tut mir leid«, giftet sie und hebt unsere Handschellen. »Sie müssen meine schlechte Laune entschuldigen. Ich bin seit Tagen an diesen *Idioten* gekettet.«

»Und wer sind Sie?«, fragt Ellen.

Sie streckt ihr die freie Hand entgegen. »Ich bin Kayla.«

»Ellen.« Ellen schüttelt ihr langsam die Hand und blickt von einem zum anderen.

Kayla wendet sich erneut an mich. »Hast du gesehen, wie ich das mit meiner *freien* Hand gemacht habe? Das ist keine Wissenschaft für sich.«

Ich sehe sie aus zusammengekniffenen Augen an, dann wende ich mich wieder an Ellen. »Ist Angelo da?«

Ellen zögert. »Äh, ja…«

»Hervorragend. Wenn uns irgendjemand von diesen Dingern befreien kann, dann er. Komm!« Ich ziehe Kayla an den Handschellen zur Hintertür in das Hotel – während sie Todesdrohungen ausstößt und mich verflucht – und gehe durch die Halle in den Speisesaal.

Angelo steht hinter der Bar, genau dort, wo ich ihn vermutet habe, und wischt mit einem weißen Lappen über den Tresen. Seine Bar ist immer lächerlich sauber, dennoch besteht der Kerl darauf, tagein, tagaus die Oberfläche zu polieren.

Er blickt von dem glänzenden Tresen auf, sieht unsere gefesselten Handgelenke und wischt dann weiter, als würde er jeden Tag Paare sehen, die mit Handschellen aneinandergefesselt in das Hotel spazieren.

»Sieht aus, als hättet ihr zwei einen interessanten Tag hinter euch«, stellt er fest.

»So ungefähr«, antworte ich. »Sie haben nicht zufällig einen Bolzenschneider hier?«

»Im Hotel?« Angelo lacht rau und schüttelt den Kopf. »Wir haben *keine* Bolzenschneider hier.«

Ich fluche leise und sehe aus dem Augenwinkel, wie Kayla die Schultern sinken lässt.

»Aber falls ihr die loswerden wollt, könnte ich euch vielleicht helfen.« Angelo blickt auf unsere Fesseln.

»Wirklich?«, frage ich.

Er deutet auf einen Esstisch in der Nähe der Bar. »Setzt euch und legt die Handgelenke auf den Tisch.«

Wir tun, was er sagt. Angelo tritt zu uns, greift in seine Gesäßtasche und zieht ein Lederetui hervor. Daraus befördert er ein dünnes Werkzeug mit einem Haken hervor und steckt das Etui zurück in die Tasche. Dann schiebt er das Werkzeug mit dem Haken in das Schloss der Handschellen.

Ich bin keineswegs überrascht, dass Angelo ein Werkzeug zum Knacken von Schlössern in der Hosentasche mit sich herumträgt. Warum sollte ein Mann *kein* dubioses Werkzeug in der Hosentasche mit sich herumtragen?

Zunächst puhlt er die abgebrochene Haarklammer aus dem Schloss, zehn Sekunden später schnappen die Handschellen auf und wir sind frei. Einfach so. Wo war Angelo vor zwei Tagen, als ich mir die Haare gerauft habe und in Ruhe pinkeln wollte?

»Bitte«, sagt Angelo. Er lächelt Kayla zu. »Tut mir leid, dass Sie an diesen Idioten gekettet waren.«

Sie lächelt halbherzig zurück. »Mir auch«, sagt sie, doch sie klingt nicht gehässig.

Ihr trauriger Blick begegnet meinem, es tut uns beiden leid, aber keiner von uns ist mutig genug, sich beim anderen zu entschuldigen.

Wir nicken Angelo zum Dank zu, verlassen den Speisesaal und gehen in die Halle, wo Ellen hinter der Rezeption steht. Als sie uns sieht, hebt sie die Brauen.

»Wie ich sehe, habt ihr Angelo gefunden und er konnte euch helfen«, stellt sie fest und deutet mit dem Kopf auf unsere befreiten Handgelenke.

Kayla rückt ein Stück von mir ab, als würde sie erst jetzt realisieren, dass sie nicht länger so dicht neben mir stehen muss. Das tut weh.

»Ja.« Ich reibe mir das Handgelenk und räuspere mich. »Du, äh … Ich weiß, das ist unprofessionell und wahrscheinlich überschreite ich damit eine Grenze, aber ich habe mich gefragt, ob wir vielleicht …«

»Natürlich könnt ihr heute Nacht hierbleiben.« Sie blickt auf ihren Computerdisplay.

»Wirklich?« Dankbarkeit und Erleichterung durchströmen mich.

»Wirklich«, antwortet sie. »Aber ich habe nur noch ein Zimmer frei. Ist das ein Problem?« Sie sieht zuerst Kayla, dann mich an.

»Äh …« Ich drehe mich zu Kayla um, die schnell den Blick abwendet.

»Das ist überhaupt kein Problem«, erklärt Kayla.

Ich sehe wieder Ellen an und bringe ein Lächeln zustande. »Genau.«

Überhaupt kein Problem.

31

Kayla

Als Darren mir erzählt hat, dass er in einem Inn arbeitet, hatte ich mir so etwas wie das Quickie Stop vorgestellt. Wo die Zimmertüren nach draußen führen, sich die Tapeten von den Wänden lösen und die Farbe abblättert.

Aber das Willow Inn ist hübsch und sogar richtig malerisch gelegen. Es erinnert mich an Hotels, über die ich in Büchern gelesen oder die ich im Fernsehen gesehen habe. Es hat eine Sweet-Home-Alabama-Atmosphäre und auf dem Feld hinter dem Haus blühen unzählige violette Lavendelpflanzen.

Ellen scheint sehr nett zu sein. Darens Chefin sieht ganz anders aus, als ich sie mir vorgestellt hatte. Sie ist attraktiv und selbstsicher und sie lächelt mich an, als würde sie mich mögen. Sie hat mich nicht ein einziges Mal von oben bis unten gemustert wie sonst die meisten Frauen, die mir zum ersten Mal begegnen. Allein dafür möchte ich sie umarmen.

Sie reicht uns den Zimmerschlüssel und Daren geht voran. Ich folge ihm mit ein paar Schritten Abstand, den Blick auf seinen breiten Rücken gerichtet. Es ist seltsam, nicht mehr an seiner Seite zu gehen. Es ist seltsam, von den Handschellen befreit zu sein. Nur die Anspannung zwischen uns ist immer noch dieselbe.

Als wir den obersten Treppenabsatz erreichen und vor Zimmer Nummer sieben stehen bleiben, bin ich erschöpft und freue mich auf eine Dusche – ohne dass ein Typ an meinem Handgelenk hängt.

Als ich an letzte Nacht denke, zieht sich mein Herz schmerzhaft zusammen und in meinem Hals bildet sich ein Kloß. Ich schlucke und blinzele und ringe die Hände, ich weiß einfach nicht, wohin mit mir. Noch nie hat mich ein Typ so verletzt.

Daren schaltet das Licht ein. Das Zimmer ist wirklich hübsch, mit hellgrünen Wänden und honigfarbenen Möbeln aus Ahornholz. An der einen Wand steht, flankiert von zwei Nachttischen, ein breites Bett und unter dem großen Fenster eine Chaiselongue. Nebenan liegt das Bad mit antiken Armaturen, einer begehbaren Dusche und einer freistehenden Badewanne mit Krallenfüßen.

»Du kannst zuerst duschen«, sagt Daren, ohne mich anzusehen.

Ich verlagere das Gewicht von einem Fuß auf den anderen. »Ist schon okay. Du kannst gehen …«

»Nein, wirklich. Mach du zuerst«, entgegnet er mit Nachdruck.

Ich rolle meinen Koffer ins Bad und schließe die Tür hinter mir. Als sie ins Schloss fällt, stoße ich langsam die Luft aus und lehne mich von innen gegen die Tür. Daren sollte mir nicht so viel bedeuten. Das *darf* er nicht. Doch ich stehe hier in diesem süßen, kleinen Bad und wünschte, ich könnte die Zeit zurückdrehen und alles rückgängig machen, was ich heute angerichtet habe.

Ich dusche schnell, spüle den Staub von meinem Körper und wasche mir mechanisch die Haare. Seife läuft über mein Handgelenk, das ein bisschen wund ist, da Daren und ich die letzten Tage häufig an den Handschellen gerissen haben. Wahrscheinlich hat er eine ähnliche Abschürfung.

Ich streiche mit dem Daumen über die wunde Haut und

mein Herz zieht sich zusammen. Es war nervenaufreibend und schwierig, an ihn gefesselt zu sein, aber es war irgendwie auch lustig. Und ich war nie allein. Ich glaube, ich habe erst begriffen, wie einsam mein Leben vorher gewesen ist, als ich den ganzen Tag mit Daren zusammen sein *musste*. Es war nicht immer angenehm, aneinandergebunden zu sein, aber dass jemand einfach *da* war, war … na ja … schön. Es war mehr als schön. Es fühlte sich geborgen an.

Und jetzt bin ich verloren.

Ich drehe die Dusche ab und rubbele mich mit einem der flauschigen Handtücher trocken, dann ziehe ich einen sauberen Schlafanzug an. Ich starre in den Spiegel. Meine Haare sind nass und strähnig, sie hängen zerzaust herunter. Meine blauen Augen sind von blonden Wimpern umrahmt, ohne Schminke wirken sie dünn und unscheinbar. Ich sehe so durchschnittlich wie nur irgend möglich aus – und doch attraktiver als in der ganzen Zeit, in der Daren und ich nach der Erbschaft gesucht haben.

Ich habe schrecklich ausgesehen. Ich war schmutzig. Nass. Abgespannt. Und er auch. Aber als ich an die letzten drei Tage zurückdenke, fällt mir kein einziger Moment ein, in dem er mich abschätzig betrachtet hat. Ich habe in seinen Augen gesehen, dass er mich attraktiv findet, aber meist hat er mich angesehen wie einen Menschen und nicht einfach nur wie eine Frau. Ich kann mich nicht erinnern, so etwas je bei einem anderen Typen erlebt zu haben.

Ich sammele meine Sachen zusammen und trete zurück ins Zimmer. Daren sitzt mit dem Telefon am Ohr auf der Chaiselongue. Unsere Blicke treffen sich und in seinen Augen blitzt Verlangen auf – nicht nur sexuelles, sondern auch emotionales Verlangen. Als ob wir jeweils etwas in dem anderen gefunden hätten, von dem wir bisher nicht wussten, dass wir es brauchen. Mitgefühl. Freundschaft. Akzeptanz.

Und jetzt, nachdem wir nicht mehr mit den Handschellen aneinandergebunden sind, haben wir Angst, alles zu verlieren, was wir gerade erst gefunden haben.

Wer auch immer am Telefon ist, muss etwas gesagt haben, denn Daren senkt den Blick und erwidert: »Ja. Das freut mich zu hören.«

Ich trete zum Bett und krieche unter die weiche Decke auf der linken Seite.

»Ja, es war das Richtige, Eddie«, sagt er. »Loben wir ihn aber nicht mehr dafür, als er es verdient. Okay. Ja. Machen wir. Bis dann.« Er legt auf und blickt zu mir.

»War das wegen deines Dads?«, frage ich und ziehe die Decke bis über meine Brust nach oben.

Er nickt, sieht mich jedoch nicht an. »Er hat sich schuldig bekannt.«

Ich nicke ebenfalls. »Das ist gut.«

Daren räuspert sich. »Ich gehe duschen.«

Er betritt das Bad und kurz darauf höre ich das Wasser rauschen. Ich schalte die Lampe auf dem Nachttisch neben mir aus, sodass das Zimmer bis auf die kleine Leuchte auf Darens Seite im Dunkeln liegt.

Ich reibe mein Handgelenk und betrachte die kleine wunde Stelle. Sie ist kaum zu sehen und tut auch nicht sonderlich weh, aber sie erinnert mich daran, dass ich an Daren gefesselt war.

Ich blicke stirnrunzelnd zur Zimmerdecke und denke daran, dass wir beschlossen haben, nicht weiter nach dem Erbe zu suchen. Mir wird ein bisschen mulmig. Ich hätte das Geld wirklich gut gebrauchen können, um zurück auf die Schwesternschule zu gehen. Es ist immer mein Traum gewesen, aber in meiner derzeitigen Lebenssituation ist es schlicht unmöglich.

Meine Handflächen werden feucht und mein Herz beginnt zu rasen, als ich daran denke, dass ich nichts besitze. Keinen Plan. Kein Geld. Kein Zuhause. Keinen Daren.

Gott, ich vermisse ihn. Er ist nur nebenan im Bad, doch ich vermisse ihn schon.

Daren hat etwas an sich – etwas Verletzliches und Aufrichtiges, das mich berührt. Etwas, das ich noch bei niemand anderem gefunden habe und ohne das ich mir nicht mehr vorstellen kann zu leben. Doch wenn wir diesen Ort verlassen und getrennte Weg gehen, muss ich genau das tun.

Meine Brust zieht sich erneut zusammen und ich kämpfe mit den Tränen.

Ich habe noch nie solche Liebe gespürt, zumindest nicht für einen Mann, der nicht mein Vater ist, aber diese tiefe Traurigkeit in meiner Brust ist eindeutig Liebeskummer. Und Liebeskummer ist eine Folge von Liebe.

Ist das wirklich Liebe? Dieses schmerzhafte, verstörende Etwas? Dieser widersprüchliche, verrückte Zustand, bei dem man eben noch glücklich war und im nächsten Augenblick traurig ist? Und wenn dem so ist, warum lassen wir uns dann so von der Liebe überwältigen? Warum überlassen wir uns bereitwillig ihren heftigen und unberechenbaren Stürmen?

Als Daren frisch geduscht aus dem Bad kommt, begegnen sich unsere Blicke. Ein paar Herzschläge vergehen, in denen wir uns durch das Zimmer hinweg schweigend anblicken, schwankend zwischen Hoffnung und Verlust, und plötzlich weiß ich die Antwort.

Deshalb überlassen wir uns dem Sturm der Liebe. Diesem *Etwas*, das weder Wort noch Gefühl ist, das man in stummen Blicken und bei Keksen in der Dunkelheit findet; das sich in Zuckerwattegeheimnissen versteckt und in sanftem Einseifen unter der Dusche. Es schleicht sich in einen hinein, wühlt einen von innen auf und zerrt an der Seele, bis man am Ende ist. Dann – und nur dann – merkt man, dass man verliebt war.

Daren wendet seine braunen Augen von mir ab und all die Stücke meines Herzens, die in den letzten Tagen in Darens Hände geglitten sind, zerbröseln in noch kleinere Stücke – ohne Hoffnung, sie jemals wieder zurückzubekommen. Denn das ist Liebe, all diese Stücke meines Herzens, die ich ihm als Anzahlung für *uns* überlassen habe, gehören mir nicht mehr, sie gehören für immer Daren.

Ich drehe mich auf die Seite und wende ihm den Rücken zu, als eine Träne aus meinem Augenwinkel einen Weg über meine Wange sucht. Es ist das erste Mal seit Monaten, dass ich in einem schönen und bequemen Bett liege, und ich weiß jetzt schon, dass ich nicht werde schlafen können.

32

Daren

Ich höre, wie Kayla leise in ihr Kopfkissen weint, und meine Kehle schnürt sich zusammen. Jede Faser meines Körpers möchte sich zu ihr hinüberrollen, sie in die Arme nehmen und sie um Verzeihung bitten. Ich möchte ihr Gesicht in meine Hände nehmen und ihre Tränen fortküssen. Ich möchte all die verletzenden Worte ungeschehen machen.

Ich ertrage es nicht – dass sie mich nicht mehr anlächelt, dass ihr Handgelenk nicht alle paar Minuten an meinem zerrt. Es ist, als hätte ich ein Stück von mir selbst verloren.

Und es tut weh. Gott, tut das weh.

Ich habe alles versaut.

Ich starre an die Decke und lege meine Hand auf meine schmerzende Brust, während ich zuhöre, wie Kayla leise schluchzt. Ich habe ihr das Herz gebrochen. Turners Tochter.

Genau wie ich seine kostbare Taschenuhr zerstört habe. Turner hat mir Kayla anvertraut und ich habe sie tief verletzt.

Ich werde heute Nacht keinen Schlaf finden – aber das habe ich auch nicht anders verdient.

Am nächsten Morgen warte ich, bis Kayla das Zimmer verlassen hat, bevor ich ins Bad tappe und mir das Gesicht wasche. Obwohl ich hier arbeite, bin ich noch nie zuvor in diesem Zimmer gewesen. Wenn ich die Lebensmittelvorräte auffülle, komme ich normalerweise nicht in die Gästezimmer.

Ich trockne mir das Gesicht ab, dann blicke ich in den Spiegel. Ich habe einen Bartschatten von drei Tagen, der in meinem üblicherweise glattrasierten Gesicht irgendwie unpassend wirkt. Unter meinen Augen liegen dunkle Ringe, mein Handgelenk ist wund und meine Haare sind ein verfilztes Desaster. Und obwohl ich von der Dusche gestern Abend sauber rieche, fühle ich mich schmuddelig.

Hauptsächlich wegen der Kayla-Sache; zum Teil aber auch, weil ich keinen Plan habe. Ich weiß, dass ich bald an einen Punkt komme, an dem ich kein Geld mehr haben werde. Meine Jobs reichen nicht aus, um weiterhin Connors Arztrechnungen zu bezahlen, und nachdem Kayla und ich beschlossen haben, auf das Erbe zu verzichten, verfüge ich noch nicht einmal mehr über einen Plan B.

Es klopft an der Tür. Als ich öffne, steht Ellen davor.

Sie lächelt. »Frühstück ist fertig.«

Ich runzele die Stirn. »Wovon sprichst du?«

»Frühstück ist bei jeder Übernachtung inbegriffen«, erklärt sie. »Das weißt du doch.«

»Ja, aber ich bin kein Gast. Ich bin ein Schmarotzer, der in dein Inn gerauscht ist und die letzte Nacht in einem deiner Zimmer kostenlos übernachtet hat.«

»*Nein*«, widerspricht sie und zieht das Wort in die Länge. »Du bist ein Angestellter des Willow Inn. Und alle Angestellten erhalten fünf Gratis-Übernachtungen pro Jahr.« Sie grinst. »Ich bin froh, dass du deine Vergünstigungen als Angestellter nutzt. Jetzt beeil dich und komm runter, bevor Mable dein warmes Essen wegwirft und sich deshalb den ganzen Tag beschwert.«

»Aber ich …«

»Mute mir nicht zu, Mable zu sagen, dass du ihr Frühstück nicht willst, hörst du?« Sie sieht mich streng an.

»Ja, Ma'am.«

Sie lächelt wieder. »Gut. Bis gleich.« Dann verschwindet sie.

Kopfschüttelnd ziehe ich mich fertig an, dann gehe ich nach unten. Im Speisesaal sind alle Tische fürs Frühstück eingedeckt und die meisten sind besetzt.

»Morgen, Daren«, grüßt mich Earl Whethers, einer der Stammgäste, der am nächsten Tisch sitzt.

»Guten Morgen, Earl«, antworte ich. »Wo ist Vivian?«

Er lacht. »An der Bar.« Er deutet zur Theke, an der seine Frau sitzt und versucht, Angelo zu überreden, ihr ein Glas Whisky einzuschenken.

»Vivian, wie ich Ihnen schon gestern und vorgestern gesagt habe«, antwortet Angelo. »Der einzige Drink, den wir zum Frühstück servieren, ist Champagner mit Orangensaft.«

Sie schürzt die Lippen. »Sie sind ein Spielverderber, Angelo.«

»Setzen Sie sich, setzen Sie sich«, fordert Earl mich auf und zieht einen Stuhl heraus. »Ellen meint, Sie hätten heute frei, also habe ich beschlossen, dass Sie mir beim Frühstück Gesellschaft leisten.« Ich setze mich. »Was führt Sie in die Stadt?«, fragt Earl augenzwinkernd.

»Der Wagen, mit dem ich unterwegs war, ist in der Nähe stehen geblieben«, antworte ich. »Deshalb bin ich über Nacht geblieben.«

»Mit …?«

Ich hebe eine Braue.

»Ach, kommen Sie«, meint Earl. »Jeder im Hotel spricht davon, dass Sie mit einer jungen Dame hergekommen sind. Wer ist sie?«

»Ach, Kayla? Sie ist …« Ich blinzele. Tja, wer ist sie? »Sie ist eine Freundin«, antworte ich.

Er lacht. »Na klar ist sie das.« Dann ändert sich schlagartig sein Gesichtsausdruck und er erbleicht. Einen Moment denke ich, er bekommt einen Herzinfarkt, weil seine Augen hervortreten und seine Glieder steif werden. Doch dann flüstert er: »Tja, ich werde …«

Ich folge seinem Blick und entspanne mich ein wenig, als mir klar wird, weshalb ihm der Mund offen steht. Kayla hat soeben den Speisesaal betreten. Und nachdem sie sich den ganzen Dreck und Staub von gestern abgewaschen hat, sieht sie einfach nur fantastisch aus.

Sie sieht *immer* unglaublich toll aus, aber jetzt, im Morgenlicht, das durch die deckenhohen Fenster des Speisesaals hereinfällt, ist sie absolut atemberaubend. Die Haare hat sie unordentlich zurückgebunden, sie ist ungeschminkt und trägt ein abgetragenes, altes Tanktop, zerrissene Jeans und schmutzige Sneakers. Aber sie ist wunderschön.

Was mich wieder daran erinnert, was ich für ein Arschloch bin.

Earl schnalzt mit der Zunge. »Das ist vermutlich das hübscheste Mädchen, das ich je gesehen habe.«

Ich löse den Blick von ihr. »Was Sie nicht sagen.«

»Ist das die Ihrige?«, fragt er mit einem anzüglichen Zwinkern.

Ich lächele angespannt. »Ich wünschte, sie wäre es.«

»Was ist passiert? Haben Sie es versaut?«

»Ja.« Ich nicke. »Absolut.«

Er seufzt. »Dummer Junge. Ich sage es Ihnen. Die Jugend ist bei den jungen Leuten verschwendet. Wenn ich in Ihrem Alter wäre, würde ich einen Weg finden, das Mädchen glücklich zu machen und für immer an mich zu binden.«

»Warum?«, frage ich abwehrend. »Weil sie hübsch ist? Sie sieht nämlich nicht nur gut aus, sie hat viel mehr zu bieten als das.«

»Na klar …«

»Sie ist klug. Und sie näht. Und sie will Krankenschwester werden. Und obwohl das Leben es ihr nicht leicht macht, ist sie nicht verbittert. Und sie kümmert sich um Menschen, auch wenn sie es nicht verdienen …«

Ich höre auf zu reden, weil Earl mich anstarrt, als sei ich verrückt, und vielleicht bin ich das auch. Tatsächlich, das bin ich.

Ich bin verrückt, weil ich mich je für gut genug gehalten habe, um Kayla zu berühren oder zu küssen. Und ich bin verrückt, weil ich verletzende Dinge zu ihr gesagt und sie zum Weinen gebracht habe. Und vor allem bin ich verrückt, weil mir gerade klargeworden ist, dass ich Kayla Turner liebe.

Es trifft mich wie ein Blitzschlag inmitten des Speisesaals. Ein warmes Gefühl durchströmt mich und tiefe Zuneigung überwältigt mich, als ich Kayla durch den Raum anstarre. *Oh mein Gott.* Ich liebe Kayla tatsächlich. Ich liebe, wer sie ist, was sie will und wie sie empfindet.

Und das macht mir eine Heidenangst.

Typen wie ich bekommen keine Mädchen wie Kayla Turner. Typen wie ich enden als Alkoholiker im Gefängnis. Typen wie ich können von Mädchen wie Kayla Turner nur träumen.

Also, nur zu, Earl Whethers. Halten Sie mich für verrückt.

Denn ich bin komplett, völlig und unwiderruflich verrückt.

»Was?«, stoße ich hervor, da Earl mich immer noch anstarrt, und senke den Blick zu meinem Kaffeebecher.

Zum Glück kommt genau in dem Moment Mable an unseren Tisch, rettet Earl vor meinem irren Blick und stellt das Frühstück vor uns ab.

Ich beobachte, wie sich Kayla am anderen Ende des Raums an einen eigenen Tisch setzt. Mable geht zu ihr und Kayla lächelt, als sie sich vorstellt und sie auf ihre freundliche Art vollplappert.

»Der Speck ist fantastisch, nicht wahr?«, sagt Earl.

Ich starre zu Kayla und antworte abwesend: »Wirklich gut.«

»Wissen Sie«, fährt Earl fort, während er Butter auf eine Scheibe Toast streicht, »ich weiß noch, als ich mich in Vivian verliebt habe.« Er lacht. »Es hat mich zu Tode geängstigt. Ich dachte, ich wäre ihrer nicht würdig. Ich glaube es immer noch nicht.« Er sieht mich an und lächelt. »Aber wissen Sie was? Ich habe es nie bereut, dass ich ihr nachgestellt habe.« Er beißt von seinem Toast ab. »Und das werden Sie auch nicht.«

Ich blicke Earl an und runzele die Stirn. »Sie wollen, dass ich mich an Vivian heranmache?«

»Nein, Sie Trottel. Sie wissen genau, was ich meine.«

Durch den Raum begegne ich Kaylas Blick und mein gesamter Körper erstarrt. Wir sehen uns in die Augen. Ich weiß genau, was Earl meint.

33

Kayla

Darens Blick ist tödlich. Wenn ich ihm weiter in die Augen starre, werde ich ganz sicher tot umfallen.

Ich wende den Blick ab und konzentriere mich auf die Tischdecke – plötzlich kämpfe ich wieder mit den Tränen. Noch nie in meinem Leben habe ich so intensiv für jemanden empfunden.

Ich bin mit dem Vorsatz hierhergekommen, die Papiere meines Vaters zu unterzeichnen und dann ein neues Leben zu beginnen. Es wäre zwar ein ziemlich beschissenes, armes Leben gewesen, aber *meins* – ganz allein meins – ohne jemand Unberechenbaren darin, der mich verlassen oder jeden Moment sterben könnte.

Doch jetzt hat sich mein Plan in Wohlgefallen aufgelöst und ich denke nur noch daran, dass ich diese beschissene Kleinstadt Copper Springs nicht verlassen will, weil ich Daren Ackwood nicht verlassen will.

Ich bin ein absolut über-sentimentales Frauenzimmer.

Verstohlen blicke ich erneut zu ihm. Es ist einfach nicht fair, dass er so gut aussieht. Das ist für jeden im Raum eine Zumutung. Er überstrahlt sie alle. Und dann kommt noch hinzu, dass er ein wirklich netter Mensch ist und kein arroganter verwöhnter Idiot, und, na ja, alle anderen können gegen ihn einpacken.

Ich seufze innerlich. Warum habe ich nicht gemerkt, was für

ein Juwel er ist, als wir jünger waren und ich noch eine Chance hatte? Und warum bin ich gestern so unglaublich gemein zu ihm gewesen? Mein Gott. Ich habe jeden wunden Punkt getroffen und zugesehen, wie Daren daran zerbrochen ist. Aber das Schlimmste ist: Ich liebe ihn. Ich beobachte, wie er seinen Pfannkuchen schneidet und mein Magen schlägt Purzelbäume.

Ich liebe Daren. Ich liebe seine Seele. Es gefällt mir, dass er das Richtige tun will. Ich mag sogar seine ganze Gebrochenheit und sein fehlendes Selbstwertgefühl. Er ist verrückt und unsicher und hat Angst, sich an Leute zu binden, und ich liebe ihn trotzdem und gerade deswegen. Hätte ich das doch nur gestern gewusst, bevor ich ihn mit meinen Worten vernichtet habe.

Es ist schwer zu merken, dass man jemanden liebt.

Daren sieht auf und unsere Blicke treffen sich erneut. Meine Augen brennen, doch ich kann sie nicht von ihm abwenden. Er legt ganz leicht den Kopf schief, als wolle sein großes Herz mich nicht traurig sehen, und das Brennen verstärkt sich.

Warum? Warum zum Teufel will ich auf einmal die ganze Zeit weinen?

»Guten Morgen«, sagt eine warme Stimme. Ich blicke auf und sehe Ellen, die auf mich hinablächelt.

»Guten Morgen.« Ich erwidere ihr Lächeln.

»Hast du etwas dagegen, wenn ich mich zu dir setze?«, fragt sie.

»Natürlich nicht.« Ich deute auf den Stuhl mir gegenüber und sie setzt sich.

»Was hast du heute vor?«, erkundigt sie sich.

»Nichts. Ich habe keinen Plan für heute oder für irgendeinen Tag danach«, antworte ich wehmütig.

Sie nickt. »Okay. Hast du Lust, ein bisschen Geld zu verdienen?«

Ich hebe eine Braue. »Wie …?«

Sie lächelt. »Ich habe zu wenig Personal. Meine Küchenhilfe ist gerade nach Phoenix gezogen und ich muss unbedingt eine Kellnerin einstellen. Darum hatte ich gehofft, dass du vielleicht heute einspringen und ein paar Stunden bedienen könntest. Natürlich gegen Bezahlung.«

Ich mache große Augen. Ich könnte das Geld wirklich gut gebrauchen, aber ich weiß nicht …

»Es würde mir wirklich viel bedeuten«, fügt Ellen hinzu.

Ich beiße mir auf die Lippe. »Okay.«

»Ja?«

Ich lächele. »Ja.«

»Hervorragend!«, freut sie sich. Dann blickt sie sich um. »Oh, ein paar Gäste wollen auschecken. Ich bin gleich zurück.«

Als sie zur Rezeption geht, nehme ich meine Tasche und suche nach meinem Lipgloss. Mein Blick fällt auf die Akte mit den Treuhandfondsunterlagen und ich nehme sie heraus. Ich gehe die Auszüge durch und betrachte die Abhebungen aus Chicago. Ich überschlage die Summe der Einzelbeträge und mir wird flau im Magen. Nicht nur wegen des unglaublichen Betrags, den meine Mutter mir gestohlen hat, sondern weil sie das ganze Geld für Drogen ausgegeben hat. Ihr Egoismus kannte am Ende keine Grenzen mehr.

Ich will die Papiere gerade zurück in die Akte legen, als mir eine Seite auffällt, die anders als die anderen aussieht. Ich ziehe sie heraus. Es ist eine E-Mail-Korrespondenz zwischen meinen Eltern, als ich achtzehn Jahre alt war.

Gia,
ich habe eben Kaylas Treuhandfonds überprüft und festgestellt, dass er fast leer ist. Was ist passiert? Ich dachte, wir wären uns einig, Kayla vor ihrem fünfundzwanzigsten Geburtstag keinen Zugang zu gewähren.
James

James,
ich musste ein paar unvorhergesehene Ausgaben tätigen. Deshalb bin ich an ihre Ersparnisse gegangen. Mach dir keine Sorgen. Es ist nichts Gravierendes.
Gia

Gia,
wenn unvorhergesehene Ausgaben auftreten, solltest du mich anrufen und nicht einfach Kaylas Geld nehmen. Das ist für ihre Zukunft gedacht. Bist du wieder drauf? Ich weiß, Kayla ist jetzt erwachsen, aber sie braucht dich trotzdem.
James

James,
wie kannst du es wagen, mir vorzuwerfen, ich wäre wieder auf Drogen? Ich bin clean. Das habe ich dir schon einmal gesagt. Wenn du dir solche Sorgen um den Treuhandfonds machst, warum füllst du ihn dann nicht einfach wieder auf?
Gia

Gia,
du hast mir gesagt, dass du clean bist und dann hast du mir verboten, Kayla zu sehen. Ich fülle den Treuhandfonds erst wieder auf, wenn du mich mit Kayla sprechen lässt. Du kannst mich nicht weiter von ihr fernhalten, nur weil du Angst hast, dass ich ihr von dem Fonds erzähle. Es sind jetzt drei Jahre, Gia. Das ist lange genug.
James

James,
es liegt nicht an mir, es liegt an Kayla. Sie will dich nicht sehen und sie will nicht, dass du herkommst oder überhaupt an ihrem Leben teilhast. Und ich habe KEIN Drogen-

problem. Wenn du nichts mehr in den Treuhandfonds einzahlst, ist das okay. Wir brauchen dein Geld nicht.
Gia

Gia,
wenn du keine Hilfe willst, kann ich dir nicht helfen, aber bitte überleg dir, was du tust. Kayla braucht dich – mit klarem Kopf. Du musst mich oder das Leben, das wir geführt haben, nicht lieben, aber du musst Kayla lieben. Mehr als dich selbst. Mehr als die Drogen. Ich helfe dir auf jede erdenkliche Art. Du musst nur ein Wort sagen. Und bitte sag Kayla, dass ich sie liebe und sie sehr vermisse.
James

Mit der E-Mail meines Vaters endet die Korrespondenz zwischen meinen Eltern – und ich sacke fassungslos auf dem Stuhl zusammen. Meine Mutter hat mich von meinem Vater ferngehalten. All die Jahre, in denen ich dachte, er hätte mich abgeschrieben, hat meine Mutter mich von ihm abgeschirmt und mir Lügen aufgetischt – und auch meinen Vater belogen. ›Kayla will dich nicht sehen und sie will auch nicht, dass du herkommst oder überhaupt an ihrem Leben teilhast.‹ Hat er das geglaubt? Hat mein Vater geglaubt, dass ich ihn nicht liebe, als er gestorben ist?

Meine Hände zittern und mein Herz hämmert.

Meine abhängige Mutter hat jeden Penny aus meinem Treuhandfonds für ihre Sucht benutzt und dann hat sie die Schuld an unserer Armut und daran, dass ich das College verlassen musste, meinem Vater in die Schuhe geschoben. Was für eine Hinterhältigkeit. Was für eine bittere, finstere Bösartigkeit.

Und all das wegen ihrer Sucht.

Sie hat mir alles genommen, einschließlich meines Vaters.

Sie hat zugelassen, dass ich völlig unberechtigt wütend auf ihn war. Sie hat zugelassen, dass ich mich nachts in den Schlaf geweint habe. Sie hat zugesehen, wie mein kindliches Herz zerbrochen ist, und dabei noch nicht einmal mit der Wimper gezuckt. Mein Herz hämmert heftig in meiner Brust und ich bekomme kaum noch Luft.

»Bitte entschuldige«, sagt Ellen und lässt sich mit einem breiten Lächeln wieder auf den Stuhl mir gegenüber fallen, doch als sie mich sieht, weicht ihr Lächeln einem besorgten Ausdruck. »Was ist los, Kayla?«

Ich versuche, ihr zu berichten, was ich gerade gelesen habe, finde jedoch nicht die richtigen Worte, also reiche ich ihr einfach die ausgedruckten E-Mails. Ellen liest einen Augenblick schweigend und als sie das Ende erreicht, legt sie sich erschrocken eine Hand auf den Mund, dann sieht sie mich voller Mitgefühl an.

»Oh Kayla.« Sie legt ihre Hand auf meine. »Es tut mir so leid. Das ist … das ist schrecklich.«

Ich starre auf die Tischdecke, in meinen Augen brennen Tränen, doch ich weine nicht. »Meinen Sie, mein Dad ist in dem Glauben gestorben, dass ich ihn nicht in meinem Leben gewollt habe?«

»Oh nein. Keineswegs.« Sie schüttelt den Kopf. »Ich habe Ihren Vater gut gekannt. Er hat Sie geliebt und er hat Ihre Liebe deutlich gespürt.«

Ich blinzele. »Sie kannten meinen Dad?«

Sie nickt. »Er hat ein paarmal hier übernachtet, wenn er einen klaren Kopf bekommen wollte. Im letzten Jahr ist er häufiger hier gewesen.«

»Wegen seiner Krankheit.« Ich nicke. »Ich habe nicht gewusst, dass er Krebs hatte. Niemand hat mir etwas davon gesagt.«

Sie runzelt die Stirn. »Bist du dir sicher? Ich weiß, dass

dein Vater dir Briefe geschrieben … und auch ein paarmal angerufen hat. Ich war hier bei ihm, als er es versucht hat. Deine Mutter wollte nicht, dass er mit dir spricht. Aber er hat sie gebeten, dir auszurichten, wie krank er ist.«

Ich bin fassungslos. »Meine Mutter wusste, dass er stirbt und hat es mir nicht gesagt? Warum hat sie das getan? Warum hat sie mir so viele Dinge verheimlicht?«

Mich wegen meines Treuhandfonds zu belügen, ist eine Sache, aber mir die tödliche Krankheit meines Vaters zu verschweigen? Das ist schlimm. Und einem sterbenden Mann den Kontakt mit seiner Tochter zu verwehren, ist noch viel schlimmer. Mein Gott, die Drogen haben ein echtes Monster aus ihr gemacht.

Ellen sieht mich mitfühlend an. »Es tut mir leid, Kayla. Ich wollte dich nicht aufregen.«

Ich schüttele den Kopf. »Das liegt nicht an Ihnen, sondern eindeutig an meiner Mom.« Ich deute auf die E-Mails. »Wir hatten jede Menge Geld von meinem Vater, aber meine Mutter hat jeden Penny verschleudert und uns gezwungen, in Armut zu leben. Und sie hat *mich* gezwungen, das College zu verlassen.« Meine Stimme bricht. »Und sie hat meinen Vater daran gehindert, mich zu sehen. Ich kann nicht glauben, dass sie so rachsüchtig gewesen ist.« Ich schlucke. »Und sie hat mich ebenfalls rachsüchtig gemacht. Sie hat so viel Bitterkeit und Schmerz in mir gesät, dass ich mich geweigert hätte, ans Telefon zu gehen, wenn mein Dad angerufen hätte.« Ich blicke verzweifelt zu Ellen. »Ich habe mich nicht verabschiedet, bevor er gestorben ist. Und ich habe ihm nicht die Chance gegeben, sich zu verabschieden.«

Oh nein. Ich habe meinem Dad die Chance genommen, sich von mir zu verabschieden.

Ellen drückt meine Hand und beugt sich vor. »Dein Vater hat dich sehr geliebt, Kayla. Und als deine Mutter ihm verboten hat, dich zu sehen, war er verzweifelt. Er wollte sich mit dir aussprechen, bevor er gestorben ist, aber er war zu krank, um zu fliegen.«

»Er hat also angerufen«, sage ich fast flüsternd. »Und ich habe ihn nicht zurückgerufen.«

Ich schüttele stumm den Kopf. Mein Vater hat mich nicht abgewiesen oder mich ignoriert. Er ist nur nicht an mich herangekommen.

»Ich möchte, dass du im Namen von James weißt, dass er dich sehr geliebt hat. Er hat von dir wie von einem Engel gesprochen und er war überaus stolz, dein Vater zu sein.«

Eine Träne fällt auf meine Wange und von dort aufs Tischtuch. »Ich wusste nicht …« Ich blicke Ellen an. »Ich bin eine schreckliche Tochter gewesen.«

Sie lächelt. »Nein, Süße. Du bist das Beste in seinem Leben gewesen.«

Ich wusste *nichts* von alledem. Und jetzt ist er tot und ich kann ihm nicht mehr sagen, dass es mir leidtut, dass ich all die Jahre so voller Hass ihm gegenüber gewesen bin. Und meine Mutter ist tot, sodass ich sie noch nicht einmal mehr mit all dem Schmerz konfrontieren kann, den sie mir zugefügt hat.

Verrat und Bedauern drücken mir mit eisigen Fingern die Kehle zu. Ich blinzele.

»Bitte entschuldigen Sie mich«, sage ich mit gebrochener Stimme. »Ich muss …« Ich schiebe abrupt meinen Stuhl zurück und stürze aus dem Speisesaal.

Ich weiß nicht, wohin ich gehe. Ich gehe einfach. Durch die Halle und einige Räume und aus der Tür hinaus. Ich setze einen Fuß vor den anderen, bis ich mich in einem Lavendelfeld in der Morgensonne wiederfinde. Dort breche ich zusammen und schluchze zwischen den hübschen, violetten Blumen.

Ich weine wegen meiner Mutter und weil sie unsere Familie zerstört hat; weil sie sich von meinem Vater mit Liebe und Zuneigung hat überschütten lassen, um ihm dann das Herz zu brechen; weil sie mich aus unserer schönen Heimatstadt herausgerissen und in der Großstadt aufgezogen hat, wo ich mit einem unendlichen Strom von Liebhabern um ihre Aufmerksamkeit buhlen musste; weil sie meine Liebe ausgenutzt und mich benutzt hat, um ihre egoistischen Bedürfnisse zu befriedigen; und schließlich, weil sie sich das Leben genommen hat, der egoistischste Akt überhaupt, und mich allein in der Welt zurückgelassen hat.

Ich schluchze um meinen Vater, der meine Mutter trotz ihrer Schwächen geliebt und sie nie aufgegeben hat; weil er sich süße Schnitzeljagden für mich ausgedacht und mir kleine Nachrichten für mein Medaillon hinterlassen hat; weil er Bilder von mir und meiner Mutter in seinem Haus aufgehoben hat; weil er immer wieder versucht hat, mich anzurufen, ohne jemals eine Antwort zu erhalten; weil er sich als Zeichen seiner Liebe eine Schnitzeljagd für die Zeit nach seinem Tod für mich ausgedacht hat, obwohl ich nicht auf seine Anrufe reagiert habe; weil er stolz auf sein kleines Mädchen gewesen ist, das er nicht hat erwachsen werden sehen.

Und ich schluchze um mich und um all die Dinge, die ich nicht gewusst habe. Ich schluchze wegen des Schmerzes, für den ich meinen Vater verantwortlich gemacht habe, und um all die Jahre, die ich geglaubt habe, dass er uns kein Geld geschickt hat; um meine Zukunft, die meine Mutter mit ihrer Sucht zerstört hat, und die wertvolle Vergangenheit, an die ich nicht mehr denken wollte, weil es zu schmerzhaft war, sich die schönen Erinnerungen an meinen Vater ins Gedächtnis zu rufen.

Und ich weine, weil ich nie mehr die Chance bekommen werde, all diese Dinge in Ordnung zu bringen.

Ich weine inmitten der hübschen, violetten Blumen, bis keine Vorwürfe und kein Kummer mehr übrig sind. Dann drehe ich mich auf den Rücken und starre in den Himmel. Verloren.

34

Daren

»Und?« Ellen lehnt im Türrahmen meines Hotelzimmers und legt den Kopf schief.

»Und … was?«, frage ich, während ich das Bett abziehe.

Ellen hebt eine Braue. »Erzählst du mir von diesem Mädchen, Kayla, oder nicht?«

Ich atme aus. »Du bist wirklich neugierig, weißt du das?«

Sie lächelt. »Ja, das weiß ich. Ich glaube, das gehört zu meinen liebenswerteren Eigenschaften. Also, was ist los?«

Ich zucke mit den Schultern. »Wie es aussieht, hat Alter Mann Turner uns Geld hinterlassen. Allerdings mussten wir uns mit Handschellen aneinanderfesseln lassen, um es zu bekommen – das war die Bedingung.«

Ellen lacht aus vollem Hals, sie wirft den Kopf zurück und lacht die Decke an. »Das ist ja grandios!«

»So würde ich es nicht unbedingt nennen.«

Ihr Lachen verhallt, doch sie lächelt noch immer. »Ach, komm schon! James hinterlässt dir und Kayla eine Erbschaft, zwingt euch zwei aber, euch mit Handschellen für … wie lange aneinanderzubinden?«

»Drei Tage.«

»Drei Tage!« Sie lacht erneut laut auf. Dann seufzt sie. »Ich werde diesen irren Kerl vermissen.«

Ich lächele zu dem Kopfkissen hinab, von dem ich gerade den Bezug abziehe. »Ich auch.«

Ihre Stimme wird ernst. »Wie geht es dir mit … du weißt schon, allem?«

Es hat keinen Zweck, so zu tun, als wüsste ich nicht, wovon sie spricht. Ellen schafft es auf magische Weise, sich in meine Angelegenheiten einzumischen und sie zu ihren eigenen zu machen. Und um ehrlich zu sein, gefällt es mir irgendwie, wie sie sich um mich kümmert.

Ich stoße einen Seufzer aus. »Mir geht's eigentlich ganz gut. Aber man hat mir Monique weggenommen.«

Sie seufzt mitfühlend. »Ach, wie dumm. Dann konntest du sie nicht verkaufen?«

»Nein. Mein Dad hat sich mit dem Darlehen übernommen. Ich versuche, für einen neuen Wagen zu sparen, sonst weiß ich nicht, wie ich von einem Job zum anderen kommen soll.«

Sie richtet sich im Türrahmen auf. »Wenn du eine Unterkunft brauchst, kannst du jederzeit hierbleiben. Wenn du hier arbeitest, kannst du hier umsonst wohnen, das weißt du ja. Nachdem Pixie ausgezogen ist, ist ihr Zimmer sowieso frei. Und ich habe das Gefühl, dass Levis Zimmer auch bald leer stehen wird.«

»Ich habe dir ja schon gesagt, dass ich bei Freunden wohne.«

»Ja, und du bist ein schlechter Lügner.« Sie lächelt. »Hör zu, ich weiß, dass du mein Angebot bislang abgelehnt hast, aber du kannst jederzeit hier wohnen, Daren. *Jederzeit.*«

Als ich den aufrichtigen Ausdruck in ihren Augen sehe, breitet sich ein warmes Gefühl in meiner Brust aus. Seit Marcella habe ich mich nicht so umsorgt gefühlt. In vielerlei Hinsicht erinnert Ellen mich an eine jüngere, coolere Marcella – die immer guter Dinge ist, die immer auf mich aufpasst und mir das Gefühl gibt, dass ich gewollt und etwas Besonderes bin. Mann, ich vermisse Marcella.

Ich lächele Ellen an. »Danke. Aber fürs Erste reicht es mir, hier zu arbeiten.«

Sie nickt. »Oh! Wo wir gerade davon sprechen …« Sie zieht einen Umschlag aus ihrer Gesäßtasche und reicht ihn mir. »Hier ist dein Gehaltsscheck.«

Verwirrt nehme ich ihn entgegen. »Zahltag ist doch erst nächste Woche.«

Sie zuckt mit den Schultern. »Ich bin diesen Monat etwas früher dran. Oh, und ich habe etwas Bargeld für deine Schicht in der Bar letzte Woche hineingetan.«

Ich spähe in den Umschlag und runzele die Stirn, als ich ein Bündel Scheine entdecke. »Ich bin doch nur ein paar Stunden für Angelo eingesprungen.«

»Tja, sieht so aus, als liebten die Damen – und ihre Brieftaschen – den charmanten Daren Ackwood.« Sie zuckt erneut lässig mit den Schultern, aber ich weiß, dass es ihre gute Tat ist. Auf keinen Fall habe ich letztes Wochenende so viel Geld verdient.

»Ellen …«, sage ich, zugleich frustriert und erleichtert.

»Außerdem habe ich heute einen Mechaniker angerufen. Er meinte, er könnte Kaylas Wagen von der Lavendelranch abholen und heute Abend nach Copper Springs schleppen. Was soll ich ihm sagen, wo er ihn parken soll?«

Ich zucke mit den Schultern. »Er soll ihn beim Latecomers abstellen.«

»Okay. Richte dich darauf ein, heute Nachmittag aufzubrechen, okay?« Sie wendet sich zum Gehen, dann hält sie doch noch einmal inne. »He, Daren?«

Ich blicke auf.

»Ich weiß nicht, was zwischen dir und Kayla vor sich geht, aber sie hat einen harten Morgen hinter sich. Vielleicht solltest du mal nach ihr sehen.«

Mein Herz hämmert. »Warum? Was ist los? Geht es ihr gut?«

»Komm runter, wenn du fertig bist, dann erzähle ich es dir«, entgegnet sie und verschwindet im Flur.

Spontan will ich durchs ganze Hotel laufen, um Kayla zu suchen, bis ich sie in den Armen halten kann und weiß, dass es ihr gut geht. Doch dann fällt mir ein, dass sie mich wahrscheinlich überhaupt nicht sehen will, und ich bleibe, wo ich bin.

Ich blicke erneut auf den Umschlag und zähle das Bargeld. Fast wäre ich Ellen hinterhergelaufen, um sie zu umarmen. Typisch Ellen. Immer sorgt sie für mich, obwohl ich sie nicht um Hilfe gebeten habe.

Ellen hat mich letztes Jahr gefunden, als ich tief in der Nacht mitten auf der Canary Road lag. Canary ist eine Nebenstraße, die vom Willow Inn nach Copper Springs führt, und obwohl Ellen jede wache Minute in ihrem Inn verbringt, wohnt sie in Copper Springs. Sie hatte gerade in der Stadt Lebensmittel eingekauft, als sie meinen Hintern entdeckte; sie hielt ihren Truck an und blockierte damit die Straße.

Ich war betrunken und am Boden zerstört und mir war alles egal. Zwei Wochen zuvor war Charity gestorben und ich fühlte mich zum Teil verantwortlich für ihren Tod. Sie und ich hatten gerade Schluss gemacht, landeten an einem Wochenende aber auf derselben Party. Wir haben ständig Schluss gemacht und sind dann wieder zusammengekommen, aber diese spezielle Trennung war heftig gewesen. Ich war verletzt und traurig. Deshalb habe ich mich nicht gewehrt, als irgendein Mädchen auf der Party anfing, mich zu küssen. Doch Charity sah uns und stürmte davon. Sie war völlig betrunken und ist später in der Nacht bei einem Autounfall ums Leben gekommen. Ich gab mir die Schuld daran, dass sie betrunken die Party verlassen hat.

Mein Leben war vorher schon chaotisch genug gewesen. Zwei Monate zuvor hatte mein betrunkener Vater fast Connor getötet und mich in einen bodenlosen Abgrund aus

Schulden und Schande gestürzt, sodass ich bereits vor Charitys Tod kurz vorm Nervenzusammenbruch gestanden hatte. Aber danach …

Wie gesagt, mir war alles egal.

Ich bin mir nicht sicher, ob ich wirklich versucht habe, mich umzubringen oder nicht. Es war mir jedenfalls irgendwie egal, ob ich sterbe, was wohl ungefähr genauso schlimm ist. Ich weiß noch, dass ich auf der Straße lag und von einem Paar Scheinwerfern angestrahlt wurde. Ich war ärgerlich, dass mich jemand gefunden hatte und es wagte, meine Selbstmitleidsparty auf der Straße zu stören.

Ellen stand vor mir und blickte mit gehobener Braue auf meine jämmerliche Gestalt hinunter. Als ich zu ihr aufsah, überraschte sie mich einen Augenblick mit ihrem bemerkenswert guten Aussehen. Sie trug ein fließendes, weißes Hemd und ihre dunklen Haare fielen locker um ihr Gesicht. Sie sah aus wie ein Engel.

Ich wusste, dass sie Pixies Tante ist, aber Ellen und ich hatten noch nie zuvor miteinander gesprochen.

»Bist du gefallen?«, fragte sie mich und blickte sich um, um herauszufinden, woher ich gekommen war. Ehrlich gesagt wusste ich das selbst nicht mehr ganz genau.

Ich schüttelte den Kopf, der schwer vom Alkohol und von meinem Kummer war.

Sie musterte mich. »Bist du nüchtern?«

Erneut schüttelte ich meinen bleischweren Schädel.

Als sie den Kopf schief legte und mich aus ihren haselnussbraunen Augen ansah, glitten ihre langen Haare über ihre Schultern. Ihre Stimme klang weicher: »Möchtest du etwas Gesellschaft haben?«

Ich wollte erneut den Kopf schütteln, doch er war zu schwer und ich zu erschöpft, um zu lügen.

Wortlos legte sie sich neben mich auf die Straße und

blickte nach oben. Ich fand es seltsam, dass sich diese erwachsene Frau, die mich kaum kannte, bereitwillig für mich auf der dreckigen Straße ausstreckte, aber ich war zu betrunken, um genauer über ihre Beweggründe nachzudenken.

Sie wusste von Charity, weil Pixie und Charity beste Freundinnen gewesen waren. Und sie wusste von meinem Dad, weil seine Missetaten in den letzten Monaten *das* Thema in der Stadt gewesen waren. Aber sie verlor über keinen der beiden ein Wort.

Schweigend lagen wir einige Minuten Schulter an Schulter nebeneinander. Nur wir und die Scheinwerfer ihres Trucks.

»Es ist eine wunderschöne Nacht«, sagte sie nach einer Weile. »Die Sterne sind hübsch.«

Ich blickte in die Dunkelheit und alles, was ich sah, waren die Dinge, die ich verloren hatte. Meine Mom. Marcella. Charity. »Ich sehe sie nicht.«

Sie nickte langsam. »Das wirst du.«

Wir blieben wer weiß wie lange auf der Straße liegen, bis ich mich schließlich stöhnend aufrichtete, mir den Staub von den Kleidern klopfte und den Nebel in meinem Kopf verfluchte.

»Komm«, sagte sie und half mir auf. »Sieht aus, als bräuchtest du jemanden, der dich nach Hause fährt.«

Ich schnaubte. Im Geiste erwiderte ich still, *welches Zuhause*? Aber laut kam es heraus als: »Welzhau?«, und ich taumelte gegen sie.

»Okay.« Sie fing mich auf und warf einen meiner Arme über ihre Schulter, sodass sie mich zum Truck führen konnte. »Ich glaube, ich kenne einen guten Ort, an dem du ausnüchtern kannst.«

Danach kann ich mich nicht mehr an viel erinnern. Am nächsten Morgen erwachte ich in sauber riechenden Laken in einem der Gästezimmer des Willow Inn, noch immer in den schmutzigen Klamotten von der Nacht zuvor. Ich stank fürchterlich und sah ebenso aus. Aber zum ersten Mal seit diversen Wochen *fühlte* ich mich nicht mehr ganz so fürchterlich.

Später an jenem Tag bot Ellen mir einen Job als ihr Lebensmittellieferant an, um nicht mehr so oft zwischen Copper Springs und dem Willow Inn hin- und herfahren zu müssen. Zuerst lehnte ich ab. Doch sie war ziemlich hartnäckig und, ehrlich gesagt, brauchte ich das Geld. Sie bot mir auch freie Kost und Logis an, aber mein Stolz war noch nicht bereit, ganz auf meine Unabhängigkeit zu verzichten. Den Job nahm ich jedoch an. Es war eine der besten Entscheidungen, die ich je getroffen habe. Eine der wenigen.

35

Kayla

Nach meinem kleinen Zusammenbruch im Lavendelfeld will Ellen nicht, dass ich heute noch als Kellnerin einspringe – doch ich bestehe darauf, weil ich mir sicher bin, dass mich das Servieren auf andere Gedanken bringen wird. Und das tut es.

Nachdem ich während des mittäglichen Ansturms ein paar Stunden bedient habe, fühle ich mich deutlich besser und während einer Pause gehe ich Mable in der Küche besuchen.

»Wer ist eigentlich Pixie?«, frage ich sie und deute auf den Namen, der auf einer Schürze steht, die an der Wand hängt.

»Sie ist Ellens Nichte«, erwidert Mable. »Eigentlich heißt sie Sarah, aber ihr Spitzname ist Pixie. Sie hat den ganzen Sommer in der Küche ausgeholfen, aber gestern ist sie ausgezogen, weil sie in ein paar Wochen mit dem College anfängt.«

»Oh, ja«, sage ich und nicke. Ich denke an die Feier zum Vierten Juli am See. »Ich glaube, ich bin ihr vor ein paar Wochen begegnet. Was studiert sie?«

»Kunst.« Mable lächelt. »Und was machst du?«

»Ich hatte gehofft, auf die Krankenschwesternschule gehen zu können, aber die Dinge haben sich anders entwickelt. Ich bin hier, um einige Familienangelegenheiten zu regeln.«

Sie sieht mich aus sanften Augen an. »Ellen hat mir von deinem Vater erzählt. Tut mir leid, Süße.«

Ich schlucke den Kloß in meinem Hals hinunter und nicke. »Danke.«

»Ich bin so froh, dass du Daren hast und er dir hilft, mit allem klarzukommen.«

Ich atme langsam ein und sage leise: »Ich auch.«

Auch wenn Daren erst seit drei Tagen zu meinem Leben gehört, hat er mir wirklich geholfen, mit einigen Dingen in meinem Leben besser klarzukommen. Aber Mable täuscht sich – ich habe ihn nicht. Zumindest nicht mehr.

Und … die Tränen kehren zurück. *Verdammt!*

Ellen betritt die Küche und ich versuche, meine Gefühle schnell wieder unter Kontrolle zu bringen.

»He, ich habe darüber nachgedacht, dass du gesagt hast, du hättest keine Zukunftspläne«, sagt Ellen. »Und Mable singt den ganzen Tag schon Loblieder auf dich.«

»Das stimmt.« Mable lächelt.

»Und da ich eine Teilzeitbedienung suche«, fährt Ellen fort, »dachte ich, wir könnten uns vielleicht gegenseitig helfen. Du könntest hier im Inn arbeiten – nur, bis du herausgefunden hast, was du als Nächstes tun willst natürlich – und da gerade ein Personalzimmer frei geworden ist, könntest du für die Zeit auch umsonst hier wohnen.«

Mir bleibt der Mund offen stehen. »Im Ernst?«

Sie nickt. »Ich brauche dringend Unterstützung.«

Ich blinzele ein paarmal, weil ich nicht weiß, was ich sagen – oder auch nur denken – soll. Eine neue Arbeit in einem neuen Staat, weit weg von dem ganzen Mist in Chicago wäre wunderbar. Und dazu noch einen Ort zu haben, an dem ich umsonst wohnen kann, das wäre geradezu unglaublich! Und es ist nicht irgendein Ort. Es ist ein hübsches, kleines Inn, das versteckt in einem Lavendelfeld liegt – ohne Nagetiere und Kakerlaken. Und mit dem Geld, das ich mir für die Miete spare, könnte ich irgendwann zum College gehen und doch noch Krankenschwester werden.

Sprachlos starre ich Ellen an.

»Du musst nicht gleich antworten«, sagt sie vorsichtig und winkt ab. »Denk darüber nach und sag Bescheid, wenn du Fragen hast. Und Mable?« Mable blickt von einem Kuchenteller auf. »Die Apfelpastete riecht göttlich. Ich liebe dich über alles, das weißt du doch, oder?«

Mable schnaubt. »Du liebst mich nur über alles, wenn ich eine Apfelpastete in der Hand habe.«

»Was willst du damit sagen?«

Mable lächelt. »Ich hebe dir ein Stück auf. Wie immer.«

»Siehst du?« Ellen lächelt. »Groooooße Liebe!« Sie wendet sich ab und verlässt die Küche. Als ich hinter ihr herblicke, rasen in meinem Kopf die Gedanken durcheinander – die Arbeit im Willow Inn würde mir so viele Möglichkeiten bieten. Ich könnte in Arizona leben und neu anfangen. Und ich wäre nah an Copper Springs …

Ich bin mir nicht sicher, ob mich das eher freut oder stresst.

Daren kommt mit einem Gestell mit Gläsern vom Speisesaal in die Küche. Unsere Blicke treffen sich und er bleibt stehen. Er öffnet den Mund, sagt jedoch nichts.

Was möchte ich, dass er sagt? Tut mir leid? Ich weiß, dass es ihm leidtut. Wenn sich irgendjemand dafür entschuldigen sollte, eine Riesenzicke gewesen zu sein, dann bin ich das. Aber als ich versuche, etwas zu sagen, kommt kein Ton aus meinem Mund.

Mable gibt vor, sich um die Pastetenfüllung kümmern zu müssen, und lässt Daren und mich allein.

»Hallo«, sagt er und bricht das Schweigen.

»Hallo«, antworte ich.

Er räuspert sich. »Ellen hat mir von den E-Mails deiner Mutter und allem erzählt.« Er sieht mich mitfühlend an und öffnet den Mund, als wolle er noch etwas hinzufügen. Doch stattdessen legt er vorsichtig die Arme um mich und zieht mich an seine Brust. Ich zögere nur einen Moment, dann lasse ich mich in seine Umarmung fallen und lehne die Wange an seine Schulter.

Es ist nur eine Umarmung. Aber die Geste ist so aufrichtig, dass ich weinen könnte. Hier, in Darens Armen, fühle ich mich bedeutsam. Sicher. Sichtbar.

Geliebt.

Er atmet langsam aus und legt die Wange auf meinem Kopf ab, als wolle er mich nicht so bald wieder loslassen. So geborgen habe ich mich nicht gefühlt, seit ich meinen Dad das letzte Mal gesehen habe.

Es war in dem Sommer, als ich fünfzehn Jahre alt war, und wir wieder einmal so getan haben, als würden wir angeln. Damals fand ich das albern, weil ich mir zu alt dafür vorkam, aber ich spielte mit, weil Dad so viel Spaß daran zu haben schien. Wir setzten uns an den Fluss und redeten über meine Mom. Meine Eltern waren bereits fast ein Jahrzehnt geschieden, aber ich hatte ihn noch nie darauf angesprochen.

Er erzählte mir, dass er sie sehr lieben würde und sie jeden Tag vermisse, doch sie habe sich entschieden, ohne ihn zu leben und das akzeptiere er. Er schien bekümmert, sodass ich ihn fragte, ob er es bedauere, sie geheiratet zu haben.

Er lächelte und sagte, wenn er meine Mutter nicht geheiratet hätte, würde es mich nicht geben, und ich sei das Beste, das ihm je passiert sei. Er sagte mir, mein Vater zu sein, sei die höchste Ehre, die er sich vorstellen könne und er würde noch viel mehr Liebeskummer dafür ertragen, wenn es sein müsste.

Ich beiße mir auf die Lippe. Das war die letzte, richtige Unterhaltung, die ich mit meinem Vater geführt habe. Er hat ein paarmal versucht, mich anzurufen, nachdem Mom gestorben war, aber ich war zu fertig und zu unglücklich, um zurückzurufen. Jetzt werde ich nie wieder seine Stimme hören.

Eine einzelne Träne rinnt über meine Wange und landet auf Darens Hemd. Ich schlucke, reiße mich zusammen und hebe schniefend den Kopf. »Ich habe mich getäuscht, was meinen Dad angeht. Er hat mich nicht verlassen. Er hat nie aufgehört, mich zu lieben.« Meine Stimme bricht. »Ich habe mich geirrt.«

Er sieht mich voller Mitgefühl an. »Deine Mutter hat dich angelogen.«

Ich nicke und blicke auf den Boden. »Weißt du, was das Schlimmste ist?« Ich sehe wieder hoch zu ihm. »Ich kann es nicht mehr wiedergutmachen. Ich kann mich nicht bei meinem Dad entschuldigen oder meine Mom anschreien. Ich bin allein. Ich habe keine Familie mehr. Ich bin völlig allein.«

Er lässt mich langsam los und presst kurz die Lippen zusammen, dann sagt er: »Du bist nicht allein. Du hast mich.«

Ich blicke ihn zögernd an. »Ja?«

»Ganz sicher.« Er nickt aufrichtig. »Das mit deiner Mutter tut mir sehr leid. Das ist schrecklich.«

Ich nicke und gebe kleinlaut zu: »Das mit deinem Porsche tut mir leid.«

Er lacht leise. »Monique.«

Ich ziehe fragend die Nase kraus. »Was?«

»So heißt mein Auto.« Er nickt. »Monique.«

»Du hast deinem Auto einen Namen gegeben?«

»Ja.«

Ich schniefe noch einmal. »Du bist komisch.«

»Das bin ich.« Er nickt bekräftigend. »Hast du schon gegessen?«

Ich schüttele den Kopf.

»Soll ich dir etwas machen?« Er rückt noch ein Stück von mir ab und sieht mich an. »Ich möchte dir gerne etwas kochen.«

Ich nicke. »Gern.«

Er wendet sich ab, nimmt einige Zutaten aus dem Kühlschrank und Messer vom Schneidblock. Ich bin mir nicht sicher, ob wir schon wieder ganz normal miteinander sprechen, also stelle ich keine Fragen. Er sieht so glücklich aus, als er durch die Küche wirbelt. Es ist hinreißend.

Die nächste halbe Stunde saust Daren von der Anrichte zum Herd und wieder zurück und bereitet uns auf die Schnelle ein köstliches Mittagessen mit Rostbratensandwiches und Erdbeerfeldsalat zu. Mable grummelt ein paarmal, weil er ihr im Weg steht oder zu viel Salz nimmt, aber ich sehe, wie ihre Augen amüsiert funkeln. Es gefällt ihr, dass Daren gern kocht.

Als er fertig ist, macht Daren einen Teller für Ellen, Mable und mich fertig, dann besteht er darauf zuzusehen, wie wir den ersten Bissen essen. Es ist so köstlich, dass ich ein glückliches Grunzen von mir gebe, nachdem ich den ersten Bissen genommen habe. Daren hebt anerkennend die Brauen. »Schmeckt es dir so gut?«

Ich nicke. »Oh ja.«

»Gut.« Er lächelt mich an, doch dann wirkt er wieder unsicher. Wir sind zwar nicht mehr wütend aufeinander, aber unser Streit ist uns beiden noch in guter Erinnerung.

»Das ist unglaublich. Ich hatte keine Ahnung, dass du so gut kochen kannst, Daren«, lobt Ellen und schluckt einen Bissen hinunter. »Jetzt, nachdem Pixie weg ist, suche ich nach einer Küchenhilfe, weißt du. Vielleicht ist es an der Zeit, deine Arbeitsplatzbeschreibung zu ändern.« Sie lächelt.

Wenn ich es nicht besser wüsste, würde ich sagen, Daren errötet. »Ich weiß nicht. So gut bin ich auch wieder nicht. Ich koche nur so zum Spaß.«

Mable gibt ein zustimmendes Geräusch von sich. »Dieses Sandwich ist wirklich großartig.«

»Wir reden noch einmal darüber«, sagt Ellen zu Daren, »wenn du am Montag zum Dienst kommst.«

Er nickt. »Okay.«

Dann fügt sie noch hinzu: »Und he, vielleicht kannst du

Kayla am Montag wieder mitbringen, damit sie beim Servieren des Mittagessens helfen kann.«

Plötzlich sind wir etwas peinlich berührt, weil keiner von uns weiß, was heute noch zwischen uns passieren wird, geschweige denn am nächsten Montag.

»Ja, vielleicht«, sagt er und schielt zu mir herüber. Dann entschuldigt er sich und verlässt schnell die Küche. Ellen geht ebenfalls zurück an die Arbeit. Einen Augenblick starre ich verwirrt auf mein Essen und wünschte, Daren und ich könnten die Dinge zwischen uns wieder in Ordnung bringen; dann beschließe ich, einen Spaziergang zu machen, um einen klaren Kopf zu bekommen.

Ich verlasse die Küche in Richtung der Eingangshalle in der Hoffnung, Daren dort nicht über den Weg zu laufen. Gerade, als ich die Rezeption erreiche, wo Ellen etwas in ihrem Computer nachsieht, wird die Tür zum Inn aufgestoßen.

»Ehrlich, ich bin beeindruckt, dass wir so weit gekommen sind, ohne dass ich dich umgebracht habe«, sagt ein hübsches Mädchen mit langen, schwarzen Haaren und über und über tätowierten Armen, während sie eine Reisetasche hereinschleppt, die zu groß und zu männlich wirkt, um ihr zu gehören. Das Mädchen kommt mir vage bekannt vor.

Der Kerl hinter ihr grinst. »Was sollen diese ganzen Todesdrohungen? Löst du so alle deine Probleme? Indem du sie umbringst?« Er sieht gefährlich gut aus.

Seine dunklen Haare sind fast so schwarz wie die des Mädchens, doch während ihre Augen goldfarben und katzenähnlich sind, leuchten seine in strahlendem Blau und haben einen fröhlichen Ausdruck. Ich weiß, dass ich das Mädchen schon einmal irgendwo gesehen habe.

Sie lässt die Reisetasche fallen, wirbelt herum und zischt, während sie seine große Gestalt von oben bis unten mustert: »Nur die wirklich großen.«

Oh Mann. Sie findet diesen Typen eindeutig attraktiv. Sein Lächeln wird schief. Und, wow – er weiß es.

»Erstens, musst du deinen Frust nicht an meinem Gepäck auslassen.« Er deutet auf die Tasche auf dem Boden, dann beugt er sich hinunter, sodass ihre Gesichter dicht voreinander sind. »Zweitens, ist das deine Art, mir zu sagen, dass ich groß bin?«

Sie sehen sich in die Augen und die Luft zwischen ihnen knistert. Guter Gott, der Raum schwirrt vor sexueller Energie.

Ellen, die schweigend von der Rezeption aus zugesehen hat, räuspert sich.

»Jenna.« Sie lächelt. »Willkommen im Willow Inn. Ich wusste gar nicht, dass du vorbeikommst. Pixie ist allerdings nicht da.«

Jenna! Stimmt. Ich habe sie auch beim Fest zum Vierten Juli gesehen.

Jenna richtet den Blick auf Ellen. »Oh, ich bin nicht wegen Pixie hier«, erklärt sie. »Ich bin hier, um diesen Kerl«, sie deutet auf den gutaussehenden Mann neben sich, »loszuwerden, damit ich nach New Orleans fahren kann.«

»Jenna hat nicht viel übrig für Reisebegleiter«, erklärt er. »Und sie fand es hart, auf so kleinem Raum mit mir eingesperrt zu sein. Ich bin übrigens Jack.« Er streckt die Hand aus und Ellen ergreift sie zögernd.

Jenna wirft die Hände hoch und knurrt. »Du nervst, Mann.«

Unerschrocken lächelt er sie weiter an. »Du bist einfach *hinreißend.* Ich bringe nur eben meine Tasche *zurück* zum Auto und warte, bis du mit deinem Wutanfall fertig bist.« Er nickt Ellen zu. »War nett, Sie kennenzulernen.«

Während sie ihm über ihre Schulter hinweg wütend hinterherstarrt, stapft Jenna durch die Halle und rennt direkt in mich hinein.

»Oh! Tu mir leid«, sagt sie und tritt einen Schritt zurück.

Ihre Miene wird freundlicher, als sie mich erblickt. »Hallo, ich kenne dich doch … Kayla, stimmt's?« Sie lächelt und aller Ärger und Frust sind augenblicklich aus ihrer Miene verflogen.

Ich lächele ebenfalls. »Ja, ich habe dich und Pixie – äh, ich meine, Sarah – am See kennengelernt.«

»Das stimmt. Du hast angehalten und nach dem Weg nach Copper Springs gefragt.« Dann fügt sie hinzu: »Du kannst sie übrigens Pixie nennen. Ich nenne sie auch so. Und? Was machst du hier?«

»Im Moment?« Ich atme aus. »Ich verstecke mich vor einem Typen.«

Sie schnaubt verächtlich. »Ich verstehe dich. Ich wünschte, ich könnte mich vor diesem Kerl verstecken.« Sie deutet mit dem Kinn in Richtung Eingangstür und seufzt. »Aber das kann ich nicht.«

Ich nicke verständnisvoll. »Weil er immer da ist?«

»Nein.« Sie blickt sehnsuchtsvoll zur Tür. »Weil ich es nicht will. Versteh mich nicht falsch, der Typ nervt mich total, er macht mich so fertig, dass ich mir die Beinhaare einzeln ausrupfen möchte, aber …« Sie zuckt mit den Schultern und der Anflug eines Lächelns erscheint auf ihren Lippen. »Er macht die Dinge interessant. Ehrlich, ohne ihn würde ich mich langweilen.«

Jack steckt erneut den Kopf durch die Tür und ruft: »Ich bin bereit, wenn du bereit bist, Diva!«

Ihr niedliches Lächeln weicht sofort einer wütenden Fratze, als sie den Kopf herumreißt und kreischt: »Nenn. Mich. Nicht. DIVA!«

Er grinst. »Es funktioniert immer wieder.«

»Aaaah!«

Er verschwindet, woraufhin sie sich wieder mir zuwendet und erneut ein strahlendes Lächeln aufsetzt.

»Dieser Typ, vor dem du dich versteckst«, will sie wissen, »macht er die Dinge auch interessant?«

Ich denke einen Augenblick nach. Wir sind zusammen aus einem Zugwaggon gesprungen, einen matschigen Hügel hinuntergerollt, haben in einem verlassenen Haus geschlafen und mit Handschellen geduscht – und all das in den letzten zweiundsiebzig Stunden.

»Ja«, antworte ich. »Er ist das Interessanteste, was mir je begegnet ist.«

Sie lächelt. »Wovor versteckst du dich dann?«

36

Daren

Mit sorgfältig ausgetüftelten Routen schaffe ich es, mich so durch das Willow Inn zu bewegen, dass ich Kayla größtenteils aus dem Weg gehen kann. Nicht, dass ich sie nicht gern sehen würde – ich sehe sie sogar sehr gerne *an*. Aber ich weiß einfach nicht, was ich zu ihr sagen soll. Es war wunderbar, für sie zu kochen, aber sie war so traurig wegen ihrer Mutter und allem, dass ich das Gefühl habe, es wäre kleinlich, sie auf uns anzusprechen.

Ich muss mich entschuldigen, aber das ist mir noch nie leichtgefallen, vor allem nicht bei Mädchen. Ich habe mir nie viel Mühe gegeben, etwas beim anderen Geschlecht wiedergutzumachen. Wenn ich mir an einem Mädchen die Finger verbrenne, ziehe ich mich normalerweise zurück, damit mir derselbe Fehler nicht noch einmal passiert. Das ist ein Prinzip von mir und bis vor drei Tagen hat es auch einwandfrei funktioniert.

Doch aus irgendeinem Grund kann sich mein Herz nicht von dieser Schuld und diesem Unglück befreien. Ich kann jedes Mädchen verlassen, nur nicht Kayla.

Das Klingeln von Schlüsseln dringt an mein Ohr, und als ich mich umdrehe, sehe ich Ellen auf die Rezeption zukommen, wo ich die letzten Minuten damit verbracht habe, Druckerpapier und Toner nachzufüllen.

Sie lächelt. »Der Mechaniker hat Kaylas Wagen zum Latecomers geschleppt und die Batterie aufgeladen. Er sollte also wieder laufen. Ich hole Kayla und wir treffen uns dann draußen, okay?«

Ich nicke. »Ja. Ich bin in einer Viertelstunde so weit. Und Kayla will sicher so schnell wie möglich von mir wegkommen.«

Ellen zieht fragend die Augenbrauen zusammen. »Warum?«

»Weil«, ich seufze, wütend auf mich selbst, »ich sie gestern mit meinen Worten zunichtegemacht habe.«

»Ach«, sagt sie leise und nickt knapp. »Das erklärt dein schlechtes Gewissen.«

Ich runzele die Stirn. Mir war nicht klar, dass man mir mein schlechtes Gewissen anmerkt. *Mist!*

»Aber was ist mit ihrem?«, fragt sie.

»Mit ihrem?« Ich runzele die Stirn.

»Ja. Kayla wendet jedes Mal den Blick ab und sieht auf den Boden, wenn ich versuche, mit ihr über dich zu reden … genau wie du jetzt.«

Ich löse rasch den Blick vom Boden und sehe ihr in die Augen. »Das bedeutet nicht, dass sie ein schlechtes Gewissen hat.«

»Na, aber es bedeutet ganz sicher auch nicht, dass sie wütend ist. Du solltest mit ihr reden.« Sie lächelt. »Mädchen stehen auf Kommunikation.«

»Wozu? Damit sie mir erzählen kann, was für ein Idiot ich bin?«

»Vielleicht.« Ellen zuckt mit den Schultern. »Aber wenn du sie so zurückbekommen könntest, wäre es doch einen Versuch wert, oder?«

»Sie *zurück*bekommen?« Ich schüttele den Kopf. »Ich habe sie doch noch nie besessen.«

Ellen lächelt augenzwinkernd. »Ach, Daren. Du weißt so Vieles über die Frauen nicht …«

37

Kayla

So sexy und hübsch wie Ellen aussieht und so aufgeräumt wie sie wirkt, hätte ich erwartet, dass sie etwas Elegantes und Protziges fährt. Etwas Sportliches und Wildes oder vielleicht etwas Anspruchsvolles und Teures. Doch stattdessen führt sie mich draußen zu einem alten, mitgenommen aussehenden, knallgelben Truck.

Als sie meinen Gesichtsausdruck bemerkt, lacht sie »Was hast du erwartet? Einen Porsche wie Darens?«

Ich lache. »Nein. Ja. Vielleicht. Ich glaube, ich habe mir vorgestellt, dass du etwas Schickeres fährst.«

Sie nickt lächelnd. »Das höre ich oft. Ich glaube, das liegt an den hohen Absätzen, die ich trage, oder vielleicht einfach an meiner gesamten Erscheinung. Egal, ich überrasche die Leute gern hin und wieder, indem ich etwas mache, das nicht zu mir zu passen scheint.«

»Oh!« Sofort fühle ich mich schlecht. »Das tut mir sehr leid. Ich wollte Sie nicht aufgrund Ihres Äußeren abstempeln. Wirklich nicht!«

Sie lacht. »Kein Problem. So ist es halt. Mein Aussehen macht das Leben in vielerlei Hinsicht leichter, aber manchmal bringt es die Leute leider auch dazu, die wildesten Vermutungen über mich anzustellen.« Sie beugt sich zu mir herüber. »Aber ich bin mir sicher, du weißt alles über ungerechte Vorurteile aufgrund von Schönheit.«

Ich öffne den Mund, weiß jedoch nicht, was ich sagen soll.

Ellen tritt näher. »Es ist okay, dass du dir deines Aussehens bewusst bist, Kayla. Es ist sogar wichtig. Es ist okay zu wissen, dass du hübsch bist und zu wissen, dass die Welt dich deshalb anders behandelt. Es ist nur ein Problem, wenn du deine Schönheit benutzt, um andere zu manipulieren oder ihnen ein schlechtes Gefühl zu geben. Was ich mir, nachdem ich dich ein bisschen kennengelernt habe, absolut nicht vorstellen kann. Also ist es okay. Sei einfach schön.« Sie grinst. »Hey, und vielleicht kannst *du* dann eines Tages jemanden damit überraschen, dass du einen riesigen, gelben Truck fährst.«

Sie steigt in den Wagen und ich gehe auf die andere Seite. Als ich mich auf den Beifahrersitz gleiten lasse, ist mir zum Heulen zumute. Mit wenigen Sätzen hat mir diese Frau, die ich bis gestern noch nicht einmal gekannt habe, mehr Verständnis entgegengebracht als jede andere Frau in meinem ganzen Leben. Und sie hat mir die Erlaubnis gegeben auszusehen, wie ich aussehe, ohne ein schlechtes Gewissen zu haben oder mich deshalb zu schämen.

Ohne nachzudenken, beuge ich mich hinüber und umarme Ellen. »Danke.«

Sie umarmt mich ebenfalls und drückt mich fest an sich. Als wir uns voneinander lösen, sieht sie mich an.

»Weißt du was, Kayla Turner?« Sie lächelt sanft. »Du bist wunderbar. Und damit muss die Welt sich einfach abfinden.«

Ich lache und wische mir eine Träne von der Wange, als die Hintertür aufgeht. Ich habe neuerdings wirklich ein Tränenproblem.

»Hallo, tut mir leid, dass ich zu spät bin«, sagt Daren eilig, als er in den Truck steigt und die Tür zuschlägt.

»Kein Problem.« Ellen startet den Motor und fährt los. Dann blickt sie mich mitfühlend an. »Ich habe mit dem Mann vom Abschleppdienst gesprochen. Er konnte die Batterie an deinem Wagen ein bisschen aufladen, aber er meinte, dass er aus dem letzten Loch pfeift und wahrscheinlich nicht mehr lange mitmacht.«

Ich seufze und nicke. »Ja. Ich wusste, dass das kommen würde. Es ist nur eine Frage der Zeit, bis das Auto vollkommen zusammenbricht. Aber zumindest funktioniert es jetzt und ich kann mich damit erst einmal wieder bewegen.« Ich blicke nach hinten zu Daren, da ich weiß, dass er gar kein Auto mehr besitzt und ich frage mich, was er wohl für Pläne hat, wenn er denn überhaupt welche hat …

Den ganzen Nachmittag habe ich über Jennas Worte nachgedacht. Sie schien so frustriert wegen Jack zu sein, aber gleichzeitig war sie sich ganz sicher, dass sie ihn um sich haben will – weil er interessant ist.

Daren war ununterbrochen interessant – und er hat mir Schwierigkeiten bereitet, genau wie ich es mir gedacht habe. Aber genau die Art von Schwierigkeiten, die ich brauchte, um mich lebendig zu fühlen. Er hat mich aufgerüttelt. Er hat mich geweckt. Es waren absolut perfekte Schwierigkeiten.

Ich blicke im Rückspiegel auf den attraktiven Mann, der hinter mir sitzt.

Und ich würde sie liebend gerne alle noch einmal mit ihm erleben.

38

Daren

Die Fahrt vom Willow Inn bis nach Copper Springs dauert nur etwas über eine Stunde, aber mir kommt es vor, als würden ganze Tage vergehen. Den Großteil der Fahrt haben wir – überwiegend auf Initiative von Ellen – über Belangloses geplaudert und uns von allen schwierigeren Themen uns betreffend ferngehalten. Trotzdem habe ich ein paar neue Dinge über Kayla erfahren. Wie zum Beispiel, dass sie nie Haustiere hatte und dass sie ein Jahr mit einem Typen namens Jeremy zusammen gewesen ist. Der hat sie wie eine Trophäe behandelt und in der Öffentlichkeit mit ihr angegeben, sich aber nie die Mühe gemacht, sie wirklich kennenzulernen. Und dass sie beim Abschluss der Highschool zu den Besten ihrer Klasse gehört hat.

Und dank Ellens umfangreichem Wissen über mein Privatleben hat Kayla ein paar Sachen über mich erfahren. So, dass Marcella vor drei Jahren an einer Gehirnblutung gestorben ist und ich zwei Tage geweint habe.

Doch obwohl wir die ganze Fahrt über uns gesprochen haben, haben Kayla und ich nicht einmal *miteinander* gesprochen – oder uns auch nur angesehen. Was okay für mich ist. Aber je weiter wir uns Copper Springs nähern, desto feuchter werden meine Handflächen.

Denn sowohl Kayla als auch ich wissen, dass sie heute Nacht keinen Platz zum Schlafen hat. Und wenn sie das

Geld, das Ellen ihr bezahlt hat, für ein weiteres Hotelzimmer ausgibt, ist sie morgen wieder pleite. Ich weiß, dass Amber mich wahrscheinlich vom Latecomers nach Haus fahren kann, aber was hat Kayla vor? Will sie wieder zum Quickie Stop?

Die Vorstellung, dass Kayla noch einmal allein in diesem schrecklichen Motelzimmer schläft, weckt in mir den Wunsch, mit voller Wucht gegen etwas zu schlagen.

Wenn wir wenigstens das Erbschaftsgeld gefunden hätten, wäre das alles kein Thema. Vielleicht hätten wir nicht so schnell aufgeben sollen. Wir waren gestern beide frustriert und wütend, keiner von uns konnte mehr klar denken. Wenn wir die Dinge zwischen uns in Ordnung bringen könnten, würde es uns vielleicht gelingen, den letzten Hinweis zu entschlüsseln und Kayla müsste nie wieder in so einem schäbigen Laden wie dem Quickie Stop übernachten.

»Darf ich euch zum Essen einladen?«, fragt Ellen, als wir auf den Parkplatz vom Latecomers einbiegen. »Ich bestehe darauf. Jetzt steigt schon aus, damit ich euch verwöhnen kann.«

Wir betreten das Latecomers und Amber freut sich sichtlich, als sie uns entdeckt. »Ellen!« Sie kommt hinter der Bar hervor und umarmt sie herzlich.

Ellen ist eine gute Freundin ihrer Mutter, sie hat Amber immer wie eine Nichte behandelt. Und Amber hält große Stücke auf sie.

»Hallo, du Schöne.« Ellen lächelt.

Amber löst sich aus der Umarmung und lächelt uns an. »Hallo, Leute.« Sie winkt uns an den Tresen. »Kommt, setzt euch an die Bar.«

Wir nehmen uns jeder einen Barhocker. Ellen sitzt wie ein menschlicher Puffer zwischen Kayla und mir und lindert die Spannung. Amber nimmt unsere Getränkebestellungen entgegen. Als Ellen und Kayla ein intensives Gespräch über Kaylas Vater beginnen, stellt Amber mir mein Getränk hin und beugt sich vor.

Sie senkt die Stimme. »Was ist hier eigentlich los?«

Ich flüstere zurück: »Was meinst du?«

»Ich habe alle möglichen Geschichten über dich und Kayla Turner gehört. Dass ihr mit Handschellen durch die Stadt gerannt seid«, sagt sie mit erhobener Braue. »Was soll das?«

Ich schüttele den Kopf und informiere sie rasch über Turners Testament.

»Ist nicht wahr!« Sie starrt mich an. »Das ist ja total verrückt.« Sie blickt zwischen Kayla und mir hin und her. »Und wo sind die Handschellen jetzt?«

Ich kratze mich am Nacken. »In Kaylas Koffer, glaube ich. Angelo hat das Schloss für uns geknackt und ich habe gesehen, wie Kayla sie in ihren Koffer geworfen hat.«

»Dann habt ihr das Geld verloren?«, fragt Amber entsetzt.

»Wir haben das Geld gar nicht erst *gefunden*«, antworte ich. »Deshalb haben wir beschlossen, die Schnitzeljagd aufzugeben.«

»Einfach so?« Sie wirkt aufgebracht. »Warum? Warum habt ihr so einfach aufgegeben?«

Ich schüttele den Kopf. »Das ist eine lange Geschichte.«

Sie sieht mich aus zusammengekniffenen Augen an. »Daren Ackwood. Hast du mit ihr geschlafen?«

»Was zum … Nein!«, wehre ich mich mit Nachdruck. »Nein, ich habe *nicht* mit ihr geschlafen.« Ich zögere. »Na ja, ich *habe* zwar mit ihr in einem Bett übernachtet – aber ich hatte keinen Sex mit ihr.«

Sie durchbohrt mich mit ihrem Blick. »Was hast du getan?«

»Was meinst du?«

»Ich meine«, sie hebt das Kinn, »wie hast du es mit Kayla vermasselt?« Sie deutet mit dem Kopf zu Kayla, die noch immer in das Gespräch mit Ellen vertieft ist. »Du siehst sie an wie deine große Liebe, die du zu lange entbehren musstest, und sie sieht dich an, als hätte sie Angst, dass du jeden Augenblick abhaust. Also, was ist passiert?«

Ich drehe mein Glas zwischen den Händen. »Nichts. Sie … sie kann jemand Besseres haben als mich.«

Amber schlägt mit dem Geschirrhandtuch nach mir. Heftig.

»Au! Verdammt. *Was?*«

Sie hebt den Finger und senkt wieder die Stimme. »Sieben Jahre lang habe ich mit angesehen, wie du dich selbst bemitleidest, aber jetzt bist du ein Mann. Du bist ein guter Mann, der eine gute Frau verdient hat. Also überwinde deine Unsicherheit und regele das mit Kayla.«

Ich starre sie wütend an, aber ich weiß, dass sie recht hat.

»Du magst sie doch, oder nicht?«, fragt Amber.

Ich betrachte die wunde Stelle an meinem Handgelenk und nicke. »Ich mag sie sogar sehr.«

Amber betrachtet einen Augenblick mein Gesicht und ein Lächeln umspielt ihre Lippen. »Oh Mann. Hat sich Daren Ackwood etwa verliebt?« Als ich nicht antworte, zieht sie lautstark die Luft ein. »Ich wusste es. Ich wusste es, als ich dein Gesicht gesehen habe, als sie dir neulich Abend nicht die Hand geben wollte. Du bist total in sie verknallt.« Sie kichert. »Gott, das macht mich glücklich.«

»Okay, Schluss jetzt mit der Gefühlsduselei.«

Sie wird wieder ernst. »Du musst die Sache mit ihr in Ordnung bringen. Heute Abend. Und dann musst du sie halten. Für immer. Verstanden?«

Unser Essen kommt und rettet mich vor einer Antwort, aber während wir essen, wandert mein Blick andauernd gegen meinen Willen zu Kayla. Es ist leicht, jemanden an seiner Seite zu halten, wenn man mit Handschellen an ihn gefesselt ist, aber jemanden zu fragen, ob er mit einem zusammen sein will – voller Hoffnung und ohne jede Garantie – klingt verdammt schwer.

Die Unterhaltung beim Essen verläuft etwas schwerfällig, und als wir fertig sind, verabschieden wir uns bald von Amber und gehen auf dem Parkplatz zu Ellens Truck. Mein Blick bleibt an der bemalten Hofwand hängen. Ich denke daran, wie Kayla sich in meinen Armen angefühlt hat, als ich sie gegen die Wand gedrückt und gierig geküsst habe. Diese bemalte Wand war das Letzte, was ich gesehen habe, bevor Kayla Turner sich vollkommen verändert hat.

An jenem Abend bin ich mit all meiner Last und meiner Niedergeschlagenheit ins Latecomers gegangen und mit rasendem Herzen und voller Hoffnung wieder herausgekommen.

»Danke, dass ihr mich ausgeführt habt, ihr zwei. Seid ihr sicher, dass ich euch nicht irgendwo absetzen soll?«, fragt Ellen und holt die Autoschlüssel aus ihrer Tasche. »Ich weiß, Amber hat gesagt, sie könnte dich bringen, Daren, aber es ist wirklich kein Problem. Ich kann dich auch mitnehmen.«

»Nein, fahr du nur.« Ich lächele. »Alles okay. Aber danke.«

Kayla lächelt ebenfalls. »Vielen Dank für das Essen. Und fürs Mitnehmen.«

»Gern.« Ellen lächelt und sagt zu Kayla. »Und mein Angebot war ernst gemeint. Die Stelle und das Zimmer gehören dir, wenn du willst. Du hast meine Nummer, oder?«

»Ja.« Kayla nickt.

Ellen holt tief Luft. »Ich hoffe wirklich, dass du ja sagst und ich noch mehr Zeit mit dir verbringen kann.« Sie nimmt Kayla herzlich in die Arme.

Während ich sie beobachte, rasen meine Gedanken wie wild in meinem Kopf hin und her. Ellen hat Kayla eine Stelle und ein Zimmer angeboten? Das würde bedeuten, dass Kayla in Arizona bleibt und im Willow Inn wohnt, in dem ich arbeite, und dass ich sie dann die ganze Zeit sehen kann.

»Und du …« Ellen wendet sich zu mir. »Wir sehen uns am Montag pünktlich um acht. Bring dein Küchengesicht mit. Ich werde mein Bestes tun, dich zu überreden, mein neuer Koch zu werden.«

Ich grinse. »Ja, Ma'am.« Die Vorstellung, als Koch im Willow Inn zu arbeiten, beschwingt mich. Und wenn ich dort auch noch umsonst wohnen könnte … ich kann mir keine bessere Zukunft vorstellen. Ich blicke zu Kayla.

Na ja, vielleicht doch.

Ellen winkt noch einmal zum Abschied, steigt dann in ihren Truck und fährt los – und Kayla und ich bleiben allein auf dem Parkplatz zurück.

Unangenehme Stille.

Noch mehr Stille.

Jetzt ist die Stille *super*unangenehm.

»Also …«, hebe ich an und schlucke.

»Ja … dann …« Sie blickt sich um. »Okay. Ich muss los. Bis dann.« Sie dreht sich um und geht zu dem Platz, wo der Abschleppwagen ihr Auto abgestellt hat. Meine Brust schnürt sich zusammen.

»Kayla«, sage ich.

Sie bleibt stehen und dreht sich um.

»Willst du …« Ich räuspere mich. »Willst du heute Nacht vielleicht bei mir bleiben? Dann musst du kein Motelzimmer bezahlen.«

Sie holt tief Luft. »Oh. Äh. Nein. Ist schon okay. Danke.«

Ich habe mit einer Zurückweisung gerechnet und fast lasse ich sie damit entkommen. Doch dann stelle ich mir vor, wie Kayla allein in diesem Pornozimmer schläft und es fällt mir plötzlich ganz leicht, meinen Stolz zu überwinden.

Ich gehe einen Schritt auf sie zu, dann platzt es aus mir heraus: »Was ich eigentlich sagen wollte, war, dass ich die Vorstellung furchtbar finde, dass du auch nur eine Minute in diesem Loch verbringst und ich mich viel besser fühlen würde, wenn du bei mir übernachtest, obwohl das auf seine Weise natürlich auch ein Loch ist, aber dann weiß ich dich zumindest in Sicherheit und mir ist klar, dass es mich nichts angeht, wo du schläfst, aber ich kann nicht anders und ich weiß, dass du mich gerade wahrscheinlich hasst, aber ich schwöre, ich schlafe neben der Matratze oder so etwas, wenn du dich dann besser fühlst und dich bereit erklärst, bei mir zu übernachten.« Am Schluss meines Wortschwalls hole ich tief Luft, dann halte ich den Atem an und warte auf ihre Antwort.

Kayla sieht mich an – und ihre Gesichtszüge werden weich. Ich weiß nicht, was sie in meinen Augen sieht, aber ich hoffe inständig, dass es mein Bedauern und meine Verzweiflung über unsere Auseinandersetzung von gestern sind. Mein Magen verkrampft sich mit jedem Augenblick stärker, bis ein zartes Lächeln um Kaylas Mundwinkel spielt.

»Na ja, wie kann ich eine weitere Gelegenheit ablehnen, auf deiner jungfräulichen Matratze zu schlafen?« Ihre Augen funkeln und meine blitzen.

Weil ich dieses Mädchen brauche. Heute. Morgen. Immer. Und ich habe keine Ahnung, wie ich es schaffen soll, sie zu halten, aber dass sie mich anscheinend doch nicht hasst, ist erst einmal ein guter Anfang.

»Sie ist wirklich gemütlich«, sage ich überschwänglich.

»Ist sie.« Sie nickt.

Ich hole tief Luft. »Es tut mir leid wegen gestern. Ich hätte nicht diese Sachen zu dir sagen dürfen. Ich habe kein einziges Wort so gemeint. Ich bin ein Arschloch und du bist herzlich eingeladen, mich zu ohrfeigen.«

Sie schüttelt den Kopf. »Nein, *mir* tut es leid. *Ich* war gemein. Ich weiß nicht, was mit mir los war. Ich bin einfach ausgerastet und dachte, dass du nur von mir wegwillst.«

»Was?«

Sie blickt mich unter ihren langen Wimpern hervor an und hebt eine Schulter. »Du warst mit mir gefangen.«

Ich ziehe sie an mich und hebe ihr Kinn an, sodass ich ihr direkt in die blauen Augen sehe. »Mit dir gefangen zu sein war das Beste, was mir je passiert ist. Und in dem Moment, als wir die Handschellen abgenommen haben, hatte ich das Gefühl, mir fehlt etwas.« Ich lege meine Hände an ihre Wangen und sage leise: »Ich *will* mit dir gefangen sein.«

Sie beugt sich vor, sodass ihr Mund dicht vor meinem ist, und antwortet leise: »Ich möchte auch mit dir gefangen sein.«

Ich lächele an ihren Lippen. »Ich werde dich jetzt küssen.«

Sie lächelt ebenfalls. »Besser ist das.«

Ich neige ihren Kopf nach hinten und presse meinen Mund auf ihren, und als sie ihre Lippen öffnet, lasse ich meine Zunge in ihren süßen Mund gleiten. Ihre Zunge tanzt mit meiner. Ich streiche über ihre Schultern, ihren Rücken hinunter und ziehe ihre Hüften an meine. Sie legt ihre Hand auf meinen Hinterkopf, greift in meine Haare und fleht mit ihren Lippen um mehr. Als ich sie leidenschaftlicher küsse, reibt meine Erektion über ihren Bauch und sie biegt den Rücken durch und drückt ihre heißen, vollen Brüste gegen meine Brust.

Zwischen den Küssen sagt Kayla atemlos: »Vielleicht sollten wir zu … dir fahren.«

»Du meinst … du willst nicht …, dass ich dich an der Mauer nehme? Gleich hier in aller Öffentlichkeit?«

Sie lächelt erneut an meinen Lippen. »Nein. Ich will, dass du mich in dein Bett mitnimmst.«

Mein Körper brennt vor Lust. »Wie Sie wünschen, Mylady.« Widerstrebend löse ich mich von ihr und wir gehen zum Wagen.

Ich öffne die Beifahrertür und wir steigen gleichzeitig in den Wagen ein.

»Wow. Das war ja ein Kinderspiel«, stelle ich fest. Sie lacht, während ich mich umblicke. »Kein Klettern über die Mittelkonsole. Kein versehentliches Hupen. Kein Stoßen am Armaturenbrett. Ich will nicht lügen. Ich komme mir jetzt wie ein echt harter Typ vor.«

Sie legt den Sicherheitsgurt an. »Du bist ein Nerd.«

Ich halte meine Hände hoch. »Ja, aber ein *freier* Nerd.«

Als wir durch die Stadt fahren, fühle ich mich beschwingt wie nie zuvor. Ich habe vielleicht kein Schnitzeljagdgeld, aber ich habe etwas viel Besseres. Etwas, das viel mehr wert ist als irgendeine Erbschaft. Ich habe Kayla.

Mit einem unkontrollierten Grinsen blicke ich zu ihr hinüber. Als sie ein paarmal den Rückspiegel verstellt, sind meine Nerven jedoch sofort in Alarmbereitschaft.

»Was?«, frage ich.

Sie runzelt die Stirn. »Ich habe wieder diesen schwarzen Wagen gesehen.«

Ich blicke durch die Heckscheibe, aber hinter uns ist kein Auto zu sehen. »Bist du dir sicher?«

»Nein. Es war nur ganz kurz. Es hätte auch ein anderes Auto sein können.« Sie blickt erneut in den Rückspiegel.

Ich atme nervös ein und bin äußerst beunruhigt. »Jetzt ist aber niemand mehr hinter uns. Also entspann dich. Du bist in Sicherheit«, versuche ich sie zu beruhigen. »Du hast doch mich, weißt du noch?«

Sie lächelt mich an. »Du hast recht.«

Ich erwidere ihr Lächeln, aber meine Nerven sind die gesamte Heimfahrt über bis zum Bersten gespannt. Als wir bei der Villa ankommen, parkt Kayla in der Dunkelheit und ich versuche sie durch triviales Geplauder abzulenken, während wir durchs Fenster klettern. Doch meine Gedanken rasen und ich blicke mich fortwährend in dem dunklen Haus um. Ich halte Kaylas Hand und ziehe sie so dicht wie möglich an mich, ohne sie zu beunruhigen.

Wir gehen zur Treppe und gerade, als ich den Fuß auf die erste Stufe stelle, sagt eine tiefe, unbekannte Stimme: »Hallo, Kayla.«

Erschrocken fahren wir beide herum und ich sehe mich einem großen, kräftigen Mann mit fettigen, zurückgekämmten Haaren, einem spärlichen Schnurrbart und einer dicken Wampe gegenüber. Sofort schiebe ich mich vor Kayla.

»Wer zum Teufel sind Sie?«, frage ich und hebe das Kinn, sodass wir uns ungefähr auf Augenhöhe befinden.

Er legt die Fingerspitzen aneinander. »Ich heiße Big Joe und habe Gia Turner ein Privatdarlehen gegeben. Nach ihrem Tod geht die Verpflichtung auf Kayla über. Ich bin hier, um mir mein Geld zu holen.« Er blickt zu Kayla und trommelt mit den Fingerspitzen gegeneinander.

»Verlassen Sie sofort mein Haus«, sage ich in einem Befehlston, der selbstsicherer klingt, als ich mich fühle.

»Ich fürchte, das geht erst, wenn ich mein Geld habe«, entgegnet er.

»Verschwinden Sie oder ich rufe die Polizei.«

Er atmet ein und grinst verschlagen. »Ich bin mir ziemlich sicher, dass auch das nicht möglich ist, denn ganz offensichtlich gehört dir dieses Haus nicht und darum hast du kein Recht, mich hinauszuwerfen.«

»Ich habe dir schon gesagt, Joe«, schaltet sich Kayla hinter mir ein. »Ich habe kein Geld.«

»Tja, weißt du, das ist das Problem. Zwanzigtausend Dollar sind eine Menge Geld. Es ist so viel Geld, dass man es nicht einfach vergisst, nur weil jemand zu viele Tabletten genommen hat. Deshalb *wirst* du die Schulden deiner Mutter abbezahlen. Und wenn du kein Bargeld hast, komme ich auf mein Alternativangebot zurück – dann arbeitest du eben umsonst für mich.« Er tritt auf Kayla zu und lächelt lüstern.

Meine Stimme klingt leise und bedrohlich: »Verschwinde!

Verdammt. *Sofort*!« Er ist ein Stück größer und Dutzende Pfund schwerer als ich, aber ich werde ihn in Stücke reißen, wenn er auch nur in Kaylas Richtung *atmet*.

Er weicht zurück, allerdings nur minimal. »Du wirst mit mir zurück nach Chicago kommen, Kayla.«

»Nein«, entgegnet sie.

»Nein?« Er reibt die Fingerspitzen aneinander. »Nein ist keine Option. Du kannst so viel nein sagen, wie du willst, aber das wird mich nicht davon abhalten, mein Geld zu bekommen. Wenn nötig, zerre ich dich an den Haaren zurück.«

Ich beiße die Zähne zusammen und trete direkt vor ihn. »Bevor du auch nur in die Nähe von Kaylas Haaren kommst, wirst du verscharrt unter der Erde liegen.«

Er mustert mich von oben bis unten. »Große Worte. Ich bin kein Fan vom Verscharrtwerden, weißt du, deshalb habe ich mir Verstärkung mitgebracht. Dumm gelaufen für euch.«

Er deutet mit dem Kopf hinter sich und plötzlich treten vier Gestalten aus der Dunkelheit hervor und umstellen Kayla und mich am Fuß der Treppe. Mit einem Kerl wäre ich zurechtgekommen. Zwei wären schwierig, aber machbar gewesen. Aber fünf gegen einen? Da habe ich keine Chance und außerdem würde ein Kampf diesen Typen sicherlich nur noch mehr anstacheln. Wer weiß, was er mit Kayla anstellt, wenn er richtig wütend ist?

»Verabschiede dich von deinem Freund, Kayla, bevor noch jemand verletzt wird«, sagt Big Joe. »Wir müssen uns auf den Weg machen.«

Einer der Schläger greift nach Kaylas Armen, aber ich schlage seine Hand weg und stelle mich wieder schützend vor sie.

Ich blicke zu Big Joe. »Lass uns darüber reden. Du brauchst zwanzigtausend Dollar, stimmt's?«

Er nickt.

»Akzeptierst du eine Bezahlung in Diamanten?«

»Na, klar.«

»Und wenn du dein Geld hast, lässt du Kayla für immer in Ruhe?«

Er zuckt mit den Schultern. »Abgesehen von den Schulden ihrer Mutter habe ich nichts mit Kayla am Hut. Wenn sie bezahlt, bin ich für immer weg.«

Ich nicke. »Kayla«, sage ich ruhig, ohne mich zu ihr umzudrehen, »hol die Kette meiner Mutter.«

Ich höre, wie sie scharf Luft holt. »Aber, Daren …«

»Nichts auf der Welt ist mir wichtiger als du – vor allem kein Schmuckstück«, unterbreche ich sie. »Geh und hol sie. Bitte!«

Ein weitere Sekunde verstreicht, dann dreht sie sich um und läuft die Treppe hinauf. Während ich den Blick die ganze Zeit auf Big Joe gerichtet halte, höre ich, wie sie den Flur hinunter und in mein Zimmer eilt. Sie kommt mit der Schachtel wieder herunter und reicht sie mir.

Unsere Blicke treffen sich, als ich sie ihr abnehme, und genau in diesem verrückten Augenblick erkenne ich, wie wahre Liebe aussieht. Wie sie schmeckt, wie sie riecht. Ich weiß, wie sich wahre Liebe anfühlt – vertraut. Es fühlt sich an wie Kayla Turner, die an mich glaubt. Es fühlt sich an wie alles, das ich direkt vor einem Paar blauer Augen getan habe. Es gibt nichts, was ich nicht für sie tun würde. Keine Halskette, kein Geldbetrag, nicht einmal mein letzter Atemzug ist wichtiger als das Mädchen, das neben mir steht.

Ich reiche Big Joe die Schachtel. Er öffnet sie und untersucht die Diamantkette, wobei er ein paarmal anerkennend pfeift.

Sein Blick wandert zu mir. »Das ist ein ganz schön schwerer Klunker. Könnte sein, dass du hier einen ziemlichen Verlust machst.«

Ich blicke zu Kayla. »Nicht im Geringsten.«

Ich besitze das Wertvollste auf der Welt bereits.

Big Joe zieht scharf die Luft durch die Nase ein. »Ich sag dir was. Meine Kollegen und ich lassen euch für heute Nacht davonkommen. Ich kümmere mich darum, dass diese Diamanten von jemandem geprüft werden, dem ich vertraue. Wenn die wirklich echt sind, dann seht ihr mich nie wieder. Wenn sie allerdings gefälscht sind und ihr meine Zeit verschwendet hab, komme ich wieder und dann kommt ihr mir alles andere als … ungeschoren davon.« Er mustert erst Kayla, dann mich. »Dann gibt's Ärger. Kapiert?«

Ich nicke und wünschte, ich hätte die Kraft, ihm die Glieder herauszureißen. »Kapiert.«

»Sehr gut.« Er bedeutet seinen Schlägern zu gehen, dann grinst er. »Eine gute Nacht wünsche ich.«

Sie verlassen das Haus und sofort drehe ich mich zu Kayla um. »Bist du okay?« Ich berühre ihren Kopf und ihre Arme. Ich weiß, dass sie nicht verletzt ist, aber ich muss sie einfach berühren. Ich führe sie die Treppe hinauf, fort von dem Ort des Geschehens.

»Bei mir ist alles okay«, sagt sie und blickt mich besorgt an. »Aber du hast gerade die Halskette deiner Mutter weggegeben – deine schönste Erinnerung an deine Familie.«

Wir erreichen mein Zimmer und ich schüttele den Kopf. »Es war ein Andenken an eine glückliche Zeit mit meinen Eltern, mehr nicht. Für keine Diamanten der Welt würde ich dich aufgeben.«

»Daren …«

»Ich meine es ernst.« Ich trete auf sie zu, halte ihr Gesicht zwischen meinen Händen und schlucke. »Ich weiß, das klingt verrückt, aber ich liebe dich, Kayla. Und ich habe noch nie jemanden mehr geliebt als dich.«

39

Kayla

Ich öffne die Lippen, während ich in seine tiefbraunen Augen blicke und das Mondlicht durch ein Flurfenster in den Eingang zu seinem Zimmer scheint. Hat mir Daren Ackwood gerade tatsächlich gesagt, dass er mich liebt? Mein Herz flattert, als ich nach den richtigen Worten suche, um ihm meine Gefühle zu beschreiben.

»Ich liebe dich auch«, ist alles, was ich hervorbringe. Es gibt keine besseren Worte. »Also sind wir wohl beide verrückt.«

Er lächelt. »Sieht so aus.«

Ich lächele, dann legt er seine Lippen auf meine und küsst mich immer wieder, bis ich atemlos nach seinem Hemdkragen greife. Ich schaffe es, ihm sein Hemd auszuziehen und spüre seinen Körper an meinem. Es gefällt mir, wie stark und groß er ist, wie er mich in seine Arme schließen kann, mir jedoch niemals das Gefühl gibt, machtlos zu sein. Er führt uns in sein Zimmer, schließt die Tür und drückt mich in der nun vollkommenen Dunkelheit von innen dagegen. Er küsst meinen Nacken und meinen Hals, während ich selig ausatme und das Gefühl von seinen Lippen auf meiner Haut genieße.

Ich fasse in seinen Schritt, doch er fängt meine Hände ein und zieht mich auf die Matratze, wo er mich erneut am ganzen Körper mit Küssen bedeckt. Seine Berührung verrät unausgesprochene Dinge, die mich mit Hoffnung für die Zukunft erfüllen und mir für den Moment Frieden geben.

»Warte, warte«, sage ich atemlos und Daren weicht zurück. Ich knie mich hin, ziehe den Karton von seinem Schlafzimmerfenster und lasse das Mondlicht ins Zimmer strömen. »Ich will, dass du mich siehst.«

Im blassen Mondlicht erscheint ein strahlendes Lächeln auf seinem Gesicht. Ich lasse mich zurück auf die Matratze gleiten und er legt sich auf mich und blickt mir in die Augen und, *oh mein Gott*, er ist das Schönste, was ich jemals gesehen habe.

Nicht, weil er so gut aussieht und sein Gesicht so ebenmäßig ist, nicht wegen seiner breiten Brust und den tanzenden Muskeln. Sondern weil er ein liebendes Herz hat – und dieses Herz *mich* liebt.

40
Daren

Ich lege meine Hände an Kaylas Wangen, streiche mit den Daumen darüber und küsse sie. Meine Zunge gleitet in ihren Mund und ich spüre, wie weich und warm ihre ist.

Ihr Körper schmiegt sich an meinen, sie entspannt sich in meinen Armen und streicht mit den Händen über meinen Rücken. Sie krallt sich in die Haare in meinem Nacken und ich stöhne an ihrem Mund auf.

Ihre zarten Hände gleiten über meinen Körper, liebkosen meine Haut und geben mir ein so gutes Gefühl, wie ich es noch nie zuvor erlebt habe.

Sie biegt ihren Rücken durch und drängt sich noch dichter an mich. Ich lasse die Hände über ihren Brustkorb zum Saum ihres Shirts gleiten. Ich schiebe es nach oben und entblöße die blasse Haut an ihrem Bauch, dann streife ich es noch weiter hoch und ziehe es ihr schließlich ganz aus. Ich lasse die Hände unter ihren Rücken gleiten, öffne ihren BH und entblöße die schönsten Brüste, die ich je gesehen habe. Groß und voll und perfekt gerundet liegen sie in meinen Händen, als ich sie sanft massiere.

»Gott. Du bist so schön«, flüstere ich.

Ich neige mich zu einem ihrer Nippel hinab und schließe die Lippen um ihn – aber ich sauge nicht an ihm, noch nicht. Stattdessen sehe ich zu, wie sie sich unter mir windet und sich danach sehnt, dass ich mit meinem nassen Mund daran knabbere.

Während mein Mund eine ihrer Knospen umschließt, spiele ich mit den Fingern an der anderen, streiche sanft darüber und zupfe immer wieder zart an ihr. Kayla drängt ihre Hüften erneut gegen meine.

»Daren …«, flüstert sie außer Atem. »Bitte …«

Ich sauge nun kräftig an ihrem Nippel und sie stöhnt vor Lust auf. Mein Gott, ich glaube, ich habe noch nie ein erregenderes Geräusch gehört. Ich dränge meinen Körper zwischen ihre Beine und hindere sie daran, ihren Rücken noch weiter durchzubiegen, während ich meine Lippen zu ihrer anderen Knospe gleiten lasse. Schließlich glänzen ihre beiden Nippel feucht und richten sich wunderschön im Mondlicht auf.

Kayla windet sich und stöhnt, als ich weiter an ihnen sauge und ihre Brüste mit den Händen massiere. Dann gleite ich zurück zu ihrem Mund, küsse ihr Kinn und ihr Ohr und streiche mit den Lippen über ihren Hals. Sie legt den Kopf in den Nacken und liefert sich mir vollkommen aus. Als ich sanft mit der Zunge über ihre Kehle streiche, berühre ich erst mit der Hand ihre Brust, streiche sanft über beide Nippel und lasse sie dann über ihren Bauch in ihre Hose gleiten.

Ich schiebe die Finger unter ihren Slip und streiche zwischen ihre Beine, wo sie bereits warm und nass ist und umfasse sie sanft, während ich erneut meine Lippen auf ihre presse und sie leidenschaftlich küsse.

Sie windet sich unter meiner Hand, doch ich gewähre ihr nur eine ganz leichte Berührung an ihrer empfindlichsten Stelle. Ich reize sie und streiche sanft mit den Fingerspitzen über ihre Klitoris. Dann ziehe ich meine Hand zurück, führe den Finger am Ansatz ihres Schenkels entlang und wieder hinauf über jede empfindliche Stelle ihrer Haut – bis auf die, wo sie meine Berührung am heißesten ersehnt.

Sie beginnt zu keuchen, ich lächele an ihrem Hals und tippe ganz leicht mit dem Finger auf ihre pulsierende Mitte.

Sie zuckt, dann wimmert sie. Ich knie über ihr und ziehe ihr die Hose aus, werfe sie auf den Boden, schiebe die Finger erneut in ihren Slip, streife ihn an ihren Beinen hinunter und werfe ihn zu der Hose.

Als sie nackt vor mir liegt, lasse ich meine Fingerspitzen ihre Beine hinauf und über ihre Knie gleiten. Ein leichtes Keuchen löst sich aus ihrer Kehle, als ich die Innenseite ihrer Schenkel hinaufstreiche, ihre empfindlichste Stelle umgehe und ihre Hüften und ihren Bauch liebkose.

Ich beobachte, wie ihre Augen bei der leichten Berührung leuchten, wie sich ihr Körper vor Verlangen windet und lächele in mich hinein. Kayla, die immer so zurückhaltend war, liegt nun offen vor mir und wartet auf mich – den Blick voller Leidenschaft und Liebe. Liebe für mich.

41

Kayla

Es ist eine merkwürdige Sache, dieses Verschmelzen von Liebe und Lust tief in meiner Brust, aber es ist eine wunderschöne Sache. Ich möchte beides – Daren mit meinem Körper erregen und ihn mit meiner Seele erfreuen, und das seltsame – aber befriedigende – Gefühl zerrt auf eine Weise an meinem Herzen, wie ich es noch nie erlebt habe. Sex und Liebe sind zwei völlig unterschiedliche Dinge, aber zusammen entwickeln sie eine wundervolle Kraft.

Ich streiche mit den Händen über die festen Muskeln an Darens Brust und Bauch und knöpfe seine Hose auf, damit er endlich frei ist. Er hilft mir, ihm die Hose ganz auszuziehen, dann seine Shorts, bis wir beide nackt im Mondlicht auf der jungfräulichen Matratze liegen.

Plötzlich fühlt sich meine Haut kühl an, doch als er sich wieder über mich beugt, umfängt mich sofort seine wohltuende Körperwärme. Er beugt sich herunter und küsst mich, während ich die Beine spreize und seinen festen Körper an mich ziehe. Er löst sich von meinen Lippen und hinterlässt eine Spur aus Küssen auf meiner Haut. Überall, wo er mich mit seinem heißen Mund berührt, versetzt er mich in Flammen. Er küsst mich sanft und vorsichtig unter meinem Kinn. Dann platziert er einen Kuss auf meinem Brustbein, gleitet mit den Lippen darüber und markiert mich als die Seine. Er presst die Lippen auf mein Herz, sicher und fest wie der

Herzschlag in meiner Brust, dann gleitet er zu einem Punkt über meinem Bauchnabel, begehrt und reizt mich. Die Spur führt hinab zu meiner Hüfte, wo er einen zarten Kuss hinterlässt. Bei dieser sensiblen und intimen Berührung ziehen sich die Muskeln in meinem Unterleib zusammen. Jeder einzelne Kuss von ihm ist ein winziger Teil seiner selbst, den er auf meinem Körper ablegt.

Die Spur aus Küssen führt weiter nach unten und meine Beine zittern erwartungsvoll. Ich sehe, wie er an meinem Bauch lächelt, als seine Hände an den Innenseiten meiner Schenkel hinaufgleiten und sie weit öffnen.

Ich biege meinen Rücken durch, biete mich ihm ganz dar und lege den Kopf in den Nacken, als ich spüre, wie seine Hand zu meiner Scham gleitet und jeden Teil meiner nassen, geschwollenen Falten berührt, nur die empfindlichste Stelle lässt er aus.

Ich schwöre, er will mich umbringen.

Seine heißen Lippen gleiten zu meinem Bein, dann streicht er mit der Zunge durch die Furche an meinem Schenkelansatz und hinterlässt eine Reihe federleichter Küsse auf meiner Scham. Als seine weichen Lippen meine heiße Mitte berühren, führt er seine Hände zu meinen Hüften und hält sie sanft umfasst. Dann streicht er mit den Fingern über meinen Bauch und wieder hinunter zu meinen Schenkeln.

Mit zitternden Beinen und pochendem Herzen wimmere ich leise: »Bitte … Daren!« Ich spüre, wie die Nässe aus meinem Körper perlt, als seine heiße Zunge einmal um meine Klitoris streicht, mich jedoch noch immer nicht an der Stelle berührt, an der ich es am meisten ersehne.

Seine Zungenspitze berührt mich an weiteren Stellen und streicht durch die Falten auf beiden Seiten meiner Klitoris, sodass sich meine Mitte vor Verlangen verkrampft. Meine Beine beben. Mein Bauch ist angespannt.

»Daren. Daren. Komm …«, keuche ich außer Atem.

Er küsst sanft meine Klitoris, nur ganz flüchtig, seine Lippen streichen nun über die Stelle, an der ich es brauche, befriedigen jedoch noch immer nicht mein Verlangen. Er atmet heiß auf meine feuchte Scham. Dann streicht seine Zunge quälend langsam über meine bebende Mitte – ich wimmere und werfe den Kopf nach hinten, denn ich will *mehr*.

Ich kralle meine Finger in seine Haare und versuche, seine Lippen an meinen gierigen Körper zu pressen. Ich spüre, wie er an meinem erregten Fleisch lächelt.

Ich bin kurz davor zu bitten und zu betteln, als er meine Schenkel noch weiter spreizt und mit der Zunge wiederholt über meine Klitoris streicht. Ich schreie auf, umklammere seinen Kopf und presse seine Lippen gegen mich, während mein Körper offen auf dem Bett liegt und meine Beine heftig zu beben beginnen.

Er leckt über meine Falten, macht mich verrückt und blind vor Verlangen, bis ich das Gefühl habe, in tausend Stücke zerspringen zu müssen. Keuchend, flehend, wimmernd liege ich vor ihm, während seine Zunge erbarmungslos an meiner heißen Mitte saugt und leckt.

Anders als zuvor habe ich diesmal keine Angst, das hier zuzulassen, wirklich zu wollen, es zu genießen. Zum ersten Mal in meinem Leben bin ich in der Lage, mich meiner Lust hinzugeben, mich von ihr erfüllen zu lassen und die ursprünglichsten Sehnsüchte meiner Seele und meines Körpers auszuleben.

Daren stöhnt an meiner empfindlichen Haut und leckt noch wilder an mir, bis mich ein schwindelnder Orgasmus erfasst und meinen gesamten Körper zucken und erbeben lässt. Ich kralle die Finger in die Laken und schreie auf, während Daren noch immer mit seinen Lippen zwischen meinen Beinen ist.

Nass und bebend kann ich nicht mehr anders, als ihn anzuflehen, mich zu nehmen. Ich bitte ihn in kurzen, abgehackten Sätzen.

»Daren. Jetzt. Bitte. Oh Gott.«

Ich höre das Lächeln in seiner Stimme. »Warte.«

»Nein. Jetzt. Komm.« Ich blicke hinunter und sehe, dass er ein Kondom überstreift. Sobald er fertig ist, versuche ich, ihn in mich hineinzuziehen.

Er wartet. Ich spüre seine starke Erektion zwischen meinen Beinen, aber noch nicht in mir.

»Willst du mich umbringen?«, wimmere ich.

»Nein«, sagt er lächelnd. »Ich will das hier genießen.« Dann lässt er sich qualvoll langsam in mich hineingleiten und mein lustvoller Körper zieht sich augenblicklich um ihn zusammen. Ich halte mich an seinen Schultern fest und spüre ihn tief in mir – doch nur kurz, dann zieht er sich wieder zurück.

Ich zerre an ihm und diesmal gibt er nach, gleitet ganz in mich hinein und füllt mich völlig aus. Ich schreie lustvoll auf.

Es ist das Beste, was ich je erlebt habe. Pure Ekstase. Nicht nur das Gefühl seines harten Glieds, das meine weiche, angespannte Mitte dehnt, sondern das Gefühl, dass Daren in mir ist und mit mir verschmilzt.

Er fängt an zu pumpen, stößt immer wieder in mich hinein und ich schließe mich um seinen festen Schaft, während er mit seiner heißen Haut über die empfindlichen Nerven in mir reibt. Ich klammere mich an seinen Rücken.

Ich habe mich geirrt. *Das* ist das Beste, was ich je erlebt habe. Als er mit seiner festen Rute immer wieder in mich dringt, um das pulsierende Verlangen in mir zu lindern, glaube ich, es kaum ertragen zu können.

Im blassen Mondschein betrachte ich seine markanten, angespannten Kiefer und die festen Muskeln, die auf seinem Rücken tanzen, während er sich auf mir bewegt. Meine Lust, ihn zu befriedigen, wächst. Ich fasse seine Hüften und halte ihn in mir, sodass er sich nicht aus mir zurückziehen kann. »Ich will oben liegen.«

Er blinzelt zu mir hinunter und grinst. »Ja?«

Ich nicke. »Ich habe noch nie oben gelegen.«

»Wirklich?« Er grinst. »Oh Mann, das wird lustig. Es wird dir gefallen. Glaub mir.«

Mit einer schnellen Bewegung rollt er uns hinüber, sodass ich nun rittlings auf seinen Hüften sitze, während seine Erektion mich ausfüllt. In dieser neuen Position spüre ich ihn noch tiefer in mir – fühle ich mich noch stärker von ihm in Besitz genommen.

»Oh, wow«, flüstere ich und verändere leicht die Haltung. Die kleine Bewegung treibt einen Pfeil der Lust mein Rückgrat hinauf und meine Lider flattern. »Oh … Gott.«

Er lächelt von unten zu mir herauf. »Ich habe es dir ja gesagt.« Sein Lächeln weicht jedoch rasch einem lustvollen Ausdruck, als er zusieht, wie ich mich auf ihm bewege, und er stößt keuchend den Atem aus.

Ich reite auf ihm, zunächst langsam, dann schneller, als ich mich an das Gefühl unserer verschlungenen Körper gewöhnt habe. Und plötzlich stehe ich in Flammen. Ich bin sexy und schön. Ich bin mächtig und stark. Das Mondlicht scheint auf meinen nackten Körper, während ich Daren nehme und er bewundernd meine bebenden Brüste betrachtet, die vor Lust geschwollen sind. Es gefällt mir, dass er mich sehen kann, meine Nacktheit, mein Verlangen nach ihm.

Ich reibe mich heftiger an ihm und ein weiterer Orgasmus zerreißt mich und setzt jede Faser meines Körpers unter Strom. Daren zieht mich zu sich hinunter, um mich zu küssen, dann rollt er sich erneut auf mich.

Ich bin mir nicht sicher, ob mein nasser, bebender Körper noch mehr Daren in mir aushält. Doch als er erneut in mich stößt, empfinde ich nur noch mehr Glücksgefühle. Wer hätte ahnen können, dass Sex so viel Freude bedeuten kann? So viel Liebe? So viel … von allem?

Ich gebe mich Daren vollkommen hin, dränge meine Hüften an ihn und werfe den Kopf zurück, während ich seine breiten Schultern umklammere, ihn in mich hineinziehe und um mehr flehe. Wir bewegen uns im sanften Mondlicht, ich wimmernd und er vor Lust stöhnend, bis unsere Körper gemeinsam zum Höhepunkt kommen und jeder seiner Muskeln erstarrt. Atemlos und schwitzend liegen wir aufeinander.

Es gibt keine Handschellen, die uns aneinanderbinden, und dennoch sind wir miteinander verbunden. Nicht durch Stahl, sondern durch Liebe. Sichtbare Liebe. Wertvolle Liebe. Eine Liebe, mit der er mich genauso sieht wie ich ihn. Und ich habe mich noch nie so schön gefühlt.

42

Daren

Noch nie zuvor bin ich neben einem Mädchen aufgewacht – zumindest nicht neben einem, mit dem ich Sex gehabt habe. Ich hatte schon verrückte Nächte voller Lust, klar. Aber ich bin danach nie geblieben und habe gekuschelt. Oder am nächsten Tag mit ihr aufgewacht und liegen geblieben, nur um zu reden.

Doch als ich heute Morgen die Augen aufschlage und Kaylas schönes Gesicht und ihre nackte Schulter an meine Brust geschmiegt sehe, kann ich mir nicht vorstellen, jemals wieder anders aufzuwachen. Der Geruch von Kokosnuss umfängt mich und ich muss unwillkürlich lächeln.

Ich lasse den Blick über ihre weichen Gesichtszüge gleiten und frage mich, was ich jetzt eigentlich tun soll.

Kayla ist nicht wie andere Mädchen, die ich kenne. Und mit ihr zu schlafen war nicht dasselbe wie mit den anderen Sex zu haben. Sie ist die Richtige. Und es ängstigt mich noch nicht einmal, so etwas zu denken.

Sie kennt mich – die hässlichen und die harten Seiten, die beschämenden und die kaputten – sie kennt sie alle, dennoch mag sie mich. Ich bin bettelarm und obdachlos, verdammt, und sie hat mir trotzdem gesagt, dass sie mich liebt.

Jetzt ist die einzige Frage, wie ich sie davon überzeugen kann, bei mir zu bleiben.

Sie rührt sich neben mir und öffnet flatternd die Lider.

Durch das dunstige Morgenlicht, das durch das Fenster hereinfällt, blinzelt sie mich aus ihren blauen Augen an. Plötzlich weiten sie sich und ich warte angespannt, dass sie sich an die letzte Nacht erinnert. Ich habe Angst, dass sie sie vielleicht für einen Riesenfehler hält.

Doch sie verzieht das Gesicht zu einem zärtlichen Lächeln, schmiegt sich noch näher an mich und vergräbt ihr Gesicht an meinem Hals.

»Guten Morgen«, raunt sie dicht an meinem Körper.

Ein starkes Glücksgefühl durchrieselt meine Brust. Ich streiche mit den Fingern über ihren nackten Arm und grinse, als sich dort eine leichte Gänsehaut bildet. »Guten Morgen, meine Schöne.«

Unter der Decke robbt ihr seidiger Körper auf meinen und schmiegt sich noch dichter an mich. »Du bist so warm.«

Gott, ich *liebe* das. Ich möchte jeden einzelnen Tag mit diesem Mädchen in meinen Armen aufwachen – ist das verrückt?

Ich schlinge die Arme um sie und ziehe sie an mich. »Und du bist so weich. Daran könnte ich mich glatt gewöhnen.«

Ich höre das Lächeln in ihrer Stimme. »Ich mich auch.«

»Ich meine es ernst«, sage ich. »Ich will das. Ich will *dich* – und niemand anderen.«

Sie stützt das Kinn auf meiner Brust ab und blickt mich aus ihren großen, blauen Augen an. »Ich bin hier.«

Ich schlucke. »Ja, aber ich will nicht, dass du gehst. Ich will nicht wieder der sein, der ich vor den Handschellen war, Kayla. Vor dir bin ich unglücklich gewesen. Und jetzt bin ich … Es ist perfekt.«

Sie sieht mir direkt in die Augen. »Ich werde nirgendwohin gehen. Vor dir war ich verloren. Und jetzt bin ich … zu Hause.« Sie küsst mein Kinn. »Also bleibe ich an deiner Seite, mit oder ohne Handschellen.«

Ich folge mit dem Finger der Form ihrer Ohrmuschel. »Versprochen?«

Sie nickt langsam. »Versprochen.«

Ich ziehe sie an mich und küsse sie zärtlich und voller Liebe. Als wir uns voneinander lösen, lehnt sie sich zurück und lächelt.

»Und was nun, schöner Mann?«

Ich lächele sie schief an. »Na ja, ich habe gedacht, wir könnten die letzte Nacht noch einmal wiederholen.«

Sie lacht. »Ja, klar. Aber danach?«

Ich atme hörbar aus. »Nun, ich bin obdachlos.«

Sie atmet ebenfalls aus. »Und ich bin pleite.«

»Und ich besitze kein Auto mehr«, erkläre ich schlicht.

Sie nickt. »Und mein Auto fällt auseinander.«

»Zusammengefasst heißt das: Wir sind pleite, obdachlos und beinahe ohne Auto?«

»Ja.« Sie lächelt.

Ich lächele ebenfalls. »Ich glaube, dann müssen wir Schokolade zum Frühstück essen und den ganzen Tag im Bett bleiben.«

Sie küsst meine Brust. »Der Gedanke gefällt mir, Hübscher.«

»Und mir gefällt dein Geschmack.« Ich umfasse sie und werfe sie auf den Rücken, sodass ich auf ihr liege. Dann bedecke ich ihren gesamten Körper mit Küssen.

43

Kayla

Daren Ackwood.

Nicht in meinen wildesten Träumen hätte ich gedacht, dass ich mich eines Tages Hals über Kopf in Daren Ackwood verlieben würde. Aber ich *bin* bis über beide Ohren in diesen verrückten, braunäugigen, sexy Typen verliebt, der neben mir im Bad steht. Und nach letzter Nacht verstehe ich die ganze Aufregung um Daren im Bett voll und ganz. Mein Gott. Frauenflüsterer, aber wirklich. Er hat mich den Großteil der Nacht wachgehalten und mich auf Arten befriedigt, von deren Existenz ich bisher noch nicht einmal etwas geahnt habe. In seinem Bett. Auf dem Boden. Sogar unter der Dusche, obwohl ich ihm nun zustimmen muss, dass Dusch-Sex nicht annähernd so scharf ist, wie, sagen wir mal, Sex an seiner Schlafzimmerwand.

»Benutzt du meine Zahnbürste?«, fragt er mit schreckgeweiteten Augen.

Ich lache mit der Zahnpasta im Mund. »Ich konnte meine nicht finden.«

»Das ist ja widerlich.«

Ich spüle mir den Mund aus. »Wir haben letzte Nacht jede Menge Körperflüssigkeiten ausgetauscht und du ekelst dich, weil deine Zähne dieselben Borsten berühren wie meine?«

»Igitt. Sag nicht Körperflüssigkeiten. Das ist eklig.«

Ich lache. »Wie wäre es mit Pipi? Darf ich Pipi sagen?«

»Weißt du, dafür, dass du einen so hübschen Mund hast,

benutzt du ganz schön widerliche Worte.« Er beugt sich vor und küsst mich. »Ich mag deinen Mund trotzdem.«

»Mmmm. Und mein Mund mag *dich*.« Ich küsse ihn auf die Nase, dann tappe ich aus dem Bad. Ich blicke lächelnd zu seinem Bett. »Ich glaube, deine Matratze ist jetzt keine Jungfrau mehr.«

»Nichts in diesem Zimmer ist noch jungfräulich«, ruft er fröhlich aus dem Bad.

Noch immer lächelnd gehe ich zu meinem Koffer und seufze. »Mann. Ich kann nicht glauben, dass ich meine Zahnbürste verloren habe. Sie muss hier irgendwo sein.« Ich zerre meine wenigen Habseligkeiten aus dem Koffer und werfe sie zur Seite.

»Was ist denn hier los?« Daren kommt aus dem Bad und hebt meine Sachen auf. »BH … BH … Jeans … Schal … Handschuhe …« Er blickt mich an. »Du weißt schon, dass du in Arizona bist. Wir haben hier eigentlich eher selten Schneestürme.«

Ich lache. »Ich weiß. Aber in Chicago schon. Und ich wollte meine Sachen nicht dort zurücklassen.«

Er hebt weitere Kleidungsstücke auf. »Na ja, das erklärt den Trenchcoat.«

Ein Augenblick verstreicht, dann blicken wir uns schlagartig in die Augen.

»Trenchcoat«, sage ich.

»In dem Schrank in Milly Manor hingen eine Reihe Trenchcoats«, ergänzt Daren hastig.

»Durch die Trenches«, zitiere ich den Hinweis. »Haben wir hinter den Mänteln nachgesehen? Meinst du, dahinter im Kleiderschrank könnte sich ein Safe befinden?«

»Ein sicherer Ort durch die Trenches«, zitiert Daren lächelnd. »Ich glaube, wir haben gerade den letzten Hinweis entschlüsselt.«

»Das glaube ich auch! Aber warte. Was ist mit den Handschellen? Wir haben sie abgenommen.« Ich beiße mir beunruhigt auf die Lippen. »Wir haben das ganze Geld verloren.«

Er runzelt nachdenklich die Stirn. »Nein. Noch nicht. Wir haben das Geld nur verloren, wenn uns jemand verpfiffen hat. Ich rufe Eddie an und finde es heraus.« Er nimmt das Telefon, wählt, und als es klingelt, stellt er auf Lautsprecher.

Nach dem dritten Klingeln meldet sich Eddies Mailbox und sagt: »Hallo. Dies ist der Anschluss von Eddie Perkins. Wenn Sie zu meinen Klienten gehören, hinterlassen Sie bitte eine Nachricht und ich rufe Sie sobald wie möglich zurück. Wenn es Daren oder Kayla ist, ich habe *keine* Berichte erhalten, dass Sie zwei gestern Abend ohne Handschellen im Latecomers gewesen sind. Die Erbschaft gehört Ihnen also noch immer, wenn Sie sie finden. Danke für Ihren Anruf.«

Es folgt ein langer Piepton und Daren legt auf. Wir starren einander an.

»Eddie lässt uns also damit durchkommen?« Ich lächele.

»Sieht so aus«, meint Daren und schüttelt grinsend den Kopf. »Mann, ich liebe diesen Kerl. Ich werde ihm eine neue Fliege schenken – falls wir das Geld finden … Hast du die Handschellen noch?«

Ich wühle in meinem Koffer und ziehe sie zwinkernd hervor. »Legen wir uns die Kleinen um, fahren zurück nach Milly Manor und durchsuchen die Trenches.«

Er erstarrt. »Warte einen Moment …« Er durchsucht das Zimmer und wühlt in den Taschen seiner Jeans.

»Was machst du?«

»Weißt du noch, die Briefe aus dem blauen Koffer, von denen wir jeder einen erhalten haben? Ich bin mir ziemlich sicher, dass in meinem das Wort Trenches vorkam. Aha.« Er findet den Brief und faltet ihn schnell auseinander. »Ja, hier. Siehst du?«

Unten in der linken Ecke steht mit schwarzem Filzstift DIE TRENCHES mit der Nummer 22 darunter.

»Ich dachte, es wäre ein Fehler oder dass dein Dad vielleicht einen Briefbogen wiederverwendet hat, aber das kann kein Zufall sein. Stimmt's?«, meint Daren.

Ich schüttele den Kopf. »Das ist *kein* Zufall. Mein Brief enthält auch ein einzelnes Wort und eine Zahl.« Ich grabe in meiner Tasche und halte den Brief, der an mich adressiert war, hoch. »Siehst du? Auf meinem steht ›durch 14‹.«

Wir halten die Briefe nebeneinander und lesen gemeinsam: DURCH DIE TRENCHES 1422.

»Wir hatten den Hinweis zu dem Versteck die ganze Zeit«, bemerke ich fassungslos. »Mist. Und er hat mich in meinem Brief sogar ermutigt, ihn dir zu zeigen. Verdammt. Warum habe ich nicht auf ihn gehört?«

»Mich in meinem auch.« Er nickt. »Aber er war irgendwie persönlich, darum habe ich ihn dir nicht gezeigt.«

»Ja, ich habe dich meinen auch nicht lesen lassen, weil ich nicht wollte, dass du dir etwas darauf einbildest.«

»Warum?« Daren grinst. »Was hat Turner in deinem Brief über mich geschrieben? Darf ich ihn lesen?«

Ich mustere ihn. »Nur, wenn ich deinen lesen darf.«

Wir tauschen die Briefe und ich lese, was mein Vater an Daren geschrieben hat.

Daren,

es tut mir leid, dass ich gegangen bin. Aber noch mehr tut es mir leid, dass ich den Rest deines Lebens verpassen werde. Deine Lebensumstände haben dich gelehrt, dich selbst zu unterschätzen und dich hinter deinem Ruf zu verstecken. Ich möchte dir das Gegenteil beibringen.

Ich kenne dich, Daren. All deine Stärken, all deine Hoffnungen, all dein Hadern. Ich kenne dein wahres Ich und ich habe keine Zweifel, dass du sehr erfolgreich sein wirst und man dich sehr lieben wird. Aber es geht nicht darum, was ich glaube.

Du wirst eine Reise antreten, die dir hoffentlich Mut macht, wenn sie dich nicht sogar völlig verändern wird. Und ich habe Kayla als deine Reisebegleiterin ausgewählt.

Meine Tochter ist genauso dickköpfig und stur wie du, weshalb ich die Handschellen angeordnet habe, damit ihr zusammenbleibt. Hätte ich das nicht getan, würdet ihr zwei jeder für sich nach dem Erbe suchen, natürlich mit dem Ziel, das Geld nicht mit dem anderen zu teilen. Nicht, weil ihr selbstsüchtig, sondern weil ihr unglaublich wachsam seid. Eins der vielen Dinge, die du und Kayla gemeinsam haben.

Ihr seid beide wie geschliffene Diamanten; außen glänzend und innen gebrochen, aber nichtsdestotrotz besonders kostbar.

Ihr zweifelt beide an der Liebe – trotz allem, was ich dir beizubringen versucht habe. Leider gibt es einige Lektionen im Leben, die man nicht theoretisch vermitteln kann. Manche, vor allem die, wie man die Liebe findet, kann man nur durch Zeit und Vertrauen lernen.

Und diese Zeit gebe ich euch, wenn ihr mit Handschellen aneinandergekettet seid.

Viel Glück bei der Suche, Daren. Pass auf mein kleines Mädchen auf.

Ich lese den in sorgfältiger Handschrift geschriebenen Brief meines Vaters zu Ende und blicke auf. Er wusste es. Obwohl er die letzten fünf Jahre nicht wirklich Anteil an meinem Leben hatte, kannte mein Dad mich und mein Herz gut genug, um zu wissen, dass Daren Ackwood genau das war, was ich brauchte.

Und er hat nicht gezögert, uns mit Handschellen aneinanderzuketten, um es zu beweisen.

Daren und ich blicken uns in die Augen.

»Warum lächelst du so breit?«, will er wissen.

Das Lächeln, das ich noch gar nicht bemerkt hatte, wird noch breiter. »Weil ich meinen Dad wirklich liebe.«

44

Daren

Noch nie habe ich mich so gefreut, Golfwagen-Gus zu sehen. Ich winke ihn heran, als Kayla und ich auf den Marktplatz zulaufen, und als er anhält, springen wir in seinen Wagen.

»Hallo«, begrüßt Kayla ihn mit ihrem schönsten Lächeln. »Ich bin Kayla.«

Gus ist sofort hingerissen. »Oh, hallo, Schätzchen.« Er küsst ihr die Hand und sie kichert.

Nachdem wir uns angezogen und uns wieder aneinandergekettet haben, sind Kayla und ich raus zu ihrem Wagen gegangen, nur um festzustellen, dass die Batterie erneut leer war. Also sind wir in Handschellen zum Marktplatz gelaufen und, zum Glück, Gus begegnet.

»Hören Sie«, sage ich. »Kayla und ich müssen nach Milly Manor, aber wir haben kein Geld, um Sie zu bezahlen.«

»Noch nicht«, korrigiert Kayla. Sie lächelt Gus an. »Wir haben *noch* kein Geld. Aber sobald wir es haben, werden wir Sie bezahlen, wenn Sie uns jetzt fahren würden.«

Er mustert sie grinsend. »Dich jederzeit, Schätzchen.« Er wendet sich an mich und sagt: »Du Glückspilz.«

Ich blicke zu Kayla und lächele. »Ich weiß.«

Zwei Minuten später setzt Gus uns vor Milly Manor ab. Wir stolpern durch den Vorgarten, fallen über unsere eigenen Füße, kämpfen uns in den rückwärtigen Garten vor und graben den Ersatzschlüssel aus.

Sobald wir im Haus sind, verlieren wir keine Zeit und laufen direkt zum Flurschrank, in dem wir den blauen Koffer gefunden haben. Wir öffnen die Tür und schieben alle Mäntel zur Seite.

Genau wie wir vermutet haben, befindet sich dort ein riesiger Safe.

Kayla lächelt. »Ich fasse es nicht.«

Ich lächele. »Wir hätten es wissen müssen. Wir hätten es *wissen* müssen!« Ich blicke zu ihr. »Du musst ihn öffnen. Es ist dein Haus. Dein Vater. Du musst ihn öffnen.«

Sie versucht, die Tür zu öffnen. »Er ist verschlossen. Aber da ist eine Tastatur mit Zahlen.«

Ich nicke. »Versuche es mit 1422.«

»Ach, ja. ›Durch die Trenches 1422‹. Sehr schlau.« Sie gibt den Zahlencode ein und ein Klicken ertönt. Kayla beißt sich auf die Lippe, dann öffnet sie langsam die Tür des Safes.

Einen Augenblick starren wir schweigend hinein.

»Das glaube ich nicht«, sagt sie leise.

Ich blinzele. »Ich auch nicht.«

In dem Safe liegt stapelweise Geld, alles in Bündeln von Hundert-Dollar-Noten, und oben auf den Banknoten liegt der letzte Umschlag.

Kayla greift vorsichtig nach dem Brief und zieht das Papier heraus. Gemeinsam lesen wir schweigend, was ihr Vater geschrieben hat.

Meine liebe Kayla, mein lieber Daren,

dies ist mein letzter Brief für euch, und ich hoffe, Ihr findet ihn mit anderen Herzen vor als mit jenen, mit denen ihr in diese Schnitzeljagd gestartet seid. Ich habe in meinem Leben immer Geld gehabt, aber ich bin nicht immer glücklich gewesen, und ich glaube, das ist die wichtigste Lektion, die ich euch mitgeben wollte. Unser Glück finden wir vor allem bei anderen Menschen.

Daren, du bist nicht mein Sohn, aber du bist mir genauso wichtig gewesen. Es gab viele Tage, an denen ich mir gewünscht habe, auf bedeutendere Weise an deinem Leben teilhaben zu können. Ich kann dir gar nicht sagen, wie stolz ich immer auf dich gewesen bin und wie sehr ich an dich glaube. Ich hoffe, du begreifst, dass dein Wert nicht in dem besteht, was andere über dich denken, sondern in dem, was du in dir findest und was deine Lieben in dir sehen.

Und meine süße Kayla, Vater zu sein ist für mich nicht wie geplant verlaufen. Ich hätte gerne mehr an deinem Leben teilgehabt, als es der Fall gewesen ist, aber das Leben ist nicht immer gerecht. Alles Geld der Welt kann die Jahre nicht aufwiegen, die mir als dein Vater entgangen sind. Aber ich habe dich immer geliebt, daran darfst du keinen Augenblick zweifeln. Dein Vater sein zu dürfen war das Beste, was mir je passiert ist. Ich bezweifle nicht, dass du es im Leben weit bringen wirst. Egal, welche Träume du verfolgst oder welchen Weg du gehst. Ich weiß, dass du strahlen wirst, mein kleiner Diamant. Ich werde dich immer lieben.

Und was euch beide angeht, ich weiß nicht, ob ihr noch immer mit Handschellen aneinandergebunden seid. Ich hoffe jedenfalls, dass ihr es mir nicht übelnehmt, dass ich euch darum gebeten habe. Schon als ihr noch klein gewesen seid, wusste ich, dass ihr zwei mehr als alle anderen Menschen, die ich kenne, wisst, wie man liebt. Ich hoffe, dass ihr diese Liebe für eure Beziehung nutzen werdet, egal, ob es eine Freundschaft oder vielleicht auch mehr sein wird.

Denn wer Geld hat, aber nicht liebt, ist arm. Und wer arm ist, aber liebt, ist reich. Ich liebe euch beide sehr.

Freudestrahlend sehen wir einander an. Wir greifen in den Safe, ziehen die Scheine hervor und dahinter …

»Die Schachtel!« Ich lächele und ziehe eine grüne Schachtel hervor, die noch immer mit dem Band umwickelt ist, das Marcella vor vielen Jahren darumgebunden hat.

Kayla schnappt nach Luft. »Mein Medaillon!« Vorsichtig holt sie eine kleine, goldene Kette aus dem Safe und küsst den herzförmigen Anhänger. Sie lächelt zu der Schachtel in meinen Händen. »Offensichtlich hast du deine Baseballkarten wieder.«

»Ja, aber es ging mir nie um die Baseballkarten. Es ging mir um die grüne Schachtel.« Ich öffne den Karton. Darin befinden sich die Baseballkarten von vor so langer Zeit, doch neben den Karten liegt auch noch immer die Taschenbuchausgabe von *Holes*, die Marcella mir damals zu Weihnachten geschenkt hat. »Das hat Marcella mir geschenkt, als ich klein war.« Ich schlage die Widmung auf. »*Das* wollte ich wiederhaben.«

Kayla beugt sich vor und liest laut Marcellas handschriftliche Widmung vor: »Für meinen Lieblingsjungen. Ich werde dich immer lieben, Mijo. In Liebe, Marcella.«

»Es ist das Einzige, das sie mir je geschrieben hat«, erkläre ich. »Und nachdem sie gestorben war, hatte ich nichts mehr von ihr. Aber das Buch war immer hier.« Ich blicke auf ihre Halskette. »Ich nehme an, die ist auch etwas Besonderes?«

Sie nickt. »Mein Vater hat sie mir geschenkt und …« Sie öffnet das Herzmedaillon und hält die Luft an. Darin liegt eine Nachricht von ihrem Vater – eine neue Nachricht wahrscheinlich, die er geschrieben hat, bevor er gestorben ist. »Meine Kayla«, liest sie laut vor, »es ist mir eine Ehre gewesen, dein Vater zu sein. Ich werde dich immer lieben.«

Sie ringt um Atem und ich ziehe sie an meine Brust.

Als wir hinunter auf unsere mit keinem Geld der Welt bezahlbaren, wiedergefundenen Gegenstände und die lieben Worte blicken, die Marcella und James uns hinterlassen haben, holt Kayla tief Luft und sagt: »Wow. Das war die beste Schnitzeljagd überhaupt.«

Ich nicke und blicke Kayla an, die in meinen Armen ist und in meinem Herzen, und lächele.

Jackpot!

Epilog

Kayla

Nachdem wir den letzten Karton mit meinen Sachen in mein neues Zimmer im Willow Inn gebracht haben, klopfe ich mir den Staub von den Händen. Es ist drei Wochen her, seit Daren und ich das Geld von meinem Vater gefunden haben. Kurz danach habe ich Ellens Angebot angenommen, als Kellnerin im Willow Inn zu arbeiten, während Daren zugesagt hat, ihr neuer Koch zu werden.

Er konnte die anderen Jobs aufgeben, sodass er jetzt Vollzeit mit Mable in der Küche arbeitet, und ich schwöre, dass er den ganzen Tag lang lächelt. Er spricht unablässig davon, dass er eines Tages sein eigenes Restaurant eröffnen will.

Das Mädchen, das vor mir als Küchenhilfe hier gearbeitet hat, Pixie, lebt jetzt in Phoenix, wo sie auf die Arizona State University geht. Und weil Pixie eine Menge Leute an der ASU kennt, will sie mich einigen ihrer Freunde vorstellen, die gerade die Krankenschwesternschule besuchen. Was toll ist, weil ich nämlich im Frühjahr auch an der ASU anfangen werde zu studieren.

Da Pixies Zimmer erst noch renoviert werden musste, hat Ellen mich vorerst in einem ihrer Gästezimmer untergebracht, aber heute kann ich mein neues Zimmer beziehen. Der Typ, der neben Pixie gewohnt hat, Levi, ist auch nach Phoenix gezogen und Ellen hat beide Räume in einem frischen Gelb streichen lassen.

Ich habe mir auch einen neuen Wagen gekauft, damit ich zwischen dem Willow Inn und Copper Springs hin- und herfahren kann, um Daren zu besuchen, den ich beschlossen habe für immer und ewig zu lieben.

Daren hat seinen Anteil an dem Geld schnell verbraucht, um die Krankenhausrechnungen zu bezahlen, für die er aufkommen wollte, und um sich einen neuen Wagen zu kaufen. So sehr er Monique auch vermisst hat, fand er doch, dass es albern wäre, so viel Geld für ein Auto auszugeben. Also hat er sich stattdessen einen Truck zugelegt. Insgesamt hat sich alles für uns gefügt und ich könnte nicht glücklicher sein.

Daren betritt mit einem Riesenkarton in der einen Hand und mit einer Kekstüte in der anderen mein neues Zimmer.

»Ooh, ich liebe dich, ich liebe dich, ich liebe dich.« Ich blicke lächelnd auf die Kekse.

»Ruhig, Tiger.« Er stellt den Karton ab und nimmt zwei Kekse aus der Tüte.

Ich mustere ihn lächelnd. »Ich habe letzte Woche *Holes* gelesen.«

Er hebt eine Braue. »Ach ja?«

Ich nicke und sehe ich durchdringend an. »Am Ende findet der Junge, der all diese Löcher graben musste, einen verlorenen Schatz und sein Unglück hat ein Ende. Ziemlich passend, findest du nicht?«

Auf seinem Gesicht erscheint ein Grinsen. »Ich wusste, dass ich das Buch aus gutem Grund mag.« Er blickt sich im Zimmer um. »Und? Was hältst du von deinem neuen Zuhause?«

Ich blicke grinsend zu den leuchtend gelben Wänden und der blauen Bettwäsche, die ich extra für mein neues Zimmer gekauft habe. »Es gefällt mir.«

Er reicht mir einen Keks. »Und weißt du, was das Beste an deinem Zimmer ist?«

Ich mustere ihn. »Was?«

Er grinst. »Dass es direkt neben einem leeren Zimmer liegt, das bald meins sein wird.«

»Im Ernst?« Ich grinse so breit, dass mein Gesicht schmerzt.

Er nickt. »Wir werden Nachbarn – wenn du nichts dagegen hast.«

»Natürlich nicht«, sage ich. »Das ist unglaublich.«

»Auf die Nachbarschaft.« Er hält seinen Keks hoch und grinst. »Und auf die Handschellen.«

Ich tippe lächelnd mit meinem Keks gegen seinen: »Auf die Handschellen.«

DANKSAGUNG

Als Erstes möchte ich mich bei meinen Lesern bedanken, die an meine Geschichten glauben und die es mir ermöglichen, meinen Traum mit dem zu leben, was ich als Arbeit bezeichne! Weiterhin gilt mein Dank meiner unglaublichen Lektorin, Megha, die mit ihrem unfassbaren Geschick diese Geschichte zu dem gemacht hat, was sie ist, und meiner wunderbaren Agentin, Suzie, die von Anfang an an mich geglaubt hat. Ein Dank geht an meine Mama, die mich beim Schreiben mit Humor und Liebe unterstützt, und an meine Kids, die so verständnisvoll sind, wenn ich sie im Schlafanzug von der Schule abhole. Und, last but not least, danke ich meinem wundervollen Ehemann, Brett. Du bist mein Leben, ich liebe dich.